源氏物語古注釈書の研究

『河海抄』を中心とした中世源氏学の諸相

松本大 著

和泉書院

目次

第二部　『河海抄』の注釈姿勢と施注方法

第三部　『河海抄』以後の諸注釈書

はじめに

平安時代に成立した『古今和歌集』『伊勢物語』『源氏物語』『和漢朗詠集』等の代表的文学作品は、成立以降、後世に大きな影響を与えながら各時代で享受されていった。ただし、後世において、これらの文学作品は、必ずしも原典が直接参照されていた訳ではない。特に鎌倉時代以降に見られる享受の実態は、原典そのものよりも、むしろその作品の注釈書や梗概書によって担われる事例が散見される。例えば、室町時代の謡曲には『源氏物語』を題材に取り挙げた曲目が存在するが、それらの中には『源氏物語』本文を直接参照したのではなく、『源氏小鏡』という当時流布した梗概書を用いて作成されたものがある。

これは、平安期文学作品に対する後世の受容が、原典のみによるものではなく、その注釈書等を含めた総体的受容であったことを示し、その意味で各作品の古注釈書や享受資料は原典と同列に扱うべき重要な資料と位置付けられる。つまり『源氏物語』の享受を考える際には、総体的『源氏物語』享受世界を想定すべきなのである。特に古注釈書は、その古注釈書成立当時の作品享受の実相を鮮明に反映するものであり、注釈内容は当時の文化的背景や動向、諸学問の成果と密接に連関する。

こうした後世における作品享受と古注釈書との関連については、『古今和歌集』『伊勢物語』に関しては片桐洋一氏(1)、『和漢朗詠集』に関しては黒田彰氏(2)等をはじめとして厖大な研究の蓄積があるのに対し、『源氏物語』に関してはほとんど手付かずのままであり(3)、基礎的な研究も著しく立ち遅れている。

その最大の要因は、従来の『源氏物語』古注釈書研究が、読解に還元される事象のみを対象とし、和歌や歴史、文化史などの他の研究領域との繋がりに関心を払わなかった点にある。そのため『源氏物語』研究のみでしか通用しない、非常に希薄で単調な研究となっており、上記の関連諸学問との学際的な研究成果を挙げることが出来なかった。

『源氏物語』の古注釈書は、平安末期には既に成立し、その後時代とともに多数の注釈書が生み出されていった。『源氏物語』が後世に与えた影響は、物語・随筆・和歌・連歌といった文学の領域に留まらず、有職故実・絵画・音楽・能・華道・香道といった多種多様な領域にまで及び、日本文化の諸相と深く関わっている。伊井春樹氏はこれらを網羅的に紹介したものの[4]、各時代・各書における、『源氏物語』享受の実態と文化的動向との具体的な関係性については、ほとんど解明されていない。この状況は、近年、岩坪健氏[5]や新美哲彦氏[6]等によって改善されつつあるが、未だ不十分である。

本書では、上記の問題点を踏まえ、『源氏物語』注釈史研究・享受史研究の抜本的改革を目指す。それを実践する基幹資料として著者が注目するのは、南北朝期成立の『河海抄』である。

『河海抄』は、北朝の公家である四辻善成（一三二六～一四〇二）によって編まれた注釈書で、貞治初年（一三六二）頃の成立とされる。善成は、順徳天皇の曾孫に当たり、当時の北朝の中心的な存在であった二条良基（一三二〇～一三八八）の猶子でもあり、北朝を代表する政治家・歌人・文化人・古典学者である[7]。

『河海抄』は、本居宣長が「ちうさくは河海抄ぞ第一の物なる」[8]と評したように、後世の注釈書に多大な影響を与えた点で、『源氏物語』注釈史・享受史において最も重要な古注釈書の一つである。その理由は、それまでの注釈書の集成し、新たに厖大な博引傍証を付した点に求められる。後世の注釈書で『河海抄』を扱わないものは皆無であり、現在でも『河海抄』の指摘に基づく読解がしばしば行われる。また伝本は約100本が残されているが、これは『源氏物語』注釈書の中で際立って多いものであり、多くの人々が『河海抄』を扱ったことを物語っている。

しかし、現在まで『河海抄』自体を対象とした研究は極めて少なく、問題点も多く残る。例えば、本書に未だ善本が見出されていない点は、多くの伝本を悉皆的に調査しえなかったためである。また注釈内容についても、吉森佳奈子氏による検討はあるものの[9]、当時の学問的動向への配慮については、現代からの恣意的な解釈と言わざるをえない部分も多い。これらを始め、成立背景や施注方法、文化動向との関係等、基礎的な検証すら十分に施されていない状況にある。

本書では、この『河海抄』の基礎的研究を行いつつ、そこで得られた成果を他の古注釈書研究にも応用する方法を用いる。『源氏物語』古注釈書の基礎的理解のためには、主に次の3点を明らかにする必要がある。すなわち、伝本の系統と伝播の過程、注釈の内容、成立当時の学問的背景とその影響である。この3点を総体的に理解しなければ、各注釈書の実態や本質的特徴を正確に把握することは不可能である。そして、得られた古注釈書への理解は、他の学問領域との繋がりを持つことにより、『源氏物語』を取り巻く文化史を鮮明に浮かび上がらせる要素としてはじめて有機的に機能し、文学研究としての意味を持つこととなる。古注釈書そのものを対象とした研究の上に、今まで見過ごされてきた学際的な意味づけを加えることによって、前述した現在の研究状況を刷新することが可能である。

右の問題意識のもと、本書は三部に分けて論を進めていく。

第一部「『河海抄』諸本系統論」では、『河海抄』諸本系統の根本的な見直しを行う。第一章「巻九論——諸本系統の検討と注記増補の特徴——」では、巻九を対象として、注記内容からの系統分類を行うとともに、増補された注記に見られる特徴を明らかにする。第二章「巻十論——後人増補混入の可能性を中心に——」では、第一章に続くものとして、巻十を対象に検討を加えたものである。ここでは、書写に関わる誤脱や明らかに後人の増補と考えられる箇所に注目し、諸伝本に存在する潜在的な問題について指摘する。第三章「巻十一論——『李部王記』引用再考序説——」においては、巻十一の諸本系統を明らかにするとともに、『河海抄』の『李部王記』記事に関する問題点を整理し、今後行われるべき再検証への足掛かりとする。第四章「東北大学附属図書館蔵旧制第二高等学校旧蔵『河海抄』をめぐって」では、戦禍によって失われたと目されていた当該本の基礎的な調査報告を行う。当該本には、中院通躬による朱の書き入れが残されており、この書き入れを足掛かりとして、『河海抄』諸本における当該本の位置付けを示す。

第二部「『河海抄』の注釈姿勢と施注方法」においては、『河海抄』の注記が形成されていく過程や、注釈成立の背景にあった学問体系を明らかにする。第一章「『紫明抄』引用の実態——引用本文の系統特定と注記の受容方法について——」では、『河海抄』に先行する『紫明抄』との関係について詳らかにする。『河海抄』所引の『紫明抄』の系統を明らかにした上で、内閣文庫蔵十冊本系統『紫明抄』が『河海抄』の注記編集の基盤となったことを指摘する。第二章「河内方の源氏学との関係——内閣文庫蔵十冊本『紫明抄』巻六巻末所引の『水原抄』逸文をめぐって——」は、第一章で指摘した内閣文庫蔵十冊本系統『紫明抄』に施された『水原抄』の抜き書き群に注目し、『河海抄』の具体的な注記作成過程を追う。第一章と第二章は、『河海抄』の先行諸注釈書への扱いを、注記内容の検討によって浮かび上がらせることを目的とする。第三章「歌学書引用の実態と方法——顕昭の歌学を中心に——」では、『河海抄』が歌学書を用いて注記を作成していることを指摘し、その方法の一端を『袖中抄』、顕昭『古今集註』、『顕注密勘』との比較から解明する。第四章「注記形成過程と二条良基——『年中行事歌合』との接点から——」では、『河海抄』と、年中行事に対する良基の解説が記された『年中行事歌合』とを比較することにより、『河海抄』編集に際しての二条良基との関係を実証的に指摘する。第三章と第四章は、注記成立の背景にあった学問体系の一端を明らかにするものである。付章「『うつほ物語』引用をめぐって」では、『河海抄』の『うつほ物語』利用の実相を踏まえるとともに、その引用から見えてくる注釈史上の諸問題について簡略に述べる。

第三部「『河海抄』以後の諸注釈書」には、『河海抄』以外の古注釈書を対象とした論考を収めた。第一章「『原中最秘抄』の性格——行阿説への再検討を基点として——」では、『原中最秘抄』に見られる行阿の源氏学を検討しつつ、『原中最秘抄』と『河海抄』との関係性についても考察を加える。第二章「『花鳥余情』『伊勢物語愚見抄』の後人詠注記——歌学から物語注釈への一考察——」では、一条兼良『花鳥余情』を対象とし、兼良の歌学の成果が源氏学に援用されていったことを指摘する。第三章「富小路俊通『三源一覧』の源氏学——「愚存」注記から見る中世源氏学の一様相——」では、従来の研究史においてほとんど顧みられることのなかった、富小路俊通『三源一覧』を俎上に載せ、基礎的な調査報告を行った上で、俊通の源氏学の実態解明を目指す。第四章「典拠から逸脱する注釈——中世源氏学における典拠のあり方——」では、中世の諸注釈書に見られる、『源氏物語』成立以後の文学作品の利用を取り上げ、その意図を探る。第五章「『湖月抄』の注記編集方法——『岷江入楚』利用と『河海抄』引用について——」では、北村季吟『湖月抄』の注釈書としての性格を再検討すべく、中院通勝『岷江入楚』及び『河海抄』の二書を用いて、季吟の注記編集の実相を焙り出す。付章「伝昌叱筆源氏物語古注切と『山下水』」では、学会未紹介資料である伝昌叱筆源氏物語古注切を紹介し、この古注切が、現在では一部分しか残されていない『山下水』の断簡である可能性を提示する。

以上が本書の概要である。第一部から第三部のそれぞれは独立した存在ではなく、相互補完的な役割を持つ。これら15本の論考を通して、『源氏物語』古注釈書研究の新たな可能性を探っていくことが、本書最大の目的である。

注

（1）片桐洋一『古今和歌集以後』（笠間書院、二〇〇〇）、同『伊勢物語の研究』（明治書院、一九六八）等。
（2）黒田彰『中世説話の文学史的環境』（和泉書院、一九八七）等。
（3）『源氏物語』古注釈書自体への研究としては、池田亀鑑『物語文学Ⅱ』（至文堂、一九六九。池田氏の死後に刊行された論集）、重松信弘『源氏物語研究史』（刀江書院、一九三七。新攷版は、風間書房、一九六一。増補新攷版は、風間書房、一九七〇）、寺本直彦『源氏物語受容史論考』（風間書房、一九七〇）、伊井春樹『源氏物語注釈史の研究　室町前期』（桜楓社、一九八〇）等、潤沢な先行研究が存在する。本論文では、これらの先行研究に敬意を払いつつ、従来の研究では見過ごされてきた細かな点を拾い集めていく。

（4）伊井春樹編『源氏物語注釈書・享受史事典』（東京堂出版、二〇〇一）。

（5）岩坪健『源氏物語の享受　注釈・梗概・絵画・華道』（和泉書院、二〇一三）。

（6）新美哲彦『源氏物語の受容と生成』（武蔵野書院、二〇〇八）。

（7）善成と良基の関係については、小川剛生『二条良基研究』（笠間書院、二〇〇五）に詳しい。ただし、『河海抄』の成立に関しても良基を取り巻く文化圏（政治・文化・学問といった様々な面）からの影響が想定されてきたものの、具体的な注釈活動との関係は未だ不分明である。

（8）『源氏物語玉の小櫛』巻一「注釈」。

（9）吉森佳奈子『『河海抄』の『源氏物語』』（和泉書院、二〇〇三）。

第一部　『河海抄』諸本系統論

第一章　巻九論
――諸本系統の検討と注記増補の特徴――

一　先行研究と問題の所在

『源氏物語』の最も重要な注釈書の一つである『河海抄』は、貞治初年（一三六二）頃に足利将軍家へ献上され、その後作者の四辻善成（一三二六～一四〇二）自身の手によって増補改訂が加えられた。[1] 将軍家献上本を中書本、増補改訂本を覆勘本と称すが、現存する『河海抄』諸本はこの両系統が入り交じったものしか残存していない。『河海抄』諸本の研究としては、はやくに大津有一氏が奥書による系統分類を試みている。[2] 大津氏は『河海抄』諸本の奥書を調査し、それらを中書本系統に特徴的な奥書と、覆勘本系統に特徴的な奥書とに分類し、書写の過程を示された。以下に両系統の特徴的な奥書を示す。[3]

中書本奥書（天理大学附属天理図書館蔵伝一条兼良筆本・巻二十）

①本云
四辻宮大納言家申出中書御本、永和二年自孟冬比今永和第五至季春四日、書写一筆訖。
永和五年三月十四日　　　　散位基重在判
数ならて名をさへかくす身なれともなかれてしのへ水くきのあと
康暦第二季春後八日、重申出御本見合畢。

読書雖非器依志切自基重家此一本所令相伝也。
②応永第拾六自仲春比今到孟冬比、自書写一筆訖。不可出和（私歟）箱者也。　師阿
さてもそのかひはなくとも名斗は世に立出よわかのうらなみ
此一句恥後見心

覆勘本奥書（学習院大学蔵三条西実隆筆文明四年書写本・巻二十）

③此抄一部廿巻、手自令校合加覆勘畢。可為治定之証本焉。
儀同三司源判
則或両本校合朱了
本云、寛正六年孟夏下旬之候、終一部之写功了。
④洞院大納言公数卿家本、幷室町殿春日局本、彼是見合了。春本者中書之本、洞本者覆勘之本也。仍彼是不同事等有之。料紙左道右筆比興也。堅可禁外見。穴賢々々。
権大納言源判
文明四年三月廿二日、未下尅立筆、翌日申尅終書写之功了。
⑤右此抄借請中院亜相通秀卿本、染愚翰了。惣而一部書写之懃雖有之、当時宇治可覧之間、先此四帖自十七至廿卒写留之。雖卑紙多憚悪筆有恥、懃依数奇深切、屢励生涯懇志、如形終書木（ママ）之功。烏焉之訛謬須繁多。一部書写之次、早可令清書。深蔵之函底、勿許外見者也矣。
于時文明壬辰姑洗下旬候　左少将藤（花押）

中書本系統に特徴的な奥書には、散位基重と師阿の名が見える。傍線部①からは散位基重が永和二年（一三七

六）から同五年にかけて四辻家の本を書写し、その本を康暦二年（一三八〇）に再び借り受けたことが、傍線部②からは師阿が応永十六年（一四〇九）春に散位基重本を書写したことが分かる。(4)

これに対して、覆勘本系統に特徴的な奥書には、「儀同三司源」こと四辻善成、「権大納言源」こと中院通秀、「左少将藤」こと三条西実隆の三人の名が見える。傍線部③からは善成が自ら校合を加えたこと、傍線部④からは通秀が寛正六年（一四六五）に中書本系統の春日局本と覆勘本の洞院家本との2本を見合わせながら書写校合したこと、傍線部⑤からは実隆が通秀本を書写したことが知られ、書写の過程が窺える。(5)善成自身が「加覆勘」と記したことにより覆勘本の名称が付された訳である。善成が「儀同三司」であった時期は嘉慶元年（一三八七）〜応永元年（一三九四）の間であり、善成はこの時期までに随時増補改訂を加えていったと推測される。

『河海抄』諸本において奥書を有するものは、この2系統の奥書のうちのどちらかを所持するものが大半であり、伝本によっては中書・覆勘の二つの奥書を有するものも存在する。

大津氏の奥書による系統分類の成果を受けた研究としては、島崎健氏の論考がある。島崎氏は、巻十一御幸巻を対象として、注記に引用される『李部王記』の記事の有無から諸本の関係を紐解かれた。(6)島崎氏は、『李部王記』の記事が存在しない状態こそ古態であると指摘され、天理大学附属天理図書館蔵伝一条兼良筆本・天理大学附属天理図書館蔵文明十三年奥書本・龍門文庫蔵伝正徹筆本の古写本3本を、中書本の核となり得る本とされた。この伝一条兼良筆本は天理図書館善本叢書に収録されているが、現在でも中書本の性格を知る上で「中核になり得る」(7)本として扱われている。

しかし、大津氏、島崎氏もご自身で認めているように、注記内容も含めた諸本分類が必要である。書写段階で奥書のみを別の本によって補った可能性や、親本が取り合わせ本であった可能性、さらに現存する諸本に無奥書本が多数存在することを考慮すると、奥書や識語の有無による系統分類では不十分である。

よって、これらの問題点を解決すべく、奥書の有無とは関係なく、注記内容の比較を通して系統分類を行う。先に示した大津氏の論考[8]にも若干の注記比較がなされていたが、部分的であるため、さらに詳細かつ網羅的な検証が必要である。また、取り合わせの影響を最小限にすべく、検証はある一巻に絞るべきである。本来ならば二十巻すべての巻を対象とし、それぞれの諸本の性格を示すべきであるが、今回は試験的に巻九を取り挙げ、『河海抄』の諸本整理の方法および注記改訂の過程を示す。巻九は朝顔巻と少女巻を施注しており、他の巻に比べて系統間における注記内容の差が見えやすいため、検証の対象とした。

二　注記比較による系統検証

具体的な注記内容から諸本系統を検討する前に、中書本系統と覆勘本系統を見極める基点を設ける必要がある。先の奥書によって覆勘本系統は三条西実隆の手を経ていることを確認したが、幸い実隆自筆本が学習院大学に所蔵されている。しかし、残念なことにこれは零本であり、巻九は残存していない。これに代わる二十巻を完備する伝本として、熊本大学附属図書館北岡文庫蔵本が挙げられる。この北岡文庫蔵本は、実隆自筆本を細川幽斎が書写した本である。伊井春樹氏は、幽斎が『岷江入楚』の編集にあたって、天正七年（一五七九）一月二十四日の三条西実枝の没後、実枝の孫にあたる実条を通じて『源氏物語』の諸注釈書を借り出したことを指摘された[9]。この実例として伊井氏は『花鳥余情』の奥書を示されたが、『河海抄』についても同じ時期に借り出されたことが窺える。以下に北岡文庫蔵本の幽斎の奥書を示す。

熊本大学附属図書館北岡文庫蔵本細川幽斎奥書

此抄出申請三條羽林実條御家本逍遙院内府御自筆借数多之手令書写逐一加勘校畢尤可謂證本者也堅可禁外見耳

天正十七年孟秋中七　　　幽斎玄旨（花押）

傍線部にあるように、幽斎は天正十七年（一五八九）に三条西家から実隆自筆本を借り出し書写を行っている。この幽斎自筆の識語から、北岡文庫蔵本は覆勘本系統の中でも素性の良い伝本と考えられ、注記比較の基点としての機能を十分に果たすと考えられる。本章において、この北岡文庫蔵本と比較対照する伝本は以下の通りである。便宜上、A〜Cに分類してある。

A①……彰考館蔵二十冊本(10)
A②……東海大学付属図書館桃園文庫蔵十二冊本(11)
B①……尊経閣文庫蔵十一冊本(12)
B②……東海大学付属図書館桃園文庫蔵十冊本(13)
C①……天理大学附属天理図書館蔵伝一条兼良筆本(14)
C②……龍門文庫蔵伝正徹筆本(15)
C③……熊本大学附属図書館北岡文庫蔵本(16)

島崎氏が中書本の善本とした天理大学附属天理図書館蔵伝一条兼良筆本と龍門文庫蔵伝正徹筆本の他に、これらと異なる注記を持つ本として、彰考館蔵二十冊本、東海大学付属図書館桃園文庫蔵十二冊本、尊経閣文庫蔵十一冊本、東海大学付属図書館桃園文庫蔵十冊本を取り扱った。

以上を踏まえた上で、ここからは具体的な注記比較を行う。巻九における異同箇所は40例弱存在するが、今回はその中から10例を取り扱う。

まずは最も端的に3系統の差異が確認出来る例を示す。

『河海抄』注記比較1・朝顔巻

Ａ①・Ａ②

斎院は御ふくにておりゐ給にしそかし

父桃園式部卿宮御服也

Ｂ①・Ｂ②

斎院は御ふくにて

父桃園式部卿宮御服也

Ｃ①……天理大学附属天理図書館蔵伝一条兼良筆本

斎院は御ふくにておりゐ給にしそかし

父桃園式部宮御服なり重服にてはおりさせ給事也

Ｃ②……龍門文庫蔵伝正徹筆本

斎院は御ふくにておりゐ給にしぞかし

父桃園式部卿宮御服也重服にてはおりさせ給ふ事なり

Ｃ③……熊本大学附属図書館北岡文庫蔵本

斎院は御ふくにておりゐ給にそかし

父桃園式部卿宮御服也重服にてはおりさせ給ふ事也

これは朝顔巻冒頭「斎院は御ふくにておりゐ給にしそかし」の注記である。傍線部「父桃園式部卿宮御服也」は各諸本に共通して存在しているが、二重傍線部「重服にてはおりさせ給事也」の部分はＣ類諸本にしか見られない。二重傍線部は増補された部分と考えられる。ここで注目すべきは、今まで中書本の善本とされてきた天理図書館蔵伝一条兼良筆本・龍門文庫蔵伝正徹筆本の注記が、覆勘本である北岡文庫蔵本の注記と一致するという点である。

つまり、天理図書館蔵伝一条兼良筆本と龍門文庫蔵伝正徹筆本は、内容的には覆勘本系統の特徴を持つ伝本であることが推測され、中書本系統ではない可能性が浮上するのである。

また当該注記に関しては、見出し本文にも異同が存在する。A類とC類の諸本では、見出し本文が「斎院は御ふくにておりゐ給にしそかし」であるのに対し、B類は「斎院は御服にて」である。ここから二重傍線部を持たない諸本の中にも2系統が存在することが見て取れる。

天理図書館蔵伝一条兼良筆本と龍門文庫蔵伝正徹筆本については、次の例からも中書本系統には属さないことが窺える。

『河海抄』注記比較2・朝顔巻

A①・A②

しるへなきせかいにおわすらんを

（注記ナシ・空行ナシで次項に連接）

B①・B②

しる人なきせかいにおはすらむを

（注記ナシ・一行空き）

C①・C③

しるへなきせかいにおはすらんを

伊弉冉尊火神を生て焼ころされて黄泉国へいます是を伊弉諾尊尋てをはしたる心也

C②

しる人なきせかいにおはすらんを

古本此註なし
いさなみのみこと火神をうみてやきころされてよみの国へいます是をいさなきのみことのたつねてをはしたる心歟

これは朝顔巻の末尾に近い「しるへなきせかいにおはすらんを」に付された注記である。A類とB類の4本には、見出し本文のみが存在するだけで、注記は存在しない。これに対して、C類3本には細かな異同はあるものの、傍線部「伊弉冉尊……」という増補が確認出来る。A・B類の段階では見出し本文だけであったものに、C類の段階で注記が足されたのである。先程同様、C①天理図書館蔵伝一条兼良筆本とC②龍門文庫蔵伝正徹筆本とが、C③北岡文庫蔵本と一致していることから、この2本が中書本であることに疑問が持たれる。

さらにこれらの異同で注目すべきは、C②龍門文庫蔵伝正徹筆本である。C②には二重傍線部「古本此註なし」の細字書き入れがあり、当該箇所の「伊弉冉尊……」という注記が古本にはなかったことを示している。現存するA類・B類の4本には注記がないことから、この二重傍線部の書き入れは信憑性が高いものと判断出来よう。当該箇所は、注記内容以外の点からも、天理図書館蔵伝一条兼良筆本と龍門文庫蔵伝正徹筆本が、それほど初期の形態を留めていないことを如実に物語るものである。

この例と類似する現象として、龍門文庫蔵伝正徹筆本の細字書き入れから、注記増補の一過程が推測される例を一つ示す。

『河海抄』注記比較3・朝顔巻

A①・A②

すさましきためしにいひをきけん
清少納言枕草子十列冷物十二月々夜十二月扇十二月蓼水老女仮借女酔胡瓜老法師酔舞無酒神楽勅使被打内競馬崑崙八画舞

C①・C③

すさましきためしにいひをきけん

清少納言枕草子云々十列冷物十二月々夜十二月扇十二月蓼水老女仮借女酔胡瓜老法師酔舞無酒神楽勅使社打内競馬

篁日記しはすのもち比月いとあかきに物語しけるを人みてあなすさましはすの月夜にもあるかなといひけれは

春を待冬のかきりと思ふにはかの月しもそあはれなりける

C②

すさましきためしにいひをきけん

清少納言枕草子云々十列冷物十二月夜十二月扇十二月蓼水老女仮借女酔胡瓜老法師酔舞無酒神楽勅使社打内競馬

うつほの物語此詞あり

篁日記イ本

法皇日記しはすのもちころ月いとあかきに物かたりしけるを人みてあなすさましはすの月夜にもあるかなといひけれは

春を待冬のかきりと思にはかの月しもそあはれなりける

B①・B②

すさましきためしにいひをきけん

十列冷物十二月々夜十二月扇十二月蓼水老女仮借女酔胡依法師酔舞舞調神楽勅使社打内競馬昆崙八仙画舞

清少納言枕草子事也載先了

篁日記しはすのもち比月いとあかきに物かたりしけるを人みてこれそあなすさまししはすの月よにあるかなといひけれは
うつほの物かたりにも此詞あり
春をまつ冬のかきりと思ふにはこの月しもそ哀なりける

比較のため、A類、C類、B類の順に注記を並べ変えた。これらの注記では、B・C類において傍線部で示した『篁日記』の引用が確認出来、A類との比較からこの部分が増補された箇所であると判断出来る。注目すべきは、波線で示した「うつほの物かたりにも此詞あり」である。波線部を有するものはB類2本とC②の細字書き入れのみである。C①・C③には見えず、また今回取り挙げなかった他のC類本にも見えないことから、波線部はもともとC類には存在しなかったと推察される。C②の細字書き入れは本文と同筆と考えられるので、親本（もしくは祖本）が校合された際に書き入れられたものと考えて良いだろう。そして、この波線部は、B類においては、『篁日記』に混入する形で示されている。[17] これらの事象を踏まえると、波線部の注記は、C②のように行間に書き入れられていた増補注記であったものが、いつの間にか本文に紛れ込んでしまったことが窺える。[18] この例では、B類がA・C類よりも増補されているという側面を見せるが、B類は必ずしもA・C類よりも後発である訳ではない。次に示す2例は、B類がA・C類よりも初期の形態を留めていると考えられるものである。

『河海抄』注記比較4・朝顔巻

B①・B②

あみたほとけを心にかけてねんしたてまつりたまふおなしはちすにとこそは

A①・A②

一々池中華尽満花々物是往生人各留半座乗花葉待我閻浮同行人五会讃

あみた佛を心にかけてねむし奉給おなし蓮にとこそは

一心不乱　阿弥陀経

一々池中華尽満花今惣是往生人各留半座乗臺葉待我閻浮同行人五会讃

C①・C②・C③

阿弥陀佛を心にかけてねんし奉給おなし蓮にとこそ

一心不乱　阿弥陀経

ひとたひもなもあみた佛といふ人の蓮のうへにのほらぬはなし

一々池中華尽満花ニ惣是往生人各留半座乗華葉待我閻浮同行人五会讃

これは、朝顔巻終盤の「あみた仏を心にかけて念し奉り給同し蓮にとこそは」という、光源氏の心内を述べた箇所に付された注記である。比較の便宜上、B類を先に示した。諸本で「五会讃」が出典として示される点は共通するが、A類とC類の5本には傍線部「一心不乱阿弥陀経」の注記が加えられており、さらにC類3本には二重傍線部に『拾遺集』1344番（『拾遺抄』579番）の空也詠「ひとたひもなもあみた佛といふ人の蓮のうへにのほらぬはなし」が引歌として提示されている。ここでは、もとあった注記に、傍線部や二重傍線部の注記が複数の段階において加えられていったと想定され、B類が注記増補以前の形態を残すものと見られる。

次の例もB類が先行するかと思われるものである。

『河海抄』注記比較5・少女巻

B①・B②

十四になむおはしましけるかたなりにも見え給いとこめかしうしめやかに

（注記ナシ・空行を挟まず次項に連接）

A①
十四になんおはしましけるかたなりに見え給いとこまやかに
　こめこゝにては古めかしきあらす子めき若は少めき歟

A②
十四になんおはしましけるかたなりに見え給いとこまやかに
　こめきこゝにては古めかしきにあらす子めき若は少めき歟

C①
十四になんおはしましけるかたなりに見え給いとこめかしう
　こめきこゝにては古めかしきにあらす子めき若は少めき歟

C②
十四になんおはしましけるかたなりにみえ給いとこめかしうしめやかに
　こめきこゝにてはふ(古)るめかしきにあらす子めきか若はにめき歟(ママ)

C③
十四になんおはしましけるかたなりにみえ給いとこめかしう
　こめきこゝにては古めかしきにあらす子めき歟若は小めき歟

これは少女巻において、大宮のもとを訪ねた雲居雁に対して、語り手がその容姿を批評する場面である。この箇所の注釈は、B類は見出し本文のみであるが、A・C類には傍線部「こめきこゝにては古めかしきにあらす子めき若は少めき歟」の注記が存在する。注記の内容は、「こめき」の解釈をめぐり、「古めかしい」の意ではなく「子どもらしい」もしくは「若い・幼い」の意であることを述べるもので、語意説明の注記である。注記の有無からはB

類が初期の形態であろうと考察される。ただし、傍線部は書写過程において脱落したとも考えられ、その場合はこの異同は『河海抄』の成立過程とは結びつかない。当該注記のように空行を挟まず次項に連接している注記等では漏脱の可能性をも視野に入れるべきである。

また当該注記では見出し本文にも異同があり、波線部で示したように、A類は「こまやかに」、C①とC③は「こめかしう」、B類・C②は「こめかしうしめやかに」となっている。A類とC類とが対立し、B類はA・C類を取り合わせたような体裁である。C②はB類と一致を見せるが、これはC②が校合された形跡と捉えられるのではないか。注記が増補される際に、見出し本文にも校合が加えられたと推測出来る。

では、B類が必ずA類よりも先行するかと言えば、そうでもない。次の例では明らかにA類が先行している。

『河海抄』注記比較6・朝顔巻

A①・A②

ひたすら

　太疋白氏文集　疋如　永日本紀

B①・B②・C①・C②・C③

ひたすら

　太疋白氏文集　疋如　永日本紀

　ひたすらと我思はなくにをのれさへかり〳〵とのみ鳴わたるらん　後撰七

これは、朝顔巻の「ひたすら」という語への注記である。諸本に共通して、「ひたすら」という語彙を説明するために『白氏文集』と『日本書紀』を出典とする漢字注記が示されている。この注記において、B・C類の五本には、傍線部に示した『後撰集』364番歌「ひたすらと我思はなくにをのれさへかり〳〵とのみ鳴きわたるらん」が提示されている。この箇所での和歌提示は、物語の解釈を示す引歌ではなく、単に「ひたすら」の意味を捉えるために付された用例歌と考えるべきであろう。当該注記では、「ひたすら」の語意を示すために、和歌による例が増補されたのである。ここではやはりA類が初期の形態を留めると捉えるべきであろう。

ここまでの注記比較からも自明ではあるが、ある箇所においてはA類のほうが初期の形態を留め、またある箇所においてはB類が初期の形態を留めるといったように、必ずしもA類・B類のどちらかが先行するとは言いがたい。それぞれの注記において前後関係が入れ替わるのは、増補や校合が複数の経路によって行われたことを示唆している。A類とB類の前後関係については、なお慎重に検討すべきである。

以上のように注記比較を行った結果、三条西家本に代表される覆勘本系統の他に、それ以前の姿を保持するものが大別して2系統存在することが明らかになった。これらの諸本系統については、次節で詳しく述べる。

三　巻九における諸本系統

前節で示したような注記比較を積み重ねると、『河海抄』巻九の本文は、3系統とその他という4分類が可能となる。管見の限りではあるが、調査が出来た48本をA類～D類に分別した。

A類……彰考館蔵二十冊本に代表される系統。近衛家を経由した系統。

彰考館蔵二十冊本（A①）・天理大学附属天理図書館蔵真如蔵旧蔵本（角川版比校本・角川版より）・明治大学中央図書館蔵本[19]・内閣文庫蔵他阿奥書本・島根県立図書館蔵本・静嘉堂文庫蔵十冊本・今治市河野美術館蔵二十冊本・東海大学付属図書館桃園文庫蔵十二冊本（A②）

B類……尊経閣文庫蔵十一冊本や天理大学附属天理図書館蔵文禄五年奥書本（角川版底本）に代表される系統。

尊経閣文庫蔵十一冊本（B①）・佐賀大学附属図書館小城鍋島文庫蔵本・早稲田大学図書館蔵天正三年奥書本・中央大学図書館蔵本・神宮文庫蔵寛永十八年奥書本・東京大学国文学研究室本居文庫蔵本・国文学研究資料館初雁文庫蔵本・石巻市図書館蔵本・天理大学附属天理図書館蔵文禄五年奥書本（角川版底本・角川版より）・東海大学付属図書館桃園文庫蔵十冊本（角川版比校本・B②）

C類……三条西実隆自筆本に代表される覆勘本の系統。

天理大学附属天理図書館蔵伝一条兼良筆本（C①）・龍門文庫蔵伝正徹筆本（C②）・尊経閣文庫蔵二十冊一面十二行本・尊経閣文庫蔵二十冊一面十三行本・陽明文庫蔵本・東北大学附属図書館狩野文庫蔵本・東北大学附属図書館蔵旧制第二高等学校旧蔵本[20]・熊本大学附属図書館北岡文庫蔵本（C③）・早稲田大学図書館九曜文庫蔵本・学習院大学蔵二十冊本・学習院大学蔵下田義照旧蔵本・國學院大學図書館蔵温故堂文庫旧蔵本・関西大学図書館岩崎文庫蔵本・国立国会図書館蔵十冊本・国立国会図書館蔵十六冊本・名古屋市蓬左文庫蔵十冊本・刈谷市中央図書館村上文庫蔵本・島原図書館松平文庫蔵本・秋田県立図書館蔵本・名古屋市鶴舞中央図書館蔵本・永井義憲氏蔵本・今治市河野美術館蔵十冊本・正宗文庫蔵本・東海大学付属図書館桃園文庫蔵二十冊本

D類……その他、および取り合わせの可能性のある本。

三手文庫蔵本・神宮文庫蔵無奥書一面十二行本・静嘉堂文庫蔵二十冊本・京都大学附属図書館蔵本・九州大学附属図書館蔵本・北海学園大学附属図書館北駕文庫蔵本

各類の特徴は以下の通りである。

A類は、彰考館蔵二十冊本に代表される系統である。本章で注記比較に使用した、彰考館蔵二十冊本（A①）及び、東海大学付属図書館桃園文庫蔵十二冊本（A②）はこの系統に分類される。また注記以外のA類の特徴として、これらの諸本は近衛家を経由した旨を記す奥書を所持している点が挙げられる。近衛家を経由した諸本は今までほとんど顧みられることがなかったが、覆勘本よりも初期の形態を残す系統として、今後の諸本調査に欠かせない系統であると考える。ただし、近衛家を経由した奥書を保持していながらこの系統に入らないもの（例えば三手文庫蔵本）もあり、やはり内容による分類を行うべきである。

ちなみに、現在、陽明文庫には零本の状態で一本が残されている。(21)この陽明文庫蔵本は、5冊中3冊のみを残すばかりであるが、幸い巻九は残存している。しかし、内容的にはC類に分類される本にB類本で校合を加えたものであり、残念ながらA類諸本との関係は窺えなかった。

B類は、尊経閣文庫蔵十一冊本や角川版の底本である天理大学附属天理図書館蔵文禄五年奥書本に代表される系統である。本章で使用した尊経閣文庫蔵十一冊本（B①）、及び東海大学付属図書館桃園文庫蔵十冊本（B②）がこの系統に該当する。A類のような特徴的な奥書の一致は見られず、中書本系統の奥書を持つ本、覆勘本系統の奥書を持つ本、無奥書の本と、混在している。注記内容は、初期の形態を留めている注記が存在する反面、覆勘本系統のC類と一致する場合や、C類よりも注記が増補されている場合もある。(22)田中まき氏は天理図書館蔵文禄五年奥書本について覆勘本の可能性があると論じられたが、(23)右のような事情からB類の注記のすべてが覆勘本系統に当たるとは言えない。B類は、中書本的な面と覆勘本的な面を併せ持つと考えられ、注記ごとの検証が必要となる系統である。

C類は、三条西実隆自筆本に代表されるような、覆勘本の系統である。実隆自筆本を書写した熊本大学附属図書館北岡文庫蔵本（C③）はもちろんのこと、今まで中書本の善本とされてきた、天理大学附属天理図書館蔵伝一条兼良筆本（C①）・龍門文庫蔵伝正徹筆本（C②）も、この系統に分類される。本章での調査はあくまで巻九に絞ったものであるので、他の巻においてこの2本が善本である可能性は残っている。だが、天理図書館蔵伝一条兼良筆本は取り合わせ本の可能性が高く、また龍門文庫蔵伝正徹筆本は明らかに校合され増補されている部分が確認出来るため、島崎氏が述べるような「純粋培養された中書本」ではないことは確かである。天理図書館蔵伝一条兼良筆本について補足すると、巻一・巻二等は初期の形態を留めている可能性があり、逆に巻八・巻十一・巻十六・巻十七等は覆勘本系統の可能性がある。この点に関しては、今後より詳しく調査を行いたい。

D類は、A~C類の各系統と一致しないものをその他としてまとめた。例えば、三手文庫蔵本のようにA類とB類の特徴的な注記を取りそろえたものや、別途校合がなされた跡が確認出来る静嘉堂文庫蔵二十冊本等である。これらD類諸本の中には、A類やB類よりも先行する本が潜んでいる可能性はあるが、現段階では不明であるため別途調査を要する。

以上のように、3系統とその他の4分類を行ったが、これはあくまで概括的な分類である。各類の中でも細かな異同は見られるため、今後さらなる細分化が求められる。

3系統を比較すると、注記の増補改訂は、C類で多く確認出来る。C類は奥書に「覆勘」と示される通り、A類・B類よりも増補改訂が加わった系統と認められる。可能性として、C類の諸本が先行し、A・B類が注記を削除したとも考えられるが、総体的にC類のほうがA・B類よりも注記が多く、「加覆勘」とする奥書をも踏まえると、注釈書として増補されていった過程を想定したほうが自然である。C類の増補は、A・B類の注記に一部を書き加えることが基本であるが、C類以前の段階で見出し本文しか存在していなかった箇所に注記を足すという方法や、見出し本文すら存在しなかった箇所に新たに注記を加えるという方法も採っている。

またA類とB類の前後関係については、両者が直線的な関係にある訳ではなく、増補が複数の経路で行われた可能性があるため、現段階で判断を下すことは難しい。ただし、A類とB類は、覆勘本系統のC類と比較して明らかに初期の形態を留めていると判断される場合が多く、全体もしくは一部の注記から中書本の形態を窺える性質を持つという点を重く見るべきである。完全なる中書本『河海抄』を見出すことは不可能であるが、巻九に関してはこの3系統の比較から、覆勘本以前の様相を確実に示すことが可能である。

四　中書本から覆勘本への増補改訂

ここからは、前節で行った系統分類を踏まえ、『河海抄』巻九における増補改訂の特徴を確認する。覆勘本段階で見られる注記増補は、引歌や漢籍引用の出典を提示したものや、難解な語彙に説明を加えたものが確認され、中書本の注記を全般的に増補する傾向にある。その中でも注目すべきは、語彙についての言及が増加する点である。次に挙げるものは、その一例である。

『河海抄』注記比較7・朝顔巻

A①・A②・B①・B②

（見出し本文ナシ・注記ナシ）

C①・C②・C③

もていて、らう／＼しう

良々　亮々日本紀　りやう／＼しき詞せいのちいさきなとをりやう／＼しきと云非其儀称美詞也

これは、朝顔巻に使用される「らう／＼しう」の語彙説明を行ったものであり、C類にしか見られない覆勘本に特徴的な注記である。注記の内容は、まず『日本書紀』からの漢字を示し、その後「りやう／＼しき詞せいのちいさきなとをりやう／＼しきと云」と語意を述べ、さらに傍線部で「非其儀称美詞也」と語彙の性質まで言及する。語彙に対して非常に丁寧に説明を加える姿勢が見て取れる。

こうした物語中の語彙を説明する注記の中には、「～の心なり」という文言を伴って、文意を説明する注記が見られる。端的な例を二つ示す。

『河海抄』注記比較8・朝顔巻（注記比較2該当部分再掲）

C①・C③

しるへなきせかいにおはすらんを

伊弉冉尊火神を生て焼ころされて黄泉国へいます是を伊弉諾尊尋てをはしたる心也

C②

しる人なきせかいにおはすらんを

古本此註なし

いさなみのみこと火神をうみてやきころされてよみの国へいます是をいさなきのみことのたつねてをはしたる心歟

1例目は、前述の注記比較で扱ったものである。この注記では、「しるへなき世界におはすらん」という箇所に対して、伊弉諾尊が伊弉冉尊を訪ねた故事を引き合わせることにより、藤壺を思う光源氏の心内を読み解こうとしている。四角囲いで示したように、「心」という語が用いられている。この部分では、典拠としての故事を示すことに主眼が置かれたのではなく、登場人物の心内を、故事と重ね合わせながら、換言するように説明したものと認められる。前述したように、傍線部はC類のみに存在する注記であり、覆勘本段階での増補である。

2例目も同じく朝顔巻からの用例である。

『河海抄』注記比較9・朝顔巻

A①・A②・B①・B②

（見出し本文ナシ・注記ナシ）

C①・C②

君こそさはいへと紫のゆへこよなからす

藤壺に紫上かよひ似たる心也

C③

君こそさはいへとむらさきのゆへこよなからす

藤壺に紫上かよひ似たるこゝろなり

この注記は、朝顔巻「君こそさはいへと紫のゆへこよなからす」の部分に付された注記であり、紫の上が藤壺に似ているという注釈が施されたものである。四角囲いで示したように、「かよひ似たる心也」と、「心」という語を用いての説明が行われている。この注記もC類の段階で増補されたものである。

これら「～の心なり」という文言は、歌学書でよく見られる語彙を説明する際の常套句である。『河海抄』の中にはそれまで見られなかった歌学書引用が登場し始め、善成が歌学を積極的に摂取していたことが確認される。[24]善成は歌学書に見られた注釈方法を源氏学に応用したと考えられ、実際ここでは語彙説明の文言を源氏注に転用したものと捉えられよう。これら「～の心なり」に代表される文意理解の注記は、中書本の段階でも僅かに確認出来るが、覆勘本の段階で増補されたものが圧倒的に多く、覆勘本でより意識的に用いられた方法と指摘出来る。

また当該注記に関し、比較として以下に『岷江入楚』[25]を示す。

『岷江入楚』朝顔巻

君こそさはいへと紫のゆかり

秘紫上の御ため薄雲はをは也　さて紫のゆへとはいへり花紫上は女院の御めいなれはゆかりこよなからすと也

この『岷江入楚』の注記には、「秘」の三条西公条説と、「花」の『花鳥余情』が取り挙げられている。『河海抄』が文意の説明として藤壺と紫の上の酷似を指摘するのに対し、これらの後世の注釈は「ゆかり」を意識した注記であり、血縁関係に注目しながら解釈を述べる点で文脈を意識した注釈と言える。この比較からも、『河海抄』の文意解釈が、『源氏物語』注釈史において特徴的なものであったことが窺える。

次に示す比較からも、この特徴は顕著に見られる。

『河海抄』注記比較10・朝顔巻

A①・A②・B①・B②

（見出し本文ナシ・注記ナシ）

C①・C②

にかはしき御よそへにつけても

斎院我御事を朝かほによそへられたるといはれたる也

C③

にかはしき御よそへにつけても

斎院我御ことを槿によそへられたるといはれたる也

『岷江入楚』朝顔巻

につかはしき御よそへ

斎院御かへりの詞也　花朝かほははかなき花也　さてにつかはしき御よそへとは斎院の返事にかき給へりつゆまてとは御思ひのうちなれは露けき袖をうるほすよし也　秘今物思ひのうちなるに盛者必衰のことはりも思ひよそへられてあはれなるよし也　花のさかりは過やしぬらんとあるもわか身のをとろへ行ありさ

まに似つかはしきととりなし給ふ也　弄さかりは過やしぬらんといふ心にとりなして露けくなとあり　私
さかり過行槿は斎院にはよきたとへ物也　それにつけてもまことに露けくのみあると也

この注記では「心」の語は使用されていないが、内容は文意を説明するものである。『河海抄』が「朝かほによそへられたる」と言い換えて示すのに対し、『岷江入楚』に見える『花鳥余情』、公条説、『弄花抄』は朝顔の花の「はかない」特性を示した上で、その点を文脈に還元する注釈を施している。

『河海抄』と後世の源氏注とでは、注釈の方向性が異なるため、内容を一概に比較することは困難である。しかし、『河海抄』がこの本文部分に注目し、そこに文意の説明を加えている点からは、この文意理解が基点となって、後世の注釈書に見られる文脈理解へと繋がりうる可能性が見出せる。ここで示した朝顔巻の2注記を例に取ると、これらの該当本文に対する注記は、『河海抄』に先行する『紫明抄』等には見えず、『河海抄』が初めて注記を付したものであり、この『河海抄』の注記箇所を受けるように、後世の注釈書は注釈を施しているのである。そしてこの文意理解の注釈が覆勘本の段階で意識的に増やされていることを踏まえると、覆勘本『河海抄』こそが、後世の注釈への分岐点・出発点となったと推察されよう。

『河海抄』はこれまで、准拠や典拠の指摘に重点をおいた注釈書であるとされてきた。しかし、中書本と覆勘本とではその注釈姿勢に差異があり、覆勘本にいたる増補改訂からは、文意理解にも力点が置かれていたことが明確に認められるのである。

五　まとめ

以上、『河海抄』巻九における本文系統の再検証と、そこから窺える注記増補改訂の方法を述べてきた。今回の検証は巻九のみを対象とした限定的なものであったが、明らかにした点をまとめると以下の3点になる。

(ｉ)『河海抄』諸本を注記内容によって検証した結果、巻九においては、3系統とその他という4分類が可能である。

(ⅱ)今まで中書本系統の善本とされてきた、天理大学附属天理図書館蔵伝一条兼良筆本や龍門文庫蔵伝正徹筆本は、注記内容の比較から、少なくとも巻九では覆勘本系統であると判断出来る。

(ⅲ)増補の特徴として、引歌や漢籍引用の提示をはじめとする増補の他に、文意を説明する注記がそれ以前の段階に比べ多様されるという点が挙げられる。また文意理解を目指す注記は、後世の源氏注に見られる分脈理解の基点となる可能性がある。

今後、『河海抄』を対象とした研究は、中書本『河海抄』の原態を探ることよりも、中書本から覆勘本へと増補改訂されていった過程を重視し、覆勘本『河海抄』が後世の源氏注に与えた影響を明らかにすべきである。また、覆勘本『河海抄』は『源氏物語』注釈史において再評価すべき対象である。

本章で指摘した諸本系統や施注方法が、巻九以外にも適用され得るかは今のところ不明である。ただし、注記内容を対象とした検証方法が、これまでほとんど進まなかった『河海抄』の基礎的研究において有効に働くことは証明出来たと思う。よって、他の巻においても、注記内容に基づく検証を加え、各巻の性質を特定すべきである。二十巻すべての状況を把握しなければ、『河海抄』の全体像を捉えることは難しかろう。未見諸本の調査を進めるとともに、今後の課題としたい。

注

(1) 四辻善成の事跡および生涯については、小川剛生「四辻善成の生涯」(『二条良基研究』、笠間書院、二〇〇五)に詳しい。

（2）大津有一「河海抄の伝本」（『金沢大学国語国文』第2号、一九六六・三）、同「河海抄の伝本再論」（『皇學館論叢』第1巻第5号、一九六八・一二）。

（3）天理大学附属天理図書館蔵伝一条兼良筆本は『河海抄　傳兼良筆本一・二』（天理図書館善本叢書和書之部第七十・七十一巻、八木書店、一九八五）に、学習院大学蔵三条西実隆自筆文明四年書写本は前掲（2）の大津氏論考「河海抄の伝本再論」によった。なお句読点等、一部私に改めた。

（4）なお、これらの奥書の後に、近衛稙家、他阿（遊行二十九世）の奥書を有する本もある。

（5）なお、これらの奥書の後に、姉小路済継、中院通勝の奥書を有する本もある。

（6）島崎健「河海抄の異同——巻十一御幸の『李部王記』——」（『論集日本文学・日本語　第二巻』、角川書店、一九七七・一二）。氏は、「この異同の様相（巻十一御幸巻における『李部王記』の異同・著者注）に、実は「中書本」と「覆勘本」の差異をみることが出来るのではないか、或いは少なくとも「中書本」の姿がこの異同を核にして一部なりとも浮かび上がってくるのではないか」と述べる。

（7）島崎健「解題」（前掲（3）の天理図書館善本叢書）。

（8）前掲（2）に同じ。

（9）伊井春樹「『山下水』から『岷江入楚』へ——実枝の源氏学とその継承——」（『源氏物語注釈史の研究　室町前期』、桜楓社、一九七八）。

（10）国文学研究資料館所蔵マイクロ資料にて確認。マイクロ請求番号：32–363–3。

（11）『桃園文庫目録』目録番号：桃7–42。

（12）国文学研究資料館所蔵紙焼写真資料にて確認。紙焼写真請求番号：E10608。

（13）『桃園文庫目録』目録番号：桃7–40。この本は、玉上琢彌編、山本利達・石田穣二校訂『紫明抄　河海抄』（角川書店、一九六八。以下、角川版とする）の比校本である。石田氏は同書凡例にて「この本は、底本（天理大学附属天理図書館蔵文禄五年奥書本・著者注）と姉妹関係にあるといっていいほど酷似した本であり、総体的に見て底本よりやや古態を存するかと思われる」と述べる。

(14) 前掲（3）の天理図書館善本叢書。

(15) 阪本龍門文庫善本電子画像集（http：//mahoroba.lib.nara-wu.ac.jp/y05/y054/）。

(16) 国文学研究資料館所蔵紙焼写真資料にて確認。紙焼写真請求番号：E7861。

(17) 高田信敬氏は、島原松平文庫蔵『河海抄抄出』の本文について、大津氏が示された中書本と覆勘本の注記対比から、「宗祇の依拠した『河海抄』中書本系統に属することは確かだと言えよう」（『源氏物語考証稿』、武蔵野書院、二〇一〇）と述べるが、巻九での検証からは疑いが生ずる。当該の『簞日記』の引用部分は、『河海抄抄出』の注記にも存在する。『簞日記』を引用している『河海抄』の系統はB・C類であり、A類には見えない。A類は比較的初期の形態を留める系統と考えられ、A類が中書本そのものであるとは言えないが、中書本の一様相を見せるこのA類に『簞日記』の引用がないことを踏まえると、『簞日記』の注記はもともとは中書本になかったと推測される。よって、『河海抄抄出』の依拠した『河海抄』が中書本系統であったとは言いがたい。他にも、少女巻「へいしなととらせ給へる」や少女巻「ちうさすことなと」の注記においても、増補されたと考えられる部分が『河海抄抄出』にも確認出来る。

(18) 後人の書き入れが注記本文に混入した例を指摘したものとして、小川剛生「『河海抄』中書本と散位基重」（『源氏物語の鑑賞と基礎知識　№28蜻蛉』、国文学解釈と鑑賞別冊、至文堂、二〇〇三・四）がある。小川氏は、蜻蛉巻「こけをおましにて」の注記に関して、注記内に書写に関わった散位基重の名が見え、基重の説が注記本文に混入したことを指摘した上で、基重を小栗氏に比定なされた。このように、善成以外の説が入り込んでいる可能性は他にもあり、例えば巻十初音巻「よしある火をけにしゝうをくゆらかして……」の注記では、裏書された注記部分が本文に紛れ込んでいる事象がある。巻九に関しては、朝顔巻「源内侍のすけといひし人は尼に成て……」、少女巻「むまはのおとゝつくりらちゆひて」等の注記において、増補された部分が、他の増補とは異なり漢字片仮名混じりで記されている本も確認され、外形的な面から後人の増補である可能性が残る。

(19) 高橋麻織「明治大学図書館蔵『河海抄』解題と翻刻（1）——巻第九「乙通女」——」（『古代学研究所紀要』第8

号、二〇〇九・二）にて紹介されている。

(20) 大津氏「河海抄の伝本再論」には、「第二高等学校旧蔵本は戦災をうけて焼失したかと思われる」とされるが、現在、東北大学附属図書館に所蔵されていることを確認した（『東北大学所蔵和漢書古典分類目録　和書　中』目録番号：教養913・208・1-2）。詳細については、第一部第四章「東北大学附属図書館蔵旧制第二高等学校旧蔵『河海抄』をめぐって」を参照されたい。

(21) 陽明文庫蔵本は、巻十一、巻十二、巻十七、巻十八、巻十九、巻二十を中心におびただしい朱の書き入れがあり、また巻十一には13枚の貼紙、巻十九には1枚の貼紙がある。陽明文庫蔵本の校合過程は、諸本系統を紐解く一端になり得ると考える。

(22) 紙幅の都合で省略したが、B類がC類よりも増補されている例として、朝顔巻「なか月に成ても、その、宮に……」の注記における『和歌知顕集』引用、少女巻「家よりほかにもとめたるさうすくともの……」における『万葉集』引用等が挙げられる。

(23) 田中まき「『河海抄』文禄五年奥書本の性格――所引の『伊勢物語』本文による考察――」（『百舌鳥国文』第4号、一九八四・九）。氏は、『河海抄』に引用される『伊勢物語』の本文から、文禄五年奥書本が覆勘本である可能性を指摘された。氏の指摘の中には確かに覆勘本段階の増補と考えられる注記も存在するが、それを以てすなわち覆勘本と考えることは早計であろう。

(24) 第二部第三章「歌学書引用の実態と方法――顕昭の歌学を中心に――」。

(25) 『岷江入楚』の引用は、中野幸一編『岷江入楚自十二須磨至廿六常夏』（源氏物語古註釈叢刊第7巻、武蔵野書院、一九八六）によった。『岷江入楚』に引用される『河海抄』はC類系統である。

第二章　巻十論

——後人増補混入の可能性を中心に——

一　はじめに

四辻善成によって編まれた『河海抄』は、『源氏物語』の注釈史において極めて重要な注釈書の一つでありながら、諸本系統の検討が未だ十分に行われていない。

現存伝本のいくつかに残された奥書によると、『河海抄』の諸本は、将軍家献上本であった中書本系統と、後に作者である四辻善成自身によって増補改訂された覆勘本系統とに分類出来る。この奥書を基準として、大津有一氏は早くに諸本を分類したもの(1)の、大津氏以降、内容による系統分類の検証はほとんど行われて来なかった。

注記内容から諸本を検証した稀少な研究としては、島崎健氏の論考が挙げられる(2)。島崎氏は、巻十一の御幸巻に見える『李部王記』の引用記事が両系統を区分する指標と成り得ると指摘した上で、天理大学附属天理図書館蔵伝一条兼良筆本(3)、龍門文庫蔵伝正徹筆本(4)、天理大学附属天理図書館蔵文明十三年奥書本の3本を、中書本系統の核に成り得る本として提示された。

しかし、この島崎氏の指摘には問題が残る。これまで著者が行った調査によると、調査可能であった天理図書館蔵伝一条兼良筆本と龍門文庫蔵伝正徹筆本の2本に関しては、明らかに後発の本文を有しており、当初の姿を留めるとは言い難い。このような誤判断を招いた要因は、奥書を尊重しすぎた上に、注釈内容を悉皆的に調査しなかった点に求められる。

　これまで著者は、巻九を対象として、注記内容に即した新たな系統分類を行った[5]。本章では、これに続くものとして、巻十を対象として諸本を系統分類するとともに、注記の増補改訂や後人の書写校合の際に発生した諸問題を扱うこととする。特に、これまで島崎氏によって中書本系統の善本とされてきた、天理大学附属天理図書館蔵伝一条兼良筆本と龍門文庫蔵伝正徹筆本の2本を中心に扱い、両本の性格を明らかにする。

二　注記内容の検討

『河海抄』巻十は、玉鬘・初音・胡蝶・蛍の4巻を扱う。伝本によっては、巻九と合綴されている場合もある。また、蛍巻の末尾に、中書本の特徴とされる散位基重の奥書を持つものもある[6]。本章においては、紙面の都合上、これらの書誌的事項について詳しく述べることは避け、あくまで注記内容からの系統分類を行うこととする。

　前章で述べたように、『河海抄』諸本は、大まかにはA・B・C類の3系統に分類することが可能である。A類は、彰考館蔵二十冊本に代表される系統である。この系統は、近衛家を経由した系統で、比較的原態を留めると目される。B類は、尊経閣文庫蔵十一冊本や、角川書店版[7]の底本である天理大学附属天理図書館蔵文禄五年奥書本に代表される系統であり、漢籍・仏典・記録などを用いた漢文注記が重点的に増補されていることが特徴である。C類は、三条西実隆自筆本に代表される系統であり、A・B類よりも注記の分量が増す傾向にある。本章においても、ひとまずはこの枠組みを利用し、注記内容に検証を加えることとする。

　この三者の関係が最もよく分かる例として、以下に蛍巻の一例を示す。

A類（静嘉堂文庫蔵十冊本）

仏のいとうるはしき心にてとき給ふみのりにも

仏は四意趣に住して説法し給也

はうへんといふ物ありてさとりなき物はこゝかしこたかふ也うたかひをきつへくなむ

法花未得謂得未証謂証の心歟

B類（角川書店版）

仏のいとうるはしき心にてとき給ふみのりにもはうへんといふ物ありてさとりなき物はこゝかしこたかふ也

仏は四意趣に住して説法し給也所謂別義意別時意長時意平等意也

うたかひをきつへくなむ

法花未得謂得未証謂証の心歟

C類（天理大学附属天理図書館蔵伝一条兼良筆本）

仏のいとうるはしき心にてとき給ふみのりにも

仏は四意趣に住して説法し給也所謂別義意別時意長時意平等意也

はうへんといふ物ありてさとりなき物はこゝかしこたかふ也うたかひをきつへくなむ

法花未得謂得未証謂証の心歟

見出し本文の異同（傍線部）と、注記の増補（波線部）が確認出来る。波線部の増補を踏まえると、注記内容としては波線部を持たないA類が当初の形と判断される。見出し本文の異同としては、A・C類とB類とに二分される。見出し本文のみでは、どちらの形態が古いものかの判断はつかないが、C類の注記が波線部以外A類と同じであることから、C類はA類をもとに増補されたものと考えることが出来る。B類は、C類と同様の注記内容を持つものの、見出し本文が異なることから、A・C類のような直線的な影響関係は想定出来ず、全く別の系統と捉えるべきであろう。当該注記からは、A類が初期の形態を保ち、B・C類はそれに続くもの、と認定される。

C類に分類される諸本には、天理図書館蔵伝一条兼良筆本・龍門文庫蔵伝正徹筆本が含まれるが、これらは明かに後発の本文を有している。最も顕著な一例を以下に挙げる。

A類（静嘉堂文庫蔵十冊本）

よしある火をけにしゝうをくゆらかしてものことにしめたるにえひかうのかのまかへる

一説薫物の火とりの事也云々案之普通火桶歟

裛衣香方

零陵香七分沈香二分丁子二両蘇香二両簷唐二両霍香三両欝金一両麝香半分

右六種各別擣為散和合唯蘇合簷唐以手抜砕和且好

或衣被香浥衣香方千金翼方

沈香　苜蓿香各五両　丁香　甘松香　霍香　青木香　艾納方　鶏舌香　雀悩香各一両射香半両白檀香三両零陵香十両

B類（角川書店版）

よしある火をけにしゝうをくゆらかしてものことにしめたるにえひかうのかのまかへる

一説薫物の火とりの事也云々案之普通火桶歟

裛衣香方

零陵香七分沈香二分丁子二両蘇香二両簷唐二両霍香三両欝金一両麝香半分

右六種各別擣為散和合唯蘇合簷唐以手抜砕和且好

浥衣香方　千金翼方

沈香　苜蓿香各五両　丁香　甘松香　霍香　青木香　艾納方　鶏舌香　雀悩香各一両射香半両白檀香三両零陵香十両

一説衣比香麝香異名也見延喜式云々或衣被香

C類（天理大学附属天理図書館蔵伝一条兼良筆本）

よしある火をけにし、うをくゆらかしてものことにしめたるにえひかうのかのまかへる

一説薫物の火とりの事也云々　案之普通火桶歟

裛衣香方　零陵香七分　沈香二分　丁子二両　蘇香二両　簷唐二両　藿香三両　欝金一両　麝香半分

右六種各別擣為散和合唯蘇合簷唐以手抜砕和且好一説衣比香麝香異名也見延喜式云々衣被香浥衣香方

千金翼方　沈香　苜蓿香各五両　丁香　甘松香　藿香　青木香　艾納方薬ノ名可尋翁長朝臣流　薬ニハ非ス　鶏舌香　雀悩香

各一両射香半両白檀香三両零陵香十両

又古老ノ尼君ノ秘事トテ申ハ衣被香ハ麝香半分沈香三分二白檀三分一何モ最上品ヲ取合テ少シナマセンシナル

日葛ニテ合云々此外ニ檳榔子ヲ少シ粉ニシテ入云々冷キ匂ノ増也云々最少分可加云々譬ハ薫十両ナラハ檳榔子

一分斗ト云々惣ノ匂ヲマトムル様ノ有也云々譬ハ当時三草ト云薫ノ同類也

C類（龍門文庫蔵伝正徹筆本）

えひかうのかのまかへる

一説薫物の火取の事也云々案之普通火桶歟

裛衣香方

零陵香為長朝臣流七分　沈香二分丁子二両蘇香二両簷唐二両藿香三両欝金一両麝香半

右六種各別擣為散和合唯蘇合簷唐以手抜砕和且好

浥衣香方　千金翼方

沈香　苜蓿香各五両　丁香　甘松香　藿香　青木香為長朝臣流　艾納方薬ノ名可尋為長朝臣流　薬ニハ非ス　鶏舌香　雀悩香各一

両射香半両白檀香三両零陵香十両
一説衣比香麝香異名也見延喜式云々衣被香　衣比香
裏書云
私云エヒ香ハシヤカウノ異名也
又古老ノ尼君ノ秘事トテ申ハ衣被香ハ麝香半分沈香三分二白檀三分一イツレモ最上品ヲ取合テ少シナマセンシナルカツラニテ合云々此外ニビンラウシヲ少粉ニシテ入云々冷キ匂ノマサル也云々最少分加ヘシト云々タトヘハ薫十両ナラハヒンラウシ一分斗ト云々惣ノ匂ヲマトムル様ノ有也云々タトヘハ当時三草ト云薫ノ同類也

これは、初音巻の注記であり、裛衣香の調合法を示したものである。波線部が挿入される箇所が若干異なる点と、C類のみに確認出来る傍線部の増補が、諸本間の異同として指摘出来る。注目すべきは傍線部の増補記事であり、2種類の調合法に加えて、「古老ノ尼君」の調合法が提示されている(8)。

龍門文庫蔵伝正徹筆本においては、増補部分は、「裏書云」と提示され、次いで「私云エヒ香ハシヤカウノ異名也」と私説が入り、その後「古老ノ尼君」説が続く、といった形で存在している。この傍線部は、他の注記とは異なり、漢字片仮名表記によって注記が施されている点から、後の増補である可能性が高い(9)。「裏書云」の部分が、私説のみを指すのか、「古老ノ尼君」説までをも指すのか、判断に迷うが、ここでは両者が後補である点を重く見たい。つまり、傍線部を特徴的に持つC類は、A・B類よりも増補が加わった系統と認められ、天理図書館蔵伝一条兼良筆本や龍門文庫蔵伝正徹筆本は後発の本文ということになる。裏書の問題については、次節で詳しく取り扱う。

また、同じくC類の天理図書館蔵伝一条兼良筆本と龍門文庫蔵伝正徹筆本とでは、見出し本文に異同が見られる。龍門文庫蔵伝正徹筆本は「えひかうのかのまかへる」と見出し本文前半を省略しているが、これは書写の過程において欠落したものと考えられる。というのも、他の伝本の中には、この見出し本文を二行書きにするものが見え、「えひかうのかのまかへる」は2行目に相当するのである。つまり、見出し本文の1行目を書き落とした、もしくは2行目のみを見出し本文と判定したことが想定されるのである。[10]当該注記からも分かるように、C類内における下位分類が求められるが、これについても次節で述べる。

以上見てきたように、3系統の注記を比較すると、ある程度の前後関係を窺うことが可能である。しかし、この3類の関係は、全ての異同箇所において判別されるものではない。例えば、玉鬘巻「しみつのみてらの観世音寺に」の注記は、注記の提示順が三者三様に異なるものの、その注記成立の前後関係や増補改訂の過程については一概に判定出来ない。[11]そのため、前後関係が判断可能な事例の積み重ねを行うことでしか結論は導けず、一つの注記のみで系統間の影響関係を判断することは困難である。

B類が当初の形態を残すと思われる箇所は、次の例である。

B類（角川書店版）

ゆめみたまひていとよくあはする物めしてあはせ給けるに

（一行空き）

をんなこの人のこになることは

下莞上簟乃安斯寝乃寐乃興乃占我夢吉夢維何維熊維羆維虺維蛇大人占之維熊維羆男子之祥維虺維蛇女子之祥詩小雅斯干篇

右の例は、蛍巻巻末の注記群である。B類では、この部分に2注記が存在し、前半は見出し本文のみとなっている。[12]これがA・C類においては、後半の見出し本文が前半の見出し本文に連接し、一つの注記として示されるのである。

そもそも当該箇所の物語本文は、[13]

夢見たまひて、いとよく合はする者召して合はせたまひけるに、「もし年ごろ御心に知られたまはぬ御子を、人のものになして、聞こしめし出づることや」と聞こえたりければ、「女子の人の子になることはをさをさなしかし。いかなることにかあらむ」など、このころぞ思しのたまふべかめる。（③二一九）

となっており、傍線部で示した見出し本文が連接することはあり得ない。もともと空行であった部分が、書写を繰り返すうちに詰められてしまった結果、見出し本文が連続しているとの錯覚を招いたのであろう。この現象は他の巻にも散見され、例えば巻十五・御法巻の巻末注記でも全く同様の錯誤が起こっている。この部分を一注記として掲げるA・C類は誤りであり、B類の形態こそが本来の姿と認定出来る。

またC類についても、僅かではあるものの、A・B類よりももとの形を留めると思われる箇所が存在する。以下に示す蛍巻の例がそれである。

C類（熊本大学附属図書館北岡文庫蔵本）

さかしらにわかことといひて

（一行空き）

B類（角川書店版）

さかしらに我といひて

さかしらに夏は人まね篠の葉のさやく霜夜を我ひとりぬる

A類（静嘉堂文庫蔵十冊本）・**C類**（天理大学附属天理図書館蔵伝一条兼良筆本・龍門文庫蔵伝正徹筆本）

さかしらに我子といひて

さかしらに夏は人まねさヽのはの

C類の中でも、熊本大学附属図書館北岡文庫蔵本に代表される諸本には、見出し本文のみが提示されるに留まり、注記部分は空行のままにおかれている。これに対して、B類では、「さかしらに夏は人まね……」の和歌が加えられており、さらにA類と一部のC類においては、引歌の下の句が省略された形となっている。もともと空行であった箇所に注記を増補していく姿勢は、他の箇所においてもまま見られる現象である。多くは、A・B類で空行だったものがC類において増補される傾向にあるが、ここではC類が初期の形態を持つと考えられる。

このように、各注記ごとで前後関係が異なる場合があるが、大まかな傾向としては、A類が比較的当初の姿を留める箇所が多く、B・C類は増補が施された形態を持つ(14)。B類とC類における注記増補は、直線的な増補関係ではなく、それぞれ別の経緯で施されたと考えるべきである。特に、B類の特徴的増補である、漢籍・仏典・記録等の漢文注記において、この傾向が強い。なお、A・B類については系統内部に大きな異同はほとんど見られないが、C類の諸本においてはさらに下位分類が可能である。残存伝本においてはC類に分類されるものが最も多く、各伝本の性格を把握するためにも、さらなる細分化の必要があろう。

三　C類における下位分類

ここからは、C類の諸本間の異同を中心に検討を加える。C類の諸本を比較すると、注記内容は大凡一致し、特徴的な増補も共通して施されているのではあるが、ごく僅かな点で見逃せない差異が存在する。

次に示す注記は、注記内容ではなく、注記の存在する位置が異なる例である。

弁の少将

永篠安人　左京大夫父不見左中弁近衛少将延暦廿三年正月廿七日任参議　中弁少将猶如元

これは、初音巻に存在する注記である。伝本によっては冒頭に細字で「在所可勘」と付される場合もある。この注記は、A類は「このとのうちいてたる」の注記の直後にあり、B類は「このとのうちいてたる」の注記の直前、もしくは見出し本文の下部に見える。これがC類になると、「このとのうちいてたる」の注記からかなり後方に位置する、「はんすんらく御くちすさひにの給て」の注記の直前（踏歌に関わる長大な注記の直後）に確認されるのである。C類の中でも、北岡文庫蔵本に代表される諸本には、この両箇所に注記が存在しており、校合の結果2箇所に同じ注記が施される現象が発生したものと考えられる。北岡文庫蔵本は、先の「さかしらにわかことといひて」の注記においては初期の様相を留めていたが、ここでは明らかに後発の本文と認められる[15]。

C類において増補された注記の中には、先に軽く触れたように、「裏書云」や「私云」といった文言が付される箇所がある。以下に、蛍巻からもう一例を示す。

つかさのてつかひ

左近騎射真手番也

五月三日左近騎射荒手結五日真手結四日右近騎射荒手結六日右近騎射真手番也

私曰五月四日ヲ荒手結五日真手結云々五日ノ荒手結ヲ日折ト云歟云々イ本手結ニ荒手結真手結トテ左右ニ各両度有云々

傍線部は、衛府の騎射に関して、異説を私説として示したものである。もし、善成が私説を展開するならば、わざわざ「私曰」として提示する必要はなく、また傍線部が漢字片仮名表記であることも不審である。

この他に、胡蝶巻の例も該当する。龍門文庫蔵伝正徹筆本で該当部分を示す。

こひの山にはくしのたふれまねひつきけしきにうれへたる

孔子仆何事乎不審若庄子乃盗跖論長沮桀溺丈人石門荷簣儀封人楚狂接輿か孔子をあさけりし事なとをいふか三人の小児と問答せられし事なと歟

裏書云
私云まめ人の色好を孔子のたはふれとは云也
裏書云
孔子東荊山の下に遊しに道に三人の小児ありて土を擁て城をつくる孔子曰車の道をさるへし吾過とおもふ小児の曰吾聞聖人ハ上天命を知り下人情を覚る従古至今車まさに城をさるへし城何車をさらんと孔子車をとめて地におりき此等を孔子のたはふれとはいふにやひけくろの大将しほうなる人の恋のこゝちにまよふを孔子の仆に似たると云歟孔子の恋の山にまよふにはあらさる歟

盗跖　柳下恵　賢仁也　盗人也　兄弟也

当該注記は、諸本によって多様な異同を持つものであるが、注目すべきは傍線部であり、注記が裏書の混入によって増大していったことを物語っている。(16) 先の「裏書云」と関わらせると、なおのこと、この部分を善成の所作とは認めにくくなる。

『河海抄』に見える「裏書」に関しては、早くに池田亀鑑氏が言及している。(17)

> この「裏書」なる勘物（著者注：七毫源氏絵合巻巻尾の「河海抄裏書云」で始まる注記）も、本によってあるいは出ていたり、あるいは出ていなかったりして不統一を極めている。かように河海抄に信頼するに足る伝本がないという事は、河海抄がもと巻子本であって、後人がそれを冊子として書き改め、内容の大整理を試みようとして、かえって不知不識の中に誤脱を犯して伝えたからではなかろうか。

このように、池田氏は、『河海抄』の原態が巻子本であったことと関わらせて論じており、著者も首肯するところである。現存するところでは尊経閣文庫に巻子装の零本が残されており、また日比野浩信氏が、伝一条兼良筆河海抄切について原態が巻子装であった可能性を示唆しているように、(18) 巻子装の『河海抄』が存在していたことは確実である。巻子装の伝本に施された裏書が、表へと混入したと考えるのが自然であろう。

この「裏書云」「私云」で示された部分が、確実に善成の手によるものではないことは、他の巻の注記からも窺える。一例として、手習巻の注記を天理図書館蔵伝一条兼良筆本によって示す。

きせいたいとくになりて

基勢大徳肥前掾橘良利法名寛蓮子囲碁好事也

裏書云私云法名ニ三字をつく事公家さまには今もあり四辻宮真人ニなり給て于時従二位中納言春屋国師に

法名御申ありけるに三字法名也寛蓮子もうたかふへからす

この箇所は、島崎健氏も別人の書き入れ指摘するように[19]、内容から明らかに後人の増補記事と判断される。「裏書云私云」以下は、伝本によっては存在しない。この記事は、傍線部「裏書云私云」とあるように、もとは裏書として書き加えられたものであり、したがって、その裏書を施した人物も後人ということになる。また、当該注記以外にも、小川剛生氏が指摘する蜻蛉巻「こけをおましにて」の注記においても[20]、散位基重によって施された増補部分は「裏書云私云」から始まるのである。

この点を敷衍して考えると、注記冒頭に「裏書云私云」もしくは「裏書云」の文言が示された注記は、善成の手から離れた産物であることが見えてくる。加えて、これらの裏書注記による増補が、C類のみに特徴的に存在するという事実も、後人補入の可能性を補強するものである。先に見た初音巻「よしある火をけにしゝうをくゆらかして……」や胡蝶巻「こひの山には……」に存在していた裏書注記も、後人によって施されたと判断すべきであろう[21]。天理図書館蔵伝一条兼良筆本や龍門文庫蔵伝正徹筆本は、かくのごとく、『河海抄』の原態からは掛け離れた形態・性格を有するのである。

両者の中でも、龍門文庫蔵伝正徹筆本は特異な点を持つ。最後にこの点に触れて終わりたい。C類諸本の中で、最も特徴的な差異を見せるものは、龍門文庫蔵伝正徹筆本に代表される諸本である。現存伝本の中で、これらの諸本にしか存在しない独自注記も確認出来る。次に示す例がそれである。

紫の上を廿七八といへともまことには今年廿七なるへし玉鬘は廿一なり
　君を同年其故は源氏十八の時三歳なりき品定の年与夕顔に合給し年は同年也夕顔巻に君をおと丶しの春い
　てき給へりし女にていとらうたけにと云り此年紫上廿七源氏卅六九年まさる也玉かつらを廿はかりと云許
　詞は廿一なり紫上を廿七八と云さためさるも廿七なり

この注記は、玉鬘巻「こまかへる」の注記と「わかき人はくるしとてむつかるめり」との間に存在する。龍門文庫蔵伝正徹筆本と同種の伝本を除き、他の伝本には全く見えない注記である。(22) この注記に符合するかのように、巻十においては、登場人物の年齢に関わる注記がもう1箇所、諸本間での異同を伴いながら存在している。

B類（角川書店版）

初音　六条院卅七　紫上廿八　玉鬘廿二　冷泉院十八　今上十一　秋好中宮廿九　夕璅十七　明石上廿八　明石中宮十

C類（龍門文庫蔵伝正徹筆本）

第十七玉鬘并一初音　六条院卅七紫上廿八玉鬘廿二冷泉院十八今上十一秋好中宮廿九夕霧十七明石上廿八明石中宮十

これは、初音巻の段階における、各登場人物の年齢を提示した注記である。光源氏、紫の上、玉鬘の年齢比定は、先に見た玉鬘巻「紫の上を廿七八といへとも……」注記と一致する。B類の注記は玉鬘巻の巻末にあり、C類の注記は初音巻冒頭、巻名の下部に施されたものである。A類諸本とC類の天理大学附属天理図書館蔵伝一条兼良筆本・北岡文庫蔵本においては、注記そのものが存在していない。2種類の形態を持つ当該注記であるが、両者を比較すると、龍門文庫蔵伝正徹筆本では巻名の「初音」に続く形として「六条院……」と施されるのに対し、B類諸本では、玉鬘巻の末尾に唐突に「初音……」と始まる。たとえ玉鬘巻と初音巻が時間的に連続していようとも、初音巻における登場人物の年齢を玉鬘巻に施注することは、通常では考えにくい。そのため、もともとは龍門文庫蔵伝正徹筆本のごとき形態であったと推察される。それが、書写の過程であるべき箇所から外れたか、もしくは、校合に際して書き入れられたことによって、B類のような形態が発生したと考えられよう。両者の関係性については今後さらなる検討を要するが、当該注記においては、龍門文庫蔵伝正徹筆本に類する伝本が、B類に影響を与えたと認められる。

当該2注記に示された各年齢に関しては、特に光源氏の年齢について不審が残る。初音巻の光源氏を37歳（玉鬘巻で36歳）とする根拠は、現段階では不明である。一条兼良『源氏年立抄』や本居宣長『源氏物語年紀考』では、藤裏葉巻の「明けむ年四十になりたまふ」の記述から逆算することで、初音巻での年齢を36歳とする。桐壺巻の12歳から計測する方法も考えられるが、単純に37歳が導かれる訳ではない。また、紫の上との年齢差を9歳とすることにも疑問が残り、他の注釈書とは異なる年齢算出を行ったことが窺える。

各注釈書における年齢算出や、それを踏まえた比較検討については、問題が大きくなるため別の機会に譲りたいが、『河海抄』の伝本の一種に現在まで確認されていない年齢比定が記されている点は注目される。[23]ただし、これが善成の手によるものとは、考えにくい。限られた伝本にしか存在していない点や、この年齢比定に関して兼良が何の言及もしていない点等を考慮すると、後人による補入と捉えたほうが穏当であろう。また、他の伝本には全く見られない独自注記である点は、これらの増補が後世のある特定の人物によって施されたことを示唆している。[24]龍門文庫蔵伝正徹筆本系統にのみ存在する独自内容については、増補を行った人物やその過程も含め、今後さらなる検証が求められる。

以上のような比較を行うと、C類は下位3種に分別出来る。先の指摘[25]においては、天理大学附属天理図書館蔵伝一条兼良筆本・龍門文庫蔵伝正徹筆本・熊本大学附属図書館北岡文庫蔵本を同種と認定していたが、実際はそれぞれ別種と認定出来る。さらに、C類に見られる増補には、善成以外の人物による注釈も混在しており、注意を要する。これまで中書本系統の最善本と言われてきた天理図書館蔵伝一条兼良筆本と龍門文庫蔵伝正徹筆本の位置付けは、大凡このようなものである。

四　巻十における諸本分類

ここまでの検討を踏まえ、調査が可能であった46本[26]を分類すると、以下のように分別出来る。

A類

第一種

彰考館蔵二十冊本・内閣文庫蔵他阿奥書本・島根県立図書館蔵本・今治市河野美術館蔵二十冊本・東海大学付属図書館桃園文庫蔵十二冊本・静嘉堂文庫蔵十冊本

第二種

京都大学附属図書館蔵本・神宮文庫蔵無奥書一面十二行本・静嘉堂文庫蔵二十冊本・早稲田大学図書館蔵天正三年奥書本

B類

尊経閣文庫蔵十一冊本・国文学研究資料館初雁文庫蔵本・石巻市図書館蔵本・佐賀大学附属図書館小城鍋島文庫蔵本・東京大学国文学研究室本居文庫蔵本・中央大学図書館蔵本・天理大学附属天理図書館蔵文禄五年奥書本（角川版より）・東海大学付属図書館桃園文庫蔵十冊本・神宮文庫蔵寛永十八年奥書本

C類

第一種

天理大学附属天理図書館蔵伝一条兼良筆本・国立国会図書館蔵十冊本・今治市河野美術館蔵十冊本・刈谷市中央図書館村上文庫蔵本・名古屋市蓬左文庫蔵十冊本・名古屋市鶴舞中央図書館蔵本・東海大学付属図書館桃園文庫蔵二十冊本・学習院大学蔵下田義照旧蔵本・関西大学図書館岩崎文庫蔵本・早稲田大学図書館九曜文庫蔵本

第二種

龍門文庫蔵伝正徹筆本・東北大学附属図書館狩野文庫蔵本・学習院大学蔵二十冊本・國學院大學図書館蔵温故堂文庫旧蔵本

第三種

熊本大学附属図書館北岡文庫蔵本・国立国会図書館蔵十六冊本・秋田県立図書館蔵本・島原図書館松平文庫蔵本・東北大学附属図書館蔵旧制第二高等学校旧蔵本・尊経閣文庫蔵二十冊一面十二行本・尊経閣文庫蔵二十冊一面十三行本・正宗文庫蔵本

D類（その他）

天理大学附属天理図書館蔵真如蔵旧蔵本（角川版より）・三手文庫蔵本・九州大学附属図書館蔵本・北海学園大学附属図書館北駕文庫蔵本

巻九で行った分類をもとに、さらに細分化を行った。各類の特徴・傾向としては、巻九の様相と大差はない。また、各系統の前後関係についても、巻九と同じく、A類が比較的初期の形態を留め、C類が増補を見せるといった大まかな前後関係は窺えるものの、必ずしも直線的な関係ではない。

A類第二種にまとめた3本は、巻九の段階ではD類（その他）に分類していたものである。別途校合の可能性が想定される伝本であったが、巻十においてはA類に近似する傾向を持つため、ここに新たにA類第二種としてまとめた。

C類については、下位3種の分類を施した。第一種は、天理大学附属天理図書館蔵伝一条兼良筆本に代表される系統である。第二種は、龍門文庫蔵伝正徹筆本に代表される系統であり、その特徴は先に述べた通りである。第三種は、第一種とほぼ同様の内容を持つものの、第一種よりも増補が加わった箇所や異なる注記形態である箇所も確認出来る。

D類に属する伝本については、右の分類には当てはまらなかったものである。これらの伝本については、別途検討が必要である。天理大学附属天理図書館蔵真如蔵旧蔵本については、A類の可能性が高いものの、角川版に示された一部の校合だけでは判断が下せないため、現段階ではその他に分類した。三手文庫蔵本は、C類第二種に特徴的な注記を持ちつつも、A類や他のC類と一致する箇所も見られる。九州大学附属図書館蔵本と北海学園大学附属図書館北駕文庫蔵本の両本は、注記内容としてはC類諸本の特徴を持つが、抄出本であるためD類に分類した。ただし、別途に抄出された訳ではなく、同一祖本によるものと思われる。

以上の分類は、あくまで巻十に適用されるものではあるが、複数の伝流を確認出来るという点では、他の巻や『河海抄』全体の系統分類においても、ある程度有効に働くものと考えられる。

五　まとめ

以上、本章では『河海抄』巻十を対象に、注記内容の検討を通して諸本の系統分類を行った。書写が繰り返されたことによる誤脱や、明らかに善成の手によるものではない増補記事が存在する箇所など、これまで見落とされがちであった問題を中心に扱った。今回示した諸本分類が示すように、これまで行われてきた中書本・覆勘本という2分類では、現存『河海抄』諸本の姿を捉えることは不可能であり、改めるべき点である。

また、今回は明らかに後人の増補と認められる注記を主に扱ったが、増補が善成の手によるものか、後人の手によるものか、判断の迷う箇所も多々存在する。善成の増補がどこまで及んでいたのか、その実態を探るために残された課題は多いが、未見諸本の調査とともに、今後の課題としたい。

注

（1）大津有一「河海抄の伝本」（『金沢大学国語国文』第2号、一九六六・三）、同「河海抄の伝本再論」（『皇學館論叢』第1巻第5号、一九六八・一二）。
（2）島崎健「河海抄の異同――巻十一御幸の『李部王記』――」（『論集　日本文学・日本語　第二巻』、角川書店、一九七七・一一）、同「解題」（『河海抄傳兼良筆本二』、天理図書館善本叢書和書之部第七十一巻、八木書店、一九八五）。
（3）当該本は、『河海抄傳兼良筆本』（天理図書館善本叢書和書之部第七十一・七十二巻、八木書店、一九八五）として刊行されている。
（4）当該本は、阪本龍門文庫善本電子画像集（http://mahoroba.lib.nara-wu.ac.jp/y05/y054/）として公開されている。
（5）第一部第一章「巻九論――諸本系統の検討と注記増補の特徴――」及び第一部第三章「巻十一論――『李部王記』引用再考序説――」。
（6）詳細は、前掲（1）の大津氏の論考を参考のこと。
（7）玉上琢彌編、山本利達・石田穣二編『紫明抄　河海抄』（角川書店、一九六八）。
（8）ここで示される「古老ノ尼君」とは、薫物諸抄に散見される山田尼（藤原致貞女）を指すかと思われるが、なお後考を俟ちたい。
（9）『河海抄』においては、漢字平仮名表記によって施注されることが一般的である。これに対して、増補記事は漢字片仮名表記によって施される場合がある。漢字片仮名表記のすべてが当初は存在していなかったとは断定しえないものの、明らかに後補と認められる箇所が存在する。この表記の差異は、注記の増補改訂を形態面から窺うことが可能な指標足り得ると考えられるが、詳細な検討は今後の課題としたい。

(10) これは、龍門文庫蔵伝正徹筆本のみの特徴ではない。後述するが、龍門文庫蔵伝正徹筆本はC類第二種に当たるが、この系統の伝本には共通してこの省略が確認出来る。C類第二種の親本の段階での欠落と考えられる。

(11) 当該注記を、角川書店版（B類）によって示す。

しみつのみてらの観世音寺に

本願天智天皇以去大化年中臨幸於外都遊猟於此砌之時仰侍臣曰此処者四神相応之霊窟三宝興隆之勝地也之卒
登極以後為果件御願白鳳十年初　勅下筑前国建立菩薩院乃至天平神護二年勅摸東大寺之戒壇遷築当伽藍之幽
砌

在筑前国　沙弥満誓造筑前国観世音寺別当見万葉

都府楼纔看瓦色観音寺只聴鐘声菅家

B類において右のごとく示された注記は、A類では、波線部→点線部→傍線部の順に提示され、C類では、波線部→傍線部→点線部の順になる。なお、後に示すC類第二種はA類と同じ順を取る。当該注記においては、内容から3者の前後関係を窺うことは難しい。

(12) B類の中でも、この箇所には差異が見られる。尊経閣文庫蔵十一冊本・天理大学附属天理図書館蔵文禄五年奥書本・東海大学付属図書館桃園文庫蔵十冊本は、空行あり。佐賀大学附属図書館小城鍋島文庫蔵本・神宮文庫蔵寛永十八年奥書本は、空行なし。国文学研究資料館初雁文庫蔵本・石巻市図書館蔵本・東京大学国文学研究室本居文庫蔵本・中央大学図書館蔵本は、見出し本文が連接している。ただし、A・C類は見出し本文を連接する際、「あはせ給けるに」の部分を「あはせけるに」等に変化させる傾向にあるが、B類の場合は「あはせ給けるに」のまま連接する。

(13) 『源氏物語』本文は、新編日本古典文学全集（小学館、一九九六）により、（　）内に所在を示した。

(14)今回は紙幅の都合上省略したが、玉鬘巻「こたいの歌よみ」、初音巻「はかためのいはひして……」・初音巻「はちすのなかのせかいに……」・初音巻「はんすんらく御くちすさひにて」・胡蝶巻「かへりこゑに喜春楽たちそひて」の注記等でも確認出来る。

(15)秋田県立図書館蔵本では、この箇所にさらに注記が増補される。「愚」と提示した上で注記を施しており、『河海抄』を扱った後世の人々が不審箇所に自説を加えていったことを窺わせる例である。

(16)A類の静嘉堂文庫蔵十冊本では、以下の通り。

こひの山にはくしのたふれまねひつへきけしきにうれへたる

孔子仆何事乎不審論語の長沮桀溺丈人石門荷蕢儀封人楚狂接輿か孔子をあさけりし事なとをいふか此等を孔子仆と云にや鬚黒大将シホウナル人ノ恋ノ道ニ迷ヲ孔子仆ニタトヘテ云也孔子恋ノ山ニ迷ニハアラサル歟

波線部の漢字片仮名表記が気になるところではあるが、当該注記はもともとは非常に短い注記であった可能性が高い。

(17)池田亀鑑「水原鈔は果たして佚書か」(『文学』第1巻第7号、一九三三・一〇。後に『物語文学Ⅱ』(至文堂、一九六九)、及び、紫式部学会編『源氏物語研究と資料』(古代文学論叢第1輯、武蔵野書院、一九六九)に所収)。

(18)日比野浩信「源氏物語古注釈断簡管見」(『愛知淑徳大学国語国文』第33号、二〇一〇・三)。

(19)前掲(2)の「解題」。

(20)小川剛生「『河海抄』中書本と散位基重」(『源氏物語の鑑賞と基礎知識　№28蜻蛉』、国文学解釈と鑑賞別冊、至文堂、二〇〇三・四)。小川氏は、当該注記内に、『河海抄』の書写に関わった散位基重の名が見え、基重説が注記本文に混入していることを指摘した上で、基重を小栗氏に比定した。

(21)島崎健氏は、「圓満院旧蔵『河海抄』残巻」(『國語國文』第49号第7巻、一九八〇・七)において圓満院旧蔵本を紹介した際、紅葉賀巻に見える裏書注記を以て「ある種の古態を保存する伝本」と述べたが、ここまで行ってきた検討からは従えない。また、その裏書注記には『和歌知顕集』が引用されているが、巻九においては、『和歌知顕集』引用は後人によって施された可能性が高い。これらのことから、圓満院旧蔵本も、裏書注記が表の注記に混入した、後発の本文と考えるべきであろう。

(22) この他にも、初音巻「ことしはおとこたうかあり」の注記では、B類や他のC類諸本が増補する「歌頭以下相引きて……」という箇所が見えず、その代わりに『文選』『西宮記』の引用が別途加えるといった独自増補が確認出来る。

(23) 登場人物の年齢比定に関する注記は、『河海抄』の中ではほとんど見られない。当該注記の他には、例えば絵合巻巻末に光源氏の年齢を示す注記が見られる。しかし、ここでも諸本で注記の有無が分かれる。

(24) 龍門文庫蔵伝正徹筆本系統の諸本には、巻二十巻末の散位基重、師阿の奥書に続き、蜻蛉巻「かへたらば」の引歌に関する識語が付されている。大津氏は、前掲(1)「河海抄の伝本再論」において、これを正徹の所記かと推察なさっている。大津氏の指摘を踏まえるならば、当該注記をはじめとする、他の系統諸本では全く見られない独自注記についても、正徹の説、もしくは正徹周辺で享受されていた説という可能性も浮上しよう。正徹の源氏学の実態はほとんど把握されておらず、また資料も稀少であるため、明確な結論を導くことは出来ないが、一つの仮説として提示したい。

(25) 前掲(5)。

(26) 永井義憲氏蔵本は該当巻が存在していないため、省略した。

第三章　巻十一論
――『李部王記』引用再考序説――

一　先行研究と問題の所在

かつて、島崎健氏は、『河海抄』巻十一の行幸巻に見られる『李部王記』引用に注目し、その有無によって諸本系統の分類を試みた(1)。そして、『李部王記』の記事を持たない、天理大学附属天理図書館蔵伝一条兼良筆本、龍門文庫蔵伝正徹筆本、天理大学附属天理図書館蔵文明十三年奥書本の3本を、中書本系統の核たる伝本として位置付けた(2)。これは注記内容から『河海抄』諸本系統を試みた先駆的な研究である。

この『李部王記』引用に関しては、後に島崎氏自身が見解を改めている(3)。その際、島崎氏は、『李部王記』引用が中書本系統・覆勘本系統を見極める対象とならないこと、及びその『李部王記』引用が後人の補入であった可能性を指摘し、さらに

かくて、一般に河海抄として理解されてきたものの性格がおゝよそ浮び上ることになろう。いわゆる准拠の注の端的な一例にも数え得る―従って或る意味では河海抄を代表し得るであろう―李記の注は、実は後人の書き入れであった。李記の注に関するかぎり、我々の理解してきた河海抄は、四辻善成が「可為治定之証本」と識した本すなわち〈河海抄〉の名に真に価する筈の本の姿からは、大へん遠いものと言わねばならぬということである。

と、『河海抄』に相応しい注記を後人が加えることによって成立した一大異本系統の存在を想定した。[4]つまり、『李部王記』の記事は、『河海抄』には本来存在しなかった注記であり、『河海抄』の性格の把握には機能しないと定義したのである。

しかし、これらの島崎氏の指摘には、いくつか問題が残る。最も重大な問題点は、島崎氏が中書本の中核に据えた3本が、実のところ、素性の良い中書本系統の伝本とは認め難いという点である。そもそもこの3本は、奥書に加え、『李部王記』記事が存在しないことを担保として、その位置付けが保証されてきた。『李部王記』記事が『河海抄』の系統分析に寄与しないのであれば、これら3本を中書本系統と規定する根拠は奥書のみということになり、中書本系統の中核たる根拠が極めて薄弱であると言わざるをえない。実際に著者が調査したところ、天理大学附属天理図書館蔵伝一条兼良筆本は、親本の段階で既に複数の系統が混交した状態にあったことが強く窺われる伝本である。[5]このような問題があるにも拘わらず、現在でも天理図書館蔵伝一条兼良筆本は中書本の最善本として扱われており、それは注記内容の検討が行われないままであることに起因しよう。

そこで本章では、今一度、島崎氏が取り挙げた巻十一を対象とし、『李部王記』引用等の注記内容を詳査することによって、『河海抄』巻十一における諸本系統とその特徴を詳らかにする。[6]なお、巻十一に対象を絞るのは、『河海抄』の本文が巻ごとの分類を必要とするためである。

二　『李部王記』引用の再検証

まずは、行幸巻の『李部王記』引用を再検討する。『河海抄』巻十一は、常夏巻から真木柱巻までを対象としており、行幸巻の分量は巻十一のおよそ2割程である。

行幸巻において、『李部王記』引用を含む注記は、10例存在する。島崎氏の論考(7)にも示されているが、考証のため再度そのすべてを以下に掲出する。ゴチック部分が『李部王記』の記事に該当し、傍線は伝本によっては存在しないことを示すものである。

【①】

そのしはすにおほはらのゝ行幸

仁和二年十二月十四日戊午寅四尅行幸芹河野為用鷹鶴也

李部王記云延長六年十二月五日大原野行幸卯初上御輿

【②】

うのとき

見李部王記

【③】

すさかより五条のおほちをにしさまにおれ給

李記云自朱雀門至五条路西折到桂河辺上降輿就幄群臣下馬上御輿群臣乗馬渡浮橋（方舟為梁梁上敷板）**自桂路入野口**

【④】

けふはかんたちめみこたちもみな心〳〵に御馬くらをとゝのへ

李記云鷹飼親王公卿立本列其装束御赤色袍親王公卿及殿上侍臣六位以上着麹塵袍諸衛官人着褐衣腹巻行縢諸衛服上儀府掌以上着腹巻行縢悉熊皮唯腹巻四位五位用虎皮六位以下阿多良志及鹿児皮通用（無毛皮者用色皮）**以上武官差小手馬寮内舎人等同諸衛鷹飼親王公卿着地摺布衣及袴**（或用紫色綺袴）**木蘭小襖子餌袋大鷹着豹皮腹巻及到野口着狼皮行縢四位以下同大井川行幸**

【⑤】みこたちかんたちめなとたかにかゝつらひ給へるは

鷹事

仁徳天皇四十三年秋九月庚子朔（中略）

李記云乗輿林行出日華門自左近陣出朱雀門夫門就路諠人院朝臣伊衡朝臣朝頼朝臣在大将前鷹人茂春秋成武仲源敬在公卿前鷹人陽成院一親王按察大納言鷂人中務卿弾正尹陽成院三親王在公卿前

仁和二年芹河行幸日公卿皆着摺衣在前

旧記云正五位下藤原朝臣時平着摺衣立列亘猟野

【⑥】そゐのたかゝひ

諸衛鷹飼也　令曰主鷹司正一人掌調習鷹犬事

李記云自桂路入野口鷹飼王公到此狩鷹員外鷹飼祗候武家着青摺衣者四人摺衣者従祠処扈従也又諸衛鷹飼親王公卿摺布衣見上

西宮抄云公卿如例衛府着弓箙鷹飼地摺狩衣綺袴玉帯鷂飼青白橡袍綺袴玉帯巻纓有下襲着釼者有尻鞘王卿鷹飼入野之後着行縢餌袋或王卿以下鷹飼着供奉装束扈従乗輿云々四位以下鷹飼着帽子辟鷹令牽犬列立安福殿春興殿前又公卿以下諸衛及鷹飼等装束随遠近相替鷹飼入野之後解大緒大鷹飼者結懸腰鷂鷹結腰底示鷹飼又同云々

【⑦】御門のあか色の御そたてまつりて

延長四年十月十九日大井行幸上服赤色袍黄櫨染御袍文竹鳳臨時祭庭座賭弓射場始或又朝覲行幸後出御等時被用之云々

晴儀ニ諸臣青衣の袍を着する時は主上赤色御袍を着せしめ給也第一座の人又着之是諸臣にことなる色也内宴野行幸以下時事也

李記云卯初上御輿其装束御赤色袍云々

【⑧】

野におはしましつきて御こしとゝめかんたちめのひらはりに

李云従猟卒行猟之御輿墳進朝膳○親王公卿着平張座於墳頂眺望畢召中少将右権中将実頼朝臣少将中正進持御璽筥釼上降墳路○右兵衛佐仲連候御前料理鷹人所獲之雉殿上六位昇俎具御厨子所進御膳御台二基蔵人頭時望朝臣陪膳侍従以衡賜王公饌侍従手長益送

【⑨】

六条院より御みき御へすみ火ろなとたてまつらせ給へり

御酒　御贄御にへ也　炭　火炉

李云六条院被貢酒二荷炭二荷火炉一具殿上六位舁之立御前即解一瓶至雉調所宛供御宛公卿料近衛将監役之

【⑩】

蔵人左衛門そうを御つかひにてきし一枝たてまつらせ給

李云延長四年十一月六日有北野行幸其日余因物忌不参○未剋上還船岡茂春最後獲

伊勢物語に忠仁公にたてまつる雉九月はかりと云我たのむの哥梅の作枝に付たり

九条右大臣家集ニ

朱雀院の御門かりにおはしましたりける御ともにまいる事ありてつかうまつり給はぬにきし一つかひを薄
につけて給はせけるとあり
か丶るせもありける物をとまりゐて身をうち河とおもひける哉
付鳥枝事
柴高七尺五寸　普通の柏木よりは（後略）

これらの注記は、行幸巻の前半部分に見える、冷泉帝の大原野行幸の場面に施されたものであり、『李部王記』引用はこの箇所に集中している。これらの注記に見える異同は一様ではなく、①⑤⑨のように注記の一部に留まるもの、②③④のような注記全体に関わるもの、更には⑧⑩のように見出し本文の一部にまで改訂が加えられたもの、と差異が認められる。

先にも述べた通り、ここで示した傍線部分は諸本間で有無が分かれ、増補にあたる部分であるのか、削除された部分になるのか、可能性としてはどちらも指摘出来る。しかし、⑨の例などを見ると、もとは単なる語彙注記のみであった箇所に、後から准拠指摘を加えた、と捉えるほうが自然ではないか。准拠指摘によって、より作品の性格に迫ることの出来る注記へと改変したものと捉えられる。准拠指摘の注記から単なる語彙説明の注記へと、注記を簡略化させたとも考えられなくはないが、その場合は、注釈書として削訂していく意図が見えてこない。先の島崎氏も指摘するように、やはり、傍線部分は増補された箇所と捉えるべきである。

この点と関わって注目すべきは、見出し本文の増加である。⑧を例にとると、傍線部を持たない諸本では、見出し本文「かんたちめのひらはりに」に対して、「平張」という簡略な漢字注記を付すに留まっていた。一方の『李部王記』を含む諸本の注記では、注記内容に『李部王記』が引用され、さらにその引用内容に合致するであろう物語本文「野におはしましつきて御こしと丶め」も見出し本文に加えられている。『李部王記』を用いた准拠指摘を明確に意識しながら、准拠指摘に対応するように見出し本文も付け加えた、と把握される。なお、『李部王記』を含む諸本の注記に、「平張」の漢字注記が施されないのは、『李部王記』引用の中に「親王公卿着平張座於墳頂眺望畢」が存在するからであろう。

注記の提示順についても、一見すると増補のため注記末尾に補入されたとの判断を下したくなるところではあるが、⑩のように『李部王記』引用が注記の最初に示される例も見える。注記提示の順序に関して『河海抄』を俯瞰してみると、まず漢語注記や漢文体の資料を示し、次いで和歌や和文の資料、最後に今案や私説を付す、といった流れが一般的であり、⑩の例もこの規則性に基づいている。この点も、『李部王記』引用が行われた際、もしくはその後に、更に注記が整理されたことを示す。これが島崎氏の指摘通り後人の手によるものであるならば、その増補は単なる内容の増補だけでなく、注記の形態にまで及ぶものであったことを意味し、『河海抄』の原態を探ることは非常に困難であると言えよう。

ここで、当該の『李部王記』記事の有無を『河海抄』諸伝本において確認する。今回は、巻十一を保有し、調査が可能であった44本を対象とした。扱った伝本は、かつて巻九を対象として行った分析に従って[8]、A類〜D類に分類した。A類は、彰考館蔵二十冊本に代表される系統、B類は、尊経閣文庫蔵十一冊本や天理大学附属天理図書館蔵文禄五年奥書本（角川書店版底本）に代表される系統、C類は、三条西実隆所持本に代表される覆勘本の系統、D類は、その他、別途校合および取り合わせの可能性のある本である。

これら44本の調査結果が、以下の【表】である[9]。『李部王記』の記事を持つ伝本を上段に、記事を持たない伝本を下段に示した。

【表】行幸巻における『李部王記』記事の有無

	『李部王記』記事あり	『李部王記』記事なし
A	天理大学附属天理図書館蔵真如蔵旧蔵本（角川版より） 静嘉堂文庫蔵十冊本（但、当該本は取り合わせ本）	彰考館蔵二十冊本 内閣文庫蔵他阿奥書本 島根県立図書館蔵本 今治市河野美術館蔵二十冊本 東海大学付属図書館桃園文庫蔵十二冊本（但、当該巻は後補）
B	尊経閣文庫蔵十一冊本 佐賀大学附属図書館小城鍋島文庫蔵本 早稲田大学図書館蔵天正三年奥書本 中央大学図書館蔵本 国文学研究資料館初雁文庫蔵本 天理大学附属天理図書館蔵文禄五年奥書本（角川版より） 東海大学付属図書館桃園文庫蔵十冊本 石巻市図書館蔵本	神宮文庫蔵寛永十八年奥書本 東京大学国文学研究室本居文庫蔵本
C		天理大学附属天理図書館蔵伝一条兼良筆本 龍門文庫蔵伝正徹筆本 尊経閣文庫蔵二十冊一面十二行本（一部有） 尊経閣文庫蔵二十冊一面十三行本（一部有） 陽明文庫蔵本（但、朱筆の張り紙にて増補されている） 東北大学附属図書館狩野文庫蔵本 東北大学附属図書館蔵旧制第二高等学校旧蔵本（一部有）

	D
	神宮文庫蔵無奥書一面十二行本 静嘉堂文庫蔵二十冊本 京都大学附属図書館蔵本
熊本大学附属図書館北岡文庫蔵本（一部有） 早稲田大学図書館九曜文庫蔵本 学習院大学蔵二十冊本 学習院大学蔵下田義照旧蔵本 國學院大學図書館蔵温故堂文庫旧蔵本 関西大学図書館岩崎文庫蔵本（但、1箇所異本注記で見られる） 国立国会図書館蔵十冊本 国立国会図書館蔵十六冊本 名古屋市蓬左文庫蔵十冊本 刈谷市中央図書館村上文庫蔵本 島原図書館松平文庫蔵本 秋田県立図書館蔵本 名古屋市鶴舞中央図書館蔵本 今治市河野美術館蔵十冊本 東海大学付属図書館桃園文庫蔵二十冊本 正宗文庫蔵本	三手文庫蔵本

右に示したように、『李部王記』記事の有無で諸本を二分しただけではあるが、系統ごとにはっきりと傾向が見て取れる。『李部王記』の記事は、B類の諸本に特徴的な注記であり、A類やC類の諸本にはほとんど見られない。

C類にいたっては、すべての伝本がこれを持たない。つまり、この事象は伝本ごとの個別の問題としてではなく、系統の問題として捉えるべき現象と推察される。

なお、詳しくは後述するが、『李部王記』の記事を持つA類の2本のうち、静嘉堂文庫蔵十冊本に関しては、巻十一はB類とC類とで校合されたことが窺える。ここでは巻九の分類を援用したためにA類に含まれているが、実際にはその他（D類）として扱うべき伝本とすべきである。同じく、記事を持つ天理大学附属天理図書館蔵真如蔵旧蔵本も、巻九においてはA類と判断されたが、角川書店版に示される異同の様相からは、角川版の底本である天理図書館蔵文禄五年奥書本や東海大学付属図書館桃園文庫蔵十冊本と近似するため、巻九での分類をそのまま適用してよいか疑問が残る。つまり、天理図書館蔵真如蔵旧蔵本は、巻ごとに異なる系統が入り交じった（取り合わされた）状態であると推察される。[10] これらのことからも、『李部王記』記事の有無が系統間の特徴を示すということが、ますます強く窺える。

より細かに諸本の状況を把握すべく、記事を有する諸本群と、有しない諸本群とのそれぞれで、異同を見てきたい。

まず、記事を有する諸本群においては、先に触れた静嘉堂文庫蔵十冊本と、それ以外の諸本とに分けられる。実は、静嘉堂文庫蔵十冊本以外の諸本には、それほど大きな異同は見当たらず、静嘉堂文庫蔵十冊本のみが特異な存在と言える。静嘉堂文庫蔵十冊本の性格知るために、以下に一例を示す。比較には、桃園文庫蔵十冊本と天理図書館蔵伝一条兼良筆本を用いた。静嘉堂文庫蔵十冊本は、『李部王記』の記事を持つ一本であり、B類の一般的な本文を有するものの代表として提示した。また、天理図書館蔵伝一条兼良筆本は、C類の本文にあたる。

・静嘉堂文庫蔵十冊本

六条院より御みき御へすみ火ろなとたてすへ（ママ）らせ給へり

御酒　御贄（御にへ也）　炭　火炉
李記云　六条院被奠酒二荷炭二荷火炉一具殿上六位昇之立御前即拝一瓶至雉調所宛供御宛公卿料近衛将監
役之
李記云延長四年十一月六日有北野行幸其日余因物忌不参未剋上還船岡義春最後獲
蔵人そうを御つかひにてきし一えたたてまつらせ給
伊勢物語に忠仁公へたてまつる雉九の事と云々梅の作枝に付たり
我たのむ君のためにと
九条右丞相集に朱雀院よりきし一双薄につけて賜はせけるとあり
付鳥枝事
柴高七尺五寸　普通の柏木よりは……（以下略）……

・東海大学付属図書館桃園文庫蔵十冊本（B類）

六条院より御みき御へすみ火ろなとたてまつらせ給へり
御酒　御贄（御にへ也）　炭　火炉
李云六条院被貢酒二荷炭二荷火炉一具殿上六位昇之立御前即解一瓶至雉調所宛供御宛公卿料近衛将監役之
蔵人左衛門そうを御つかひにてきし一枝たてまつらせ給
李云延長四年十一月六日有北野行幸其日全因物忌不参○未剋上還船岡茂春最後獲
伊勢物語に忠仁公にたてまつる雉（九月はかりと云／我たのむの哥）梅の作枝に付たり
九条右大臣家集ニ
朱雀院の御門かりにおはしましたりける御ともにまいる事ありてつかうまつり給はぬにきし一つかひを薄

につけて給はせけるとあり
か丶るせもありける物をとまりゐて身をうち河とおもひける哉

付鳥枝事

柴高七尺五寸　普通の柏木よりは……（以下略）……

・天理大学附属天理図書館蔵伝一条兼良筆本（C類）

六条院より御みき御へすみ火ろなとたてまつらせ給へり

御酒　御贄御にへ也　炭　火炉

御へは御にへ也古今に其御へとあるも大嘗會に贄をそなふる事也

きし一えたたてまつらせ給

伊勢物語に業平朝臣忠仁公たてまつる雉九月也梅かえに付たり
我たのむ君のためにと
九条右丞相集に朱雀院よりきし一双薄につけて賜はせけるとあり

付鳥枝事

柴高七尺五寸　普通の柏木よりは……（以下略）……

傍線部が『李部王記』の記事であり、「六条院より御みき御へすみ火ろなとたてまつらせ給へり」の注記と、「蔵人左衛門そうを御つかひにてきし一枝たてまつらせ給」との2注記で引用が見られる。「蔵人左衛門そうを御つかひにてきし一枝たてまつらせ給」という見出し本文は、『河海抄』の土台となった『紫明抄』では「きしひとえたたてまつらせ給」となっており[11]、「蔵人左衛門そうを御つかひにて」は『河海抄』の段階で加えられた部分と判断される。この「蔵人左衛門そうを御つかひにて」と対応するのが、『李部王記』の「延長四年……」の記事と考えられ、光源氏が物忌のため使者をたてたことと、『李部王記』に見られる「其日余因物忌不参」とが重なり合うことを指摘している。静嘉堂文庫蔵十冊本では、この部分が、直前の「六条院より御みき御へすみ火ろなとたてまつらせ給へり」の注記末尾に併記されており、『李部王記』引用としてまとめられたかのような形態となっている。

また、静嘉堂文庫蔵十冊本には、波線部「我たのむ君のためにと」を見出し本文とする注記が存在する。これは天理図書館蔵伝一条兼良筆本にも見られるように、A・C類に見られる特徴的注記である。この「我たのむ君のためにと」の見出し本文は、『源氏物語』には本文として存在しておらず、波線部の直前に見られた『伊勢物語』98十八段の和歌が、書写の際に誤って見出し本文化してしまったものと考えられる。

この特徴的な誤りを有する点と、先の『李部王記』記事の整理という点を考え合わせると、静嘉堂文庫蔵十冊本は、明らかにB類とC類との両系統を校合した結果生まれた本であると規定出来よう。つまり、静嘉堂文庫蔵十冊本は、内容的には、別途校合が加えられたD類（その他）として処理すべき伝本となる。

先述の通り、この静嘉堂文庫蔵十冊本以外の『李部王記』記事を持つ諸本には、用字の差や誤字程度の異同しか見えず、注記内容に関わる大きな異同は存在しない。一つの系統としてまとめられるべき伝本群であり、それこそがB類系統ということになる。『李部王記』引用はB類諸本に共通して見られたが、やはりB類という一系統が持つ特徴的な注記であると認めることが出来よう。つまり、『李部王記』引用は、『河海抄』の中でも、ある一系統のみが行っている引用であって、あくまでB類という系統の性格にしたがって施された注釈と捉え直すべきである。この意味において、『李部王記』の記事は、『河海抄』の本文系統を判断する指標として機能しよう。

では次に、『李部王記』記事を有しない諸本の様相を見て行く。記事を有しない諸本においても、異同が顕著に認められる。例えば、以下のような事例である。A類に属する内閣文庫蔵他阿奥書本と、C類に属する天理図書館蔵伝一条兼良筆本を示した。

・内閣文庫蔵他阿奥書本（A類）

ゆきたゝいさゝか打ちりてみちのそらさへえん也

延喜野行幸也延喜二年十月又芹川行幸

大鏡に云山口へいらせ賜しほとにしらせうといひし御鷹鳥をとりなから御輿の鳳のうへにとひまはりてゐて候しやう〳〵日は山のはに入かたに光のいみしうて山の紅葉にしきを張たるやうに鷹の色はいと白雉は紺青のやうにはねうちひろけてゐて候し程実の雪の少うちちりて折ふしさるや候しとよ身にしむはかり思給へかしはつみえ侍けんとて爪はしきはた〳〵としけると也

・天理大学附属天理図書館蔵伝一条兼良筆本（C類）

ゆきたゝいさゝかうちちりてみちのそらさへえん也

延喜野行幸也延喜二年十月又有芹川行幸

大鏡云山口へいらせ給ひしほとにしらせうといひし御鷹鳥をとりなから御輿の鳳のうへにとひまはりてゐて候しやう〳〵日は山のはに入かたに光のいみしうして山の紅葉にしきをはりたるやうに鷹の色はいとしろく雉は紺青のやうにはねうちひろけてゐ候し程は実の雪のすこしうちゝりておりふしさることやは候しと身にしむはかり思給へ候しはつみえ侍けんとて爪はしきはた〳〵としけると也

イ雪ノイサ、カ打散テト云コト彼記ニハミエヌ程ニ此記ヲカキノセタリ大鏡ノウラカキニハ延喜四年十月十九日トシルセリ

天理図書館蔵伝一条兼良筆本には、傍線部の漢字片仮名交じりの異本注記が示されている。傍線部は、当該注記に『大鏡』が引用された意図・事情を説明する内容であり、物語の解釈を目的とするものではなく、注釈の解釈を目的としたものと判断される。また、直前の注記が漢字平仮名交じりであるのに対して、傍線部が漢字片仮名交じり

で記されている点を考え合わせると、傍線部は後人の補入と考えられる(12)。
別の箇所から、もう一点を示す。

・内閣文庫蔵他阿奥書本（A類）

いてたちいそきをなむ

（注記ナシ）

・天理大学附属天理図書館蔵伝一条兼良筆本（C類）

いてたちいそきをなむ

伊勢物語
いて、いなは誰か別のかたからんありしにまさるけふはかなしも

先程と同様に、内閣文庫蔵他阿奥書本と天理図書館蔵伝一条兼良筆本によって、差異を示した。前者は、見出し本文のみが示されており、この見出し本文に対する注釈は存在しない。これに対し、後者は、注釈として『伊勢物語』の和歌「いでていなば……」の和歌を提示する。

実は、この『伊勢物語』の和歌は、当該注記よりも10注記ほど後に見える「ありしにまさる御ありさま」の注記でも確認出来る。「ありしにまさる御ありさま」の注記においては、『河海抄』諸本で異同は無く、すべての諸本でこの『伊勢物語』歌が見られる。注記内容としても「ありしにまさる」の用例提示として、適当なものと言える。この「ありしにまさる御ありさま」注記の存在を考え合わせると、先の「いてたちいそきをなむ」注記での異同は、注記が削除されたと捉えるのではなく、もともとは見出し本文のみであった箇所に、いずれかの段階で誤って、後の注記に用いていた『伊勢物語』歌が混入した、と考えるのが妥当であろう。当該箇所の注釈としてこの『伊勢物語』歌を示すことは、用例歌としても不適当であり、本来付されていたとは考えにくい。なお、この箇所を、『李部王記』記事を有するB類諸本で確認すると、A類同様、注記としては見出し本文のみが提示され、1行分の空行

を挟む、もしくは空行を挟まずに、次項が示されるという形態になっている。ここから、B類における増補と、C類における増補が、それぞれ別の経路で行われたことが示唆される。

『李部王記』記事を持たない諸本の中には、ごく一部分、一注記のみに『李部王記』の引用が見られる伝本も存在する。この注記は、先に示した『李部王記』記事の⑤に該当する。以下に、『李部王記』引用を持たない伝本として、内閣文庫蔵他阿奥書本と天理図書館蔵伝一条兼良筆本を、一部分のみ持つ伝本として、熊本大学附属図書館北岡文庫蔵本を、『李部王記』引用を持つ伝本として東海大学付属図書館桃園文庫蔵十冊本を、順に示した。

・内閣文庫蔵他阿奥書本（A類）・天理大学附属天理図書館蔵伝一条兼良筆本（C類）

みこたちかんたちめなとたかにかゝつらひ給へるは

鷹事

仁徳天皇四十三年秋九月庚子朔依網屯倉阿弭古捕異鳥献於天曰臣毎張網捕鳥未曾得是鳥之類故奇而献之天皇召酒君示鳥曰是何鳥矣酒君対言此鳥之類多在百済得馴而能従人亦捷飛之掠諸鳥百済俗号此鳥曰倶知（今時鷹也）乃授酒君令養馴未幾時而得馴酒君則以葦緒着其足以小鈴着其尾居腕上献于天皇是日幸百舌鳥野而遊獦時雌雉多起乃放鷹令捕忽獲数十雉是月甫定鷹甘部故時人号其養之処曰鷹甘邑也（日本紀）

・熊本大学附属図書館北岡文庫蔵本（C類）

みこたちかんたちめなとたかにかゝつらひ給へるは

鷹事

仁徳天皇四十三年秋九月庚子朔依網屯倉阿弭古捕異鳥献於天曰臣毎張網捕鳥未曾得是鳥之類故奇而献之天皇召酒君示鳥曰是何鳥矣酒君対言此鳥之類多在百済得馴而能従人亦捷飛之掠諸鳥百済俗号此鳥曰倶知（今時鷹也）乃授酒君令養馴未幾時而得馴酒君則以葦緒着其足以小鈴着其尾居腕上献于天皇是日幸百舌鳥野而遊獦時雌

雉多起乃放鷹令捕忽獲数十雉是月甫定鷹甘部故時人号其養之処曰鷹甘邑也日本紀
李記云乗輿林行出日華門自左近陣出朱雀門夫門就路謳人院朝臣伊衡朝臣朝頼朝臣在大将前鷹人茂春秋成武
仲源敬在公卿前鷹人陽成院一親王按察大納言鶺人中務卿弾正尹陽成院三親王在公卿前

・東海大学付属図書館桃園文庫蔵十冊本（B類）

みこたちかんたちめなとたかにか丶つらひ給へるは

鷹事

仁徳天皇四十三年秋九月庚子朔依網屯倉阿弭古捕異鳥献於天曰臣毎張網捕鳥未曾得是鳥之類故奇而献之天皇召酒君示鳥曰是何鳥矣酒君対言此鳥之類多在百済得馴而能従人亦捷飛之掠諸鳥百済俗号此鳥曰倶知今時鷹也乃授酒君令養馴未幾時而得馴酒君則以韋緒着其足以小鈴着其尾居腕上献于天皇是日幸百舌鳥野而遊獦時雌雉多起乃放鷹令捕忽獲数十雉是月甫定鷹甘部故時人号其養之処曰鷹甘邑也日本紀
李記云乗輿林行出日華門自左近陣出朱雀門夫門就路謳人院朝臣伊衡朝臣朝頼朝臣在大将前鷹人茂春秋成武
仲源敬在公卿前鷹人陽成院一親王按察大納言鶺人中務卿弾正尹陽成院三親王在公卿前
仁和二年芹河行幸日公卿皆着摺衣在前
旧記云正五位下藤原朝臣時平着摺衣立列亘獵野

C類に該当する北岡文庫蔵本には、傍線部の『李部王記』記事が存在する。B類の本文である桃園文庫蔵十冊本とを比較により、これが同一の記事であると判断される。ただし、北岡文庫蔵本は、桃園文庫蔵十冊本の波線部に見える、仁和二年の芹川行幸の記事や「旧記」の引用は持たない。また、当該箇所以外の注記には、『李部王記』の引用は全く存在しない。『河海抄』の伝本は、複数の段階で別系統の本文が校合されているため、この事象をどのように解釈すべきかは困難であるが、ここはあくまで諸本系統を分類する一つの指標として捉えるに留めておく。

以上、長々と述べて来たが、簡略にまとめると、次の2点となる。
（i）『李部王記』の記事は、B類諸本に特徴的に見られるため、本文系統を判断する際の有効な指標として機能する。[13]
（ii）『李部王記』引用を有しない諸本は、内容により大凡2分類（A類・C類に相当）出来る。またそれらの中でも細分化される。

次節では、これらの注記比較を通した諸本分類を示すこととする。

三　巻十一の諸本系統について

前節を踏まえた上で、諸本を分類すると、次のような分類が可能となる。管見の限りではあるが、調査が可能であった44本を対象に、巻九・巻十における諸本分類を援用し、3系統とその他という4分類を行った。[14]

A類……彰考館蔵二十冊本に代表される系統。

彰考館蔵二十冊本・内閣文庫蔵他阿奥書本・島根県立図書館蔵本・今治市河野美術館蔵二十冊本・三手文庫蔵本

B類……尊経閣文庫蔵十一冊本や天理図書館蔵文禄五年奥書本（角川版底本）に代表される系統。

尊経閣文庫蔵十一冊本・天理大学附属天理図書館蔵文禄五年奥書本（角川版より）・天理大学附属天理図書館蔵真如蔵旧蔵本（角川版より）・国文学研究資料館初雁文庫蔵本・京都大学附属図書館蔵本・佐賀大学附属図書館小城鍋島文庫蔵本・中央大学図書館蔵本・東海大学付属図書館桃園文庫蔵十冊本・早稲田大学図書館蔵天正三年奥書本・神宮文庫蔵無奥書一面十二行本・静嘉堂文庫蔵二十冊本

C類……天理大学附属天理図書館蔵伝一条兼良筆本や三条西実隆所持本に代表される系統。

第一種……『李部王記』記事が全くない。

天理大学附属天理図書館蔵伝一条兼良筆本・国立国会図書館蔵十冊本・国立国会図書館蔵十六冊本・刈谷市中央図書館村上文庫蔵本・今治市河野美術館蔵十冊本・島原図書館松平文庫蔵本・名古屋市鶴舞中央図書館蔵本・名古屋市蓬左文庫蔵十冊本・学習院大学蔵下田義照旧蔵本・関西大学図書館岩崎文庫蔵本（但、一部別途校合の跡あり）・東海大学付属図書館桃園文庫蔵二十冊本・東海大学付属図書館桃園文庫蔵十二冊本（該当巻は後補）・東京大学国文学研究室本居文庫蔵本・東北大学附属図書館狩野文庫蔵本・神宮文庫蔵寛永十八年奥書本・陽明文庫蔵本（但、朱筆の張り紙による増補あり）

第二種……『李部王記』記事が全くなく、A類に近い。正徹識語所持系統。

龍門文庫蔵伝正徹筆本・早稲田大学図書館九曜文庫蔵本・國學院大學図書館蔵温故堂文庫旧蔵本・学習院大学蔵二十冊本

第三種……「みこたちかんたちめ……」の注記に『李部王記』記事がある。

熊本大学附属図書館北岡文庫蔵本・尊経閣文庫蔵二十冊一面十二行本・尊経閣文庫蔵二十冊一面十三行本・東北大学附属図書館蔵旧制第二高等学校旧蔵本・正宗文庫蔵本

D類……その他、別途校合および取り合わせの可能性のある本。

秋田県立図書館蔵本・静嘉堂文庫蔵十冊本

注釈内容は、大まかにA類・C類と、B類とに二分される。A類とC類との近似性は高く、直接的な書承関係を規定することは難しいものの、A類からC類へ増補されていくという一応の見取りは想定可能である。この点は、これまでの系統分類とほぼ同様の傾向を見せる。

A類については、巻十においては二種に分けて示したが、巻十一においては下位分類を行わなかった。巻十においてA類第二種と分類した、いずれの伝本、京都大学附属図書館蔵本・早稲田大学図書館蔵天正三年奥書本・神宮文庫蔵無奥書一面十二行本・静嘉堂文庫蔵二十冊本の四本とともに、巻十一においては『李部王記』記事を持ち、B類と判断された。おそらくこの4本は、祖本の段階で、A類とB類の取り合わせが行われていたものと推測される。また、A類は後述するC類第二種と非常に近い関係にあることが窺え、C類第二種によってA類の欠陥箇所を補いうる箇所も存在する。この意味において、C類第二種は、A類の第二種として位置付けることも可能ではあったが、これまでの巻九・巻十での分類との混同を避けるため、あえてC類の中に据えたままにした。

B類は、『李部王記』引用を有する系統であり、『李部王記』以外の典籍利用や注記内容についてもA類・C類とは大きな差異を持つ。これについては、後述する。

C類に関しては、『李部王記』記事を全く持たない第一種・第二種と、先述の「みこたちかんたちめ……」の注記に『李部王記』記事を持つ第三種とに、分類した。C類第二種に分類した諸本は、内容的な一致の他に、巻二十の奥書の後に正徹の識語を保持するという共通点もある。このC類第二種は、巻十においては、他の系統には見られない独自増補が存在し、それらが正徹周辺の源氏学である可能性すら指摘出来たが[15]、巻十一に関しては全く見当たらない。また、C類の中でも、第一種や第三種が特徴的に持つ注記を持たず、A類に近い本文を示す。以下に一例として、野分巻の注記を示す。

・**A類・C類第二種**[16]

八月はこせんはうの御忌月なれは

（一行空き）

・**C類第一種・C類第三種**[17]

八月はこせんはうの御忌月なれは

孝謙天皇宝亀元八月崩　朱雀法皇是ナラテハ坊八月ニ薨事例未勘天暦六年八月十五日崩

もとは注釈が施されずに空行のままであったと思しき箇所に、傍線部の注釈が加えられている。同様の事例は行幸巻「いてたちいそきをなむ」の注記でも見られる。[18]先も述べた通り、C類第二種はA類に近く巻九や巻十とはやや様相を異にする。この要因については、別途検討が必要となろう。

C類第三種は、三条西実隆を経由した本文としてまとめられる。尊経閣文庫蔵二十冊一面十三行本、東北大学附属図書館蔵旧制第二高等学校旧蔵本には、実隆自筆本をもとに中院通勝が校合を加えた、とする奥書が残されている。この奥書と、注記内容の差異を連動させてみると、先に取り上げた「みこたちかんたちめ……」の注記にのみ『李部王記』が示されるという事象は、実隆もしくは通勝周辺の所作であったとも推測出来るのではなかろうか。この点についても、更なる検討が必要である。

さて、ここで分類した系統間での比較を試みると、どの系統が先行するか、という判断は容易に下せない。C類は他の系統よりも注記を多く持つため、増補を経たと捉えられるが、それも一概には後の形態とは認定しがたい。次に示すものは、常夏巻冒頭の注記である。[19]

・A類・B類

いとあつき日ひんかしのつり殿に出てすゝみ給

　六条院とみえたり京中名跡記云釣殿今六条院是也

・C類第一種・C類第二種

いとあつき日東のつりとのにいてゝすゝみ給

　六条院

・C類第三種

いとあつき日東のつりとのに出給ひてすゝみ給

　京中名跡記云釣殿今六条院是也

A類・B類の本文が同一であるのに対し、C類は二種類の本文を持つ。C類第一種・C類第二種では「六条院」とだけ注されるの対し、C類第三種では「京中名跡記」なる典拠を示しつつ「釣殿今六条院是也」と述べる。そして、A類とB類はこの両者を合わせたような注記となっている。注記が増補されていったと仮定した場合、一般的には、C類第一種・C類第二種→C類第三種→A類・B類といった順に注記が成立したと考えるべきであろう。しかし、他の箇所の注記内容を鑑みると、C類が先行するとも言い切れない。

　明らかにA類・C類が後発の本文を有していると判断される注記もある。

・A類・C類[20]

ふむのつかさ

　図書寮　裏書　累代　御物被置所也

・B類

ふむのつかさ

　図書寮

右は、常夏巻「ふむのつかさ」の注記である。傍線部は、もとは裏書として記されていた注記が、表の注記に入り込んだことを示している。裏書については巻十で考察したように、後人の手を経たものと理解すべきであるため[21]、ここではB類が増補前の形態を留めていると認められる。裏書が入り込む同様の例は、行幸巻「むらさきのしらきにみゆるあられちの御こうちき」、藤袴巻「この御あらはしころもの色なくはえこそおもひ給へわくましかりけれと」の注記でも確認される。巻九・巻十においては、比較的古い姿を持つのではないかと推測されたA類諸本であったが、巻十一にあってはそこまで古い姿を留めておらず、A類祖本の早い段階で、他系統との接触等による改訂が行われたものと捉えるべきであろう。[22]巻十一のみの現象であるかどうかの判断も含め、現存諸本から最初期の『河海抄』の姿にどこまで遡りうるか、今後の課題としたい。

また、どちらの注記が先行するか、皆目不明と言わざるを得ない事例もある。

・A類・C類

とのより申させ給はゝつまこゐのやうにて御とくをもかうふり侍らんとて

一説しは〳〵のこゐ也

つまこゐとは我いふへきことを人にいはせたる風情歟未勘但凡昔はつねに俗ていにいひつけたる詞も今世にはいひたえて人のいとしもしらぬ事ありやかて難儀なとにもなる也若さやうの詞歟よく〳〵たつぬへし

・B類

女御も御おもてあかみて

忸怩（カホアカム／チウチ）　漢語抄

これは行幸巻末尾の注記にあたる。A類・C類と、B類とで、全く異なる箇所を対象とした注記が付され、注記内容も一切関連しない。その上、『源氏物語』本文を確認しても特に問題なく、見出し本文も判断材料にはならない。静嘉堂文庫十冊本のように両系統の特徴を揃え持つ伝本以外では、ここに示したどちらかの注記のみが示されるにとどまり、両者が併記されることはない。内容面から見ても、前者が示すような語彙理解への注記は、確かにA・C類の特徴的な性格を見せるものの、必ずしもA類・C類にしか見られないわけではなく、B類においても存在する場合もある。また、後者の漢字による語彙説明についても、『河海抄』ではまま見られる手法である。これらの差異について前後関係を判断するのは不可能であり、A類・C類とB類とが、それぞれ別の注記を増補していった、と捉えるしかなかろう。このように注記の成立順序が混沌としているのは、『河海抄』が早い段階から、異なる系統によって校合されていったことに起因し、成立過程とも深く関わる事情を有するものと見込まれる。

さらに、増補・改訂が見られる事例だけではなく、削除・省略と判断される事例も存在する。その一例を以下に示す。

・国立国会図書館蔵十冊本（C類第一種）

みかとのあか色の御そたてまつりて

延長四年十月九日大井河行幸上服赤色袍黄枦染御袍文竹風
晴之儀ニ諸臣青色袍を着する時は主上赤色御袍を着せしめ給第一座の人又着之是諸臣にことなる内宴以下
野行幸時定事也　条々多ク書リ略之

C類第一種にあたる国立国会図書館蔵十冊本の注記を示した。注記末尾の二重傍線部「条々多ク書リ略之」とあるように、この箇所では省略が行われたことが明示されている。この省略された内容には、下記によって『李部王記』引用が該当するものと思われる。先に挙げた、『李部王記』引用を含む注記⑦を再掲する。

【⑦】

御門のあか色の御そたてまつりて

延長四年十月十九日大井行幸上服赤色袍黄櫨染御袍文竹鳳臨時祭庭座賭弓射場始或又朝覲行幸後出御等時
被用之云々
晴儀ニ諸臣青衣の袍を着する時は主上赤色御袍を着せしめ給也第一座の人又着之是諸臣にことなる色也内
宴野行幸以下時事也

李記云卯初上御輿其装束御赤色袍云々

傍線を付した箇所が、省略された部分と考えられる。「条々多ク書リ」という文言からは、末尾の『李部王記』引用以外にも増補が存在していた可能性もあるが、現存諸本では『李部王記』引用以降に別の注釈内容を示すものは確認出来なかった。当該注記の「条々多ク書リ略之」の文言の有無は、C類第一種の中でも割れている。ここでは国立国会図書館蔵十冊本を用いたが、他には天理図書館蔵伝一条兼良筆本・関西大学図書館岩崎文庫蔵本・名古屋市鶴舞中央図書館蔵本・刈谷市中央図書館村上文庫蔵本等にも見られる。これらの注記からは、ある段階から『李部王記』の記事が省略・削除されていった可能性も想定される。

ただし、注記の記事が多いため省略した、という文言は、同じく巻十一の中でも散見され、例えば行幸巻「古老のすけ二人またさるべき人々さま〴〵に申さするを」等、『李部王記』引用に関わらない箇所でも使用される。また、省略されたとされる箇所は、史実や先例を指摘する部分であり、B類系統に特徴的な注釈である。増補か削除かの判断や過程については、なお慎重に考えるべきであるが、注目すべきは、これが注釈姿勢の変化として捉えられる点である。分量の多い出典注記や用例注記が省略される現象は、出典や準拠といった指摘を中心としていた注釈から、文意や文脈を理解する注釈へと移行していったことを示しているのではないか。巻九においても指摘したように(23)、増補改訂後の『河海抄』の注釈は、文意理解に力点を置いていたことが窺え、注釈の性質が変化したことによる結果と考えられる。

以上のように、それぞれの系統の前後関係を現時点で判断することは難しいものの、各系統の特徴は見られる。次節では、本章で重点的に扱っているB類の特徴を簡略に示し、本章を終えたい。

四　B類系統の特徴

B類の最も顕著な特徴は、准拠や引歌をはじめとする、典拠を示す注記を増補している点にある。端的な例では、以下に示す野分巻の冒頭が挙げられる(24)。

・**B類**

玉鬘　並六　野分

巻名　此巻始終野分所詮也

よしあるくろきあかきのませゆひませつゝ

風流の心歟　能因哥枕云ませをはしめといふ云々

露のひかりも世のつねならす玉とみえつゝ

うへたてゝ君かしめゆふ花なれは玉と見えてや露もをくらん

春秋のあらそひに昔より秋に心よする人は数まさりけるを

春はたゝ花のひとへに咲はかり物のあはれは秋そまされる拾遺

万葉第一集云天智天皇詔内大臣藤原朝臣競憐春山万花之数秋山千葉之放時額田王以歌判之哥

ふゆこもり春さりくれはなかさりし鳥もきなきぬさかさりし花もさけれと山をしけみいりてもとらす草ふかみとりても見えす秋山の木のはを見てはもみちをはとりてそしのふあをきをはをきてそなけくそこしうらみし秋山そわれは

樹下集云しかのとよぬしおほとものくろぬし等かろんきの哥

とよぬし問　おもしろのめてたき事をくらふるに春と秋とはいつれまされる
くろぬし答　春はたゝ花こそはちれ野へことに錦をはれる秋はまされり
なたゝるはるのおまへの
露たにも名たゝる宿の菊なれは花のあるしやいく代なるらん後撰雅正
名に立也名たかき心也此物語にも名たゝるその、なとあり
又ひきかへしうつろふけしき世のありさまにゝたり
色みえてうつろふ物は世中の人の心の花にそありける古今小町
春秋に思ひみたれて分かねつ時につけつゝうつる心は拾遺貫之
八月大風事
仁和三年八月廿日自卯剋暴雨酉剋北風抜樹京中人家顛倒内膳司東檜皮屋倒
延喜十三年八月一日自申剋大風吹折木破屋
天慶五年八月十一日大風暴雨如延喜十三年八月一日両京破損不可勝計
康保二年八月廿八日大風諸司并京中破損不可勝計
永祚元年八月十三日酉剋大風出来宮城門舎多以顛倒左右京人家顛倒破損不可勝計又賀茂上礼御殿幷雑舎石
清水御殿東西廊祇園天神堂顛倒凡一条北辺新旧堂舎東西山寺等皆顛倒
同二年十一月七日改元為正暦依去年八月大風也
八月はこせんはうの御忌月なれは
先坊例可勘
朱雀院天暦六年八月十五日崩御

・C類

玉鬘　並六　野分　暴風

巻名

此巻野分をもて始終為詮也

よしある黒き赤きのませゆひませつゝ

風流の心歟能因哥枕云ませをはしめといふと云々

春秋のあらそひにむかしより秋に心よする人はかすまさりけるを

拾遺 春はたゝ花のひとへに咲はかり物のあはれはあきそまされる

同貫之 大かたの秋に心はよせしかと花みるときはいつれ共なし

なたゝる春のおまへの

名に立也此物語にもなたゝるそのゝなとあり

又引かへしうつろふけしき世のありさまににたり

色見えてうつろふ物は世の中の人のこゝろの花にそ有ける

春秋に心みたれてわきかねつ時につけつゝうつる心は

八月はこせんはうの御忌月なれは

孝謙天皇宝亀元八月崩　朱雀法皇是ナラテハ坊八月ニ薨事例未勘天暦六年八月十五日崩

比較のためにC類を併記したが、一瞥してB類の注記の多さが把握される。傍線と波線を付した部分が、A類・C類には見られない注記、つまり、B類独自の施注箇所である。傍線部は史書や漢籍から引用、波線部は和歌関係の記事となる。傍線部や波線部の注記分量を勘案すると、B類が先例・類例・典拠の提示に力点を置いて施注に臨んでいたことが把握される。中には、二重傍線部のように、B類には見えず、A類・C類にのみ見られる注記も存在するものの、傍線部や波線部のごとき集中的な独自注記からは、やはりB類の特異性が認められよう。このB類の特徴は、巻十一に限ったことではない。巻十一ほど顕著ではないものの、他の巻においてもB類の先例・典拠等を重視する姿勢は一貫して認められ、積極的に和歌・散文・史書・仏典等を示す傾向が見て取れる。本章で問題とした『李部王記』引用も、こうしたB類の性格と密接に結び付いた現象と規定出来る。

こういった特徴的な独自注記は、B類における増補と考えて差し支えないものと考えられる。後補であると判断される例として、以下に藤袴巻の一例を示す。

・A類・C類

たえぬたとへも侍るなるはこのたいの事なれとたのもしくそ思たまへけるとて

　　兄弟事也可勘

・B類

たえぬたとへも侍なるはこたいの事なれとたのもしくそ思給へけるとて

　　為君世々為兄弟又往来生未了因東坡寄子申

この注記では、A類・C類諸本が、「兄弟事也」と釈しつつも猶「可勘」とするのに対し、B類はその箇所に蘇東坡「寄子申」を典拠として提示している。「可勘」の部分に対し、適切な注記を加えたと捉えられる。当該箇所においては、B類の方が、A、C類よりも後の段階の注記ということが言える。この他にも、A類・C類諸本が見出し本文のみを示す箇所に対して、注釈部分を増補している事例や、全く注記が存在していなかった箇所に、新たに注記を加えたと思しい事例が散見される(25)。

B類の増補は、先例・類例・典拠の提示に限定したものではなく、語義や文意に関する注釈も含む。例えば、以下のような例である。

・**B類**

み丶かたからぬ人のためには身にしむ風もふきそふそかし

み丶かたき人と玉かつらを云心は源氏の和琴ひき給ふを玉かつらの君いかなる風のふきそひてかくはひ丶き侍そといはれたるに我はみ丶かたからぬねにかくひ丶く也玉鬘は耳かたくて我いふ事をもき丶いれすと也

右は、常夏巻の注記であり、A類・C類では見出し本文、注記ともに見られない。注記内容は、「耳かたからぬ」の文意把握として、光源氏と玉鬘のやりとりを踏まえ、場面に即した解釈を提示するものとなっている。『河海抄』が増補されていく過程で、文意理解にも力点が置かれていくようになったことは、巻九でも見られた現象である。(26) 当箇所該の増補に『河海抄』編者の四辻善成がどの程度関わっているのかは不明であるが、おそらく後人の手によって長期間に亘って増補改訂が施されていく中で、『河海抄』の注釈内容や性質が徐々に変化していったものと推定される。

この点と関わって、注記の成立事情や増補過程が、諸本の異同から浮かび上がる例を最後に一例示す。(27)

・**A類・C類第二種**

かもの子のいとおほかるを御らんして

鴨子

光俊 あしねはふうきねにすたく鴨のこはおやにまさると聞くはたのもし

是はかるのこと云々　然は此物語にはかもの子かりの子のなと丶二様の本あり只かも丶かりもかるの子なりと心得へよと師説承所也

・**B類**

かりのこのいとおほかるを御らんして

鴨子西宮記　献鴨子事多在之かるのこともいへり

うつほの物語云あて宮をさねたゝの宰相思かけて

かひのうちにいのちこめたるかりのこは君か宿にてかへらさらなむ

・**C類第一種・C類第三種**

かりの子のいとおほかるを御らむして

鴨子西宮記　伊勢物語のかりの使とあり

あしねはふうきねにすたく鴨の子はおやにまさるときくはたのもし

是はかるのこと云々然者此源氏にはかもの子かりの子のなと二様の本あり只かもとかりもかりの子なりと心得よと師説に承所也

ウツホアテ宮ヲサネタヽノ宰相思カケテ

カイノウチニ命コメタル雁ノ子ハ君ヤトマテカヘラサラナント

雁ノ子ニカキ付ヤリタリト云々詞ノツヽキ相似タル歟

当該注記は、真木柱巻の末尾近くに位置し、『光源氏物語抄』や『紫明抄』では見られないことから、『河海抄』の段階で施されたものと認められる。右に示したように、系統ごとに注釈内容を異にしている。A類・C類第二種は、「鴨子」と漢字を示した上で、波線部にあるように、光俊詠「あしねはふ……」の用例歌と「師説」を承けた本文異同への言及を提示する。B類は、「鴨子西宮記献鴨子事多在之かるのこともいへり」とした上で、傍線部の『うつほ物語』引用に続く。C類第一種・C類第三種は、細かな異同は認められるものの、A類・C類第二種と類似する注記の後に、B類の傍線部が加わり、さらに、二重傍線部「詞ノツヽキ相似タル歟」と傍線部の注釈意図にまで触れる。また、伝本によっては、漢字平仮名交じりで記される場合や、一字下げが行われない場合も見られる。当該箇所では、C類第一種・C類第三種が、A類・C類第二種を基盤に、B類の傍線部分を取り込んだものと判断される。

この注記において興味深いのは、その他にあたるD類に分類した静嘉堂文庫蔵十冊本を用いると、さらに細かな注記増補の過程が窺えるようになる点である。

・静嘉堂文庫蔵十冊本（D類）

かものこのいとおほかるをこらんして

鴨ノ子　西宮記献鴨子事多在之

異本あしねはふうきねにすたく鴨の子は親にまさると聞くはたのもし

光俊是はかるの子也云々然者はこの物語にはかものこかりの子なと

二様の本有只かもゝかりもかるの子也よ（ママ）と師説承る所也

ウツホノ物語ニ云アテ宮ヲサネタヽノ宰相思カケテ

カイノウチニ命コメタルカリノ子ハ君カヤトニテカヘラサラナン

静嘉堂文庫蔵十冊本は、点線部「献鴨子事多在之」が見えるように、まずB類本系統の注記が示され、その後に、「異本」としてA類・C類に見えた波線部が付され、さらにその後に、B類に見られる傍線部と続く。一見すると、B類系統の注記の中程にA類・C類の注記が書き加えられたように見えるが、傍線部が漢字片仮名交じりで記載されている点には注意を要する。静嘉堂文庫蔵十冊本は、基本的に漢字平仮名交じりによって注記が施される伝本であり、そのため漢字片仮名交じりで示される注記は別系統で校合したものと判断される。つまり、波線部の注記と傍線部の注記とは、別の系統によって別々に加えられた部分と考えられるのである。とすると、もともと当該箇所の注記は、冒頭に示された「鴨ノ子　西宮記献鴨子事多在之」のみであった可能性も出てくるのではないか。現存伝本では、当該箇所の注釈が「鴨子西宮記　献鴨子事多在之」のみのものは見当たらないが、当該箇所で確認したA類・B類・C類のいずれの伝本も増補後の姿であった可能性が垣間見られ、現存伝本に『河海抄』の最初期の姿を留めるものは存在しないとも捉えられる。

当該箇所のような例外的な事例を除き、現存伝本から『河海抄』の最初期の姿を明らかにすることは困難を極めるものであり、全く増補されていない『河海抄』は存在しない可能性すら考えに含めておく必要性があろう。あくまで可能性の一つではあるが、現存伝本には、四辻善成が足利将軍家に献上した純粋な中書本など存在しないのではなかろうか[28]。なお検討の余地を残すものと思われる。

五　まとめ

本章では、『河海抄』巻十一における注記内容による諸本分類と、『李部王記』引用をはじめとする注記の実態を浮かび上がらせた。『河海抄』に見られる『李部王記』引用が、B類という特定の系統にのみ特徴的に見られること、さらにその引用が、先例・類例・典拠に力点を置いて増補を行っていくという、B系統の性格と密接に関わるものであることを明らかにした。『李部王記』引用が存在しないことを根拠に、古い姿を留めていると判断することは不適当ではあるが、ある段階まで『河海抄』に『李部王記』引用が存在しなかったことは確かである。この意味において、『李部王記』引用が後人の加注であるとは認められる。ただし、どの段階での増補であるかは、今後更なる考証を要する[29]。また、他の巻にも見られる『李部王記』引用との関係性についても、考察の対象とすべきであろう。

『河海抄』における『李部王記』引用は、准拠を考える上での重要な史料として、研究史上の注目を集めてきた。その一端は、『河海抄』の本文が角川書店版によって広く流布したことに起因しよう。ただし、角川書店版がB類という、ある一系統の本文でしかないという点には、あまり注意が払われてこなったのではないか。あくまで一系統の本文でしかない点や、それが後人の増補であろう点を、どのように意味付けるか、新たに問い直す時期にあると思われる。『河海抄』という注釈書の性格を、増補という観点も含め、把握し直すことが求められよう。今後の課題としたい。

注

（1）島崎健「河海抄の異同――巻十一御幸の『李部王記』――」（『論集日本文学・日本語　第二巻』、角川書店、一九七七・一一）

（2）大津有一「河海抄の伝本」（『金沢大学国語国文』第2号、一九六六・三）、同「河海抄の伝本再論」（『皇學館論叢』第1巻第5号、一九六八・一二）。『河海抄』の系統は、奥書から、足利将軍家献上本の系統（中書本系統）と、献上後に善成自身の手によって増補改訂された系統（覆勘本系統）とに分類される。ただし、現存諸本の注記内容は必ずしも奥書と対応するものではない。

（3）島崎健「『河海抄』序説――『李部王記』の問題――」（『国語国文』第49巻第5号、一九八〇・五）。

（4）島崎氏は別の箇所においても「後人による、いわば「李記注系統本」なるものの出現成長過程を窺わせはしないだろうか」と強調する。

（5）第一部第一章「巻九論――諸本系統の検討と注記増補の特徴――」。

（6）『河海抄』の本文は、各用例ごとに依拠した伝本を示す。特に断らない場合は、玉上琢彌編、山本利達・石田穣二校訂『紫明抄　河海抄』（角川書店、一九六八。以下、角川版とする）を便宜的に使用したものである。
（7）前掲（1）の論考。
（8）前掲（5）の拙稿。
（9）永井義憲氏蔵本は巻十一を欠くため、調査本数には含めたものの、表への記入はない。
（10）ただし、著者は原本未見であり、角川版にすべての異同が反映されていない可能性も高い。また、『李部王記』の記事を持たないB類の2本（神宮文庫蔵寛永十八年奥書本・東京大学国文学研究室本居文庫蔵本）についても、あくまで巻九での分類に基づいてB類としただけであり、内容的には別系統に分類されるべきである。このように、『李部王記』記事の有無が系統間の特徴的な差異となっているため、他の巻の分類状況を照らし合わせると、伝本の取り合わせ状況を把握することが可能となる。
（11）当該箇所の『紫明抄』注記を内閣文庫蔵十冊本によって以下に示す。

・内閣文庫蔵十冊本『紫明抄』

おほみき　　　御へ
　御酒也　　　　御僎
すみ　　　　くはろ
　炭　　　　　火炉
きしひとえたたてまつらせ給
　雉一枝事
　雉　昔は萩枝につくいまはむめかえたにつくしかるをこの頃心えぬ物ともとつけしはにつくる也これは秘事なりとて人をゝとすとかやこの儀はなはた凡卑也もちゐる事なかれとて故人は申々

なお、この箇所の天理図書館蔵伝一条兼良筆本の見出し本文は、『紫明抄』と同様に「きし一えたたてまつらせ給」である。『李部王記』引用が見えない点も含めて、この箇所では、C類がB類よりも『紫明抄』に近い姿を留めていると指摘出来る。
（12）この箇所の異同については、島崎氏にも言及がある（前掲（1））。氏は、『河海抄』にもともと存在していた注記は、注記の冒頭に示された「延喜野行幸也……」の部分のみで、『大鏡』の引用以降が後人の注記であるする。しかし、管見の限りではあるが、「延喜野行幸也……」のみを持つ伝本は見当たらず、いずれも『大鏡』の引用部分を持つ。『大鏡』引用が誰によってどの段階で行われたのかは検討の余地を残すが、傍線部の増補とは明らかに性質の異にしており、別種（別段階）の注記と捉えるべきである。

(13) ただし、B類に特徴的な注記は、『李部王記』だけではない。B類には、他の諸本には見られない、典拠・引歌の指摘等が多々確認されるため、これらとの関連性も考慮すべきである。

(14) 第一部第一章「巻九論――諸本系統の検討と注記増補の特徴――」、及び第一部第二章「巻十論――後人増補混入の可能性を中心に――」。これらの分類と比較すると、天理図書館蔵真如蔵旧蔵本・神宮文庫蔵寛永十八年奥書本・東京大学国文学研究室本居文庫蔵本等は、取り合わせ本である可能性が見て取れる。

(15) 第一部第二章「巻十論――後人増補混入の可能性を中心に――」。

(16) この部分の注記本文は、龍門文庫蔵伝正徹筆本によった。伝本によっては、見出し本文のみで次項に続く（空行を持たない）ものもある。

(17) この部分の注記本文は、天理図書館蔵伝一条兼良筆本により、一部私に改めた。なお、B類は以下のような注記となっており、後者に近い。

八月はこせんはうの御忌月なれは
先坊例可勘
朱雀院天暦六年八月十五日崩御

(18) この箇所は、B類も見出し本文のみが示されており、注釈は存在していない。

(19) この部分の注記本文は、順に、角川版、天理図書館蔵伝一条兼良筆本、熊本大学附属図書館北岡文庫蔵本によった。

(20) この部分の注記本文は、天理図書館蔵伝一条兼良筆本により、一部私に改めた。以後、A類とC類とが共通する場合は、これと同じものとする。

(21) 第一部第二章「巻十論――後人増補混入の可能性を中心に――」。

(22) この他にも、A類とC類に共通する増補部分として、行幸巻「太政大臣のかゝる野の行幸につかうまつり給へるためしなちやありけむ」の直前に「雪フカキヲシホノ山ニタツキシノ　御製勅使蔵人」という注記が加えられている点が挙げられる。「雪ふかきをしほの山にたつ雉のふるき跡をも今日はたづねよ」という冷泉帝御製歌を、勅使である蔵人が詠んだ、と説明する意図によるものと考えられる。つまり、動作が誰によるものかを解説する注釈となる訳であるが、こういった意図の注釈は『河海抄』においては異例であり、後人増補の可能性が高い。

(23) 第一部第一章「巻九論――諸本系統の検討と注記増補の特徴――」。

(24) この部分の注記本文は、B類は角川版に、C類は天理図書館蔵伝一条兼良筆本により、一部私に改めた。

(25) 他に分かりやすい例としては、真木柱巻の末尾の注記増補が挙げられる。

(26) 第一部第一章「巻九論――諸本系統の検討と注記増補の特徴――」。

(27) この部分の注記本文は、A類・C類第二種は彰考館蔵二十冊本に、B類は角川版に、C類第一種・C類第三種は天理図書館蔵伝一条兼良筆本により、一部私に改めた。

(28) 前掲（3）の島崎氏の論考においても、やや主旨は異なるものの、最初期の『河海抄』の注記量は現在の姿よりもかなり少なかったのではないかとする推論が出されている。

(29) 現段階での見通しとしては、『花鳥余情』からの影響を想定しており、かなり後の増補なのではないかと考えている。B類には、『花鳥余情』以後の源氏学の成果が流入していると思われる箇所があり、『李部王記』引用もその一例ではないかと推測される。詳細については、別稿を期したい。

第四章　東北大学附属図書館蔵旧制第二高等学校旧蔵『河海抄』をめぐって

一　はじめに

東北大学附属図書館には、２本の『河海抄』が収められている。一本は狩野文庫蔵本であり[1]、もう一本が本章で取り扱う旧制第二高等学校旧蔵本（以下、旧制二高本）である。この旧制二高本は、かつて大津有一氏が「戦災をうけて焼失したか」と述べたように[2]、戦後行方不明になってしまった伝本であり、『国書総目録』にも記載がない。しかし調査を行った結果、旧制二高本は現在、東北大学附属図書館に収蔵されていることが判明した[3]。

本章は、この旧制二高本についての基礎的な報告を行うとともに、その特徴を詳らかにした上で、『河海抄』諸本における位置付けを提示するものである。

二　旧制第二高等学校旧蔵『河海抄』について

まず、旧制二高本の書誌情報を示す。

縦26・０㎝、横19・０㎝。楮紙打紙の袋綴。十冊。紺色無地表紙。一面13行。漢字平仮名交じり。江戸中期頃の写か。数人による寄合書。虫損がはげしい。墨の細字書き入れ（同筆）があり、朱による別筆の書き入れもある。

若紫巻に朱書きの別紙張り紙あり。各冊角裂あり。各冊前後に1枚ずつ遊紙あり。表紙、見返し、遊紙1枚は、後補。各冊冒頭に、「第二高等學校圖書」の朱方印（【写真1】参照）、「第弐高等學校圖書」の蔵書票、及び「旧第二高等学校図書　東北大学附属図書館川内分校分館」の朱楕円印がある（【写真2】参照）。

【写真1】「第二高等學校圖書」の朱方印（第九冊冒頭）

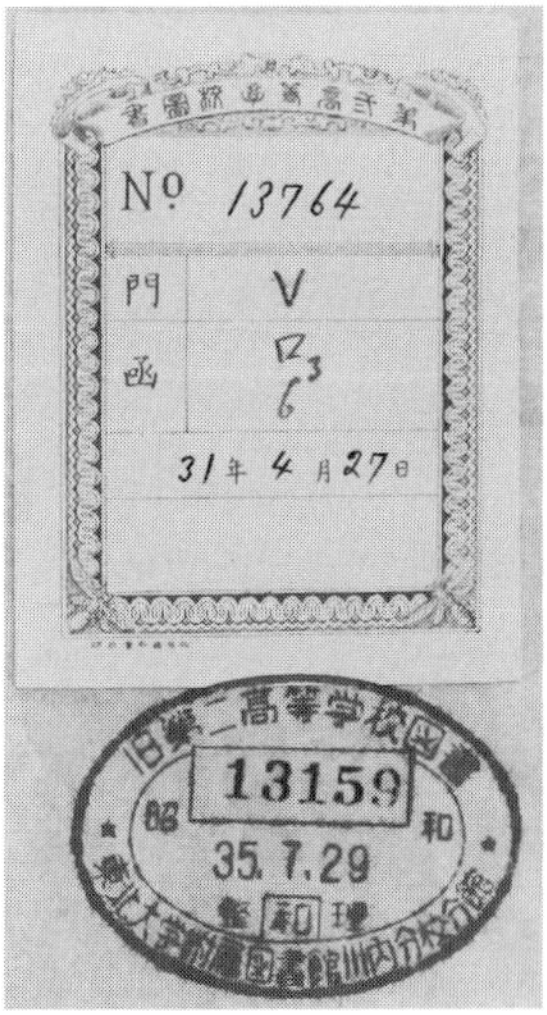

【写真2】「第弐高等學校圖書」の蔵書票、「旧第二高等学校図書　東北大学附属図書館川内分校分館」の朱楕円印（第一冊冒頭）

蔵書票・印には、それぞれの受け入れ年月日が記されており、「第弐高等學校圖書」の蔵書票には31年4月27日の日付、「東北大学附属図書館川内分校分館」の朱楕円印には昭和35年7月29日の日付が見える。これらの蔵書票が示すように、旧制二高本は、旧制高校時代に購入されてから現在に至るまで、変わらず旧制二高図書館・東北大学附属図書館に所蔵されていたのである。残念ながら購入経緯は明らかではない。

各冊の構成は、以下の通り。第一冊は巻一（桐壺巻）、第二冊は巻二（帚木巻～夕顔巻）、第三冊は巻三・四（若紫巻～花宴巻）、第四冊は巻五・六（葵巻～明石巻）、第五冊は巻七・八（澪標巻～薄雲巻）、第六冊は巻九・十（朝顔巻～蛍巻）、第七冊は巻十一・十二（常夏巻～藤裏葉巻）、第八冊は巻十三・十四（若菜上巻～鈴虫巻）、第九冊は巻十五・十六・十七（夕霧巻～椎本巻）、第十冊は巻十八・十九・二十（総角巻～夢浮橋巻）である。

奥書は、第一冊末尾（【写真3】参照）、第七冊末尾、第十冊浮舟巻巻末、第十冊末尾に見え、以下の通りである。

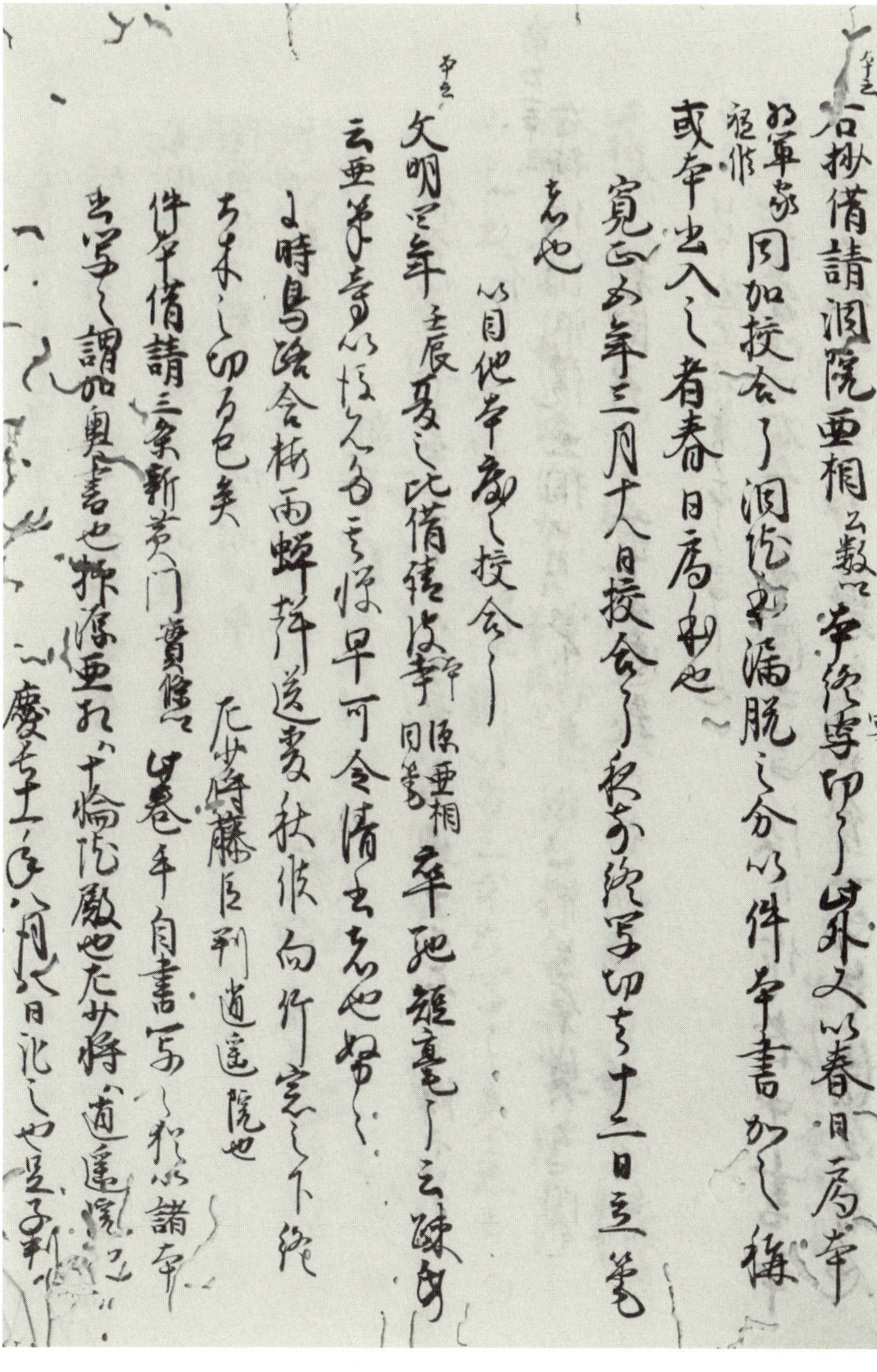

【写真3】旧制二高本・第一冊末尾（桐壺巻巻末）の奥書

中玉　禁裏御本ノ奥書ノ一部也

文明十二年三月上旬以或本加書
写但彼本有誤字不以椎量難
諸直猶不審字不逐以沖本ノ

　　　　と按勘者也

　　　　　　　桃華野人判

　　　・　御本以右奥書本写之上以此本轟者奥書不審之條字不

　　　　　さくねし

人角として　右抑傍情洞院更相之教以下
　　　　左以此奥書判三丁一中世遠失

　三丁云
　　　永正九年亥此次右本一見以隆古写後日作者中書学
　　　　　道遠花箋ノ本ノ写一也　

一不直一見故其遠しく鑑多とし呉一向とて情玉者也

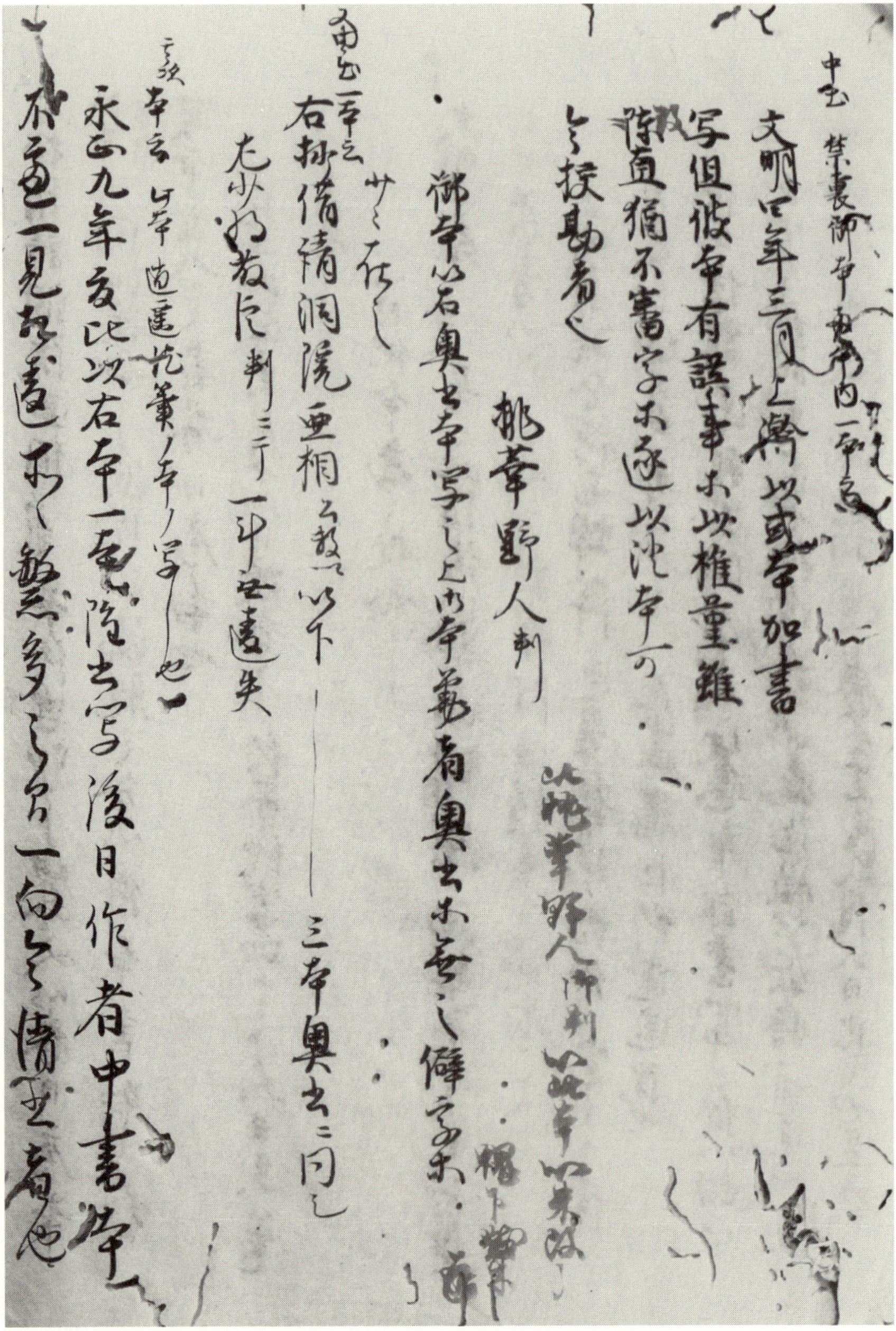

永正十年（癸）閏十月十八日　諫議大夫満（済）

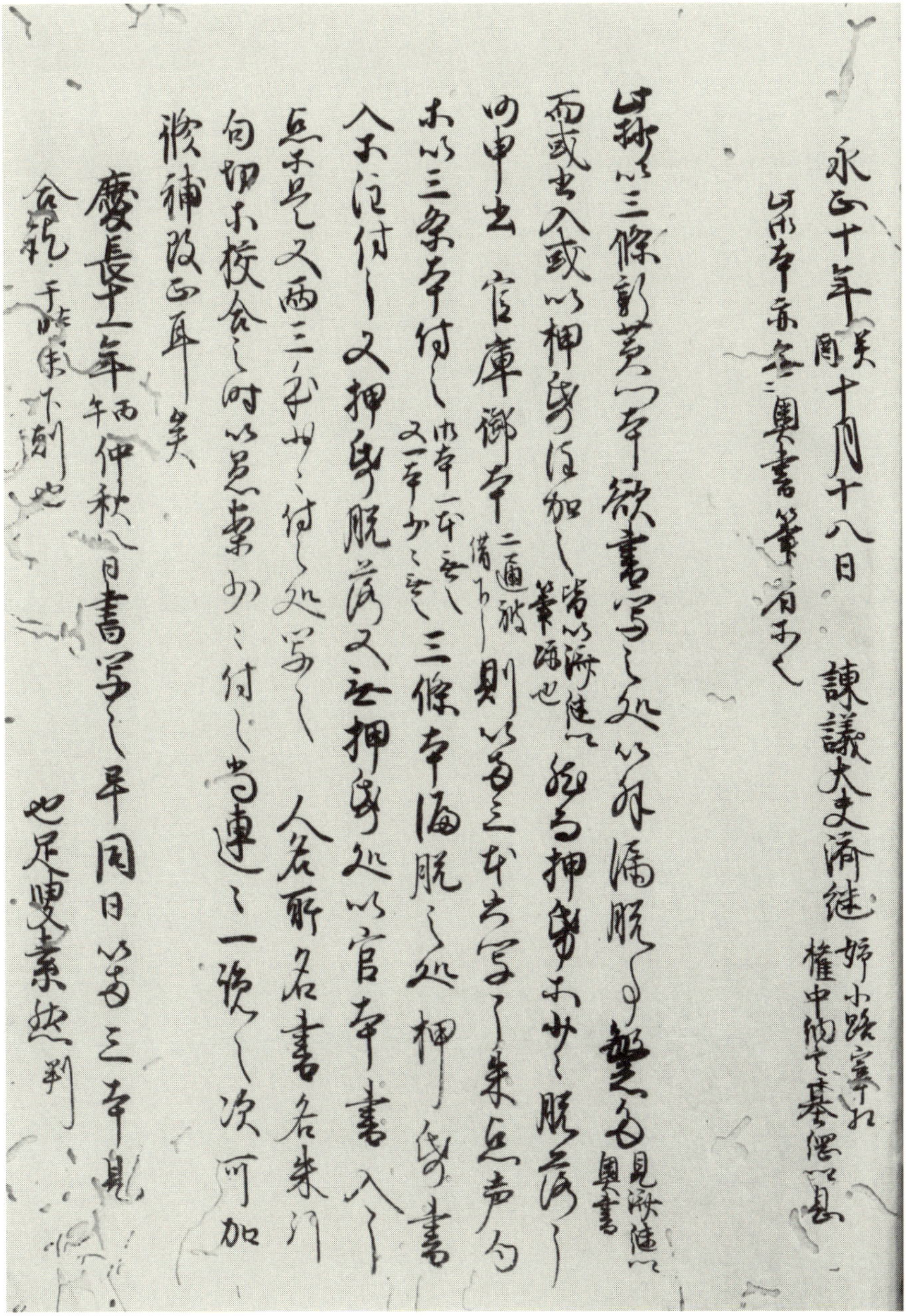

●第一冊末尾（桐壺巻巻末）（**【写真3】**）

本云右抄借請洞院亜相公数卿本終写功了此外又以春日局本
将軍家祗候同加校合了洞院本漏脱之分以件本書加之称
或本書入之者春日局本也
寛正五年三月十八日校合了夜前終写功去十二日立筆
者也
以自他本度々校合了
本云文明四年壬辰夏之比借請彼本源亜相自筆卒馳短毫了云疎紙
云亜（ママ）筆旁以後見多其憚早可令清書者也努々
于時鳥路含梅雨蟬聲送麦秋候向竹窓之下終
上木之功而已矣　左少将藤臣判逍遙院也
件本借請三条新黄門実條卿此巻手自書写之猶以諸本
書写之謂加奥書也抑源亜相ハ十輪院殿也左少将ハ逍遙院也
慶長十一年八月八日記之也足子判

奥書A

申出　禁裏御本両本内一本云
文明四年三月上澣以或本加書
写但彼本有誤事等以推量雖
除直猶不審字等遂以證本可

奥書B

令校勘者也
　桃華野人判
御本以右奥書本写之歟御本筆者奥書等無之僻字等
少々在之

又申出一本云
右抄借請洞院亜相公数卿以下――――三本奥書ニ同シ
　左少将藤臣判ニテ一斗無遺失
其次本云　此本逍遙院筆ノ本ノ写し也
永正九年夏比以右本一本雖書写後日作者中書本
不慮一見相違所々繁多之間一向令清書者也
　永正十年癸酉十月十八日　諫議大夫済継姉小路宰相権中納言基綱卿息
此御本亦無奥書筆者等也

奥書C

此抄以三條新黄門本欲書写之処以殊漏脱事繁多見済継卿奥書
而或書入或以押紙注加之皆以済継卿筆跡也　然而押紙等少々脱落了
仍申出　官庫御本二通被借下了則以両三本書写了朱点声句
等以三条本付之御本一本無之又一本少々無之三條本漏脱之処押紙書
入等注付了又押紙脱落又無押紙処以官本書入了
点等是又両三本少々付之処写之　人名所名書名朱引

奥書D

句切等校合之時以愚案少々付之尚連々一覧之次可加
修補改正耳矣
慶長十一年丙午仲秋八日書写之畢同日以両三本見
合訖于時未下剋也
也足叟素然判

●第七冊末尾（藤裏葉巻末）

此帖使通村書畢
也足叟判

●第十冊（巻第十九末尾・浮舟巻巻末）

寛正六年卯月上旬之候以洞院亜相公数卿家本
仰大江冨元写之了
同十五日両本校合朱点了
源朝臣判
文明四年壬辰三月廿二日辰下刻立筆未刻終書功了
此帖又東坊筆也
也足子判

●第十冊末尾（夢浮橋巻巻末）

此抄一部廿巻手自令校合加覆勘
畢可為治定之證本焉
儀同三司源判
則或両本校合朱了

本云
寛正六年孟夏下旬之候終一部之
写功了洞院大納言公数卿家本幷室町殿
春日局本彼是見合了　春本者中
書之洞本者覆勘之本也仍彼是
不同事有之料紙左道右筆
比興也堅可禁外見　　穴賢々々
文明四年三月廿二日未下刻立筆翌日申剋終書写之功了
権大納言　源判

第一冊末尾、第七冊末尾及び第十冊浮舟巻巻末の奥書に「也足子」「也足叟素然」とあるように、当該の『河海抄』は中院通勝の手を経たものである。通勝が書写を行った日時は、第一冊末尾の奥書から慶長十一年（一六〇六）八月八日であったことが判明する。これは通勝晩年期にあたる。『岷江入楚』の成立は慶長三年（一五九八）であるから、この『河海抄』の書写は『岷江入楚』編集後に行われたことになる。[4]

また第七冊末尾及び第十冊浮舟巻巻末の奥書からは、通勝が書写の際、息子通村や東坊城長維[5]の手を借りたことが分かる。現存する奥書には通村と長維の名しか見えないが、他の人物も書写に携わった可能性は残る。書写者が記されない巻にあっても、それがすなわち通勝の書写であったとは断定出来ないだろう。

通勝が書写の際に用いた本については、巻一末尾の奥書に詳しく述べられている。巻一末尾の奥書は、内容から四つに分割出来る。一つ目は「本云右抄借請洞院亜相」から「慶長十一年八月八日記之也足子判」まで（以後、奥書A）、二つ目は「申出　禁裏御本両本内一本云」から「御本以右奥書本写之歟御本筆者奥書等無之僻字等少々在之」まで（以後、奥書B）、三つ目は「又申出一本云」から「此御本亦無奥書筆者等也」まで（以後、奥書C）、四つ目は「此抄以三條新黄門本」から最後まで（以後、奥書D）である。この中で書写の事情を詳しく述べるのは奥書Dである。

奥書Dによると、通勝は三条新黄門こと三条西実条から『河海抄』を借り出したものの、三条西家本には漏脱が多かったため、官庫より2本を借り出し、これら3本で校合を行いながら書写を行ったようである。ここから、奥書Aは「三條新黄門本」に付されていた奥書に通勝の書写奥書が加わったもの、奥書BとCは「官庫御本」のそれぞれに付されていた奥書と判明する。

各奥書の内容を見ると、奥書A・Cは、いわゆる覆勘本系統の諸本に見られる奥書であり[6]、官庫より借り出した一本は覆勘本系統であった可能性が高い。また、もう一本の官庫の本は、奥書Bに「桃華野人判」とあることから、一条兼良の手を経由した系統の本であったことが判明する。この「桃華野人判」の後に「御本以右奥書本写之歟御本筆者奥書等無之僻字等少々在之」とあるのは、通勝が奥書を書き入れる際に加えたものであろう。この部分に「御本筆者奥書等無之」とあることから、兼良奥書本とも言うべきこの本には、書写に関わる他の奥書等は施されていなかったようである。

以上をまとめると、中院通勝が書写の際に用いた3本は、次のようになる。

（i）三条西家から（実條から）借り出した本。

（ii）官庫にあった、一条兼良の奥書を持つ本。兼良の奥書以外、奥書等はなかった。

（iii）官庫にあった、通秀・実隆・済継の奥書を持つ本。

現存する『河海抄』の伝本において、先に示した一連の奥書を有するものは、管見の限りではあるが、宮内庁書陵部蔵桂宮家旧蔵十冊本[7]、国立歴史民俗博物館蔵高松宮家旧蔵本[8]、尊経閣文庫蔵二十冊一面十三行本[9]の3本が挙げられる。旧制二高本をはじめとするこれらの諸本には、奥書Dに示されているように全体に渡って「三本書入」「三本押紙」「一本云」といった細字書き入れが施されており、書き入れの部分までも丁寧に書写されていったことが分かる。また、これら同一の奥書を持つ本が高松宮家と桂宮家とに蔵されていた点からは、中院家に所蔵されていた『河海抄』が、後西・霊元天皇の書写活動の一環として禁裏に貸し出されたことを窺い知ることが出来よう。また北岡文庫蔵本との比較により、中院家の書写の実態を測ることも可能である。

さて、旧制二高本には、墨の書き入れとは別に、朱による書き入れも確認出来る。朱の書き入れは第一冊から第三冊までしか付されていないが、他の伝本には見られないものであり、旧制二高本独自の特徴である。この朱の書き入れを施した人物は、先に示した第一冊末尾の奥書から明らかになる。

第一冊末尾の奥書Bの下には、「此桃華野人御判以此本以朱改了／槐下散木／（花押）」という朱の校合奥書が書き加えられており（【写真3】参照）、これは本文に付された朱と同筆のものと判断出来る。該当部分を拡大したものが、【写真4】である。

この朱の書き入れに見える「槐下散木」とは、通勝の玄孫にあたる中院家一八代目当主の中院通躬を指す。通躬

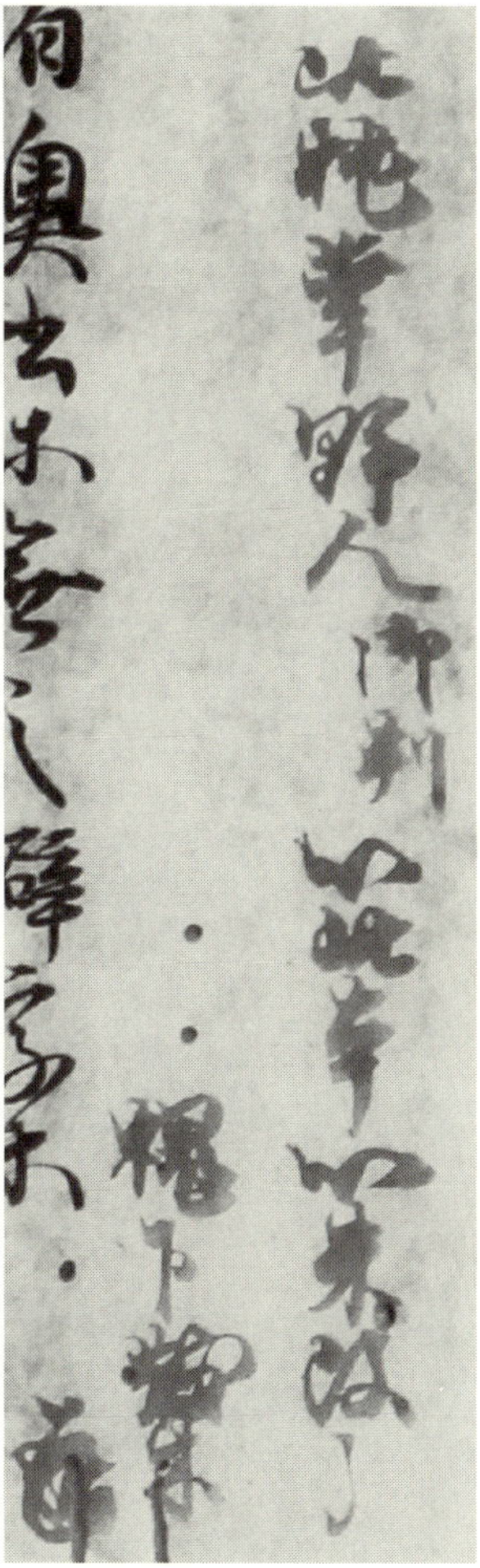

【写真4】旧制二高本の奥書に見られる朱の書き入れ

は、寛文八年（一六六八）五月十二日生、元文四年（一七三九）十二月三日薨（72歳）。任内大臣は享保十一年（一七二六）九月十八日（59歳）で、同月二十一日に辞している。任右大臣は元文三年八月十六日（71歳）で、同月十九日に辞している。(10)「槐下散木」もしくは「槐下散北」(11)の号を用いており、「槐下」は大臣を辞した者であること、「散木」は役に立たない人という卑下を表す。よってこの署名を行うのは享保十一年九月二十一日以降であり、朱による校合はこの時期以降に行われたと考えられる。文法上不審は残るが、通躬は、何処からか「桃華野人」こと一条兼良の奥書を持つ『河海抄』を借り出し、その本を以て自家の本に校合を加えたのである。

兼良の奥書を持つ『河海抄』の伝本は、そう多くない。現存諸本の中で奥書Bを持つものは、先に挙げた旧制二高本と同じ一連の奥書を持つ3本の他に、弘文荘待賈古書目第十四号所載本、(12)早稲田大学図書館蔵天正三年奥書本、(13)京都大学附属図書館蔵本、(14)京都国立博物館蔵本(15)があるばかりである。ただし、この4本には、兼良の奥書に次いで三条西家本によって校合を加えたとする飛鳥井雅敦の奥書が存在している。(16)つまり、奥書Bを持つ現存諸本は、いずれも他本との校合が加えられた状態であるため、これらの本から兼良奥書本の内容を窺い知ることは出来ない。また、現在まで、通勝の借り出した「官庫御本」のような、奥書Bのみを持つ純粋な兼良奥書本は確認されていない。

こうした現状の中、旧制二高本に付された通躬による朱の書き入れは、兼良奥書本の内容を窺い知る手掛かりと成り得る。通躬が校合に用いた兼良奥書本の素性は不明であるが、「此桃華野人御判以此本以朱改了」という部分からは、この本が兼良の奥書のみを記した本（奥書Bのみを持つ本）であったことが認定出来る。第三冊までという限定はあるものの、この朱の書き入れを基点として、兼良奥書本の性格が浮かび上がって来るのである。

ただし、検討に値する箇所は朱の付された部分のみである。朱の書き入れが無い箇所は、兼良奥書本にもとから無かったものか、通躬が校合を反映させなかったものか、との判断が付かないためである。なお、通躬による朱の校合が第一冊から第三冊の3冊に限定される理由は、通躬が巻四までしか借り受けられなかったため、もしくは、借り出した兼良奥書本が零本であったためと考えられる。この朱の書き入れについては、次節で詳しく考察する。

三　旧制二高本の朱の書き入れについて

ここからは、旧制二高本の朱の書き入れが付されている箇所について、諸本と比較しながら細かく検証を行う。本稿では、第一冊桐壺巻に付された朱の書き入れを取り挙げる。理由としては、先に示した兼良の奥書が桐壺巻巻末に付されていることと、親本の巻二以降が取り合わせであった可能性を考慮したためである。また扱う箇所は、先にも触れたように、朱の書き入れがある部分のみを対象とする。

本章で扱う諸本は、以下の通りである。(17)

名称	略号	巻一の予想系統	巻九における系統
・天理大学附属天理図書館蔵伝一条兼良筆本(18)	【天一】	中書本系統	C類
・彰考館蔵二十冊本	【彰考】	中書本系統	A類
・今治市河野美術館蔵二十冊本	【河廿】	中書本系統	A類
・内閣文庫蔵他阿奥書本	【内他】	中書本系統	A類
・佐賀大学附属図書館小城鍋島文庫蔵本	【鍋島】	中書本系統	B類
・中央大学図書館蔵本	【中央】	中書本系統	B類
・東京大学国文学研究室本居文庫蔵本	【本居】	中書本系統	B類
・熊本大学附属図書館北岡文庫蔵本	【北岡】	覆勘本系統	C類

・島原図書館松平文庫蔵本　【島原】　覆勘本系統　C類
・秋田県立図書館蔵本　【秋田】　覆勘本系統　C類

なお、旧制二高本の本文系統は、先に示した奥書にもあったように、三条西家を経由した覆勘本系統にあたる。従って、朱の書き入れは、墨書き部分の系統とは異なることが予想される。

では、具体的な注記比較を見ていこう。まずは、料簡「一中古の先達の中に此物語の心をは哥には詠むへからす……」の項目から、用例として示される和歌の提示方法を確認する。料簡の中でも最後に位置するこの項目は、『源氏物語』を踏まえた詠作について言及し、実例として数首を示しながら説明を行っていく。問題となるのは「心をとれる哥」の実例が示された箇所である。以下に該当箇所の異同を示す。

①**【天一】【彰考】【河廿】【内他】【鍋島】【中央】【本居】**

　　　　　　　　　　　　　　鷹司院帥
あかしかた浪の音にやかよふらむ浦より遠の岡の松かせ
　是等はみな心をとれる哥也詞をとる哥新古今にむしのねもなかき夜あかぬふる郷にみし夢にやかてまきれぬ我身こそあり明の月のゆくゑをなかめてそ続古今になれよなにとてなくこゑのなといへるたくひ勝計すへからす大方狭衣物語の尋ぬへき草の原の哥をも猶本哥に用たる哥近代集にあるにや（以下略）

②**【北岡】**

　　　　　　　　　　　　　　鷹司院帥
明石かた浪の音にやかよふらん浦より遠の岡の松風
新拾遺山かせにたきのよとみも音たてゝむら雨そゝくよはそ涼しき
是等は皆心をとれる哥なり詞をとる哥新古今に虫の音もなかき夜あかぬ古郷にみし夢にやかてまきれぬ我身こ

そあり明の月のゆくゑをなかめてそ続古今になれよ何とて鳴こゑのなといへるたくひ勝計すへからす大かた狭衣物語の尋ぬへき草の原の哥をも猶本哥に用（とりイ）たる哥近代集にあまた（入たる）あるにや（以下略）

③【島原】【秋田】

同　　鷹司院帥
あかしかた浪のをとにやかよふらん浦よりをちの岡の松風
新拾遺　　同
山風に瀧のよとみも音たてゝ村雨そゝく夜はそ涼しき
これらはみな心をは（ママ）れる哥也詞をとる哥
新古今　　家隆
虫のねも長き夜あかぬ故郷に猶おもひそふ松風そふく
後京極
みし夢にやかてまきれぬ我身こそとはるゝけふも先かなしけれ
慈円
有明の月のゆくゑを詠てそ野寺のかねはきくへかりける
続古今になれよなにとてなく声のなといへりたくひ勝計すへからすおほかた狭衣物語のたつぬへき草の原の哥をも猶本哥にとりたる哥近代集にあまた入たるにや（以下略）

鷹司院帥の「あかしかた……」の後に、北岡文庫蔵本は細字で『新拾遺和歌集』1579番歌「山風に……」が増補されている。島原図書館松平文庫蔵本と秋田県立図書館蔵本とには、「山風に……」の和歌に加え、他の諸本では注記に上の句のみが連続して示されていた『新古今和歌集』３首が、詠者名とともに全文示される形式となっている。

当該箇所における異同としては、この2点が確認出来る。覆勘本に至ると和歌が増補される傾向にあると言える。

これを踏まえた上で、旧制二高本の該当箇所を以下に示す。ゴシックで示した箇所は朱である。

●旧制二高本該当箇所（【写真5】）

鷹司院帥

あかしかた浪の音にやかよふらん浦よりをちの岡の松かせ

新拾遺集（**イ本無之**）

山颪に瀧のよとみも音たてゝむら雨そゝく夜はそ涼しき

これらは皆心をとれる哥也詞をとる哥新古今に

虫のねもなかき夜あかぬ故郷に

みし夢にやかてまきれぬわか身こそ

有明の月のゆくゑをなかめてそ**続古今になれよなにとて鳴声の**

な○といへるたくひ勝計すへからすおほかた狭衣物語のたつぬへき草の原の哥をも猶本哥にとり（**用ひ**）たる哥近代

集にあまた入たるにや（**あるにや**）（以下略）

旧制二高本の墨書き部分には、新拾遺歌「山颪に……」が本文として存在する。また新古今歌3首に関しては、下の句は示されていないものの、和歌を一首ごとに並列して提示する形式は、島原図書館松平文庫蔵本と秋田県立図書館蔵本と同じものと言える。「続古今になれよなにとて鳴声の」は存在しないが、諸本でこの部分を持たない本が存在しない点と、他の三条西家を経由した諸本にはすべてこの部分が確認出来る点とを考え合わせると、書き落としと判断してよかろう。以上のように、旧制二高本の墨書き部分は覆勘本系統に見られる特徴を備えている。

この墨書き部分に対して、朱の書き入れは、「続古今になれよなにとて鳴声の」「な」を加え、「とり」「あまた入

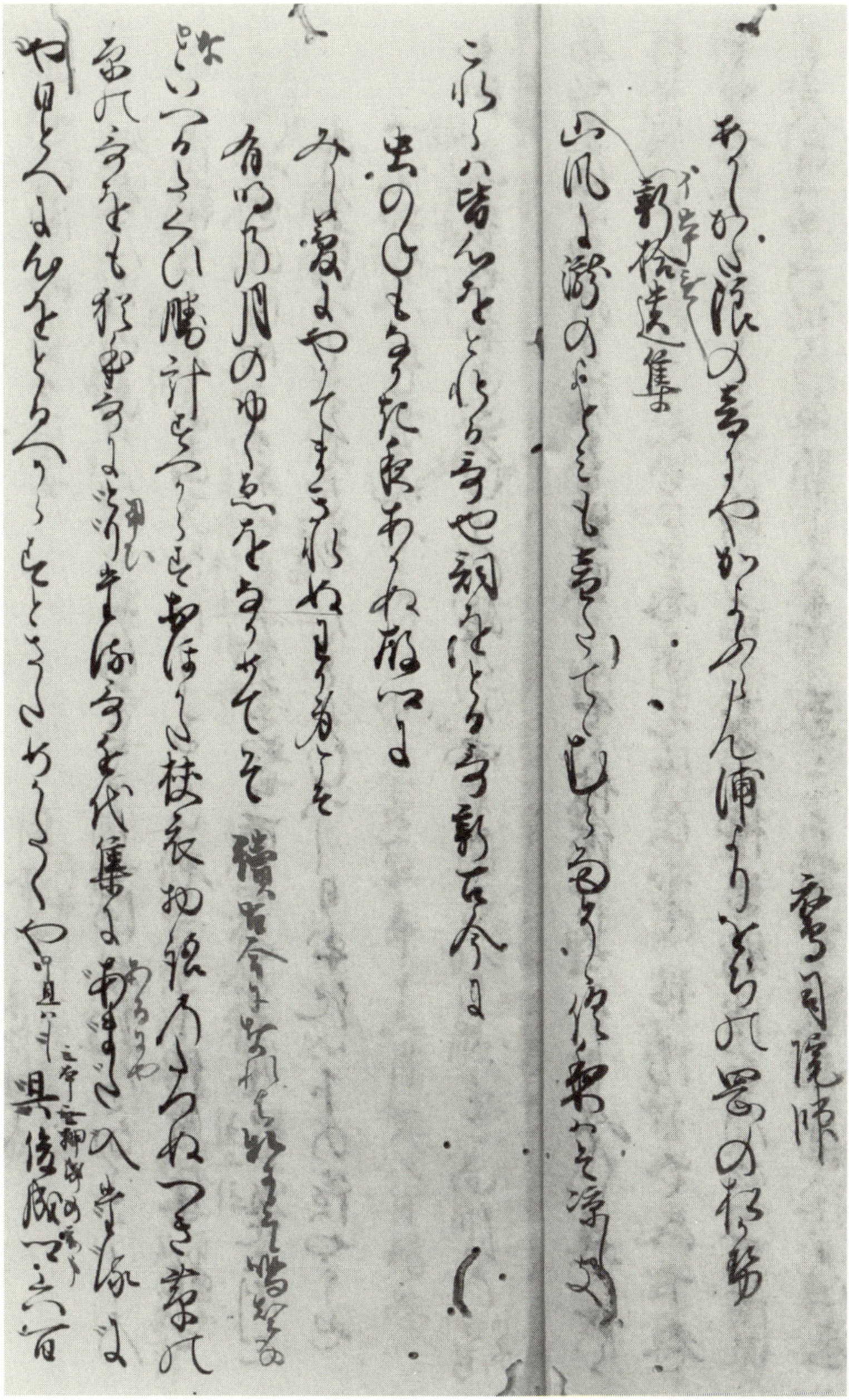

【写真5】旧制二高本・「料簡」該当箇所

たるにや」を見せ消ちで消した上で「用ひ」「あるにや」と訂正し、さらに新拾遺歌を線引きで指定した上で「イ本無之」と示す（【写真5】参照）。この朱が指摘する訂正箇所のすべては、①の天理図書館蔵伝一条兼良筆本を始めとする諸本の特徴と一致する。つまり朱によって示された兼良奥書本は、比較的初期の形態を留めた本であったことが推測されるのである。

同様の例は注記においても確認出来る。次に示す箇所は「なき人のすみかたつねいてたりけむしるしのかんさし」の注記である。諸本は以下の通りである。

①**【天一】【彰考】【河廿】【内他】【鍋島】【中央】【本居】**

なき人のすみかたつねいてたりけむしるしのかんさし

指碧衣女取金釵鈿合各折其半授使者曰為我謝太上皇謹献是物尋其好也長恨歌伝

②**【北岡】【島原】【秋田】**

なき人のすみかたつねいてたりけむしるしのかんさし

指碧衣女取金釵鈿合各折其半授使者曰為我謝太上皇謹献是物尋其好也長恨歌伝

方士楊貴妃を尋て金のかんさしのなかはをもちてきたりし事也

当該箇所では、注記後半「方士楊貴妃を尋て金のかんさしのなかはをもちてきたりし事也」の有無に揺れが見られ、この部分は覆勘本段階での増補と考えられる。旧制二高本の該当箇所は以下の通り。

●旧制二高本該当箇所（【写真6】）

なき人のすみかたつねいてたりけんしるしのかんさし

指(サメ)二碧ー衣(ノ)女(ヲ)一取二金釵鈿ー合(ヲ)一各折二其(ノ)レ半(ヲ)一授二使(テ)ー者(ニ)一曰(クニ)為レ我謝(セヨ)二太上皇(ニ)一謹献(テ)二是物(ノヲ)一尋二其レ好(ヨシミ)一也長恨歌伝三本

イ無
方士楊貴妃を尋て金のかんさしのなかはをもちてきたりし事也一本無　又一本以朱滅也

【写真6】旧制二高本・「なき人のすみかたつねいてたりけむしるしのかんさし」

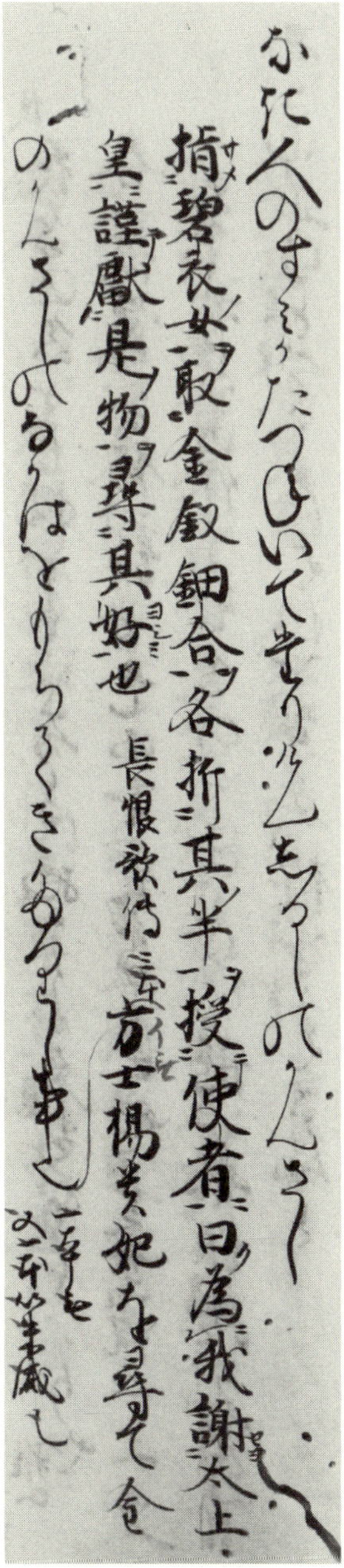

墨書き部分は、北岡文庫蔵本、島原図書館松平文庫蔵本、秋田県立図書館蔵本とほぼ同様の注記であるが、細字書き入れとして、「方士楊貴妃を……」の前に「三本」、注記末尾に「一本無又一本以朱滅也」がある。これは、先の奥書に示したように、中院通勝の校合の跡と考えられる。当該箇所に見られる「三本」が示すものは、三条西家から借り出した本という意味であり、校合に用いた三本に共通するという意味ではない。また、注記末尾の「一本」「又一本」(19)が示すように、「方士楊貴妃を……」の部分が存在しない、もしくは朱によって消された本があったことが窺える。通勝の校合の指摘と一致するように、覆勘本系統以外の諸本には「方士楊貴妃を……」は見えない。朱の書き入れは、「方士楊貴妃を……」を「イ無」と示し、「三本」「一本無又一本以朱滅也」の細字書き入れを消しており、兼良奥書本には覆勘本系統以外の諸本と同じく長恨歌伝の引用のみが記されていたことが分かる（【写真6】参照）。通勝による校合の跡をわざわざ消したのは、兼良奥書本の形態を示す目的からであろう。

注記の比較をもう一例挙げる。以下に該当箇所を角川版によって示す。

をたき（愛宕）といふところにいかめし（耐奇畏　又巍）うそのさほう（経文）したるに

桓武天皇平安城に遷都の時此地を諸人の葬所に定らる見延暦遷都記彼に珎皇寺といふ寺あり弘法大師の聖跡として
いまに東寺一長者管領也云々
大師遺告書云
宇宕当（ヲタキ）
右寺建立大師是吾祖師故慶俊（道慈律師弟子）僧都也以下略之
清和天皇外祖母贈正一位源氏喪山城国愛宕墓見延喜式
みつのくらゐとよむへし
三位のくらゐを丶くり給ふ
むなしき御からをみる〳〵なをおはする物と思ふか
（以下略）

角川版では、「をたきといふところにいかめしうそのさほうしたるに」「三位のくらゐを丶くり給ふ」「むなしき御からをみる〳〵なをおはする物と思ふか」という順で注記が提示される。異同が問題となるのは、「をたきといふところに……」の「右寺建立……」から「むなしき御からを……」までの部分であり、各諸本は次の通りである。

①【天二】【鍋島】
右寺建立大師是吾祖師故慶俊僧都也以下略之
清和天皇外祖母贈正一位源氏喪山城国愛宕墓見延喜式
むなしき御からをみる〳〵なをおはする物と思ふか
（以下略）

②【彰考】【河廿】【内他】

右寺建立大師是吾祖師故慶俊僧都也以下略之

三位のくらゐをくり給ふ　　みつのくらゐとよむへし

清和天皇外祖母贈正一位源氏喪山城国愛宕墓見延喜式

むなしき御からをみる〳〵なをおはする物と思ふか

（以下略）

③

【中央】

右寺建立大師是吾祖師故慶俊僧都也以下略之

清和天皇外祖母贈正一位源氏喪山城国愛宕墓見延喜式

みつのくらゐとよむへし

三位のくらゐをくり給ふ

むなしき御からをみる〳〵なをおはする物と思ふか

（以下略）

④

【北岡】【島原】【秋田】

右寺建立大師是吾祖師故慶俊僧都也以下略之

三位のくらゐをくり給ふ

みつのくらゐとよむへし　或本云親範記曰女御入内之時如令蒙三位宣旨給云々
宣命書トテ必事ヲ委細ニ書演テ向死人具ニ読聞スル事也

清和天皇外祖母贈正三位源氏喪山城国愛宕墓見延喜式

むなしき御からをみる〳〵なをおはする物と思ふか

（以下略）

ここで示したように、「三位のくらゐをくり給ふ」の注記の有無と、その挿入箇所について、諸本間に差異が見られる。天理図書館蔵伝一条兼良筆本と小城鍋島文庫蔵本には、「三位のくらゐをくり給ふ」の注記は存在しない。これに対して、彰考館蔵二十冊本、今治市河野美術館蔵二十冊本、内閣文庫蔵他阿奥書本においては「三位のくらゐ……」以下は細字書き入れとして、前項「をたきといふところに……」の注記である「右寺建立……」と「清和天皇……」との間に存在する。中央大学図書館蔵本では「清和天皇……」の後に注記が存在し、北岡文庫蔵本、島原図書館松平文庫蔵本、秋田県立図書館蔵本では「右寺建立……」と「清和天皇……」との間に注記が存在し、さらにその下に細字で「或本云……」と注釈が増補されている。

　これらの異同からは、「三位のくらゐ……」の注記は後に増補された注記であることと、「をたきといふところに……」の注記であるはずの「清和天皇……」の部分が、伝本によっては「三位のくらゐをくり給ふ」の注記に紛れ込んでいることが判明する。「三位のくらゐ……」を持たない天理図書館蔵伝一条兼良筆本や小城鍋島文庫蔵本は、増補以前の形態を留めたものと判断出来る。「三位のくらゐをくり給ふ」の注記は、もともとは②のように、校合の際に細字で書き入れられたものであった可能性が高い。それが、挿入すべき箇所を間違えたまま、書写の段階で本文に紛れ込んでしまった結果、④のように「清和天皇……」が「三位のくらゐ……」の注記として示される状況が発生したのであろう。注記内容を考慮すると、「三位のくらゐ……」の注記は、「清和天皇……」の後に入るべき注記である。ただし、『源氏物語』の本文に従うならば「三位のくらゐ……」はこの箇所に挿入されるべきではない。以下に『源氏物語』本文を示す[20]。

　限りあれば、例の作法にをさめたてまつるを、母北の方、同じ煙にのぼりなむと泣きこがれたまひて、御送りの女房の車に慕ひ乗りたまひて、愛宕といふ所に、いといかめしうその作法したるに、おはし着きたる心地、いかばかりかはありけむ。「むなしき御骸を見る見る、なほおはするものと思ふがいとかひなければ、灰になりたまはむを見たてまつりて、今は亡き人とひたぶるに思ひなりなん」とさかしうのたまひつれど、車よりも落ちぬべうまろびたまへば、さは思ひつかしと、人々もてわづらひきこゆ。内裏より御使ひあり。三位の位贈りたまふよし、勅使来て、その宣命読むなん、悲しきことなりける。女御とだに言はせずなりぬるがあかず口惜しう思さるれば、いま一階の位をだにと贈らせたまふなりけり。これにつけても、憎みたまふ人々多かり。

傍線部が『河海抄』で立項されている部分であるが、物語本文と対応させるならば、「三位のくらゐ……」は「ひたふるに」と「女御とたに……」の間に提示されるべきである。

この注記の誤入は、注記内容の改変すら生じさせてしまった可能性がある。「清和天皇……」の注記は、既に『紫明抄』から指摘されている。『紫明抄』の該当箇所を示す(21)。

『紫明抄』（内閣文庫蔵十冊本）

おたきといふ所にはいかめしうそのさほうしたるにおはしつきたる心ちいかはかりかはありけん

贈正一位清和天皇外祖母源氏在山城国愛宕墓見延喜式事

『河海抄』の注記とは注記の順序が異なるが、『河海抄』はこの『紫明抄』の注記をもとに、注釈を増補させて注記を作成したのである。よって「清和天皇……」の部分は、「をたきといふところに……」に付された注記であることに間違いない。また確認のため、『延喜式』も示す(22)。

『延喜式』巻二十一諸陵寮

愛宕墓　贈正一位源氏。清和太上天皇外祖母。在山城國愛宕郡。兆域東二町。南一町。西一町五段。北一町五段。守戸一烟。

『延喜式』と『紫明抄』は清和天皇の外祖母に対して「贈正一位源氏」としており、よって④の諸本が示す「贈正三位源氏」は誤りである。この誤りは、「清和天皇……」が「三位のくらゐをくり給ふ」の注記であるとの錯誤のもと、見出し本文の「三位のくらゐ」に対応させるべく、後人の手によって訂正された結果と捉えられよう。

前提が長くなってしまったが、旧制二高本の該当箇所を以下に示す。

●旧制二高本該当箇所（**【写真7】**）

右寺建立大師是吾祖師故慶俊（道慈律師弟子）僧都也以下略之
清和天皇外祖母贈正一（三イ）位源氏葬二山城国愛宕墓一見延喜式
三本或本云親範記曰女御入内之時如レ令蒙位三位宣旨給云々
又一本宣命書トテ必事ヲ委細ニ書演テ向死人具ニ読聞
スル事也三本如此書入不滅也一本乍書入以朱滅之
（三本　一本無）（イ無之）三位のくらゐをくり給
（三本　一本無）三つのくらゐとよむへし
（三本如此）むなしき御からをみる〳〵猶おはする物とおもふか
（以下略）

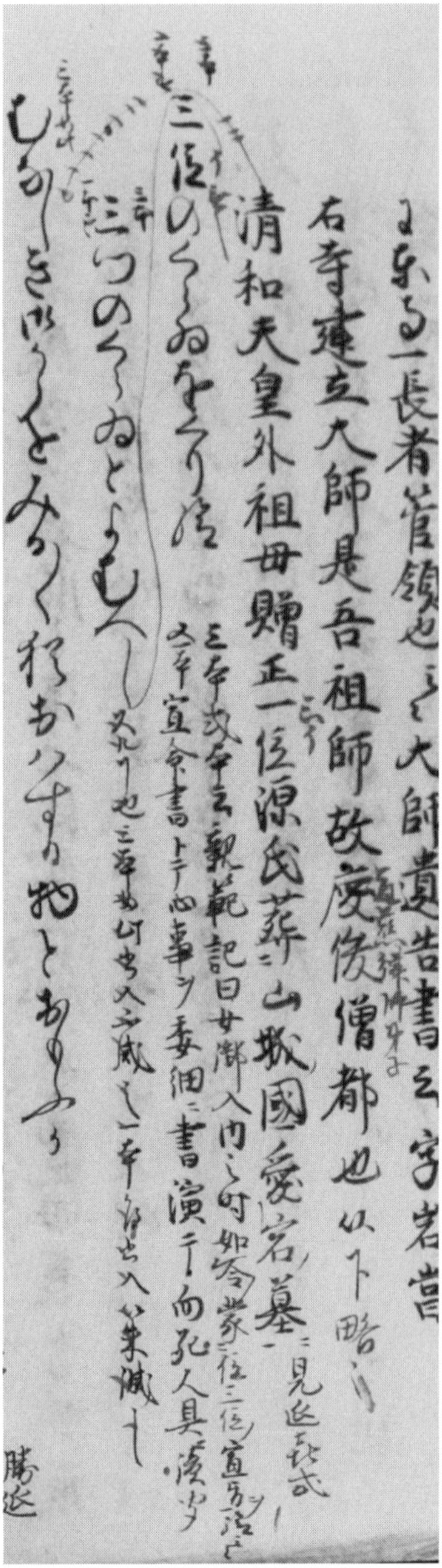

【写真7】　旧制二高本・該当箇所

旧制二高本の墨書き部分は、「清和天皇……」の後に「三位のくらゐ……」の注記があり、注記の下部に④の北岡文庫蔵本等に見えた細字注記が存在する。傍線部「三本」「又一本」「三本如此書入不滅也一本乍書入以朱滅之」は、④の諸本には見られなかったため、通勝の校合の跡と見て取れる。また「清和天皇……」は墨線によって、「みつのくらゐとよむへし」の後に入ることが示され、「三本如此」とする。さらに「三位のくらゐ……」の上部には「三本」「一本無」と、この注記の有無も示している。

朱の書き入れは、「イ無」として「三位のくらゐ……」の注記が存在しなかったことを示しており、さらに墨線や「三本」等の校合についても存在していなかった旨を示す（【写真7】参照）。朱が示す兼良奥書本は、①の天理図書館蔵伝一条兼良筆本のような初期の姿を残す形態であったことが看取出来る。[23]

このように、朱の書き入れは、現存諸本の中でも比較的初期の形態を留める伝本の特徴と一致する傾向にある。最後に、旧制二高本の朱書き入れが、現在は失われてしまった『河海抄』の内容を示す可能性を持つことを指摘したい。一例として「ひかるきみときこゆ」の注記を挙げる。

①【天一】【彰考】【河廿】【内他】【鍋島】【中央】【北岡】【島原】【秋田】

ひかるきみときこゆ

亭子院第四皇子敦慶親王（皇太后宮温子　二品式部卿母同延喜帝延喜八年二月廿八日薨）号玉光宮好色無双之美人也式部卿是忠親王仁和御後始賜源姓号光源中納言

源光（ミナモトノヒカル）仁明天皇源氏号西三条延喜元年任右大臣

日野系図といふ物に左大臣高明を光源氏と書之

諸本において異同は確認出来ないが、旧制二高本の朱は「日野系図……」について「イ無」とする（【写真8】参照）。朱による「日野系図……」が無いという指摘は、通勝も注末尾の細字書き入れで「一本無三本書入又一本無」と示すことからも、信頼に値する。「日野系図……」は後補であると考えて良いだろう。

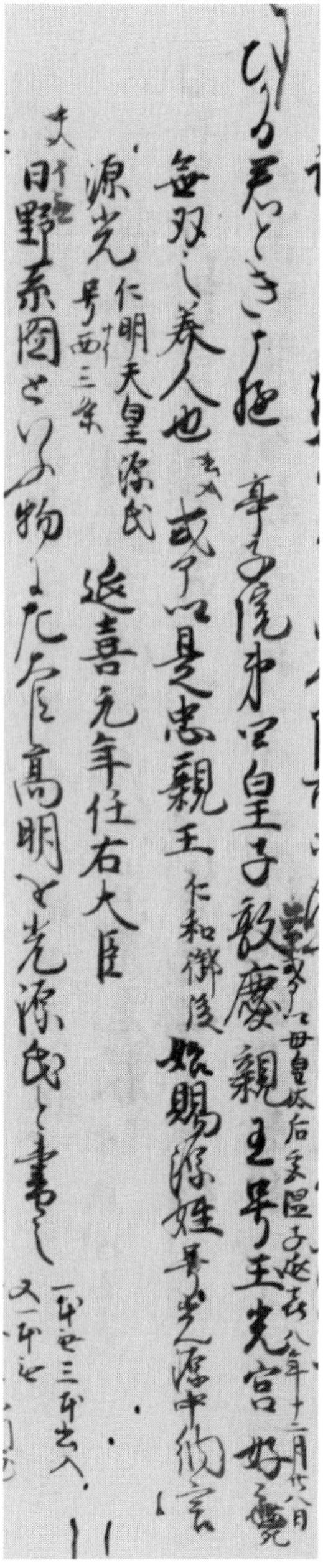
【写真8】旧制二高本・「ひかるきみときこゆ」

この当該注記に関して、あくまで管見の限りではあるが、現存する諸本で「日野系図……」を持たない本は確認出来ない。つまり「日野系図……」を持たない体裁は、兼良奥書本のみが伝える特徴的様相なのである。兼良奥書本がこの部分を書き落とした（もしくはそれ以前の書写の段階で欠落した）可能性も捨てきれないが、伝本によっては、もとは存在しないことを墨や朱の書き込みによって示す本や、「日野系図……」の部分を前半の注記よりも2字程度下げて記す本も存在する。これらの点からも「日野系図……」が増補部分であると考えて問題ないのではないか。兼良奥書本は、ごく一部ではあるものの、現在は失われてしまった『河海抄』を伝えるのである。

以上、注記内容の比較から兼良奥書本の性格を探ってきた。ここまでの注記比較を踏まえると、兼良奥書本は、中書本系統の中でも比較的初期の形態を留め、現存諸本には見えない特徴をも保持していた本であったと規定出来よう。旧制二高本の朱書き入れは、その一端を浮かび上がらせ、兼良奥書本やその系統に属する伝本を探る上で有効に機能するものである(24)。今後、『河海抄』の伝本系統を考える上で、旧制二高本の果たす役割は大きい。

『河海抄』諸本における旧制二高本の位置付け、及び朱の書き入れの特徴は、大凡以上である。

四　まとめ

本章で明らかにした旧制二高本の特徴をまとめると、以下の3点になる。

（ⅰ）旧制二高本は、中院通勝が書写校合を加えた中院家蔵本の系統であり、覆勘本系統の中でも末流に近い伝本である。中院家蔵の『河海抄』は、後年、後西・霊元天皇の書写活動の一環として禁裏に貸し出されたことが想定出来る。また、北岡文庫蔵本との比較により中院家の書写の実態も明らかになる。

（ⅱ）旧制二高本には、中院通躬による朱の書き入れが存在する。この朱の書き入れは巻四までしか付されていないが、兼良奥書本の性格を浮かび上がらせるに十分なものである。ただし朱の書き入れは、校合本である兼良奥書本のすべてを反映させたものではなく、ごく一部分の校合と捉えるべきである。

（ⅲ）諸本との注記比較により、兼良奥書本は中書本系統の中でも初期に位置する本の性格を持つ本であったことが判明する。旧制二高本の朱の書き入れは、『河海抄』の諸本系統を考える上で、今後も考慮されるべき対象である。

旧制二高本の最も大きな特徴は、繰り返し述べた通り、中院通躬による朱の書き入れである。ただし、この校合は『河海抄』を増補する目的で行われたものとは考えにくい。朱によって示された兼良奥書本の内容は、もちろん明らかな間違いを訂正した箇所も存するものの、一概に増補改訂後の内容よりも優れているとは言えない。通躬は、兼良奥書本の注記内容に意味を見出したのではなく、奥書に一条兼良の名が備わっていた点を重視したのである。注記の削除や、通勝による校合の跡を消す点からも、この通躬の意識は窺えよう。

注記の少なかった兼良奥書本やそれに近い系統の『河海抄』諸本は、書写校合の際に他本に埋もれてしまう存在だったのではないか。旧制二高本は、その埋もれた一部分を掘り起こす貴重な伝本である。本章が今後の『河海抄』をめぐる問題の一助になればと思う。

注

（1）『東北大學所藏和漢書古典分類目録』（東北大学附属図書館、一九七八）目録番号：狩　4・11388・10。なお、この目録にはもう一冊『河海抄』が示されているが（鶴峯戊申草稿第三雑抄類一一〇、目録番号：本館　甲C・1・114）、これは鶴峯戊申によるごく一部の抜き書きメモであるため、『河海抄』の伝本としては扱えない。

（2）大津有一「河海抄の伝本再論」（『皇學館論叢』第1巻第5号、一九六八・一二）。以下に該当部分を示す。

第二高等学校旧蔵本は戦災をうけて焼失したかと思われるが、桃園文庫に理研の感光紙に写したものがある。縦八寸五分、横六寸三分の薄斐紙袋綴十冊。紺表紙。一面十三行、平仮名交り。江戸中期の写。（中略）三条西本の系統で、中院通勝が校正したもの。

大津氏が「桃園文庫に理研の感光紙に写したものがある」とした本は、『桃園文庫目録』目録番号：桃7‐38の本であり、当該の旧制二高本を撮影したものであると確認出来た。

（3）『東北大學所藏和漢書古典分類目録』目録番号：教養　913・208・1‐2。

（4）『岷江入楚』に引用される『河海抄』は、細川幽斎によって三条西家から借り出された本によるものと考えられ、借り出された際に書写された本が熊本大学附属図書館北岡文庫に残されている（伊井春樹「『山下水』から『岷江入楚』へ――実枝の源氏学とその継承――」、『源氏物語注釈史の研究　室町前期』、桜楓社、一九八〇）。この点は、通勝が三条西家本を親本とした経緯とも関わろう。

（5）「東坊」に該当する人物は、慶長十一年の時点で東坊城盛長、東坊城長維の2名。慶長十一年の時点では、盛長は69歳、長維は13歳である。両名とも書写を行った可能性はあるものの、この時点で菅原氏の氏長者であった盛長に書写をさせたとは考えにくく、長維を比定した。『公卿補任』によると、長維は慶長十年十一月十日に12歳で元服し、同日文章得業生となっている。

（6）代表的な覆勘本の奥書を、学習院大学蔵三条西実隆筆文明四年書写本によって示す。

此抄一部廿巻、手自令校合加覆勘畢。可為治定之証本焉。

儀同三司源判

則或両本校合朱了

本云、寛正六年孟夏下旬之候、終一部之写功了。

洞院大納言公数卿家本、幷室町殿春日局本、彼此見合了。春本者中書之本、洞本者覆勘之本也。仍彼是不同事有之。料紙左道右筆比興也。堅可禁外見。穴賢々々。

権大納言源判

文明四年三月廿二日、未下尅立筆、翌日申尅終書写之功了。

右此抄借請中院亜相通秀卿本、染愚翰了。惣而一部書写之懃雖有之、当時宇治一覧之間、先此四帖自十七至廿卒写留之。雖卑紙多憚悪筆有恥、懃依数奇深切、屢励生涯懇志、如形終書木之功。烏焉之訛謬須繁多。一部書写之次、早可令清書。深蔵之亟底、勿許外見者也矣。

于時文明壬辰姑洗下旬候　　左少将藤（花押）

覆勘本系統に特徴的な奥書には、「儀同三司源」こと四辻善成、「権大納言源」こと中院通秀、「左少将藤」こと三条西実隆の3人の名が見える。奥書A・Cには「洞院大納言……」とある通秀の奥書以下が付されている。この奥書は巻二十末尾に付されることが一般的であるが、伝本によっては巻一末尾に付されたものもある。また奥書Cと同様の奥書を持つ本としては、天理大学附属天理図書館蔵玉松家文庫旧蔵本（『天理図書館稀書目録　和漢書之部　第三』（天理図書館、一九六〇）目録番号：2256。請求番号：913・36―イ333）等が挙げられる。

（7）『和漢圖書分類目録　上』（宮内廳書陵部、一九五二）目録番号：459―17。奥書は、旧制二高本の朱部分を抜いたものとほぼ同じ。この奥書は、霊元天皇の宸写とされる。中院家所蔵本を書写し、禁裏本としたか。なお当該本は、『圖書寮典籍解題　文學篇』（國立書院、一九四八）に紹介されている。北岡文庫蔵本と当該本との関係は、『北岡文庫蔵書解説目録――細川幽斎関係文学書――』（熊本大学法文学部国文学研究室、一九六一）に「親本を同じくする」

とされているが、正しくは叔父・甥の関係である。

(8)『高松宮家伝来禁裏本目録　分類目録編』(国立歴史民俗博物館、一九九九)目録番号：H-600-0762。巻一のみの零本。奥書は、旧制二高本の朱部分を抜いたものとほぼ同じ。この奥書部分は、『高松宮家伝来禁裏本目録　奥書刊記集成・解説編』及び伊井春樹編『源氏物語　注釈書・享受史事典』(東京堂出版、二〇〇一)の「河海抄」の項目にて紹介されている。また旧制二高本の奥書とは別に、末尾に「奥記　明暦三十二廿者記　明暦四六十二校了」という書写奥書があり、明暦頃の写かと思われる。

(9)『尊経閣文庫国書分類目録』(ゆまに書房、一九九二)目録番号：12-2-外。全体的に非常に丁寧に清書した感を受ける。奥書は、旧制二高本の朱部分を抜いたものとほぼ同じ。奥書Bに関しては、旧制二高本のように下の余白を残したまま、同じ箇所で改行している。ただし細字書き入れはほぼ無く、「本云」等や「此本逍遙筆ノ本ノ写し也」の部分しか見られない。

(10)京都大学附属図書館中院文庫蔵『中院家伝』による。

(11)東北大学附属図書館三春秋田家旧蔵『詠歌大概』(『東北大學所蔵和漢書古典分類目録』目録番号：本館　丙A1-11・82)。享保十二年の写。

(12)前掲(2)の大津氏の論考に、以下のように紹介されている。

弘文荘待賈古書目第十四号所載の河海抄は誰の手に入つたか知らぬが、美濃判の横を少し広くした大きさの楮紙袋綴二十冊。水色表紙。一面十三行、平仮名交り。第一冊巻首に河内守親行及び四辻善成の系図があり、巻末には

文明四年三月上澣以二或本一加二書写一。但彼本有二誤事等一。以二推量一雖二改直一、有二不審字等一。逐以二証本一可レ令二校勘一者也。　桃華野人判

右抄以二三条大納言実枝以(ママ)本一令二一校一者也。尤可レ為二証本一者歟。

天正三年臘月下旬、　左中将雅敦。

とある。雅敦は飛鳥井雅春の子である。

現在の所在は不明のため、未見。弘文荘待賈古書目第十四号には、桐壺巻の冒頭及び雅敦の奥書部分が写真掲載されている。これと次に挙げる早稲田大学附属図書館蔵天正三年奥書本とを比較すると、非常に近い関係（字母レベルで同一）であることが窺える。

（13）古典籍総合データベース（www.wul.waseda.ac.jp/kotenseki/）にて電子公開されている。弘文荘待賈古書目第十四号所載本と非常に近しい関係にあると考えられる。奥書は、巻一巻末に前掲（12）と同様のものが付されている。

（14）請求番号：4-30・ケ・6。四冊本であるが、最後の一冊は別の本によって補われたもの。奥書は巻一巻末に前掲（12）と同様のものと、巻二十巻末に以下に示すものがある。

右河海鈔四冊自若菜巻巳下依不足借求左大将宰相光栄卿本令他筆書写之遂校合今為全部者也

享保七龍集壬寅弥生上澣　頭右大辨藤原朝臣資時

（15）整理番号：和文B3-2（1～20）。二十冊本。江戸時代前期の書写。

（16）前掲（12）の奥書部分を参照。

（17）本来ならば巻一の諸本系統を明らかにした上で論じるべきであるが、これについては別稿に譲る。予想される系統については、巻九における諸本系統を参考に行った（第一部第一章「巻九論——諸本系統の検討と注記増補の特徴——」）。A類は彰考館蔵二十冊本に代表される、近衛家を経由した系統、B類は尊経閣文庫蔵十一冊本や天理大学附属天理図書館蔵文禄五年奥書本（玉上琢彌編、山本利達・石田穣二校訂『紫明抄　河海抄』（角川書店、一九六八）の底本）に代表される系統、C類は三条西実隆自筆本に代表される覆勘本の系統である。

（18）『河海抄　傳兼良筆本一・二』（天理図書館善本叢書和書之部第七十・七十一巻、八木書店、一九八五）。この本は親本が取り合わせ本であった可能性が高く、巻によって中書本系統と覆勘本系統が混在している。巻一は中書本系統の本文を持つと考えられる。

（19）通勝が示す「一本」「又一本」は、それぞれ、官庫より借り出した、兼良の奥書を持った本と、通秀・実隆・済継の奥書を持った本に対応すると考えられる。ただし、「一本」として示された通勝が見ていた兼良奥書本と、朱によって示された通躬が見ていた兼良奥書本とは、一致する箇所もあるものの、通躬による朱の書き込みの方が圧倒的に多くの異同を示しており、通勝が示した兼良奥書本による校合はごく一部分であったことが窺える。

(20)『源氏物語』の本文は、新編日本古典文学全集（小学館、一九九四）によった。

(21)『河海抄』に引用される『紫明抄』を考える際には、内閣文庫蔵十冊本系統の『紫明抄』を用いるべきである。なお、『河海抄』における『紫明抄』摂取については、第二部第一章「『紫明抄』引用の実態――引用本文の系統特定と注記の受容方法について――」を参照のこと。

(22)『延喜式』の本文は、『交替式　弘仁式　延喜式』（新訂増補國史大系26、吉川弘文館、一九六五）によった。

(23)ただし、一点着目すべきは、朱が「贈正一位」を「三イ」と訂正している点である。この部分には、現存する諸本においても非常に揺れがある。先にも述べたように、「贈正三位」という文言は、後の誤った改訂によるものと考えられる。兼良奥書本は、比較的初期の形態を留めると思われるが、すべての箇所が初期の形態を保つ訳ではなく、一部には他本との校合の結果が反映されていると考えるべきである。

(24)今回は紙幅の都合で取り挙げなかったが、この他にも「すほう」「やもめすみなれと」「も丶しきにゆきかひ侍らん」「人けなきはちをかくしつ丶」「大正しのおもの」「すくえうのかしこきみちの人にかうかへさせ給にも」「いはけなくおはしまし丶時」等の注記でも、兼良奥書本の注記内容を推量することが可能である。また数箇所の真名本『伊勢物語』引用に関しても朱による訂正があり、この点は施注の方法や過程とも関わるが、今回は指摘に留める。

第二部　『河海抄』の注釈姿勢と施注方法

第一章　『紫明抄』引用の実態

――引用本文の系統特定と注記の受容方法について――

一　はじめに

『河海抄』の成立には、様々な先行諸注釈書からの影響が考えられる。中でも河内方の源氏学と『河海抄』との繋がりを考えた時に、『河海抄』に最も大きな影響を与えたであろうものは『紫明抄』である。『河海抄』と『紫明抄』の繋がりでこれまで最も注目されてきたのは、『河海抄』の撰献に関わる『珊瑚秘抄』の記事である。『珊瑚秘抄』には「往日、貞治初、依二故寶篋院贈左大臣家貴命一、令レ撰二献河海抄廿巻一。是摸下保行法師素寂、陪二関東李部大王之下問一、撰二進紫明抄一之例上也。」と、『河海抄』が足利将軍家に献上されたのは、『紫明抄』が久明親王に献上された事例を摸してのことであったとする。『河海抄』の序には、先行注釈書としての『紫明抄』に関する記述は見えないが、『河海抄』編集の際に『紫明抄』が参照されていたことが十分に考えられるのである。

『河海抄』の注記内容に関しても、注釈の提示形態を初めとして、漢字（漢語）による和語への注記の方法や、引歌として万葉歌を積極的に用いる点など、多くの共通点がある。また『河海抄』が指摘する准拠の内容についても、『紫明抄』の注記と一致する箇所も多く、注記の完全な一致は見えなくとも『河海抄』が指摘する内容の骨格となったと考えられる注記も数多く見られ、『河海抄』が『紫明抄』の説を受け継いでいたことがわかる。

本章では、まず『河海抄』に引用される『紫明抄』の本文系統を明らかにし、その上で『河海抄』が『紫明抄』を引用する際の特徴を示すことを目的とする。

二　『紫明抄』諸本の現存状況と奥書

『河海抄』に引用される『紫明抄』の本文系統を検討する前に、まず『紫明抄』の諸本について確認したい。『紫明抄』の諸本は現在のところ、京都大学文学部蔵本（以下、京大本）、内閣文庫蔵十冊本（以下、内甲本）、内閣文庫蔵三冊本（以下、内丙本）の3系統に分類されている。大津有一氏は、京大本を諸伝本中最古の善本とし、内丙本は内甲本を簡略化したものと位置付けた[1]。これに対して近年田坂憲二氏は、内丙本系統は内甲本系統より派生した系統ではないとした上で、「内甲本のグループは、内丙本と、京大本系の諸本との、丁度中間的な位置にあるものである。」とした[2]。田坂氏によると、内丙本は初稿的な位置にあり、その後増補改訂されていく過程で内甲本系統や京大本系統が発生したとする。本章でも、田坂氏の論考に従い3系統がそれぞれ異なる系統であるものとして比較を行う。ただし本章では系統成立の前後関係については考えないものとし、あくまで系統間における差異に注目していく。

まずは、注釈書としての外形的な形態について比較していく。『紫明抄』の形態は、いずれの系統も十巻であることで共通している。ただし、一巻の中で『源氏物語』のどの巻からどの巻までを扱うかという施注構成には差異が見られる。施注構成に差異が見られるのは巻一・巻二のみであり、巻三以降の巻では3系統は完全なる一致をみせる。前掲の【表1】に、それぞれの系統の施注構成を示した。『河海抄』とも比較出来るように下部に『河海抄』の施注構成を配置した。『紫明抄』の巻一・巻二では3系統とも施注構成が異なっている。京大本は巻一が桐壺巻

【表1】『紫明抄』と『河海抄』の施注構成の比較

<table>
<tr><th colspan="3">『紫明抄』の施注構成</th><th rowspan="2">『河海抄』の施注構成</th></tr>
<tr><th>（京大本）</th><th>（内甲本）</th><th>（内丙本）</th></tr>
<tr><td>巻一　桐壺~夕顔</td><td>桐壺</td><td>桐壺~末摘花</td><td rowspan="2">巻一　[桐壺]
巻二　帚木~夕顔
巻三　若紫~末摘花
巻四　紅葉賀~花宴
巻五　葵~[花散里]</td></tr>
<tr><td>巻二　若紫~花散里</td><td>帚木~夕顔
（若紫~花散里、欠）</td><td>紅葉賀~花散里</td></tr>
<tr><td colspan="3">巻三　須磨~関屋</td><td>巻六　[須磨]~明石
巻七　澪標~[関屋]</td></tr>
<tr><td colspan="3">巻四　絵合~少女</td><td>巻八　[絵合]~薄雲
巻九　朝顔~[少女]</td></tr>
<tr><td colspan="3">巻五　玉鬘~篝火
巻六　野分~藤裏葉</td><td>巻十　[玉鬘]~蛍
巻十一　常夏~真木柱
巻十二　梅枝~[藤裏葉]</td></tr>
<tr><td colspan="3">巻七　若菜上~鈴虫</td><td>巻十三　[若菜上]~若菜下
巻十四　柏木~[鈴虫]</td></tr>
<tr><td colspan="3">巻八　夕霧~竹河</td><td>巻十五　[夕霧]~雲隠
巻十六　匂兵部卿~[竹河]</td></tr>
<tr><td colspan="3">巻九　橋姫~宿木</td><td>巻十七　[橋姫]~椎本
巻十八　総角~[宿木]</td></tr>
<tr><td colspan="3">巻十　東屋~夢浮橋</td><td>巻十九　[東屋]~浮舟
巻二十　蜻蛉~[夢浮橋]</td></tr>
</table>

『河海抄』の施注構成について、線で囲ってある部分は『紫明抄』3系統と対応している箇所。

～夕顔巻、巻二が若紫巻～花散里巻を扱う。内甲本は巻一が桐壺巻のみ、巻二が帚木巻～夕顔巻を扱い、若紫巻～花散里巻までは注記が存在しない(3)。内丙本は巻一が桐壺巻～末摘花巻、巻二が紅葉賀巻～花散里巻となっている。『紫明抄』の巻一・巻二において系統間で施注構成が異なるのは、巻一・巻二のみを先に献上したという『紫明抄』の成立事情(4)と結びつくかとも考えられるが、ここでは指摘に留める。

『紫明抄』の施注構成は、『河海抄』にも影響を与えたと思われる。『紫明抄』と『河海抄』の施注構成の比較をすると、『河海抄』の施注構成は『紫明抄』と非常に似通っていることに気付く。『紫明抄』の1巻で扱われる分量を『河海抄』ではほぼ2巻に分けて施注している形であり、施注を始める巻名と施注を終わらせる巻名についても、そのほとんどが対応している。

『紫明抄』と『河海抄』で施注構成に差異が見られる部分は、『紫明抄』で玉鬘巻～藤裏葉巻の2巻分にあたるものが、『河海抄』では3巻分にまとめられている点である。これは桐壺巻～花散里巻までの『紫明抄』2巻分を、『河海抄』では5巻分に当てているため、その分をこの箇所で凝縮させたものと思われる。『河海抄』が二十巻という形態に固執しているのは、勅撰和歌集の形態を見倣ったためとも考えられるが、『紫明抄』の施注構成の枠組みに則った結果なのではなかろうか。後世の他の注釈書の施注構成と比較してみても、『紫明抄』と『河海抄』の関係ほど強く一致するものは見られない。この両者の施注構成は、若干の差異が見られるものの、『河海抄』が『紫明抄』をもとに作成されたと考える一つの要素となるであろう。

次に『紫明抄』の奥書から、『河海抄』との関係を探っていく。『紫明抄』の奥書は系統によってかなり差異が見られるが、その中でも内甲本系統の奥書からは『河海抄』との接点が窺える。内甲本系統の奥書には、『河海抄』の作者である四辻善成が『紫明抄』の書写に関わっていたことが示されているのである。

内甲本は少なくとも5回の書写の形跡があり、元応元年（一三一九）、暦応三年（一三四〇）、貞治四年（一三六五）、応安三～四年（一三七〇～七一）、至徳四年（一三八七）の奥書が存在する。[5] いずれの奥書も内甲本系統のみに見られるものである。内甲本系統は取り合わせ本である可能性が高く、それは次に示す巻八・巻十の奥書から窺える。

●巻八奥書

本ニ
愚本内両巻紛失之間、以㆓証本㆒書続了。

于時貞治四年三月十三日　　在判

至徳四年七月上旬之比、誂㆓覚基法印㆒書㆓写之㆒了。即午月一交了。

沙門　在判

●巻十奥書

此抄十巻之内、第五第七第九以上三帖、雖㆓或人之手㆒、不慮雖㆑感㆓得之㆒、所㆑残猶依㆑不㆓尋得㆒、借㆓請四辻一品本㆒、具書写交合了。為㆓証本㆒之子細、載㆓奥書㆒歟。可㆑秘㆑之。

于時至徳第四夷則上旬終功了。　　園城非人白河瓦礫沙門判

書本奥書ニ
此抄一部十巻、悉以㆓素寂自筆本㆒書写了。而此巻紛失之間、後日書㆓加之㆒。奥一段作者素寂自筆也。書中撰出之間、故続㆓加巻中㆒者也。

時貞治四年季春十七日　　特進判

巻八・巻十には、貞治四年と至徳四年の奥書が存在し、同内容の書写過程を示している。傍線部によると、至徳四年に「園城非人白河瓦礫沙門」なる人物が、たまたま巻五・巻七・巻九の3巻を手に入れ、それ以外を「四辻一品本」によって補塡したことになる。この借り受けた「四辻一品本」とは、四辻善成が所持していた本を指すと思

われる。貞治の奥書は借り受けた本に記されていたものであり、波線部によると、素寂自筆本を書写したものであったが、巻八と巻十は紛失してしまったために後日「証本」によって補ったとしている。巻八の奥書に「愚本」とあることから、貞治年間に不足分を補填したのは善成自身であったと考えられよう。

善成と素寂自筆本の関係については、巻一の奥書にも見える。

●巻一奥書

本ニ此抄十巻、往年暦応之比、以二素寂自筆本一令レ書二写之一訖。素因相伝之本也。其後第一巻為二或武家仁一被二借巻一間、後日以二証本一書二続欠巻一者也。

権大納言源判

本ニ件本奥書云、

元応元年十二月十五日、以二施薬院使忠守本一書写校合畢。源氏物語事、彼朝臣耽二其道一、尋二奥源一、仍諸抄物等不慮相二伝之一、光行以後口伝令伝受云々、好事之至、可レ謂二当世之独歩一歟、此抄尤可二神秘一哉。

前員外亜相在判

傍線部によると、善成が所持していた『紫明抄』は、もとは暦応年間に書写したもので(6)、書写の際に素因相伝の素寂自筆本を用いたとされる。その後、武家に貸し出して欠巻となった巻一を「証本」によって補っている。巻一を補ったのは、「権大納言源判」とあることから、善成が権大納言であった応安三〜四年の間であることである。この「証本」とは、波線で示した部分にあるように、元応元年に前員外亜相が(7)「施薬院使忠守本」を書写したものである。「施薬院使忠守」とは、善成の源氏学の師である丹波忠守である(8)。先程示した貞治の奥書に見えた「証本」も、おそらくこの本を指すと思われる。

善成による『紫明抄』の書写は、奥書から窺えるだけでも少なくとも3回（暦応三年・貞治四年・応安三〜四年）は行われたようである。暦応三年に素寂自筆本を書写してから、長らく善成の手元にあった『紫明抄』は、何度か一部分が紛失することもあったようであるが、その都度「証本」によって補填していたようである。

内甲本系統『紫明抄』の奥書により、暦応三年には善成のもとに『紫明抄』が存在していたことが確認出来た。暦応三年は『河海抄』成立の約二十年前にあたり、かなり早い段階から『紫明抄』は善成のもとで参照されていたと考えられる。(9) また内甲本『紫明抄』の書写に善成が関わっているという点からも、『河海抄』と内甲本系統『紫明抄』との繋がりが窺えよう。

以上を踏まえた上で、今度は注記の中から『河海抄』内に見られる『紫明抄』の本文系統を特定し、その関係性を確認していきたい。

三 『河海抄』所引の『紫明抄』

ここからは注記内容について、『紫明抄』の3系統の諸本と『河海抄』とを比較し、『河海抄』に引用される『紫明抄』の系統を明らかにしていく。

先述したように、内甲本系統『紫明抄』の書写に『河海抄』作者の善成が関わっているという点で、内甲本系統『紫明抄』が『河海抄』に参照されている可能性は高い。本節では、注記内容からも、内甲本系統『紫明抄』との関係が深いかどうかを検証する。具体的には、京大本・内甲本・内丙本で異同がある注記が、『河海抄』にも反映されているかを確認していく。(10)

『河海抄』の注記には、先行諸注からの引用について、はっきりと出典を明示する場合としない場合とがある。『紫明抄』からの引用も、ほとんどは出典が明示されていない。はっきりと『紫明抄』と明示されている注記の中で、『紫明抄』諸本内の異同が関係しているのは、次に示す例である。

『河海抄』須磨巻

いちはやき世の

最強（イチハヤキ）

伊勢物語にいちはやきみやひをなんしけるとあり

親行云　すみやかなる心也水原

素寂云　すくれたるといふ詞也紫明抄

案之急なる心歟早の字也いちは最也いちしるしなとも云也

京大本『紫明抄』須磨巻

いちはやき世のいとおそろしう

いちはやきすくれたるといふ詞也

内甲本『紫明抄』須磨巻

いちはやき世のいとおそろしう

伊勢物語云いちはやきみやひをなんしけるいちはやきはすくれたるをいふ詞也すみやかなる事か

内丙本『紫明抄』須磨巻

いちはやき

すみやかなる也　伊勢物語

これは須磨巻の「いちはやき」という語に関する注記である。この注記で『河海抄』が『紫明抄』を引用している箇所は、波線部「すくれたるといふ詞也紫明抄」であり、この部分は京大本の波線部「すくれたるといふ詞也」、内甲本の波線部「すくれたるをいふ詞也」に当たる。「すくれたると」と「すくれたるを」で細かな異同があり、この点からは京大本の方が近いかと思われるが、『河海抄』の傍線部「伊勢物語にいちはやきみやひをなんしけるとあり」は、明らかに内甲本の「伊勢物語云いちはやきみやみをなんしける」の部分を引用している。『伊勢物語』を指摘する注記は京大本には見えず、また内丙本には「伊勢物語」という指摘はあるものの注記の語句はやはり見えず、内甲本の独自注記を『河海抄』が引き継いでいると言える。

次に『河海抄』内で注記の出典が明示されていない注記においても、同様に『紫明抄』の異同を反映していると思われるものを示す。

『河海抄』帚木巻

そはつきされはみ

側付とかくそはみゆかみたる躰也

宿（サレ）日本紀　宿老同　宿雨　宿雪皆同心也

案之左礼は左道儀也人のされたるとはまことしからさる躰也されおとなひたるとは以前の宿老の字歟これもとし老て物なれすきよからぬ躰也新猿楽記に虚左礼とあり左礼右礼の義也はみは上に付たる詞也よしはみなと云かことし

<u>俊頼口伝に誹諧哥をされ哥といへり</u>それもたはふれたる様也

『河海抄』夕顔巻

されたるやりとくち

左道なるやりとくち也

<u>俊頼口伝にされ哥と</u>いへるも誹諧躰也ゆかみなとしたる戸口也

京大本『紫明抄』夕顔巻

さすかにされたるやりとくち
されたるはたはふれたる詞也、俊頼口伝云、誹諧（サレウタ／ハイカイ）哥はされたはふれたるかことしといへり

内甲本『紫明抄』夕顔巻

さすかにされたるやりとくち
されたるはたはふれたることはなり
俊頼口伝、誹諧（ハイカイ／サレウタ）哥はされ哥といへり
たはふれたるかことしと、されたはふれたるかことし

内丙本『紫明抄』夕顔巻

さすかにされたるやりとくち
されたるはたはれたる同　俊頼口伝誹諧云々　是をされ哥といへりたはる、かことしといへり

これらは帚木巻と夕顔巻にある注記で、それぞれ「そはつきされはみ」「されたるやりとくち」の「され（ざれ）」の意味を解釈するものである。『河海抄』では、傍線部で「俊頼口伝」として『俊頼髄脳』からの引用が行われている。この「俊頼口伝」からの引用部分が、『紫明抄』諸本でゆれている。『河海抄』の傍線部に対応する箇所に、傍線と点線を付した。この部分を比較すると、京大本は「俊頼口伝云、誹諧歌はされたわふれたるがことしといへり」、内甲本は「俊頼口伝、誹諧歌はされ歌といへり」、内丙本は「俊頼口伝誹諧云々　是をされ歌といへり」と、細かな点であるが三者三様に異なる。注記で示している内容は同じであるが、注記に用いられる語句の使用で最も近いのは内甲本である。

『河海抄』内で『俊頼髄脳』の引用は3例あり、「無名抄」として1例、「俊頼口伝」として当該箇所の2例がある。「無名抄」として引用される1例は帚木巻に存在し、「帚木」という歌語について歌学書を列挙しながら検証を

している部分に見える。この注記は、そのほとんどが『袖中抄』からの孫引きによるもので、「無名抄云」から始まる箇所も書名ごと孫引きされたものである。同じ『俊頼髄脳』からの引用でありながら明示される書名が異なるのは、このように注記の引用が別々の典籍から行われたことを窺わせるものである。

「俊頼口伝」として引用される当該の2例は、注記は同内容であり、異なる巻にあるにもかかわらず似た文言で引用されていることから、それぞれの箇所で直接『俊頼髄脳』を参照したのではなく、内甲本系統『紫明抄』からの孫引きである可能性が高い。この「ざれ」の解釈では、もともと内甲本系統『紫明抄』夕顔巻にあった注記を、『河海抄』が夕顔巻の注記に利用し、さらにそこから『河海抄』の帚木巻の注記へと、注記内容を転用していったのである。

次の明石巻の例では、引歌の提示についてそれぞれで差異が見られる。

『河海抄』明石巻

あたらよのときこえたり

あたら夜の月と花とをおなしくは［あはれ］しれらん人にみせはや

京大本『紫明抄』明石巻

十二三日の月はなやかにさしいてたるにあたらよのときこえたり

問云、今夜は秋八月也、あたらよのといへるに春の哥をひける如何

答云、あたらよのといへるかならすしも春季にかきるへからさる歟、た丶あらたにあきらかなる事にいふへきにや、しからは春秋冬夏へたてなくてそあるへき

内甲本『紫明抄』明石巻

十二三日の月はなやかにさしいてたるにあたらよのときこえたり

あたら夜の月と花とをおなしくはあはれしれらん人にみせはや

問云、今夜は秋八月也、あたらよのといへるに春の哥をひける如何

答云、あたらよのといへるかならすしも春季にかきる（かきらさるか或本）へからさる歟、た丶あらたにあきらかなる事にいふへきにや、しからは春夏秋冬へたてなくてそあるへき

内丙本『紫明抄』明石巻

十三日の月はなやかにさし出たるにあたらよのときこえたり

あたら夜の月と花とをおなしくは心しれらん人にみせはや

『河海抄』が引用する和歌は、京大本には提示されていない。内甲本と内丙本には、同じように引歌が指摘されているが、第4句目の傍線で囲った部分の歌句が異なっている。『河海抄』と内甲本では「あはれしれらん」であるのに対し、内丙本は「心しれらん」となっている。「あはれ」と「心」という細かな差ではあるが、内甲本のみと一致していることになる。この注記と同様に、引歌の有無について『河海抄』と内甲本とで一致するものは、帚木巻・夕顔巻・柏木巻でも見られる。(11)

『河海抄』と内甲本との一致は、注記だけではなく、見出しの本文部分でも見られる。次の夕霧巻の例がそれに該当する。

『河海抄』夕霧巻

霧のた丶こ丶もとまてたちわたれはまかてむかたも見しらす（罷出）

漢書に陰陽みたれて霧になるといへり

山（大将）さとの哀をそふるゆふ霧にたちいてん空もなき心ちして

夕霧に衣はぬれて草まくらたひねするかもあはぬ君ゆへ

此哥によりて夕霧大将といへり（後略）

京大本『紫明抄』夕霧巻

きりのたゝこのゝきもとまてたちわたれはまかんて（罷出）んかたも見えすなりゆくはいかゝすへき
夕きりに衣はぬれて草枕たひねするかもあはぬ君ゆへ

内甲本『紫明抄』夕霧巻

きりのたゝこゝもとまて（たゝこのゝきイ本）たちわたれはまかんて（罷出）んかたも見しらす（みえすイ）なりゆくはいかゝすへき
夕きりに衣はぬれてくさまくらたひねするかもあはぬ君ゆへ

内丙本『紫明抄』夕霧巻

霧のたゝこのまかきのもとまてたちへたかれはまかてんかたもみえすなり行はいかゝすへきとかこちて
夕霧に衣はぬれて草枕たひねするかもあはぬ君ゆへ

見出しの本文の部分について、傍線部「ただこゝもとまて」と波線部「見しらす」が、『河海抄』と内甲本とでは一致しているが、京大本と内丙本は「たゝこのまかきのもとまで」「見えす」と異なる本文を提示している。注記内容に限らず、見出しの本文にまで内甲本『紫明抄』との繋がりが確認出来るのである。

この注記で注目したいのは、内甲本に異本注記が傍記されている点である。見出しの本文部分にそれぞれ「たゝこのゝきイ本」「みえすイ」と書かれており、この傍記は京大本と内丙本の見出しの本文に一致する。当該箇所では内甲本の異本注記と『河海抄』の見出し本文は一致せず、内甲本のもとの本文と『河海抄』が一致しているのである。ただし巻によってはこの現象があてはまらない場合もある。次に示す、若菜下巻と総角巻の２例がそれに当たる。

『河海抄』若菜下巻

なにかうき世にひさしかるへきとうちすしひとりこちて

残りなくちるそめてたき桜花ありて世中はてのうけれは古今
ちれはこそいと、桜はめてたけれなにかうき世に久しかるへき

京大本『紫明抄』若菜下巻

なにかうきよにひさしかるへきとうちすしひとりこちて
のこりなくちるそめてたきさくら花なにかうきよにひさしかるへき

内甲本『紫明抄』若菜下巻

なにかうきよにひさしかるへきとうちすしひとりこちて
のこりなくちるそめてたきさくら花なにかうき世にひさしかるへき（傍記：又ありて世の中はてのうけれは）

内丙本『紫明抄』若菜下巻

なにかうき世に久しかるへきとうちすしひとりこちて
のこりなくちるそめてたき桜花なにかうき世に久しかるへき

この例では、提示された和歌の4・5句目に異同が見える。『河海抄』では傍線部「ありて世の中はてのうければ」になっているのに対し、『紫明抄』諸本では波線部「なにかうき世に久しかるべき」で共通している。そして内甲本の傍記に傍線部「又ありて世の中はてのうければ」とあり、これが『河海抄』で示されているものと同じであることが分かる。

同じく次の総角巻の例でも、『河海抄』と内甲本の傍記が一致している。

『河海抄』総角巻

袖のいろをひきかけたまはしも
おく山のはれぬ時雨そわひ人の袖の色をはいと、ましける

京大本『紫明抄』総角巻

袖のいろをひきかけ給はしも

おく山のはれぬけしきそわひ人の袖のいろをはいとゝましける

内甲本『紫明抄』総角巻

袖のいろをかけ給はしも

おく山のはれぬけしきそ（時雨そ或本）わひ人の袖の色をはいとゝましける

内丙本『紫明抄』総角巻

袖の色をひきかけ給しもことはりなれは

奥山のはれぬ気色そわひ人の袖の色をはいとゝましける

引歌の2句目が、『河海抄』は傍線部「時雨そ」となっているのに対し、『紫明抄』諸本では波線部「けしきそ」で統一されている。内甲本では傍線部「時雨そ或本」として異本注記が示されており、これが『河海抄』と一致している。

若菜下巻と総角巻の例は、夕霧巻の例とは正反対のもので、もとの本文は一致せず、傍記が一致するというものである。内甲本『紫明抄』に存在する異本注記には「又」「イ」「イ本」「或」「或本」等が存在し、それぞれ性質を異にしていると考えられる[12]。内甲本『紫明抄』の異本注記が付された箇所のすべてが『河海抄』と一致する訳ではなく、その関係性については今後さらなる検討を要するものである。

以上の検討から、内甲本系統『紫明抄』の奥書からだけではなく、『河海抄』の注記内容の面からも、内甲本系統『紫明抄』が注記に反映されていたことが確認出来た。『河海抄』の注記に『紫明抄』からの引用であると明記されていない箇所についても、内甲本系統『紫明抄』が使用されており、『河海抄』と内甲本系統は非常に密接な関係にあったと推測出来る。先に奥書で確認したように内甲本は書写の過程で複数の本が混入している可能性があるものの、『河海抄』と『紫明抄』との関係を見る上では、現在最善本とされている京大本よりも内甲本のほうがふさわしいと言える。

四　『河海抄』における『紫明抄』引用の手法

『河海抄』に使用される『紫明抄』が内甲本系統であることを踏まえた上で、当節では『河海抄』が『紫明抄』を引用する際の手法について考察する。

『河海抄』の注記には、先行諸注釈書やその他多くの典籍からの引用が認められるが、出典をはっきりと明示する場合としない場合があり、ほとんどは明示されないものである。『河海抄』の典籍引用の態度について、奥村恒哉氏は「河海抄がすべての引用典籍に書名を記している訳ではない」と指摘し[13]、また新美哲彦氏は「『河海抄』が古注釈書の引用書名を挙げる際、その注釈書を批判する場合や、先行他注と比較する場合など、書名を引く必然性がある箇所も多いが、書名を引く箇所と引かない箇所で注に差異が認められないことも多い。」と述べる[14]。『河海抄』は出典の明示に関しては重要視していなかったのである。また注記を孫引きしている現象も確認出来るため、出典を特定することが困難な場合もある。先に述べた「俊頼口伝」の場合のように、注記に引用書名が明記されていても、その引用書名ごと孫引きされている例も多く見られる[15]。『紫明抄』の引用についても当然このような問題点があてはまるが、まずは出典が『紫明抄』と明記されている注記の特徴を探る。

『河海抄』に出典が明記された上で引用される先行諸注釈は、『源氏釈』は41例（「伊行尺」38例・「尺」3例）、『奥入』は70例（「奥入」66例・「奥」4例）、『水原抄』は50例（「水原抄」42例・「水原」8例）、『紫明抄』は16例（「紫明抄」15例・「素寂抄」1例）である。[16]『紫明抄』に関連するものとしては、このほかに「素寂説」3例、「素寂」3例が見え、明示されている『紫明抄』関係の注記は全体で22例となる。『源氏釈』『奥入』『水原抄』と比較すると、『紫明抄』の少なさは際立つ。

そしてこのうちの半数を超える9例が、否定的な文言を伴いながら引用されているのである。例えば、以下に示すようなものである。

夕顔巻

きりかけたつ物

紫明抄に公良三位か説なと、て秘事けにいひたれとも強不然歟大嘗会のしとみやといふ物也いま陣座の前に立之

初音巻

めつらしや花のねくらに木つたひて谷のふるすをとへる鶯

紫明抄云とつるうくひすと尺せり謬説歟

鶯のなくねのとかにきこゆ也花のねくらもうこかさらなん惟成哥

人しれすまちしもしるく鶯の声めつらしきけふにも有哉兼盛

梅枝巻

いとみにくけれは

醜ミニクシ素寂云挑悪イトミニクシ云々僻事也

傍線部が『紫明抄』からの引用部分にあたり、線で囲った部分がそれに対する『河海抄』の否定的な文言に当たる。「強不然歟」「謬説歟」「僻事也」とあり、この他には「此義不可然」（紅葉賀巻）、「不審」（花宴巻・蛍巻）、「不得其

意」（少女巻）、「不足信用」（若紫巻・若菜下巻）といったものが用いられている。『紫明抄』に付された否定的な文言も、別の典籍から孫引きされたものと考えることも出来るが、その場合にしても『紫明抄』を否定的に扱っているという点に変わりはない。

『奥入』や『水原抄』の引用でも否定的に取り挙げられる箇所があることから、先行注における誤った箇所を正そうとする意識のもとで否定されていると考えられる。ただし、『奥入』や『水原抄』の引用には、否定するだけではなく肯定的に扱うために書名が明示される箇所も存在する。これに対して『紫明抄』からの引用に関しては、わざわざ書名を掲げてまで注記内容を肯定するものは存在しないのである。出典が『紫明抄』と明示された注記が少ないため、一概に先行諸注釈書と比較することは難しいが、この点は他の諸注釈書とは異なる扱われ方である。『紫明抄』引用は、その書名が明示される場合は否定的に扱われるという特徴があると言える。

また先行諸注釈書からの引用と比較した際、『紫明抄』引用に見られる特徴として、『紫明抄』と『河海抄』とで、施注される巻が異なっている注記が存在する点が挙げられる。引用された注記がもともと存在していた巻と、その引用された注記が用いられた巻とが異なるということである。つまり『紫明抄』のある巻における注記を、『河海抄』が他の巻で利用するという方法である。この例を2点紹介する。

まず、『紫明抄』の注記を『河海抄』が転用しながら用いている例であるが、これは先に取り挙げた帚木巻と夕顔巻の「されたるやりとくち」の注記である。もともと内甲本系統『紫明抄』夕顔巻にあった注記を『河海抄』が夕顔巻で利用し、さらにそこから『河海抄』帚木巻へと、注記が転用されていったと考えられる。引用箇所が、夕顔巻よりも帚木巻の方でより一致を見せていることからも、もとの注記が転用され参照されていたことが窺える。

次に、『紫明抄』の複数の注記を『河海抄』が一箇所にまとめて注記に用いている例を示す。

内甲本『紫明抄』紅梅巻

いま物し給はのちのおほきおとゝの御むすめまきはしらなれかたくし給し君

野道大政大臣髭黒のおとゝの名也　柀柱上髭黒大臣女

内甲本『紫明抄』竹河巻

これは源氏の御そうにもはなれ給へりしのちのおほいとの

野道のおほい殿とは、ひけくろの大臣を申、野道の字、人ことにおほつかなき事に申さるれと、重代の本にかきをきて侍うへ、行成卿自筆を見侍りしかは、野道とかゝれたりしかは、あふきて信をとりて侍き

『河海抄』紅梅巻

いま物したまふはのちのおほきおとゝの御むすめ真木はしらはなれかたくし給ひし君を

野道太政大臣　髯黒大臣一名也

素寂抄云野道の字人ことにおほつかなき事に申さるれと重代の本にかきをきて侍うへ行成卿自筆本に野道とかゝれたりしかは仰て信をとり侍き双岡大臣夏野一名野道大臣と号すと云々或説には後の太政大臣歟今上御世の比をひ太政大臣二人也致仕太政大臣藤のうらはに任也わかなに致仕鬚黒大臣紅梅任是也仍後といふ歟又惣して此物語中の太政大臣五人也引入大臣二条太政大臣六条院致仕大臣鬚黒也その中にも後也古今集に忠仁公をさきのおほきおほいまうち君とかけるは前官の儀にはあらす延喜比太政大臣只二人也仍雖不辞官前後のよしに書也若此等之儀歟

これは髭黒の人名についての注記である。傍線部と二重傍線部に示した箇所からも分かるように、『河海抄』では、傍線部「野道太政大臣　髭黒大臣一名也」は『紫明抄』の紅梅巻から、二重傍線部「素寂抄云野道の字人ことにおほつかなき事に申さるれと重代の本にかきをきて侍うへ行成卿自筆本に野道とかゝれたりしかは仰て信をとり侍き」は『紫明抄』竹河巻の注記である。『河海抄』の二重傍線部は「素寂抄」からの引用であるとするが、内容か

ら『紫明抄』の記事であることが分かる[17]。

これらの現象は、一つの注記ごとに『紫明抄』を参照していたのではなく、非常によく『紫明抄』を読み込んでいたからなのではないだろうか。『河海抄』は『紫明抄』を単に踏襲しているのではない。注記の所在が『紫明抄』と『河海抄』で異なるのは、的確に『源氏物語』を理解するために、『紫明抄』の注記をよりふさわしい箇所で用い直したものと判断出来よう。

『紫明抄』として明示されることは少ないながらも、善成の源氏学の基盤には『紫明抄』が大きく影響を与えていたと考えられる。今回は取り挙げなかったが、『紫明抄』からの引用と明記されてはいないものの、注記が『紫明抄』と同文であり、明らかに『紫明抄』を引用していると考えられるものも存在する。また『紫明抄』をもとに『河海抄』が注記を増補していったと考えられる注記も存在することからも[18]、『河海抄』が『紫明抄』をもとに作成されたことは窺える。

『紫明抄』と明記されている箇所が少なく、それらに肯定的な文言が使用されていないという特徴も、この点に起因するのではないだろうか。『紫明抄』の引用自体が少ないため、書名が明示される箇所が少ないのではない。善成の手元にあり『河海抄』の基になった注釈書であったからこそ、肯定する部分にまでわざわざ出典を明記する必要がなかったのではないだろうか。『紫明抄』の解釈に従えない部分のみ、それを否定するために書名を出したのであって、『河海抄』を全体的に見ると注釈に必要な箇所では『紫明抄』を適宜利用しているのである[19]。

五　まとめ

以上、本章では、『河海抄』と『紫明抄』の関係について述べてきた。『河海抄』所引の『紫明抄』は内甲本系統であり、奥書と注記内容の両面からそれが確認出来た。そして『河海抄』内に見られる『紫明抄』引用は、出典が明記される場合は少ないものの多くの注記にその影響が見られ、『河海抄』は『紫明抄』を非常によく使いこなしていたことも窺える。『紫明抄』は、『河海抄』が注記編集の際に個別に参照していた注釈書ではない。もちろん注記に参照されてはいるが、該当注記ごとにその都度『紫明抄』にあたっていたのではなく、『紫明抄』を基として他の注釈を足していくという方法であったと考える。

『紫明抄』は『河海抄』の注記作成の出発点ともいうべき位置にあった注釈書であると規定出来よう。注記の内容からだけではなく、善成が早くから『紫明抄』を手に入れ書写を行っているという点は、外面的な部分で『河海抄』と『紫明抄』の影響関係を窺えるものである。善成の源氏学を考えていく上で、その初期の段階で『紫明抄』がかなり大きな影響を与えていたと推測出来る。『紫明抄』は善成の源氏学の基礎を支える一書であっただろう。そして善成の手元にあった『紫明抄』に他の諸注が加えられていく形で『河海抄』（あるいはその前身のノート的なもの）が作り上げられていったと考える。そういった意味で、『河海抄』における『紫明抄』の扱いは他の先行注釈書と同格ではない。

『河海抄』の注記作成の過程を考える上で、内甲本『紫明抄』が持つ役割は大きく、今以上に参照されるべきである。

注

（1）大津有一「注釈書解題」（池田亀鑑編『源氏物語事典』、東京堂出版、一九六〇）。

（2）田坂憲二「内閣文庫蔵三冊本（内丙本）『紫明抄』について」（『源氏物語享受史論考』、風間書房、二〇〇九）。なお内甲本系統の諸本の関係については、同氏「内閣文庫本系統『紫明抄』の再検討」（豊島秀範編『源氏物語本文の再検討と新提言　4』、國學院大學文学部日本文学科、二〇一一）に詳しい。

（3）内甲本の巻一は桐壺巻のみであるが、同系統の龍門文庫蔵本・島原図書館松平文庫蔵本の内題には「紫明抄巻第一自桐壺巻至末摘花」とある。もとは内丙本と同様に桐壺巻～末摘花巻まであったものが、ある段階で現在のような形態に分割されたとも、もともと内甲本の形態であったものが内丙本系統を参考に内題の部分を書き換えられたとも、考えられる。

（4）内丙本『紫明抄』の奥書によると、『紫明抄』は永仁元年に巻一巻二が献上され、その後翌年に全巻が献上されたことが記されている。永仁二年の全巻献上の際に、巻一巻二の施注構成の割合を改訂したかとも考えられるが、検討の余地が残る。

（5）内甲本の奥書は、巻一、巻三、巻四、巻六、巻八、巻十に存在する。巻一には応安三～四年の奥書と元応元年の奥書、巻三には至徳四年の奥書、巻六には暦応元年の奥書とその後に『水原抄』からの抜き書き、巻八・巻十には至徳四年の奥書と貞治四年の奥書が存在する。

（6）巻六の奥書には「暦応三年十二月十日、以二素寂自筆之本一書写了。同日一校、朱点同。」とあり、ここから書写されたのは暦応三年と分かる。

（7）『公卿補任』によると元応元年十二月時点での前権大納言は、二条為世、花山院定教、小倉実教、正親町実明、久我長通、日野俊光が該当するが、書写者は特定は出来ない。

（8）小川剛生「四辻善成の生涯」（『二条良基研究』、笠間書院、二〇〇五）。

（9）前掲（7）の小川氏の論文により善成の生年を嘉暦三年（一三二八）とすると、善成が『紫明抄』を書写したのは13歳の時になる。

（10）『河海抄』の本文は、玉上琢彌編『紫明抄　河海抄』（角川書店、一九六八）により、『河海抄伝兼良筆本』（天理図書館善本叢書和書之部第七十巻・七十一巻、八木書店、一九八五）と龍門文庫蔵伝正徹筆本（阪本龍門文庫善本電子画像集 http://mahoroba.lib.nara-wu.ac.jp/y05/y54/）を参照した。『紫明抄』における句読点は私に付した。

（11）帚木巻「うへはつれなくみさほつくりて」、夕顔巻「さらぬわかれはなくもかなとなむ」、柏木巻「女御の宮たちはち、みかとの御かたさまにわうけつきけたかうこそおはしまさへ」の注記。

(12) 田坂憲二「京都大学本系統『紫明抄』と内閣文庫本系統『紫明抄』」(豊島秀範編『源氏物語本文の研究』、國學院大學文学部日本文学科、二〇一一)。氏によると、内甲本系統の一本である東京大学総合図書館蔵本について、その異本注記を京大本と比較した結果、京大本と一致するものもあれば、現存していない別系統の『紫明抄』の本文であると推察できるものもあるとする。内甲本系統『紫明抄』の書き入れについては、稿を別にしたい。

(13) 奥村恒哉「河海抄の位置」(『國文学』第14巻第1号、学燈社、一九六九・一)。

(14) 新美哲彦「『光源氏物語抄』から『河海抄』へ――注の継承と流通――」(『源氏物語受容と生成』、武蔵野書院、二〇〇八)。

(15) この他にも、例えば帚木巻に見られる「綺語抄」「無名抄」からの引用は、書名までも含めて『袖中抄』からの孫引きによるものである。

(16) 西村富美子「河海抄引用書名索引」(玉上琢彌編『紫明抄　河海抄』前掲(10))による。この他にも、「定家卿」「光行」「親行」として人名を挙げながらそれぞれの説が明示されている箇所があり、『紫明抄』に対する出典明示の少なさが確認出来る。

(17) 注記流入の過程を考える上で、「素寂抄」を『紫明抄』と同一に考えてよいのかという問題も残るが、ここでは注記の内容から『紫明抄』として捉える。

(18) 桐壺巻の女御更衣に関する注記をはじめとして、准拠を指摘する注記に多くその傾向が見える。『河海抄』から指摘される准拠もあるが、『紫明抄』の注記をそのまま孫引きしている箇所もある。

(19) このような態度でありながら、『河海抄』の序には『紫明抄』については特に触れられていない。『紫明抄』を注釈に利用する態度は、善成の源氏学の師である丹波忠守から受け継いだものであったとも考えられるが、ここでは可能性の指摘に留める。

第二章　河内方の源氏学との関係
――内閣文庫蔵十冊本『紫明抄』巻六巻末所引の『水原抄』逸文をめぐって――

一　はじめに

『河海抄』の注記には多種多様な書物からの引用が見られる。それらの全ては著者である四辻善成によるものではなく、先行注釈書や歌学書等の孫引きによる注記もかなり見られる。当然のことながら先行する源氏学も多分に取り込んでおり、中でも河内方の源氏学を受け継いでいる素寂『紫明抄』からの強い影響が確認出来る。

『河海抄』に引用される『紫明抄』は、内閣文庫蔵十冊本（以下、内甲本）系統である。内甲本系統『紫明抄』の書写には、『河海抄』の編者である四辻善成が関わっていることが奥書から窺え、『河海抄』が作成される過程においてこの内甲本系統『紫明抄』は大きな影響を与えていることがわかる。[1]『河海抄』の編集を考える上で、内甲本系統『紫明抄』を基盤に据えなければならない。この内甲本系統『紫明抄』と『河海抄』の関係をさらに裏付けるものとして、本章では『河海抄』の注記作成の一過程を示したい。

二　内甲本『紫明抄』巻六巻末の抜き書き群について

この内甲本系統『紫明抄』の巻六巻末には、素寂の判と暦応三年に善成が書写した際の奥書[2]があり、その後に

『水原抄』からの抜き書き群が存在する。『水原抄』は源光行による五十四帖の注釈書であり、すでに散逸しているので全体像は不明であるが、河内方の注釈書として『紫明抄』をはじめとする以後の注釈書に度々登場する。

以下にこの抜き書き群の全容を内甲本によって示す。

水原抄一覧之次、注出之。仍不任次第、随披閲也。
此外多カル物語可書入也

夕顔　源氏物語内書佛法所々　寺名修法誦経八講加持以下不及注
なもたうらい導師とそおかむるなり又弥勒の出世をかね給ゆくさきのたのめいとこちたし

若紫　きた山になにかしてら又佛の御しるへはくらきに入てもさらにたかふましかんなる物を又うとむけの花まちえたる聖徳太子のくたらよりえたまへる金剛手のすゝ

関屋　いしやまに御願はたしに

常夏　法華譬喩品也
をしことゝもりとそ大乗そしれる罪にもかそへためる

賢木　うりうゐんにまうて給へり又六十巻といふ文の

須磨　おほ又御八かういそきをさま〳〵心つかひし給ふ
釈迦牟尼仏弟子となのりてゆるゝかによみ給へり

槿　御誦経事又阿弥陀仏を心にかけて念したて
まつり給おなしはちすにとこそは

松風　さかのゝ御たうにかさりなき仏の御とふらひ
若菜にさかのゝ御たうにてやくし仏供養し
給ふとあり

夕霧　日中の御かちはてゝはそうともはいりて
又むこん太子とかこほうしはらのかなしき物かたりする
おとゝの君の御こゝろさしにて仏に花たて又法花の
まんたらかけたてまつりて

又阿弥陀仏脇士の菩薩をの〳〵ひやくたんにてつく
りたてまつりたり　又仏の御おなし

鈴虫　ちやうたいのうへにかされ給へり又よしのちの
世にたにかの花のなかのやとりにへたて
なくおもせ　又目連か仏にちかきひしりの
身にて凡此間一向法門也その日かすを
たにかけとゝめ給つゝふとうそんの御ことに
ちかひあり

若菜　廻向にはあまねき門にてもいかゝはとあり又
れいの五十寺のみす経又かのおはします
てらにしもまかひるさなの

蓬生　いつゝのにこり　ふかき世に

葵　かちの僧とも声しつめて法華経をよ
みたるいといみしうことよし　又法界三昧
普賢大士　又声すくれたるかきりえりさふら
はせ御念仏の暁かたなといとしのひかたし

匂兵部卿　くひ太子の我身にとひけるさとりをもえて
しかなと又五のなにかしも猶うしろめ
たきを

蛍　仏のいとうるはしき心にてときをき給へるみ
のりにもはうへんといふ物ありてさとりな
き物はこゝかしこたかふうたかひをきつへく
なむ方等経のなかきおほかれといひもて
ゆけは一むねさたまりてほたいほんなう
とのへたゝりなんこの人のうへのよきあし
きはかりのことはかかはりけり
又ふけゝ（ママ）なるはほとけのみちにもいみし

初音

くこそいひたれ
いけるほとけの御くにかとおほゆ又はちす
のなかの世界にまたひらけさらん心ちも
かくやと

橋姫

ちふつの御かさり又経をかたてにもたまう
て唱哥もし給又心はかりははちすの上に
も思のほり　又そくひしりとかこのわかき
人につけたり　又優婆塞かをこなふ山の
ふかき心　又仏の御弟子のいむことたもつ
はかりのたうとさはあれと又ひほひしと
あらそふ心にて

東屋

いてやその仏もねかひみて給へくはこそたとう
からめ又やくわうほんなとにとりわき
てこつせんたんとかや又あたこのひしり
たに時にしたかひていてすやはありけり
本ニいへる心

椎本

さかしうひしりたつかせうもされはにや
たちてまひ侍ける又しつかなる所にて念
仏をもまきれる（な歟）うせんと　又なかき夜の

やみにさへまとはんかやくなさを
又かのをこなひ給三昧

蜻蛉　七日〳〵に経ほとけくやうすへきよし又
五巻の日なとは又仏の給はうへんはしひ
をもかくして

手習　こゝろにさるへきしんこんをよみ又功徳の
むくゐにてかゝるかたちにもおひはて給
けれ又三宝いとかしこくほめ給事也
又るてん三かいちうなといふにも又りうの
中より仏むまれ給はすはこそあらめ
又月ことの八日はかならすたうときわさを
せさせ給へは薬師仏によせたてまつる
にももてなし給たよりに中したへ
時々まいり給

夢浮橋　山におはしてれいせさせ給やうに経ほ
とけなとを養せさせ給又御弟子に
なりていむ事なとさつけ給てけり
又念仏をも心みたれすかのさかもとに
身つからおり給てうくなとつかまつり

しに又ゆめのうきはし

この抜き書き群は、傍線部で示したように、『水原抄』を一覧した際に、必要な部分を巻の順序に関係なく書き出していったものである。「注出之」とは、該当する本文の部分を書き留めた、と解釈する。これらの抜き書きは仏教に関わる箇所を提示しており、その分量は22巻65例に及んでいる。具体的注記を伴っていると考えられるのは、常夏巻・松風巻・鈴虫巻・椎本巻の一部にしか見られない。波線部で示した4箇所が該当部分である。この抜き書き群の本文は、おおよそ河内本系統である。本来の『水原抄』には該当本文の箇所に注記が存在していたものもあると考えて良いだろう。抜き書き群のもとの箇所にすべて注記が入っていたかどうかは確かめることは出来ないが、抜き書き群の中に少ないながらも語釈等の注記が紛れ込んでいることからも、そのことは窺える。

また鈴虫巻最後の「その日かすをたにかけと丶め給つ丶ふとうそんの御ことにちかひあり」は若菜下巻の本文であり、書写の段階で前の鈴虫巻に混入した可能性が考えられる。この点を初めとして、書写の段階での書き損じかと思われる箇所も存在する[3]。

三　内甲本『紫明抄』の抜き書き群は『水原抄』からの引用か

この抜き書き群の冒頭には「水原抄一覧之次」として、確固たる引用元が示されている。ここで、この抜き書き群が、本当に『水原抄』によるものなのかを検証したい。『水原抄』は現在散逸して僅かな逸文しか残っていないため、特徴的な部分によって判断していく。

まず、注釈書の形態の面から考える。池田亀鑑氏[4]は『水原抄』の特徴の一つとして、本文が全文備わっており注記はその本文への傍記のような形態であった点を挙げている。この点は、内甲本『紫明抄』の抜き書き群と一致するものである。抜き書き群に残された僅かな注記に関しても、常夏巻や椎本巻の注記は傍記であったと考えることが出来る。

また夢浮橋巻の抜き書き群の最後には、「又ゆめのうきはし」とある。『源氏物語』には「夢浮橋」という語は使用されていないが、抜き書き群に「ゆめのうきはし」と示されているのである。『原中最秘抄』や『紫明抄』の夢浮橋巻巻末には、この「夢浮橋」という巻名の解釈が示されており、これは河内方の注釈書の特徴である。おそらく『水原抄』にも同様の注記が存在していたと思われる。抜き書き群に「又ゆめのうきはし」とあるのは、その巻末部分の巻名注記についてさらに考証を加えるべく書き出されたものであり、同時にこの抜き書き群が河内方の注釈書から引用されたことを間接的に示すものである。

次に先行研究で『水原抄』断簡とされている『葵巻古注』[5]との比較を行う。『葵巻古注』に関しては、池田亀鑑氏が昭和八年に初めて『水原抄』の断簡ではないかとされ[6]、重松信弘氏によって否定する見解が示されたものの[7]、近年では寺本直彦氏[8]、田坂憲二氏[9]等によって肯定説が補強されている。これらの先行研究では、『原中最秘抄』『河海抄』『花鳥余情』等との関係から『葵巻古注』は『水原抄』断簡であるとされてきた。内甲本『紫明抄』の抜き書き群にも葵巻の本文が示されているので、この部分を本文のみではあるが比較してみたい。

内甲本『紫明抄』の抜き書き群

葵　①かちの僧とも声しつめて法華経をよみたるいといみしうことよし

②又法界三昧普賢大士

③又声すくれたるかきりえりさふらはせ御念仏の暁かたなといとしのひかたし

『葵巻古注』該当箇所[10]

①かちのそうともこゑしつめて法華経をよみたるいみしうたうとし

②きやうのひやかによみ給ひつゝ法界三昧普賢大士とうちのたまへる
③ねさめかちなるにこゑすくれたるかきりえりさふらはせ給念仏のあかつきかたなといとしのひかたし

ここでは『葵巻古注』の本文部分のみを取り出した。内甲本『紫明抄』の抜き書き群の葵巻には3例の物語本文が示されており、便宜上①から③までの番号を付した。この3例に対応する『葵巻古注』の本文は傍線部である。①に関して抜き書き群「いといみしうことよし」に対して『葵巻古注』「いみしうたうとし」であり、③に関しては抜き書き群「えりさふらはせ御念仏の」に対して『葵巻古注』「えりさふらはせ給念仏の」と若干の異同が存在している。これらの異同は抜き書き群の誤写によるものとも、抜き書き群のもとになった『水原抄』が『葵巻古注』とは異なる系統であったとも考えられるが、ここでは指摘に留めたい。本文のみを純粋に比較するならば、内甲本『紫明抄』の抜き書き群は『水原抄』の本文に近いものである。この異同について、両者が河内本を使用しているのであれば本文が近いという結果は当然のことであり、また比較する部分があまりにも限定されているため、抜き書き群が『水原抄』からのものであると早急に結論付けるべきではないだろう。

最後に諸注釈書に残された『水原抄』逸文と比較する。『水原抄』の逸文は、『原中最秘抄』『河海抄』『仙源抄』『花鳥余情』等に引用される一部分によって窺い知るしかない。これらに引用された『水原抄』逸文と内甲本『紫明抄』の抜き書き群を比較した時に、抜き書き群との関係がはっきりと見えるのは、以下に挙げる『河海抄』松風巻の例である。(11)

内甲本『紫明抄』の抜き書き群

松風　さかのゝ御たうにかさりなき仏の御とふらひ
若菜にさかのゝ御たうにてやくし仏供養し

給ふとあり

『河海抄』松風巻

かつらの院といふ所

崇峻天皇元年三月始建法興寺今元興寺也

水原抄云太秦寺歟宇豆麻佐日本紀又号葛野寺然者葛野院と云へき歟秦川勝建立薬師仏也且若菜上にさかの、御堂にて薬師仏供養し給とあり云々

案之嵯峨与太秦在所懸隔歟然者桂院歟桂川辺也

天暦八年八月廿日御記曰令元輔仰左大臣以陰陽頭茂樹可為桂院別当云々今桂宮院此跡也

この注記は、先行する『光源氏物語抄』『紫明抄』等には存在せず、『河海抄』から見られるものである。該当箇所の『源氏物語』本文を以下に示す(12)。

「桂にみるべきことはべるを、いさや、心にもあれでほど経にけり。とぶらはむと言ひし人さへ、かのわたり近く来ゐて待つなれば、心苦しくてなむ。嵯峨野の御堂にも、飾りなき仏の御とぶらひすべければ、二三日ははべりなん」と聞こえたまふ。桂の院といふ所にはかにつくろはせたまふと聞くは、そこに据ゑたまへるにやと思すに心づきなければ、（以下略）　（松風・②四〇九）

二重傍線部が抜き書き群の本文であり、二重波線部が『河海抄』の見出し本文にあたる。抜き書き群と『河海抄』とで用いている本文が異なっているものの、同じ場面の注記であると考えられる。内甲本『紫明抄』の抜き書き群の傍線部は、「さかの、御たうにかさりなき仏のとふらひ」という本文を抜き書きした際に、その箇所に付されていた注記に偶然仏教に関連する別の巻の本文が示されていたことから、同じように抜き書きされたものと考えられる。そして『河海抄』にも、二重傍線部に「水原抄云」と示されているように『水原抄』からの引用であることを

明示した上で、傍線部「若菜上にさかの、御堂にて薬師仏供養し給とあり」と、抜き書き群と同様の本文引用が存在している。

この一致から、内甲本『紫明抄』の抜き書き群が、『水原抄』からの引用であると認定出来る。したがって抜き書き群に残された僅かな注記は『水原抄』の逸文ということになる。

また『河海抄』が引用している『水原抄』の注記から、内甲本『紫明抄』の抜き書きが『水原抄』の注記全体を抜き書きしたのではないことが分かる。抜き書き群に注記がほとんど存在していないのは、あくまで仏教関係の本文の所在を示すことが目的であったからであり、注記内容までも引用する必要がなかったためと思われる。当該箇所は例外的に注記内容の一部分が抜き書きされたものと推測する。

以上、内甲本『紫明抄』の抜き書き群が、『水原抄』から抜粋されたものであることを述べた。次節では、この抜き書き群と『河海抄』の関係について、『河海抄』と『水原抄』との関係を踏まえて検証していく。

四　内甲本『紫明抄』の抜き書き群と『河海抄』の関係について

この抜き書き65例中54例の本文について、『河海抄』に対応する注記があり、そのほとんどが先行諸注に見られない新たな項目として『河海抄』に取り込まれている。この抜き書き群は『河海抄』の注記編集の際に参照された可能性が高い。内甲本『紫明抄』をもとに『河海抄』が作成されていったことを踏まえると、この抜き書き群によって『河海抄』内に対応する注記が増補されていったと考えられる。『河海抄』と内甲本『紫明抄』の抜き書き群との繋がりを考慮すると、内甲本『紫明抄』巻六巻末に『水原抄』の抜き書きを加えた人物は、やはり『河海抄』編者の四辻善成と考えるのが妥当であろう。

『河海抄』に見られる『水原抄』引用は、「水原抄」もしくは「水原」として出典が明記されているもので、序文を除くと24巻50例が存在している。[13] 引用の多寡は巻によって大きな差はなく全体的に分布している。ただしこの中で内甲本『紫明抄』の抜き書き群との繋がりが窺えるものは、先に示した松風巻だけである。抜き書き群によって注記が増補されたと思われる箇所には『水原抄』からの引用であることが示されていない。

『河海抄』に引用される『水原抄』の数量は、他の先行注釈と比較すると、あくまで出典が明記されているものに関してだけではあるが、『奥入』の70例に次いで多いものである。[14]『水原抄』と『奥入』が、『河海抄』の中でも特に先行注釈として意識されていたことは、序文からも窺える。

『河海抄』序

光源氏物語は寛弘のはじめにいてきて康和のすゑにひろまりにけるより世々のもてあそひものとして所々の枕こと、なれりその中に中納言定家は巻々に難義を注して奥入と名付大監物光行は家々の口伝を抄して水原と号せりしかあるのみにあらす伏見仙院坊におはしまし、時問題を左右にたてまつらしめて論談のかちまけをあらそはせられ後醍醐院御位のはしめ彼梨壺の哥仙におほせて万葉集をよみとかしめし例をうつされけるにや黒戸の人数をさためて五十帖を講尺せらる、義ありしに先師忠守朝臣七の流のそこの心をきはめて九かさねの中の撰に応せしかはしきりに顧問にあつかりてしは〳〵秘説を奏しきこ、になましゐにわかむとをりのすゑをうけてはるかに惟光良清か風をしたふいやしき翁あり桂をおる道をまなひしむかしより椎かもとのやとりをたつぬるいまにいたるまてみとりの袖の色のかはらぬなけきをわすれてむらさきの筆の跡にそむる心さしをあらはさんとす（以下略）

傍線部、『河海抄』は序文で『源氏物語』の注釈史においてこの二つの注釈書が嚆矢であると述べている。また『仙源抄』[15] の跋文にも「水原抄五十余巻紫明抄十二巻原中最秘抄二巻」とあるように、『河海抄』以外でも河内方の注釈として『水原抄』が用いられていたことが分かる。

　このように『河海抄』は、『水原抄』を注釈に反映させているのであるが、抜き書き群と『河海抄』の注記内容との直接的な繋がりについては、先に示した松風巻の例でしか検証することが出来ない。先程の松風巻の例のように、この抜き書き群のもとになった『水原抄』の該当部分には、注記を伴っていたと考えられるものもあるが、抜き書き群に現存しているのは本文部分がほとんどなので判断しがたい。

　よって抜き書き群に残された本文部分から、抜き書き群がどの様に『河海抄』に反映されているのかを検討し、『河海抄』と抜き書き群との関係がどのような様相を呈しているのかを確認する。ごく僅かな事例でしか確認出来ないが、この内甲本『紫明抄』の抜き書き群と『河海抄』の見出し本文における物語本文の利用について特徴的な事例を挙げる。

　まず、内甲本『紫明抄』の抜き書き群が、明確に『河海抄』の注記の見出し語の本文部分に影響を与えている例を二つ挙げる。

内甲本『紫明抄』の抜き書き群

若紫　きた山になにかしてら又佛の御しるへはくらきに
入てもさらにたかふましかんなる物を又うとむけ
の花まちえたる聖徳太子のくたらよりえたまへる
金剛手のすゝ

『河海抄』若紫巻

きた山になにかし寺といふ所に
（注記略）

内甲本『紫明抄』の抜き書きと『河海抄』の見出し本文で、傍線部「きた山になにかしてら」という部分が一致している。この部分を『源氏物語大成』[16]で確認すると、青表紙本系統では「きたやまになむなにかし寺」であり、河内本系統及び京大本『紫明抄』と『光源氏物語抄』では「北山なるなにかし寺」である。別本に関しては、ほとんどがどちらかの本文であるが、中山本では「北山に何かし寺らと」となっている[17]。ここで取り挙げた「きた山になにかしてら」という本文は、中山本以外の『源氏物語』諸本には見られず、また京大本『紫明抄』及び『光源氏物語抄』にも見られないことから、抜き書き経由でこの見出し本文が作成もしくは改編された可能性が高い。内甲本『紫明抄』には若紫巻は存在していないので、この注記が『河海抄』に流入していく過程は不明であるが、諸本には見られない特異な見出し本文が一致しているという点から、『河海抄』の注記編集の際に内甲本『紫明抄』の抜き書きが用いられたと考えてよいだろう。

これと同様に、橋姫巻の例でも特異な見出し本文が共通している。

内甲本『紫明抄』の抜き書き群

橋姫　　ちふつの御かさり又経をかたてにもたまうて唱哥もし給又心はかりりははちすの上にも思のほり　又そくひしりとかこのわかき人につけたり　又優婆塞かをこなふ山のふかき心　又仏の御弟子のいむことたもつはかりのたうとさはあれと又ひほひしとあらそふ心にて

『河海抄』橋姫巻

いむことたもつはかりのたうとさは

受持禁戒の心也戒行と恵解とは各別の事也

傍線部「いむことたもつはかりのたうとさは」が、一致している。ここで注目されるのは前半部分の「いむことたもつ」の部分である。この部分の校異を確認すると、青表紙本系統、河内本系統、別本全てが「いむことをたもつ」であり、「いむことたもつ」という本文は存在していない。「いむことをたもつ」の「を」がないという細かな点であるが、抜き書きの本文と『河海抄』の見出し本文とで独自の本文が共通している。この箇所は先行諸注書では注記がなく、また『河海抄』の注記内容も仏教に関連するものであることから、『河海抄』が抜き書きの本文を採用しつつ注記を増補したものと推測できる。

さらに見出し語の本文について、内甲本『紫明抄』の抜き書き群との関係が窺える箇所が存在する。次の蛍巻の例は、注記の並び順によって抜き書き群をもとに『河海抄』が注記を加えたと考えられるものである。

内甲本『紫明抄』の抜き書き群

蛍

仏のいとうるはしき心にてときをき給へるみのりにもはうへんといふ物ありてさとりなき物はこゝかしこたかふうたかひをきつへくなむ方等経のなかきおほかれといひもてゆけは一むねさたまりてほたいほんなうとのへたゝりなんこの人のうへのよきあしきはかりのことはかはりけり

又ふけ（ママ）ゝなるはほとけのみちにもいみし
くこそいひたれ

『河海抄』該当箇所

①仏のいとうるはしき心にてとき給ふみのりにもはうへんといふ物ありてさとりなき物はこゝかしこたかふ也
仏は四意趣に住して説法し給也所謂別義意別時意長時意平等意也
②うたかひをきつへくなむ
法花未得謂得未証謂証の心歟
③はうとうきやう方等経の中におほかれといひもてゆけはひとつむねにさたまりて
開三顕一の義也五時説教こと〳〵く法花一実道に帰する也
④ほたいとほんなうとのへたゝりなん
煩悩即菩提生死即涅槃妙楽尺
案之此物語一部の大意作者已証のおもむき是にみえたり方便とは法花已前諸教なり方等経とは方等部の諸大乗を指歟尓前之諸教雖区至法花調機於一縁悟一実円融之旨文煩悩即菩提―等是也さとれるは菩提となりまとへるは煩悩となる也此等心也

注記の並び順の特徴が顕著に見えるのがこの蛍巻の例である。[18] この蛍巻の注記について、抜き書き群の前半部分に『河海抄』との接点が見出せる。抜き書き群の傍線で示した箇所は、本文がかなり長く引用されている箇所の一部分である。この傍線部に該当する『河海抄』の注記を次に示しているが、『河海抄』の見出し本文は傍線部を4分割した形で注記が存在している。『河海抄』の見出し本文は、抜き書き群と細かな異同はあるものの、ほとんどそのままの状態で用いられている。

『河海抄』のこれらの注記が連続した注記であることは二重傍線部「案之此物語一部の大意作者已証のおもむき是にみえたり」から窺え、この一連の本文から作者の意趣が見られると今案している。[19] この今案部分は④の後に示されているが、そこで述べられる内容は①から④までを一つのものとして扱っている。例えば、波線部「方便とは法花已前諸教なり」が①の見出し本文「はうへんといふ物ありて」の注記であり、点線部「方等経とは方等部の諸大乗を指歟」が③の見出し本文「はうとうきやう」の注記である、といった具合である。①の見出し本文が、注記されている内容に対応する本文「仏のいとうるはしき心にてとき給ふ御法にも」よりも超過して引用されているのは、この部分を一つのまとまった場面として扱うために必要であったからであろう。抜き書き群に示された長い物語本文は、この場面を統合的に注釈するために抜き書きされたものではなかろうか。この部分を一連のものとして注記に登場させたのは『河海抄』が最初であり、その注記内容も仏教関係の内容であるため、抜き書き群の本文を利用しながらこれらの注記が作成されていったと考えることが出来よう。この現象に近いものとして、橋姫巻と手習巻にも抜き書き群を分割して施注したと考えられる例がある。[20]

この連続した『河海抄』の注記を、抜き書き群に依拠して作成されたものと考える時、見出し本文の異同についてはどのように捉えるべきであろうか。蛍巻の例では、抜き書き群の「ときをきき給へる」「たかふ」「なかき」「一むね」の4箇所が、『河海抄』では「とき給ふ」「たかふ也」「中に」「ひとつむねに」と異なっている。先に示した若紫巻や橋姫巻の例では見出し本文が一致しているのに対して、この例では異同が確認出来る。先の松風巻の例についても、見出し本文が異なっていた。また抜き書き群に対応する『河海抄』の見出し本文は完全に一致する箇所は少なく、ほとんどに細かな異同がある。これは、『河海抄』が抜き書き群をそのまま注記に流用したのではなく、見出し本文を別の資料等で改めた可能性があるということである。

この抜き書きは善成によって後の考証のために抜き書きされたものであり、あくまで考証を加えるべき箇所を示すメモ書きの様な存在であったのではないだろうか。この抜き書きで示された本文は検討を加える箇所を示すものであり、その検討によって注記が『河海抄』に増補されていったと考える。若紫巻や橋姫巻のように独自異文が共通している例は、注記ではこの抜き書き群の本文をたまたまそのまま流用したために、結果的に物語本文を引用しているかのような現象が見えたと考えるべきである。

またこの抜き書き群からは、善成が『源氏物語』本文を確認する際に、注釈書である『水原抄』を用いる場合があったことも意味する。つまり新たな注記の作成の際に、物語本文に直接あたったのではなく、『水原抄』で物語本文を確認し、それを参照しつつ『河海抄』の注記を作成していくという方法を採っていたのである。『水原抄』を用いていたのは、本文全部と注記とがともにあるという利便性からであろう。

ここまで取り挙げた諸例について、『河海抄』の注記内容にどれほど『水原抄』が反映しているかどうかは不明であるが、抜き書き群の本文部分に対応する形で注記が形成されているのは見過ごすことの出来ない特徴である。抜き書き群によって増補された注記には、一部『水原抄』の注記を孫引したものが存在すると思われる。

以上から、『河海抄』の注記が作成されていくある段階で、内甲本『紫明抄』の抜き書き群をもとに『河海抄』に注記が増補されていった、という『河海抄』の注記作成の一過程が浮かび上がる。善成が『河海抄』の注記を作成する際に、先行する他の注釈書を参考にしたであろうことは、『水原抄』引用に限ったことではない。『河海抄』の見出し本文が『源氏物語』の複数の系統の特徴を併せ持っているのは、見出し本文の部分にまで孫引きが及んでいることによるものなのではなかろうか。

五　まとめ

以上、本章で述べてきたことを簡単にまとめると次の5点になる。

（ⅰ）内閣文庫蔵十冊本『紫明抄』巻六巻末にある一連の抜き書きは、『水原抄』と判断出来る。

（ⅱ）この『水原抄』からの抜き書き群の65例中54例について、『河海抄』に対応する注記が存在し、その該当する注記は『河海抄』から初めて登場するものが多い。

（ⅲ）内甲本系統『紫明抄』に『水原抄』からの抜き書きを書き加えた者は、四辻善成と考えられる。

（ⅳ）物語本文を多く引用しているのは、『源氏物語』の本文を確認するためであり、この抜き書きの一部は『河海抄』の見出し本文として採用されている。

（ⅴ）『河海抄』の先行注釈書への態度として、『水原抄』利用の一端を明らかにした。善成は、内甲本『紫明抄』では不十分である仏教関連の注記を増補すべく、注記が必要な箇所の本文を『水原抄』によって抜き書きし、その本文を参照しながら新たな注記を『河海抄』に加えていった。

内甲本系統の『紫明抄』をもとに適宜注記を加えていったものが『河海抄』の原型であると考えるが、今回取り挙げた『水原抄』からの抜き書き群の利用実態はそれを裏付けるものである。この抜き書き群と『河海抄』とを比較すると、注記が増補されていく過程が可視化されるのである。

『河海抄』と内甲本系統『紫明抄』との関係について、善成が内甲本系統『紫明抄』の書写に関わっているという事実も含めて、『河海抄』の成立過程の鍵を握るものとして両者の関係を考慮すべきである。またごく一部ではあるものの『水原抄』の逸文を有しているということからも、今までほとんど研究されてこなかった内甲本『紫明抄』を『源氏物語』注釈史研究の視野に入れるべきである。

注

（1）第二部第一章「『紫明抄』引用の実態——引用本文の系統特定と注記の受容方法について——」を参照のこと。内甲本系統の諸本の関係については、田坂憲二「内閣文庫本系統『紫明抄』の再検討」（豊島秀範編『源氏物語本文の再検討と新提言　4』、國學院大學文学部日本文学科、二〇一一）、及び「解題」（『紫明抄』、源氏物語古注集成第18巻、おうふう、二〇一四）に詳しい。なお、内甲本の学術的価値に研究史上始めて言及したものは、池田亀鑑「河内本の性格」（『源氏物語大成　研究編』、中央公論社、一九五六）である。本章は、池田氏の指摘と重なる点もあるが、『河海抄』との関係性から改めてその学術的価値を照射することを目的とする。

（2）奥書には「暦応三年十二月十日、以㆓素寂自筆之本㆒書写了。同日一校、朱点同。」とある。これが善成の奥書であることは、巻一の奥書に「本ニ此抄十巻、往年暦応之比、以㆓素寂自筆本㆒令㆑書㆔写之㆒訖。素因相伝之本也。其後第一巻為㆓或武家仁㆒被㆓借巻㆒間、後日以㆓証本㆒書㆔続欠巻㆒者也。　権大納言源判」とあることから分かる。

（3）文末の書き換えが多く、例えば「ける」を「けり」として抜き書きするようなものが目立ち、本文を丁寧に書き写そうとする書写態度ではなかったと思われる。これによって独自異文の箇所が増えている。また書き落としや誤写と思われる箇所も多い。

（4）池田亀鑑「水原鈔は果たして逸書か」（『文学』、一九三三・一〇）。

（5）七海兵吉氏旧蔵無外題源氏物語古注一巻、及びその後半部である吉田幸一氏蔵源氏物語古注一巻のこと。『葵巻古注』の本文は、七海本は複製本である『源氏物語古註』（古文学秘籍叢刊一巻、大塚巧芸社、一九三五）に、吉田本は「源氏物語古註　葵巻二巻（七海本・吉田本）」（『源氏物語　研究と資料』、武蔵野書院、一九六九）によった。

（6）前掲（4）の池田氏論考。

（7）重松信弘「七海本古註」（『源氏物語研究史』、刀江書院、一九三七）。

（8）寺本直彦「『水原抄』と『原中最秘抄』の関係」、及び「七海本吉田本源氏物語古註葵巻は『水原抄』の零簡か」（『源氏物語論考古注釈・受容』、風間書房、一九八九）。

（9）田坂憲二「『葵巻古注』（水原抄）について」、及び「『水原抄』から『紫明抄』へ」（『源氏物語享受史論考』、風間書房、二〇〇九）。

（10）①は七海本、②③は吉田本に該当する。

（11）『河海抄』の本文は、玉上琢彌編、山本利達・石田穣二校訂『紫明抄　河海抄』（角川書店、一九六八）により、『河海抄伝兼良筆本』（天理図書館善本叢書和書之部第七十巻・七十一巻、八木書店、一九八五）と龍門文庫蔵伝正徹筆本（阪本龍門文庫善本電子画像集 http://mahoroba.lib.nara-wu.ac.jp/y05/y54/）を参照した。

（12）『源氏物語』本文は、阿部秋生・秋山虔・今井源衛・鈴木日出男編、新編日本古典文学全集（小学館、一九九五）によった。

（13）『河海抄』内の『水原抄』引用の分布は以下の通り。
序1例、桐壺巻4例、帚木巻1例、夕顔巻1例、若紫巻3例、花宴巻4例、賢木巻2例、須磨巻3例、絵合巻3例、松風巻2例、少女巻3例、初音巻1例、常夏巻1例、藤袴巻2例、真木柱巻2例、藤裏葉巻1例、柏木巻2例、鈴虫巻1例、夕霧巻1例、御法巻1例、幻巻1例、橋姫巻2例、椎本巻3例、宿木巻1例、蜻蛉巻3例。

（14）西村富美子「河海抄引用書名索引」（玉上琢彌編『紫明抄　河海抄』前掲（11））によると、『河海抄』内における引用もとが明示される先行諸注の引用数は以下の通り。
『源氏釈』……「伊行尺」38例・「尺」3例
『奥入』………「奥入」66例・「奥」4例
『水原抄』……「水原抄」42例・「水原」8例
『紫明抄』……「紫明抄」15例・「素寂抄」1例

（15）『仙源抄』の本文は、岩坪健編『仙源抄・類字源語抄・続類字源語抄』（源氏物語古注集成第21巻、おうふう、一九九八）によった。

（16）池田亀鑑編著『源氏物語大成』（中央公論社、一九五三）。
（17）源氏物語別本集成刊行会編『源氏物語別本集成』（桜楓社、一九八九）。
（18）『河海抄』の注記には、便宜上①～④までの番号を付した。また、この注記群において、龍門文庫蔵伝正徹筆本の見出し本文は分割する箇所が異なる。すなわち、①「仏のいとうるはしき心にてとき給ふ御のりにも」、②「はうへんといふ物ありてさとりなき物はこゝかしこたかふうたかひをきつへくなん」、③「はうとうきやう（方等経）の中におほかれといひもてゆけはひとつむねにさたまりて」、④「ほたいとほんなうとのへたゝりなん」となっており、①の後半部分が②に接続され、「たかふ也」の「也」が存在しない。注記内容はほぼ同じであるが、③の注記は「私云」として注記が増補されている。引用されている本文は同じ部分であり、抜き書き群との対応関係を検証することには問題無いため、ここでは『河海抄』の諸本間の関係について言及しない。
（19）この今案部分さえも他の注釈書からの引用と考えることも出来るが、ここでは指摘に留める。
（20）橋姫巻の抜き書き「又経をかたてにもたまうて唱哥もし給」に対して、『河海抄』では「きやうをかたてにもたまうてかつよみつゝ」「さうかもし給」と二分割されていると考えられる。また手習巻の抜き書き群「又月ことの八日はかならすたうときわさをせさせ給へは薬師仏によせたてまつるにももてなし給たよりに中したへ時々まいり給」に対して、『河海抄』では「月ことの八日はかならすたうときわさせさせ給へは」「ちうたうには時々まいり給へり」と同じように二つの注記として登場する。これらの注記は見出し本文に抜き書き群との異同が存在するが、先行諸注に指摘がない注記であり、内容も仏教関係のことが示されていることから、抜き書き群との関連を考えてよいだろう。

第三章　歌学書引用の実態と方法

――顕昭の歌学を中心に――

一　『河海抄』内の歌学書引用

『河海抄』の注釈方法の一つに、『源氏物語』中にある語彙や和歌の解釈を行う際に、歌学書を引用する点が挙げられる。歌学書を考証材料として引用することは、それまでの『源氏物語』注釈史においてはあまり一般的ではなかった。『源氏釈』や『奥入』は、引歌の指摘に終始する注がほとんどで、歌学書を用いる注記は見られない。また河内方の注釈書である『原中最秘抄』『光源氏物語抄』『紫明抄』では、語彙の意味解釈や引歌について、諸説を取り挙げながら考証を行っていく箇所が少ないながらも見られるが、歌学書からの引用はごく僅かな部分に限定されている。これに対し『河海抄』では複数の歌学書名と多くの引用が見られる。『河海抄』は、『源氏物語』への理解に歌学を用いるという新しい注釈方法を採っている。『河海抄』(1)内で、出典が明記される歌学書を引用回数とともに以下に示す。(2)

『能因歌枕』　「能因歌枕」として16回
『新撰髄脳』　「四条大納言新撰髄脳」として1回
『俊頼髄脳』　「俊頼口伝」として2回・「無名抄」として1回
『綺語抄』　「綺語抄」として1回

『和歌童蒙抄』「童蒙抄」として1回
『奥義抄』「奥義抄」として5回・「清輔の抄」として1回
「清輔朝臣抄」として1回
『袖中抄』「袖中抄」として4回・「顕昭抄」として1回
『古来風体抄』「俊成卿古来風体抄」として1回
『僻案抄』「定家卿僻案抄」として1回
『顕注密勘』「顕注密勘抄」として1回
『八雲御抄』「八雲抄」「八雲御抄」として21回

引用回数の際だって多いものは、『八雲御抄』、『能因歌枕』である。これらは『源氏物語』中の語彙の簡単な説明に使用されることがほとんどである。『八雲御抄』引用から一例を示す。(3)

『河海抄』桐壺巻（194上18）

さかなきことゝも
不祥日本紀第一　無悪善同　悪性又江談　不良
伊勢物語ニさかなきゑひす心とあり
八雲抄云よからぬ也
こゝにしもなにゝほふらん女郎花人の物いひさかにくきよに拾遺
『八雲御抄』巻第四・言語部・世俗言
さがなし
不良。よからず。

この例において、『河海抄』は、「さがなき」を注釈する際に、まず漢字による注記を付し、その後『伊勢物語』の用例や『八雲御抄』の引用、『拾遺集』の用例歌を挙げている。『八雲御抄』からの引用は傍線部「よからぬ也」である。

点線部「不良」も和語による解釈として示されている。漢字による解釈だけでなく、和語による解釈も取り入れる点からは、より明確に語彙を注釈していく姿勢が窺える。この例のように、『河海抄』は、語彙を和語で説明する際、積極的に歌学書を引用している。『八雲御抄』を例にとると、『八雲御抄』が挙げる漢字注記よりも、和語の言い換えによる注釈部分を多く採用する傾向にある。辞典的な側面を有する歌学書は、『河海抄』に引用されやすかったのであろう。『河海抄』が歌学書引用を積極的に行った要因の一つは、歌学書が和語による語彙説明の注記を有していたことによるものと考えられる。

また歌学書引用の特徴として、引用の際に、もとは同一書でありながら、注記に示される出典名が同一でないという事象が見られる。『俊頼髄脳』『奥義抄』『袖中抄』が該当するが、これらは引用が異なる経緯によって行われたことを示すものである。以下、『俊頼髄脳』を例にこの点を確認する。

『俊頼髄脳』は、「俊頼口伝」「無名抄」と出典明示される。次に示したのは、「俊頼口伝」として引用された箇所である。

『河海抄』帚木巻（221上10）

　そはつきされはみ

側付とかくそはみゆかみたる躰也

宿（サレ）日本紀　宿老同　宿雨　宿雪皆同心也

案之左礼は左道儀也人のされたるとはまことしからさる躰也されおとなひたるとは以前の宿老の字歟これ

もとし老て物なれすきよからぬ躰也新猿楽記に虚左礼とあり左礼右礼の義也はみは上に付たる詞也よしはみなと云かことし

俊頼口伝に誹諧哥をされ哥といへりそれもたはふれたる様也

『河海抄』夕顔巻（238下6）

されたるやりとくち

左道なるやりとくち

俊頼口伝にされ哥といへるも誹諧躰也ゆかみなとしたる戸口也

内甲本『紫明抄』巻二・夕顔巻

さすかにされたるやりとくち

されたるはたはふれたることはなり

俊頼口伝、誹諧哥（ハイカイ／サレウタ）はされ哥といへり

たはふれたるかことしと、されたはふれたるかことし

「俊頼口伝」という出典名は、帚木巻と夕顔巻の2箇所の注記で見られる。これら2箇所の注記は、後に示した内甲本『紫明抄』を踏襲した注記である。『河海抄』の中で、『俊頼髄脳』が「俊頼口伝」として引用されている注記はこの2例のみであり、内容に関してもほぼ同一であることから、この「俊頼口伝」の注記は内甲本『紫明抄』から孫引きされたものと判断出来よう。(4) 先行諸注で引用されていた部分を継承したことによる孫引き注記であり、『河海抄』では夕顔巻の注記が帚木巻にも転用されたと考えられる。

これに対して、「無名抄」とされるのは、以下の帚木巻「はゝきゝ」の注記のみである。この注記は『袖中抄』(5)を基盤にして編集されたと思われる。以下に両者を挙げる。

『河海抄』帚木巻（231上4）

は、き、

①箒木事先達色々に尺せり但大都は同事歟

そのはらやふせやにおふるは、き、のありとはみれとあはぬ君哉③**平定文**家哥合坂上是則

能因哥枕云は、きにする木の森の中にあるかしたのしけりてとをくしてみれはみゆるかちかくよりてみれはみえぬを云也②**顕昭云**信濃国そのはらふせやといふ所に森ありその杜によそにてみれは箒に似たる木の末のあるをたちよりてみれはその木もみえすとなむ申つたへたるは、き、とは庭はく木は、き也

④**家成卿家哥合藤原為忠哥基俊判詞云昔風土記**と申ふみ見侍しにこそ此は、木、のよしは大略見侍しかされと年ひさにまかりなりてはか／＼しくもおほえ侍らす件木は美濃信濃両国堺そのはらふせやと云所にある木也とをくてみれはは、きをたてたるやうにてちかくてみれはそれににたる木もなし然はありとはみれとあはぬ物にたとへ侍云々

⑧一説云**杜木中に**は、木、一本ましれりと云々

⑦**承暦哥合**師賢は、き、の木末やいつこおほつかなみなそのはらは紅葉しにけり此心也

⑨**経信卿記云**此哥旁入二権弁伯耆木哥一不レ快事也皆以書二改不レ快難不レ知レ所レ避而俊頼以二此哥一入二金葉集一如何

⑤**綺語抄云**は、き、に二の論あり一には箒木のある杜のある也その杜いとしけくて杜の中には、木、おひたる也それを遠くてみれはあるやうにて森の下にゆきて見れは木のしけりてみえぬなり一には箒に似たる木のその杜にある也それをとをくてみるにはあるやうにてちかくよりてみれはうする也されはかくよめり是はいとあさましありかたくなむ非也

⑥**無名抄云**此哥の心慥にかきたる物なし信濃国にそのはらふせやと云所あるにそこに杜のあるをよそにてみれは庭はく箒に似たるか木の梢にみゆるかちかくよりてみれはうせてみなときは木にてなんみゆるといひつたへたるをこのころ見たる人にとへはさる木も見えすとそ申す昔こそはさやうにみえけめ此ころは箒とみゆる木の見えはこそちかくよりてもかくれめとそ申

此事或説には彼杜に箒木に似たる木ありよそにてはゝきゝかとみえてちかくよりてはあらぬ木也ともいへり

或又件箒木は杜の梢の最頂にある物也これを森の下に行てみれは木しけりてみえすとをくてみゆる也此説を先達用と云々

⑩**奥義抄**引後拾遺云、

ゆかはこそあはすもあらめはゝきゝのありとはかりは音つれよかし

今勘㆓国史㆒云仁明天皇承和二年六月勅如㆑聞東海東山両道河津之処或渡舟数少或橋梁不㆑備由㆑是貢調担夫来㆓集河辺㆒累㆑日経㆑旬不㆑得㆓利渉㆒宜㆘毎㆑河加㆗増渡舟二艘㆖、其価重者須㆓正税㆒又造㆓浮橋㆒令㆑得㆓通行㆒及建㆓布施屋㆒備㆓于橋㆒寄㆓造作料吉用救㆓急稲㆒云々

陽成天皇元慶四年云弘仁十二年国分寺尼法光為㆑救㆓百姓済都之難㆒於㆓越後国古志郡渡戸浜㆒建㆓布施屋㆒施㆓墾田四十余町渡船二艘㆒令㆘㆓往還之人㆒得㆗其穏便㆖而年代積久無㆓人労済㆒屋破損田疇荒廃望請被㆑宛㆓越後国徭五人㆒永令㆓預守㆒之

⑪**案之**ふせやはその原にかきるへからす所々にこれをたつる歟信乃国にはその原にたてけるにや俊頼哥に

山田もるきそのふせやを風ふけはあせつたひしてうつらをなふといへり岐岨その原相近歟たとへは谷のふせやしつかふせや皆同物歟或説云信濃には穴をほりてふきいたのかた〳〵をは土にうつみてかた〳〵に

口をあけてそれよりおりのほる冬雪のふかきおりの料也かれをふせやと号云々

『袖中抄』巻第十九

○、はゝき木

①そのはらやふせやにおふるはゝき木のありとはみれどあはぬ君かな

②**顕昭云**、はゝきゞは信濃国そのはらふせやと云所に杜あり。其杜によそにてみれば箒に似たる木の末の有をたちよりてみれば、其木もみえずとなむ申伝たる。はゝきゞとは庭はく木はゝき也。此歌は③**平定文**家の歌合歌也。④**家成卿歌合、藤原為忠**鹿歌云、

はゝき木につまやこもれるさをしかのそのはらになく声ぞきこゆる

基俊判云、左歌はゝきゞにつまやこもれるとよまれたる事、心得がたく侍り。此鹿のつまは如何様にはゝきゞにはこもれるにか侍らん。作者の心うけ給らまほしき事かな。此木はやしなどのやうに、あつまりおひたる木にも侍らざれば、中にこもれりといはんにかたし。此しか猿丸むさゝびにあらねば枝の間、葉の中にこもれらん事又かたし。無指證文證歌をば、何を指南としてか可甘心哉。**昔風土記**と申文見侍しにこそ、此はゝきゞのよしは大略見侍しか。されど年久に罷成てはか〴〵しくも覚侍らず。件の木は美濃信乃両国の界、そのはらふせやと云所に有木也。遠くてみればはゝきゞを立たる様にてたてり。ちかくてみればそれに似たる木もなし。然者ありとはみれどあはぬにたとへ侍。古歌云

そのはらやふせやにたてるはゝきゞ云々　如レ前。

此左歌心頗與二本文心一已相違。詞も非二秀逸一。伯顕仲卿判云、左ははゝきゞにつまやいかでかこもり侍らん。右もいやしけれど猶はゝきゞはちりばかりおとりてや。

⑤**綺語抄云**、はゝきゞに二の論有。一には箒木の有森の有也。其杜いとしげくて杜の中にははゝきゞ生たる也。

それを遠てみれば有様にて杜の下に行てみれば木のしげくてみえぬ也。一には箒に似たる木の其杜に有也。其を遠くみるには有様にてちかくよりてみるにはうする也。されはかく読り。是はいとあさまし。難レ有なんあらざる也。私云、此両説いづれもまさると云がたし。杜の木しげくて行てみるにみえざらんに、さまであやしき事にあらず。はゝきゞとて其名を上べきにあらず。遠てみゆれど近てはみえずはこそあやしきためしにはいはれめ。諸国には是におとらぬことゞもおほかり。たとひ此比こそさる事なくとも、むかしはいひおきたる事多かり。

⑥**無名抄**云、此歌の心慥に書たる物なし。信乃国にそのはらふせやと云所有に、そこに杜の有を外にてみれば、庭はく箒に似たる木の梢のみゆるが、近寄てみればうせてみなときは木にてなん見ゆると云伝たるを、此ころみたる人にとへばさる事もみえずとぞ申す。昔こそはさやうに見えけめ。此比は箒とみゆる木のみえばこそちかくよりてもかくれめとぞ申。私云、此義相二叶愚意一。又為忠歌の心は杜の木皆箒にて有べしと存歟。

⑦**承暦歌合**、師賢朝臣紅葉の歌云、

　はゝきゞのこずゑやいづこおぼつかなみなそのはらはもみぢしにけり

私云、此歌心は⑧**杜木の中に**はゝき木一本まじれる歟。

⑨**経信卿記**云、此歌本入二権弁伯耆木歌一不快事也。以書改。不快難不レ知レ所レ避。私云、如レ此難而俊頼入二金葉集一畢。如何。件書改歌、師賢

　ふくからにちる紅葉ばのしたがへばうらやましきは木がらしの風

⑩**奥義抄**云、引二後拾遺一云、

　ゆかばこそあはずもあらめはゝき木のありとばかりはおとづれよかし

今勘二国史一云、仁明天皇承和二年六月勅、如レ聞東海東山両道河津之処、或渡舟数少、或橋梁不レ備。由レ是貢調担夫来二集河辺一、累レ日経レ旬、不レ得レ利レ渉。宜三毎レ河加二増渡舟二艘一、其価重者須二正税一。又造二浮橋一令レ得二通行一。及建二布施屋一備二于橋一。寄二造作一料共用二救急稲一云々。陽成天皇元慶四年云、弘仁十三年国分寺尼法光為レ救二百姓済度之難一、於二越国古志郡渡戸浜一、建二布施屋一施二墾田四十余町一。渡船二艘令三往還之人得二其穏便一。而年代積久無二人労済一。屋宇破損、田疇荒廃。望請、被レ充二越後国俘五人一、永令二預守一云々。

⑪**今案**に、信濃国其原と云所にふせやと云所の別に有かと思ふに、布施屋とて所々につくれるにこそ。されば信乃国そのはらにも此布施屋をたてたりけるにや。又俊頼朝臣、田家秋興歌

　山田もるきそのふせやに風ふけばあぜづたひしてうづらおとなふ

是は谷のふせや、しづのふせやなど云體也と在る歟。信のゝ岐岨にも彼布施屋有にや。又きそのはら相違と云り。又信の国には穴をほりてふき板のかた〳〵をばつちにうづみて、かた〴〵に口をあけてそれよりおりのぼる。冬雪のふかきおりの料道と云り。其をもふせやとぞ申。

『河海抄』の注記は、帚木巻の巻名の由来となった、源氏と空蝉の贈答歌中に用いられる「ははきぎ」の解釈を示したものである。二重傍線部が「無名抄」の該当箇所であり、『河海抄』と『袖中抄』との文言の一致が確認出来る。この他にも傍線を付した箇所での一致が見られる。

細かく検証すると、『袖中抄』の注記は、①「そのはらや……」で始まる古歌引用、②顕昭による歌語説明、③『平定文家歌合』に見られることへの言及、④『家成卿家歌合』の和歌と『風土記』に基づいた基俊の判詞、⑤『綺語抄』の引用、⑥『無名抄』の引用、⑦『承暦歌合』の師賢の和歌、⑧師賢の和歌の心について、⑨『経信卿記』の引用、⑩『奥義抄』の引用、⑪『奥義抄』の今案部分、となっている。これらの傍線部が『河海抄』に取り

込まれたと確認出来、まず波線部「帚木の事、先達色々に釈せり」として先行する学説を紹介することが示され、①「そのはらや……」の古歌引用と③この和歌が『平定文家歌合』のものであること、その後に『能因歌枕』の引用を挟んで、②顕昭の歌語説明、④『家成卿家歌合』の和歌と『風土記』に基づいた基俊の判詞、⑧師賢の和歌の心について、⑦『承暦歌合』の師賢の和歌、⑨『経信卿記』の引用、⑤『綺語抄』の引用、⑥『無名抄』の引用、⑩『奥義抄』の引用、⑪『奥義抄』の今案部分となっている。『河海抄』の注記はこれらの出典として『袖中抄』とは示されていないが、文言の一致から明らかに『袖中抄』の引用と考えられる。以上から「無名抄」として引用される『俊頼髄脳』は『袖中抄』からの孫引きによるものと判断出来る。注記内容のみならず書名までもそのまま引用したために、同一書の引用でありながら注記に示される出典名が一致しないという事象が生じたのである。

『河海抄』に引用される「綺語抄」「奥義抄」といった歌学書をはじめとする諸説のほとんどが『袖中抄』からの孫引きである点[6]、それらの孫引きは文言がほとんど同じでありながら提示される順番が異なる点、また傍線部⑪では『奥義抄』の今案を、さも『河海抄』が施したかのように用いている点、注目すべき箇所である。

この『河海抄』「はゝきゝ」の注記は、『河海抄』が『袖中抄』の注記を自在に変換し再構築したものである。『河海抄』の中で『袖中抄』と出典が明記される注記は僅かに2例しか存在しないものの、出典が示されていない他の注記でも、明らかに『袖中抄』からの引用と判断出来る箇所がある。また顕昭の歌学は『河海抄』に度々参照されており、『袖中抄』の他には『顕注密勘』を用いていることが確認出来る。以下ではこれらの引用を中心に、『河海抄』の歌学書利用の方法について探っていく。

二　『袖中抄』引用について

『河海抄』の『袖中抄』引用は、(7)先に述べた『八雲御抄』で示したような簡単な語彙説明の場合とは異なり、歌語の解釈の際に『袖中抄』で示された諸歌を利用しつつ、『袖中抄』の歌論を組み換えて注記を再構築していくものである。これは和歌の注釈である『袖中抄』の歌論を、『源氏物語』の注釈として利用するために適当に加工を施したものと考えられる。ここでは具体例として、玉鬘巻の「ひびきのなだ」の解釈を取りあげる。

『河海抄』玉鬘巻（386上12）

ひゝきのなたもなたらかにすきかいそくの舟にやあらん
①きのふこそふなてはせしか伊佐魚とる比治奇のなたをけふみつる哉 万葉十七
②あふ時はますみのかゝみはなるれはひゝきのなたに波もとゝろに 孫姫式
③年をへてひゝきのなたにしつむ舟の浪のよするをまつにそ有ける 忠見集
此哥の詞には④年ころ摂津国に候けるをといへり然者当国名所歟 **袖中抄** ⑤顕昭云ひちきのなたは播磨にあり
⑥俗説にはひゝきのなたともいふと云々
李部王記云天徳四年六月十一日是日備前備中淡路等飛駅至備前使申云賊二艘純友等也従響奈多捨舟脱遁疑入京歟云々

『袖中抄』巻第十二

一、ひぢきのなだ
①昨日こそふなではせしか伊佐魚（イサゴ）とる比治奇（ヒジキ）のなだをけふみつるかな

⑤顕昭云、ひぢきのなだは播磨にあり。いさごとるとは魚を取と云也。⑥俗説には、ひゞきのなだとも云。
考二孫姫式一
　②あふ時はますみのかゞみはなるれは響のなたの浪もとゞろに
又、忠見集云、延喜御時躬恒が御厨子所に候ける例にて、④年来津国に候けるを召上て、天暦御時御厨子所
に候て奏する歌、
　③としをへてひゞきのなだにしづむ舟浪のよするをまつにぞあるける
然者ひぢき、ひゞき共有二本説一歟。或歌枕には、ちびきのなだと書り。ぢとびと同ひゞきなればかよひて
書歟。又ひぢきをちびきと上下して書たがへたるにもや。

これは『袖中抄』が出典であると明示されている例の一つである。『河海抄』の本文では「ひびきのなだ」で解釈しているが、『袖中抄』は「ひぢきのなだ」として考証している。

『河海抄』は傍線部①②③の3首の和歌を示した後に、「ひびきのなだ」の所在を考証し、最後に『李部王記』で史実との照らし合わせを行っている。ここでは「袖中抄顕昭云」として傍線部⑤⑥が示されている。ただし『袖中抄』からの引用は、①〜③までの和歌と傍線部④の『忠見集』詞書の部分も該当すると考えられる。また歌語の説明に関しては、『袖中抄』を丸々引用するのではなく、必要な部分だけを適宜取出し、それらを構成し直している。この例では、傍線部⑤「ひぢきのなだは播磨にあり」傍線部⑥「俗説には、ひゞきのなだとも云」の部分を取り出し、連結させて注記に引用している。⑤と⑥の間にある「いさごとるとは魚を取と云也」という注記は、「ひびきのなだ」の解釈ではないから必要ないと判断し、削除したのである。『河海抄』は、『袖中抄』の必要な注記を抽出し、それらを切り貼りして注記を作っていく方法を採っている。

『河海抄』が挙げている①から③の3首の和歌は、すべて『袖中抄』が考証の段階で用いていたものである。『河

海抄』はこれらの和歌を注記の冒頭にまとめて3首とも提示している。このうち①の「きのふこそ……」の和歌は『紫明抄』『光源氏物語抄』で、②の「あふ時は……」の和歌は『光源氏物語抄』で指摘されているが、③の「年をへて……」の『忠見集』の和歌は、『河海抄』が初めて示したものである。引歌の指摘であるが、ここでは物語に反映させるような引歌としてではなく、用例歌として注記冒頭の和歌をもとに「ひびきのなだ」の実態について述べているのである。

用例歌を注記に持ち込んでいる例をもう一例挙げる。

『河海抄』夕顔巻（244下7）

いさよふ月にゆくりなくあくかれんことを
①山のはにいさよふ月をいてんかと待つゝをるに夜そ深にける万葉
いさよひの月十六日の月の山のはに②月しろあかりて出やらぬをいふ也といへりこれも十五夜のあかつきなれは十六日月といはむもいたく不違歟たゝし能因哥枕にもいさよふとは山のはにさしいつる月を云といへりいさよふはいつれもやすらふ義也猶予とかけり
③もの、ふの八十うち河のあしろ木にいさよふ浪の行ゑしらすも万葉
④君やこむ我やゆかんのいさよひに真木のいた戸もさゝすねにけり同
⑤かくらくのはつせの山の山きはにいさよふ雲はいもにや有らん
是等もやすらふ心也或説には⑥いさよふはいさなふ也さそふ心也云々然而いさなふと慥によみたる証哥未勘
出いまの哥⑦万葉には不知夜歴とかけり強十六日にかきらさる者也

『袖中抄』巻第十九

一、いさよふ月 いさよひ ゆみはり

　①山の端に不知夜歴（イサヨフ）月を将出（イデン）かと待つゝをるによぞふけにける

顕昭云、いさよふ月とはやすらふ月を云也。去ばすでに山のはより出たる月の、たちのぼりやらぬをも云べし。又出もやらぬを待ほどをも云べし。一方に付て論をいたす人々あり、いかゞと聞ゆ。此歌はいでんかと待つゝをるに夜ふくと有ば、うたがひなく出やらぬほどと聞えたり。又萬葉に、

　山のはにいさよふ月をいづるかとわがまちをらんよはふけにつゝ

　山のはに不知世経（イサヨフ）月のいでんかとわがまつ君によはふけにつゝ

此歌どもはみな出やらずと聞えたり。又六帖歌に、

　山のはにいでずいさよふ月まつと人にはいひて君まつわれを

此歌はいでずいさよふと有ばいでぬ義にいだす人はあれど是はひが事也。萬葉に、

　悪日来の山よりいづる月まつと人にはいひていもまつ我を

此歌を書なせる也。拾遺にもいれり。終章には君をこそまてとかけり。又山のはを出たるをいさよふ月と読たりとみゆる歌、新撰

　山のはにいさよふ月をとゞめおきていく夜みてかはあく時のあらん

いでざらん月をば山のあなたにとゞめてもいかゞみるべき、よしなくや。又萬葉に、

　③ものゝふのやそ宇治川のあじろ木にいさよふ波のよるべしらずも

是もやすらふと聞えたり。（中略）十六日をいさよひと申は望のゝちたちまちのさきにいづる程をやすらふと云心も有べきにや。もち月よりはすこしやすらふこゝろあるべし。⑥人をいざよふといふはいざなふと云詞也。さそふ心也。誘引と書り。いざなはれつゝとも読り。童蒙抄云、いさよひとは十六日の月を云也。去ばまつとてよもすこしふくべし。本集には不知夜と書ていさよひとは読たれは、夜をしらでいづるかと

みゆるを不知と云は、いさと云事なれば、かくかけるなるべし。⑦今云、本集とは萬葉にや。山の端より不知夜歴月とこそ書たれ。十六日をいさよひと読る歌には非ず。奥義抄云、古今歌に、

④君やこむ我やゆかんのいさよひにまきのいた戸もさゝずねにけり

いさよひは、伴心也とぞ、或物には申たれども、それは別事也。いさよひはやすらふ心也。いさよふ月など②読るも月しろあがりて出もやらぬ程をいふ也。萬葉の挽歌にも、

⑤かくれぬのはつせの山の山ぎはにいさよふ雲はいもにかもあらん

と有。これも山の端にやすらふ心也。かやうの事はきゝはおなじくて心はかはれる常事也。（後略）

この例は、『袖中抄』からの引用と明示されていなくとも、文言の一致等から引用であると判断出来る。『河海抄』はまず先行諸注で指摘されている傍線部①の和歌を提示し、「いさよふ月」の解釈を加えていく。傍線部②⑥⑦はその解釈を示す部分であり、『袖中抄』から抽出した文言を、提示する順序を変えながら示している。

　傍線部③④⑤の和歌3首は、『河海抄』で初めて『源氏物語』の注釈に登場するものである。この和歌3首はすべて『袖中抄』にあり、『袖中抄』でいずれも「やすらふ」の義として扱われているものである。波線部が「やすらふ」ことを示している箇所であるが、これは『袖中抄』で和歌の提示の後に繰り返し述べられる語義説明である。これらをまとめたのが『河海抄』の注記であり、用例歌として和歌3首をまとめて示した上で波線部「是等もやすらふ心也」としているのである。他の和歌は『袖中抄』で「やすらふ」の意味が示されていなかったために、『河海抄』で引用されなかったのであろう。

　このように、解釈部分のみではなく、解釈の際に示される和歌も用例歌として引用する点に『河海抄』の『袖中抄』引用の特徴が見出せる。[8] またすべての和歌を用例歌として引用するのではなく、注釈として必要なものを適宜抜き出している。出典が明示されている箇所が少ないのは、『河海抄』の注記は『袖中抄』の注釈内容を改編・凝

縮して『源氏物語』の注釈として再構築したものであり、『袖中抄』そのものではなかったからと考える。つまり使用される文言は同一であっても、注記の内容は『河海抄』が都合良くまとめ直した別物であったため、出典が明記されにくかったのではなかろうか。

三　顕昭『古今集註』及び『顕注密勘』引用について

注記の再構成や用例歌の使用といった『河海抄』の『袖中抄』引用の特徴は、同じく顕昭の歌学書である顕昭『古今集註』(9)及び『顕注密勘』(10)引用の場合にも共通する。『顕注密勘』が出典として明示される注記は僅かに1例しかないが(11)、これも先の『袖中抄』同様に出典明記されずに引用されている例が散見される。例えば以下のようなものである。

『河海抄』末摘花巻（268上13）

なつかしき色とはなしになに、この末つむ花を袖にふれけん

①よそにのみみつゝやこひん紅の末つむ花の色にいてすとも万葉人丸

②人しれすおもへはくるしくれなゐの末つむ花の色に出なん古今

③くれなゐの花は末よりさけはやかてするよりつむなり

顕昭『古今集註』

②ヒトシレズオモヘバクルシクレナヰノスヱツムハナノイロニイデヌベシ

③紅花ハ末ヨリサケバ末ヨリツム。サレバスヱツム花ト読也。萬葉云、

①ヨソニノミミツヽヤコヒムクレナヰノスヱツムハナノイロニイデズトモ

『顕注密勘』

人しれずおもへばくるしくれなゐのすゑつむ花の色にいでなむ②

紅の花は末よりさけば、やがてすゑよりつむ。されば すゑつむ花とよめり、萬葉に、③

よそにのみみつゝやこひん紅のすゑつむ花の色に出づとも①

この例は、顕昭『古今集註』と『顕注密勘』とで、ほぼ同じ注記が見られ、『河海抄』の注記とほぼ異同なく一致する。またこれらの注記は『袖中抄』では見られない。よって特に出典注記はなされていないが、『河海抄』の注記は『河海抄』が独自に編み出したものではなく、引用によるものと判断出来る。

顕昭『古今集註』と『顕注密勘』は、古今歌②を提示し、その説明として傍線部③「くれなゐの花は末よりさけはやかてすゑよりつむなり」と説明した上で、その例としてさらに万葉歌①を挙げている。これに対して『河海抄』は万葉歌①と古今歌②を挙げた後に、歌語への説明③を付している。歌の示し方も、2書が古今歌②を解釈するために万葉歌①を使用しているのに対して、『河海抄』は歌語解釈の用例として2首をまとめて示す形である。『紫明抄』は②が提示されており、『河海抄』はこの古今歌②から顕昭『古今集註』もしくは『顕注密勘』にあたり、そこに示されていた万葉歌を注記に取り込もうとし、編集の段階で和歌を時代順に並べた結果、万葉歌①、古今歌②の順になったと考える。つまり、本来『古今集註』と『顕注密勘』では中心になる古今歌とその解釈を示すための万葉歌であったものが、『河海抄』では歌語解釈のために同等に捉えられ注記に並列して示されているのである。この例は大幅な注記内容の改編や凝縮は見られず、文言はそのままの状態で注記の順序を単に入れ替えているだけであるが、注記提示の順を替えることによって『河海抄』は巧みに古今注を源氏注に変化させているのである。

次に『袖中抄』同様に、注記の一部が抽出・凝縮によって再構成された例を挙げる。

『河海抄』浮舟巻（584上12）

橋の小嶋と申て御ふねしはしさしと、めたるを
古今①今もかも咲匂ふらん橘のこしまのさきの山吹のはな
②万葉には橘嶋又小嶋又嶋のくまはなとよめり此所は③皇子尊の在所也④哥枕には河内国とあり如何但⑤七瀬秡所
には大嶋橘小嶋山城国と注せり

『顕注密勘』
①今もかもさきにほふらむたち花のこじまのくまの山ぶきの花
橘の小嶋隈は所名也。②橘の小嶋とも、橘の嶋とも有。萬葉にもよめり。又嶋のくまわともよめり。それを
とり合て橘の小嶋の隈とよむ歟。④歌枕には、河内国に有と云へり。③皇子尊の所在也。遠所⑤七瀬者、難波田
蓑、大河俟摂津、大嶋、橘小嶋山城、佐久那谷、辛崎近江、然者、河内、山城相違歟。又同名所歟。此歌在二
猿丸集一。
いろもかもさきにほふらむ橘のこじまのさきの山ぶきのはな
或者云、こじまのせきと云。
小嶋まことに名所不二分明一。いかによみたるにか。但、思ふゆゑ侍て、こじまがさきと書たるを用侍也。

この注記は『顕注密勘』のみに見えるものであり、『袖中抄』と顕昭『古今集註』には見えない。『河海抄』の注記は『顕注密勘』の注記をもとに再構成されたものである。先行諸注が指摘する引歌①をもとに、傍線部②〜⑤で解釈を示している。『顕注密勘』の古今歌は「橘のこじまのくま」となっており、複数の異名を「とり合せて橘の小
嶋の隈とよむ歟」とあるように「橘の小嶋隈」で一つの所名として考えているが、『河海抄』では「橘のこじま」で一つの所名であると解釈しているようであり、この解釈に合わせて注記を改変したと思われる。この部分の注釈として必要な部分のみを抽出し凝縮しているのである。異伝歌である猿丸大夫集歌は、「橘の小嶋」の場所解明に

必要なかったために『河海抄』では引用されなかったのである。歌論自体は『顕注密勘』をそのまま継承しないが、注記に使用される語は『顕注密勘』のものであるので、やはり『顕注密勘』の影響と考えてよいだろう。

以上顕昭からの歌論が、『顕注密勘』等によっても『河海抄』に取り入れられていることを指摘した。『顕注密勘』は引用注記としての書名登場は1箇所のみであるが、その内容に大きく依拠していたことが分かる。その方法は『袖中抄』とほぼ同様に、必要な文言のみを抽出すること、用例歌として和歌を提示する場合があること、抽出された文言や和歌の順序を適宜入れ替えること、が挙げられる。

取り挙げた例以外にも、『顕注密勘』および顕昭『古今集註』の引用と判断出来る箇所がある。[12]『袖中抄』『顕注密勘』顕昭『古今集註』といった顕昭の歌学は、出典明示されているよりも、されていないものの方が圧倒的に多く、『河海抄』の注記には顕昭の歌学が溶け込んでいる状態であると言える。

四　まとめ

『河海抄』は注記編集の際に、歌語解釈の注釈や、用例歌や解釈の証歌となるべき和歌を歌学書によって取り入れ、それらを組み替えることによって歌学を『源氏物語』の注釈に反映させることに成功した。『袖中抄』や『顕注密勘』といった歌学書は、考証の内容が優れているだけでなく考証に用例歌が多く用いられることから、『河海抄』によく利用されたものと考える。和歌の注釈を『源氏物語』の注釈として利用することで、先行諸注よりも明確な注釈を施しているのである。『河海抄』は歌学書を単に引用したのではなく、それらの注釈内容を再構成することで新たな源氏注を生み出したのである。

これらの点を踏まえ、歌学書からの引用という面から見える『河海抄』の示す引歌の傾向について述べる。『河海抄』の歌学書引用の特徴として、歌語説明の証歌を先に出すものがあった。これらは『源氏物語』本文の解釈に結びつけられるような、歌の背景等までを反映させるような引歌ではなく、歌語理解のための注記としての引歌と考えられる。『河海抄』から引用が始まった和歌は、そのすべてが物語へ回帰していくような引歌ではない。語義を容易に捉えさせるための参考として挙げられている和歌や、単に歌語が使用された証拠として提示されている和歌もある。『河海抄』の中には、勿論場面理解のための引歌も指摘されているが、単なる歌語の語釈のための用例として示された、狭い意味での引歌ではない引歌もあるということである。『河海抄』以降の注釈書で「不及引歌」として否定されてしまう和歌注記の中には、『河海抄』が歌語解釈のために指摘した注記であることを理解出来ずに切り捨ててしまったものもあろう。

『河海抄』以前の注釈書で和歌が示される場合は文脈理解に繫がるものが多かったが、『河海抄』は語彙そのものの意味を和歌によって解釈しようとしたのである。それまで語彙の解釈は漢語によって示されていたものがほどんどであったが、和歌の使用による解釈という方法を『河海抄』は切り開いたのである。漢語による語の解釈は継承しつつも、そこに新たに和歌による語説明を加えることにより、より厳密な語の意味を求め、『源氏物語』の世界をより細かく解釈し把握しようとしたのである。

『源氏物語』注釈史において『河海抄』が指摘する引歌の数量が増加しているのは、用例歌の提示によってより的確な物語解釈を行おうとする意図によるものであり、その際に顕昭の歌学書を初めとする複数の歌学書が利用されたのである。

注

（1）『河海抄』の本文は、玉上琢彌編、山本利達・石田穣二校訂『紫明抄　河海抄』（角川書店、一九六八）により、

（　）内に所在を示した。

（2）角川本所収の西村富美子「河海抄引用書名索引」による。

（3）『八雲御抄』の本文は、久曽神昇編『日本歌学大系　別巻三』（風間書房、一九六四）により、久曽神昇『校本八雲御抄とその研究』（厚生閣、一九三九）を参照した。『河海抄』の注釈意識と『八雲御抄』との関係について、松岡智之氏は「辞書として信頼するだけでなく、『八雲御抄』の『源氏物語』に対するの態度を継承する一面もある」と述べる（「河海抄」、秋山虔・渡辺保・松岡心平編『源氏物語ハンドブック』、新書館、一九九六）。また順徳天皇の家系と『河海抄』の関係については、小川剛生氏も指摘している（「四辻善成の生涯」、『二条良基研究』、笠間書院、二〇〇五）。これらは、順徳源氏末裔という善成の意識が『河海抄』の編集と関わるという重要な指摘である。

（4）『河海抄』と内甲本『紫明抄』の関係については、第二部第一章「『紫明抄』引用の実態——引用本文の系統特定と注記の受容方法について——」、及び第二部第二章「河内方の源氏学との関係——内閣文庫蔵十冊本『紫明抄』巻六巻末所引の『水原抄』逸文をめぐって——」を参照のこと。

（5）『袖中抄』の本文は、久曽神昇編『日本歌学大系　別巻二』（風間書房、一九五八）により、橋本不美男・後藤祥子著『袖中抄の校本と研究』（笠間書院、一九八五）を参照した。『袖中抄』の校異に関しては特に扱わなかったが、『河海抄』所引の『袖中抄』は高松宮家本に近い。

（6）『河海抄』に見られる『綺語抄』の引用は当該箇所の1例のみである。従って『河海抄』が引用する『綺語抄』は『袖中抄』経由のものであり、実際に作者の善成が『綺語抄』そのものに当たって施注したものではない。

（7）注記の中で具体的に『袖中抄』が明記されるのは、「袖中抄」として玉鬘巻「ひゝきのなたもなたらかにすきかいそくの舟にやあらん」（386上12）と幻巻「さもこそはよるへの水にみくさゐめけふのかさしよ名さへわするゝ」（526上19）、「顕昭抄」として夕顔巻「このもかのも」（238上5）の、計3箇所5例のみである。これらは引用もとが別々であった可能性があるが、ここでは指摘に留める。また出典を示してはいない『袖中抄』からの引用が確認出来るものに、帚木巻「はゝきゝ」（231上4）、夕顔巻「いさよふ月にゆくりなくあくかれんことを」（244下7）、藤袴巻「いもせ山ふかき道をはたつねすてをたえのはしにふみまとひける」（430上4）、柏木巻「柏木に葉もりの神はまさすとも人ならすへき宿のこすゑか」（501上1）、橋姫巻「はしひめの心をくみてたかせさすさほのしつくに袖そぬれける」（549下19）の注記がある。いずれも和歌への注記である。『河海抄』内に見られる『袖中抄』引用は出典が明示されない場合の方が多く、これらの以外の注記でも引用は考えられる。

（8）『袖中抄』の和歌のみを引用する場合もあり、真木柱巻「なかめする軒の雫に袖ぬれてうたかた人をしのはさらめや」（437下6）では、歌語解釈については『僻案抄』を引用し、用例歌は『袖中抄』から引用していると考えられる。また歌語解釈を伴わない用例歌のみの注記でも、提示される和歌の出典を特定することは困難であるが、『袖中抄』から引用が行われたと考えることが出来る。

（9）顕昭『古今集註』の本文は、久曽神昇編『日本歌学大系　別巻四』（風間書房、一九八〇）によった。

（10）『顕注密勘』の本文は、久曽神昇編『日本歌学大系　別巻五』（風間書房、一九八一）によった。

（11）夕顔巻「物のあやめ」（238下14）の注記。この注記は、「あやめ」の漢語注記、『古今集』和歌、『奥義抄』、『顕注密勘』と続く。『奥義抄』『顕注密勘』ともに出典が明示されており、『奥義抄』はほぼそのまま、『顕注密勘』の引用は定家の勘釈部分だけであるが特に改編されずほぼそのまま転記されている。

（12）葵巻「つりするあまのうけなれやと」（288上10）、澪標巻「いまはたおなしなにはなると」（333下21）、玉鬘巻「恋わたる身はそれなと玉かつらいかなるすちをたつねきつらん」（390下3）野分巻「もとあらのこはきはしたなくまちえたる風のけしきなり」（418上18）、浮舟巻「橘の小嶋と申て御ふねしはしさしと丶めたるを」（584上12）、の注記。

第四章　注記形成過程と二条良基
――『年中行事歌合』との接点から――

一　問題の所在

『源氏物語』の注釈書である四辻善成『河海抄』は、貞治年間初期に足利将軍家に献上され、その後も善成自身の手により増補改訂が加えられた。現存諸本の奥書から、将軍家献上本の系統（中書本系統）と、増補改訂の施された系統（覆勘本系統）とに分類出来るが、善成の増補改訂は複数回に亘って施されたようで、現存諸本は一概に二分出来ない。そのため注記増補の実態は大概的にしか把握出来ないが、増補改訂には善成の背後にあった様々な知、特に猶父であった二条良基周辺の諸学問が参照されたであろうことは、加藤洋介氏(1)、小川剛生氏(2)、鈴木元氏(3)、舘野文昭氏(4)等によって指摘されている。

しかし、これらの先行研究は可能性の指摘に留まっており、『河海抄』とその背後にある学問体系との接点について、注記内容を対象とした具体的な検証は行われていない。その大きな一因として、加藤氏が「河海抄の本文研究が進んでいない今、その発言は慎重であるべき」と指摘するように(5)、『河海抄』の本文研究の現状が挙げられる。この問題点を踏まえ、本章では、『河海抄』の本文系統に配慮しつつ、具体的な対象として『年中行事歌合』を取り挙げ、『河海抄』に内在する二条良基の影響を明らかにする。

二　『河海抄』と『年中行事歌合』の関係

『年中行事歌合』は、良基によって貞治五年（一三六六）十二月に開催された大規模な歌合である。(6)禁中の年中行事を中心とした五十番百首（年中行事三十五番・殿舎に寄せる恋八番・雑の公事七番）より成り、衆議判により冷泉為秀が判を加え、その後に良基の行事解説が付されている。参加者は作者付けから知られ、冷泉為秀、頓阿、今川貞世、四辻善成等、良基周辺の知識人が名を列ねる。なお、成立時期に関しては、『兼熙卿記』貞治五年十二月二十二日条によっても確認出来る。

貞治年間は、良基を中心とした文化的動勢が目立ち、和歌、連歌、源氏学、能楽といった幅広い範囲で隆盛が見られる。良基関連の事跡をいくつか抜粋すると、貞治二年には『愚問賢注』『衣かつぎの記（貞治二年御鞠記）』が成立、貞治三年には行阿によって『原中最秘抄』が献上され、また『井蛙抄』が成立。貞治四年には『光源氏一部連歌寄合』が成立、貞治五年には由阿による『万葉集』講義と『詞林采葉抄』『拾遺采葉抄』の献上、また『さかき葉の日記』も成立している。このような文化隆興の一端に位置するものが、『年中行事歌合』である。

この貞治年間の最初期に、中書本系統『河海抄』は成立している。『河海抄』の成立時期は、『河海抄』の秘説集成である『珊瑚秘抄』の跋文によって知られる。(7)

往日貞治初、依故寳篋院贈左大臣家貴命、令撰献河海抄廿巻。是摸保行法師素寂陪関東李部大王之下問撰進紫明抄之例也。此物語、先達注釋甚多疎略。於此抄者、究諸流所渉猟也。至面受口決之秘説者、自古只存心中、未呈毫端。而今恐生後之廃志、竊録此一巻、名珊瑚秘抄。依為河海之淵源之故也。海底珊瑚之謂也。門弟之中一人之外、莫聴被閲而已。

この跋文では、足利義詮の命により『河海抄』を編集したこと、そして、それが素寂の『紫明抄』献上を摸したものであったことが述べられる。この跋文が示す「貞治初」という記事は先行研究において非常に重視され、これよって『河海抄』の成立は貞治初年（一三六二）頃とされてきた(8)。この記事に従うならば、『河海抄』は、先程触れた貞治年間における文化隆盛の、先駆け的な存在と位置付けられる。したがって『年中行事歌合』との前後関係は、『河海抄』が先行し、その後『年中行事歌合』が成立した、ということになる。

このように、貞治年間に同じく成立した『河海抄』(9)と『年中行事歌合』(10)であるが、両者を見比べると、数箇所で文言の一致が確認出来る。以下がその例である。

四番――初音巻「けふはりむしかくのことにまきらはしてそおもかくし給」
七番――葵巻「秋のつかさめしあるへきさためにて」
九番――匂兵部卿巻「のりゆみのかへりあるしのまうけ六条院にていとこゝろことにし給て」
十四番――初音巻「さきくさのすゑつかた」
二十番――椎本巻「すまゐなとおほやけこと、も」
二十五番―胡蝶巻「けふは中宮のきの御ときやうのはしめなりけり」

ここに示した6箇所以外にも、検討の余地を残す例が4箇所ある(11)。これらの『河海抄』注記は、管見の限りの『河海抄』伝本すべてに存在し、大きな異同は見られない(12)。そのため、検証の支障となっていた本文系統の問題は、今回扱う『年中行事歌合』との比較に限っては考慮する必要がない。なお、『河海抄』諸本のすべてが、これらの注記を持つ意味については、後述する。また、『年中行事歌合』の該当部分は、ほとんどが行事解説を述べる箇所に見られ、判詞部分と一致するものは僅かに1例（十四番）しかなく、和歌と関わるものは全く存在しない。

以上を踏まえ、次節ではここで指摘した同文関係について検証を試みる。

三　注記の比較検証

ここからは、具体的な注記比較を通して、『河海抄』と『年中行事歌合』との関係性を探る。紙幅の都合上、先に指摘したすべての例を取り挙げることは難しいため、今回は代表的なもののみを示す。
まず、『河海抄』胡蝶巻「けふは中宮のきの御ときやうのはしめなりけり」の注記と、『年中行事歌合』二十五番との対応関係を取り挙げる。

『河海抄』胡蝶巻

けふは中宮のきの御ときやうのはしめなりけり

本朝月令二月云々

国史云天平十七年九月平城中宮請僧六百人令読大般若経是濫觴也

季御読経とは春秋に内裏にて大般若を講読せらるゝ也引茶とて僧に茶をひかるゝ也中宮東宮これにおなし

『年中行事歌合』二十五番・行事解説

左、是も上野の御牧御馬は、八月廿八日に引くなり、子細以前申し侍りぬ、右は季御読経とて、大般若を春秋百敷にて講ぜられ侍るにや、引茶とて僧に茶を給ふなり、されば茶は、むかしよりおほやけのもてなし給ふ物なりければ、大内にも茶園など侍るに、中比栂尾の何上人とやらん、茶の種を植ゑたるなど申すは、ひがごとにて侍るにこそ

傍線部を比較すると、点線で示した箇所に若干の差異が見えるものの、内容には大きな差はなく、同文関係にあると認定出来る。『河海抄』では、史実の例として『本朝月令』と『国史』(13)を指摘した後に、行事解説として傍線部

しかない。

を示している。『年中行事歌合』においても、傍線部は行事解説の箇所に見られるが、これは解説全体の一部分で

当該注記で注目すべきは、「引茶」の文言である。『年中行事歌合』は、季の御読経を説明した後に、そこに関連した「引茶」に触れ、さらにそこから茶についての説明を行っており、違和感なく注釈が展開されていく。これに対して、『河海抄』注記では「引茶」の記事を載せる必然性が見当たらない。というのも、『源氏物語』のこの場面には、「茶」に関する事柄が語られていないのである。以下に、当該場面の『源氏物語』本文を示す。

今日は、中宮の御読経のはじめなりけり。やがてまかでたまはで、休み所とりつつ、日の御装ひにかへたまふ人々も多かり。障りあるはまかでなどもしたまふ。午の刻ばかりに、みなあなたに参りたまふ。大臣の君をはじめたてまつりて、みな着きわたりたまふ。殿上人なども残るなく参る。（胡蝶・③一七一）[14]

傍線部が『河海抄』の見出し本文に当たる。この場面では秋好中宮の季の御読経の様子が語られるが、「茶」そのものは登場せず、また茶が振る舞われるべき僧についても語られない。単に、季の御読経の初日であることを述べるのみである。それにもかかわらず、『河海抄』は「引茶」の記事を提示しているのである。

たしかに、『河海抄』の中には、『源氏物語』本文とは直接関わらない注記も確認出来る。しかし、当該箇所においては、季御読経に関連する数ある儀式の中から、わざわざ「引茶」を示す必然性を導き出せない。このことは、注記が他の何かしらの先行書を用いて作成されたことを示唆しており、当該注記では『年中行事歌合』の行事解説部分との一致が指摘出来る。つまり『年中行事歌合』の記事を引用・利用しながら注記が編集されていったのである。この可能性は、『河海抄』注記が、傍線部の後に「中宮東宮これに同じ」という文言を付している点からも窺える。このさも取って付けたかのような文言は、物語に「中宮の季の御読経」とある点を踏まえ、注記内容に齟齬が出ないように取り繕った跡と考えられ、先行書を引用しながらの注記編集であったことを如実に物語っている。

ここで確認した当該注記は、『源氏物語』注釈史において、『河海抄』が新たに施したものである。『河海抄』の基盤となった注釈書である『紫明抄』[15]でも、見出し本文「けふは中宮のきのみときやう」に対して「季御読経」という漢字注記が僅かに施されるのみである。おそらく善成は、「季御読経」とだけしかない注記に不足を感じ、新たに注記を加えるべく、『年中行事歌合』を参照したものと推測される。

このように捉えた場合、『河海抄』注記の傍線部直前に示された『本朝月令』と『国史』の記事も、『年中行事歌合』の記事と連関するものである可能性が浮かび上がってくる。『本朝月令』は二月の例、『国史』は九月の例を示すものであるが、『源氏物語』の当該場面は、胡蝶巻冒頭に「三月の二十日あまりのころほひ」とあるように、晩春に当たる。この物語叙述に従うならば、本来は三月の例を示すべきであり、春である二月の例はともかく、秋に開催された『国史』の例は準拠としては適さないだろう。この疑問は、『年中行事歌合』に見られた、「大般若を春秋」に講ずるという部分を補強するための注記と考えると、解消するのではないか。『国史』の示す大般若の例は、まさに、「春秋」のうちの「秋」に相当する具体例として取り挙げられたのである。[16]

次に取り挙げるのは、『河海抄』匂兵部卿巻「のりゆみのかへりあるしのまうけ六条院にていとこゝろことにし給て」と、『年中行事歌合』九番の関係である。

『河海抄』匂兵部卿巻

のりゆみのかへりあるしのまうけ六条院にていとこゝろことにし給て

賭射清和天皇貞観二年正月十八日始之

北山抄曰賭射還饗大将先着座垣下座上ニ儲菅円座ヲ親王来着次将上次将着奥座賭弓不儲土敷円座ヲ依蒼率也相撲時敷土円座或莚上ニ敷之次垣下公卿着座相対次将次立机或次将机先立三献訖有絃哥之興給禄有差或命東遊将監以下舞天禄例也相撲之時三献之後亦次将令召相撲人少将臨檻召相撲所将監仰之数巡之後有相撲布引等事少将仰手番云々

延喜三年正月十八日御記云賭弓記左大臣向其第而左近官人以下以其賭弓勝率至其第賭弓は天子弓場殿に幸して弓を御覧する也仲春月弓をみる事礼記よりいてたり四府左右近衛 左右兵衛舎人射之左右大将射手奏をとる事はて丶後大将射手饗を給也近衛の管領なるか故也後撰相撲のかへりあるしに女郎花を折てあるしの御子のかさしにさすとて　三条右大臣をみなへし花の名ならぬ物ならは何かは君かかさしにもせん私云かへりあるしの事のり弓の後大将方のすけをひきて我亭にて種々の饗応儀式ありあるしをは饗と云字をよみけり仍吉事には此亭の字を遣へし方のすけとは左大将ならは左中将左少将右大将ならは右中少将是也

『年中行事歌合』第九番・行事解説

左、賭弓と申すは、天皇弓庭殿にのぞみて弓を御覧ずるなり、仲春に弓をみる事は礼記などにも侍るにや、是は左右近衛、左右兵衛、四府のとねりどもの射侍るなり、左右大将射手の奏をとる、大方近衛の管領にてあれば、ことはてて後、射手に饗をたぶなり、是をかへりあるじと申すにや、饗をば源氏などにもあるじと申すなり、かへりあるじおこなはぬ大将は、さうなくはまゐらぬ事なり、度度の召に付きて参内するにや、右、内宴と申すは内内の節会なり、仁寿殿にておこなはるるなり（後略）

一致箇所には傍線を、異同箇所には点線を付した。両者を比較すると、表現の言い回しや文言の提示順に若干の異同は見られるものの、内容からは両者の高い近似性が指摘出来る。

当該の『河海抄』注記と先行諸注との関係を確認すると、冒頭から「少将仰手番」までの部分、これは賭弓の還饗に関する作法を例示したものであるが、『紫明抄』にほぼ同文が存在するため、その引用と認められる。また、波線部は、「私云」の部分も含めて、実は『原中最秘抄』をそのまま引いたものである。[17] さらに、『河海抄』の傍線部の前後に注目すると、直前には『御記』の延喜三年正月の記事、直後には『後撰和歌集』が引用されている。これらの点を考え合わせると、当該注記は典拠や先行諸説を並列して示したものと考えられ、この注記のほぼ中央に位置する傍線部も、先行説の引用と判断される。つまり、傍線部は、『年中行事歌合』の行事解説を、参考とすべき説として、必要な部分のみを掲出したのである。

注記提示の順序に関して『河海抄』を俯瞰してみると、まず漢字注記や漢文体の資料を示し、次いで和歌や和文の資料、最後に今案[18]や私説を付すのが一般的である。当該注記においてもこの規則性は明確に表れており、傍線部が『御記』と『後撰和歌集』の間に置かれた点から、『年中行事歌合』が和文の資料として扱われたことが認められる。他の『河海抄』の注記でも、『年中行事歌合』を和文の資料として扱う姿勢は一貫している。そのため、『年中行事歌合』の記事が『河海抄』の注記末尾に配置されている点を以て、その部分が後補であると判断することは出来ない。むしろ、他の典拠等の指摘の中に整然と収められている点からは、『年中行事歌合』が『河海抄』編集の初期段階から使用されていた可能性が指摘出来る。

もう一例、別の箇所を示す。以下は、『河海抄』椎本巻「すまゐなとおほやけことゝも」と、『年中行事歌合』二十番である。

『河海抄』椎本巻

すまゐなとおほやけことゝも

垂仁天皇七年戊戌七月当麻蹶速与出雲国野見宿祢令捔力二人相対立各挙足相蹶則蹶速之脇骨云蹶折其腰骨之故奪蹶速地賜野見宿祢以其邑有腰折田々縁也

神亀三年令諸国始進相撲人七月十六七日間相撲召仰也廿六日内取小月廿五日廿八日召合小月廿七日廿九日抜出小月廿八日也

諸国の供御人をめしあつめて御らんする也初は召合後にすくりて御覧あるを抜出といふ也

『年中行事歌合』第二十番・行事解説

左、相撲といへる事は、諸国の供御人をめしあつめて、七月に相撲節会と云ふ事をおこなひて、天子の御覧ずるなり、始をばめし合せと申す、後にすぐりて又御覧ずるをば抜出と申すなり、ことり使と云へることは、若老のひがめにて侍るやらん、万葉に相撲使と書きて、ことり使と読むとこそ承及び侍れ、これは諸国の相撲をめす使の事にこそ、左右近衛の管領にて侍れば、方を分けて国国へ使をくだし侍るにやとぞ覚え侍る、右は廿一社に御幣を奉りて、年穀のゆたかならんことを祈り申さるるなり、其外はことなる事なし

これらは相撲節会に関する注記であり、傍線部からは両者の影響関係が窺える。『河海抄』が施注した『源氏物語』の場面は、宇治にて薫が八の宮から姫君達の後見を託される場面であり、見出し本文は、相撲節会などの公事で忙しい時期を過ぎたら再度参上する、という薫の発話の一部である[19]。

ここでの相撲節会は、繁忙な公事の一例として挙げられたに過ぎず、物語の解釈上さほど重要な意味は持たない。この箇所に『河海抄』が注記を施した理由は、相撲節会という公事に対する関心からである。相撲節会は承安四年（一一七四）以後廃絶しており、南北朝期にはその実態は不分明であったと考えられる。そのため当該注記では、物語解釈には本来不必要な、諸国から供御人を集めるという点や「召合」「抜出」についても言及を加えたのであろう。この例は、源氏学が実学と結び付いていたことを示すものでもある。

この『河海抄』の注記内容にも、傍線部の『年中行事歌合』の影響が考えられる。垂仁天皇七年の例は、『紫明抄』『光源氏物語抄』に見える「垂仁天皇御宇始之」という濫觴の指摘を受け、より詳細な史実を提示したものと考えられる。これに対して、神亀三年の例は先行諸注において指摘されていない。神亀三年の例は、初めて諸国か

ら力士を集めた実例として「内取」[20]「召合」「抜出」の日程を示したものであるが、先述の通り物語解釈には不要な注記である。わざわざ神亀の用例を提示するのは、この注記が傍線部の指摘に基づきながら作成されたことを意味するのではないか。つまり、先行諸注の指摘や『年中行事歌合』に見られる指摘を基盤に、そこに合致する用例・実例を他の儀礼書等から探し出し、体裁を整えたものと考えられるのである。これは、『年中行事歌合』の波線部「七月に相撲節会と云ふ事をおこなひて」の文言が、『河海抄』には見えないものの、史実として示された垂仁天皇七年と神亀三年はともに七月の例であり、波線部に対応していることからも窺える。

当該注記に限ったことではないが、『河海抄』注記に提示される史実や儀式次第等の多くは、何かしらの先行書物からの孫引きによるものと考えるべきである。その詳細は現在のところ不明であり、今後の課題の一つである。ただし、先行研究でも指摘されているような二条良基文化圏で扱われていた典籍等を用いた可能性は非常に高い。

さて、ここまで3例を扱ったが、『河海抄』と『年中行事歌合』とが密接な関係にあることは明白である。両書の成立に関するこれまでの通説によれば、『年中行事歌合』が『河海抄』を利用したことになる。しかし、内容を吟味すると、『河海抄』が『年中行事歌合』を利用した、もしくは、『河海抄』と『年中行事歌合』の両書に先行する書物を使用した、という順序になる。『河海抄』は、『年中行事歌合』に示された指摘を受け、これに合致する用例を何処からか探し出し、注記編集を行っていった、と捉えるのが妥当である。

注記内容の流入過程としては、『年中行事歌合』との直接的・直線的な経路と、『年中行事歌合』『河海抄』の両者に先行する書物からの経路、という二つの可能性が考えられる。直線的な影響関係を想定した場合は、現存する『河海抄』諸本すべてに今回指摘した箇所が存在していることから、現存の『河海抄』は貞治五年以降の注記を含んだもの、言い換えると、中書本成立後の増補が既に加えられたものという位置付けになる。これは、現存『河海抄』諸本に、純粋な中書本が残存していないことを意味する。一方、両者に共通する先行書物を想定した場合は、

『河海抄』と『年中行事歌合』との前後関係は逆転しない。しかし、この場合も、必ずしも『河海抄』が『年中行事歌合』に先行する訳ではない。現在の段階ではどちらの可能性も留めておくべきではあるが、『河海抄』の引用部分が『年中行事歌合』の良基による行事解説部分であり、またその良基の解説がそのまま他書からの引用であったとは考え難いことから、直接的な引用関係を認めても良いのではないか。

このような関係性を踏まえると、次に示すような例についても、影響関係が想定出来る。

『河海抄』桐壺巻

ふちつほ

飛香舎（ヒキヤウシヤ）藤掛蝦手木但上古非此木歟見建暦御記

『年中行事歌合』第四十番・行事解説

梨壺は昭陽舎なり、是も梨を壺に植ゑられ侍るにや、藤壺は飛香舎、又藤花面白かりけるにや、中比は鶏冠木にかかりたる藤の由、禁秘抄にも注されたり

これは「藤壺」に関しての注記であり、『河海抄』傍線部に「見建暦御記」とあるように『禁秘抄』からの引用である。『禁秘抄』草木部には「藤壺藤掛蝦手木但上古蝦手非歟近来殊勝物也」(21)とあり、傍線部との一致が確認出来る。両者の一致からは、直接的な引用関係を想定したくなるところではあるが、実はこの注記は『年中行事歌合』波線部にも見え、そこには「禁秘抄にも注されたり」と出典が示されている。当該注記が『年中行事歌合』の影響によるものとは断定しえないが、善成が独自に『禁秘抄』を参照したと考えるよりも、既に『年中行事歌合』のごとき指摘が存在し、その指摘をもとに『禁秘抄』を注記に組み込んだと考えるべきではないか。このことは、文言が完全に一致する部分だけではなく、その他の箇所にも二条良基の影響が浸透していたことを意味しよう。

四　『年中行事歌合』以外からの影響

ここまで、『河海抄』における二条良基の影響の一端を、『年中行事歌合』を用いて焙り出してきた。注記編集に際しての二条良基の多大なる影響を考慮すると、当然のことながら、他の箇所にもその痕跡は残されていると推測される。そこで以下では、『年中行事歌合』以外からの良基の影響を、僅かではあるが示したいと思う。まず注目したいものは、『河海抄』の秘説集成である『珊瑚秘抄』に見られる、賢木巻「とのゐものの袋」の注記である。

『珊瑚秘抄』

とのゐものゝふくろ

除目之時自官奏聞シ又進執政スル袋草子歟　宿官ノ輩ノ昇進ヲ注スル物也宿官トハ外記官ノ史式部民部ヲ云也是最秘説也　宿トノヰトム也

先年、於故後普光園摂政亭、有此物語講読、予尺申。此義之處被示云、さる事あり〳〵、未思寄、とて深有感歎之気。其次令語給、元日来にも推量之義、殿上宿直ノ侍臣宿衣ニテ朝臺盤マテハ候ス。臺盤巳後束帯ヲ改着スル也。其着替タル装束ヲ袋ニ納ム。此袋事歟。いまは宿侍の人もなしといふ歟。此義如何々。

二重傍線部「故後普光院摂政」は良基を指す。当該注記は三大秘事に関して善成の秘説を示したものであるが、傍線部に見えるように、良基から賞賛されたという逸話がわざわざ組み込まれている。この逸話を以て自身の源氏学の権威を高めており、善成が良基を強く意識していたことが推察される。当時の公家社会の権威であった良基から賞賛されたことの意味は大きかったであろう(22)。

このように、良基の名が提示されていれば端的に影響関係を把握することが出来るのであるが、残念ながら『河海抄』に良基の名は見えない。しかし、注記内容を吟味すると、良基からの影響が想定される箇所も存在する。ここでは一例として、『衣かつぎの記』からの影響を指摘したい。問題の箇所を次に示す。(23)

『河海抄』若菜上巻

まりもてあそはして見給

劉向別録曰蹴鞠者伝曰黄帝所作或曰起戦国時記黄帝蹋鞠之勢也以練武士知有才也今軍士無事得使蹋鞠有書廿五篇

元興寺本名法興寺に大なる槻木ありこれをかゝりとして天智天皇内大臣鎌足入鹿なとして御鞠ありけり

延喜五年三月廿一日御記曰晩頭綾綺殿前令侍臣蹴鞠覧之同五月八日仁寿殿蹴鞠五月廿二日殿前十(ママ)三日御常寧殿有蹴鞠興

『衣かつぎの記』冒頭

貞治二のとしさ月中の十日。四の海浪しづまり。万国風おさまれるころ。（中略）昔黄帝鞠を造て武を錬せしむ。されば四夷を平げ一天をおさむる器なりといへり。我国には天智のすべらぎ大織冠に魚と水との約をなし。君と臣との躰をあはせしも。此道のなかだてなるとかや。延喜天暦のかしこき御代には。京中蹴鞠のものをめして。清涼殿の東庭にてつねに御覧侍るよし御記にもみえ侍り。（後略）

『遊庭秘抄』根源事

口傳集云。蹴鞠者。起レ自二蒼波万里之異域一。遍二于赤縣九陌之皇城一といへり。其源を尋れば。黄帝のきりける蚩尤が首の形也とふるき物にもかけり。要略抄云。本朝へ渡侍事は。皇極天皇の御宇也云々。君は天智天皇初て令レ揚レ之給。臣は大織冠令二蹴始一給。其後は延喜聖代朱雀院御時にも被二御覧一由。源九日記にもかけり。

（後略）

『衣かつぎの記』は、二重傍線部「貞治二のとしさ月中の十日」とあるように、貞治二年（一三六三）に成立した二条良基による蹴鞠の作法書である。この『衣かつぎの記』冒頭では、本書の成立の契機を語った後に、蹴鞠の根源に言及する。傍線を付したように、まず蹴鞠が黄帝によって練武に使用されたことを述べ、次いで本朝のこととして天智天皇の藤原鎌足との説話、そして延喜天暦の例が御記に見えることを提示している。

この蹴鞠の根源についての言説は、同じく南北朝期に書かれた『遊庭秘抄』にも確認出来る。『遊庭秘抄』と『衣かつぎの記』との関係については、小川剛生氏によって、『遊庭秘抄』を基盤として『衣かつぎの記』が編集されたことが明らかとなっている。[24]両者を比較すると、ともに蹴鞠の根源に関して黄帝に纏わる説話を取り挙げているものの、『遊庭秘抄』では「黄帝の切りける蚩尤が首の形」と述べられるように、内容に若干の差異が見られる。また日本への伝来時期についても、『遊庭秘抄』は皇極天皇の御代とするが、『衣かつぎの記』には言及がない。このように『衣かつぎの記』からは、少なからず良基なりの理解・編集姿勢が見て取れる。

この良基の蹴鞠の根源に対する言及と非常に似通う指摘が、ここで示した『河海抄』注記にも確認出来る。当該注記は、文言としては一致を見せないが、内容に関しては『衣かつぎの記』の傍線部に相当する注記が施されている。例えば、最初に示される『劉向別録』引用には「以練武士知有才也」と「練武」の文言が見え、また3番目に示される延喜五年三月の記事では、この記事が『御記』によることを示すなど、『衣かつぎの記』に示されている良基説の特徴を受け継ぐ形で注記編集されていることが分かる。[25]

この『衣かつぎの記』の注記は、『河海抄』成立を貞治初年とする従来の説に従うならば、『河海抄』に拠ったことになる。しかし、注記内容を鑑みると、実際は、『河海抄』から影響を受けたものではなく、『河海抄』に先行し、『河海抄』に影響を与えたものと規定すべきである。この蹴鞠の例からも、良基の影響のもとに『河海抄』が編集されていったことが指摘出来る。また、貞治初年頃成立とされる『河海抄』に、貞治二年成立の『衣かつぎの記』からの影響が確認されたことは、『河海抄』の成立や諸本の問題について根本的に見直す必要が生じたことを意味する。これについては別の機会に論じたい。

五　まとめ

以上、『河海抄』編集に際し、二条良基の影響が明らかに認められることを指摘した。本章では『年中行事歌合』を中心に取り挙げ、具体的な注記内容を比較しながらその関係を実証的に明かにした。これは、単なる書物間における影響関係だけではなく、良基と善成との関係の近さ、つまりは『河海抄』が良基の多大なる影響下にあったことを示している。したがって、『河海抄』の注記を扱う際には、『年中行事歌合』のみではなく、良基が関わった他の著作や、その文化圏からの影響を十分に考慮すべきである。これらの点は、『河海抄』という注釈書の性格の再考を迫る重要な事象である。『河海抄』を四辻善成の独自の著作として捉えるのではなく、ある意味では二条良基の著作に準じるような、北朝源氏学・摂関家源氏学の総体として据え直すべきである(26)。

この際、特に留意すべきは、『河海抄』の成立時期である。『珊瑚秘抄』に「往日貞治初」とあるものの、本章で示したように、『河海抄』には明らかに貞治初年頃より後の影響が認められる。この点を成立年代の問題と結び付けるか、諸本の問題と結び付けるかは今後の課題ではあるものの、『河海抄』の注釈を理解するためには、成立年代に縛られることなく、貞治年間に花開いた数多くの諸学問の成果との対照が必要となる。良基周辺の諸学を基盤として、当時の様々な知を集積したものが、我々の見ている『河海抄』なのである。今後『河海抄』を扱う際には、伝本の問題に終始するのではなく、成立の過程・背景にまで目を向けるべきであり、今まで以上に慎重な注記内容の吟味が求められよう。

注

（1）加藤洋介「二条良基周辺の源氏学――国文学研究資料館蔵『光源氏一部連歌寄合』の紹介と翻刻――」（『国文学研究資料館紀要』第18号、一九九二・三）。

（2）小川剛生「四辻善成の生涯」（『二条良基研究』笠間書院、二〇〇五（初出『国語国文』第69巻第7号、二〇〇〇・七））。小川氏は、善成について「良基の顧問に預（ママ）かる一人に過ぎず、二条殿文化圏を離れて独立した権威を有するまでにはいたらなかったのであろう」と述べる。

（3）鈴木元「『本朝事始』逸文輯綴――中世源氏物語註釈書等所引の一典籍――」（『中京国文学』第26号、二〇〇七・三）。

（4）舘野文昭「南北朝期武家歌人京極高秀とその歌学――『或秘書之抄出』と『古今漢字抄』を中心に――」（『中世文学』第57号、二〇一二・六）。

（5）前掲（1）の論考。

（6）『年中行事歌合』の後世に及ぼした影響については、小川剛生「有職学と古典学――年中行事歌合」（（2）前掲書）に詳しい。

（7）『珊瑚秘抄』は、紫式部学会編『源氏物語研究と資料』（古代文学論叢第6輯、武蔵野書院、一九七八）所収の影印により、句読点は私に付した。

（8）ただし、この『珊瑚秘抄』の記事を盲信することは出来ない。最も問題なのは「往日貞治初」という不明瞭な言い回しである。『珊瑚秘抄』の成立時期は、二条良基を「故後普光園摂政」とする点（後掲）から、嘉慶二年（一三八八）六月十三日の良基の薨去以降である。この跋文も、『河海抄』成立後25年以上過ぎた時点から記したものであり、過日を振り返るように「往日貞治初」と述べる点には留意すべきである。『河海抄』の成立を貞治初年と規定して良いか、今後さらなる検討が必要であろう。

(9)『河海抄』の本文は、特に断らない限り、玉上琢彌編、山本利達・石田穣二校訂『紫明抄　河海抄』(角川書店、一九六八。以下、角川版とする)を便宜的に使用し、括弧・改行等一部私に改めた。

(10)『年中行事歌合』は伝本間での異同が激しく、善本を見出しがたい。本章では、便宜的に『新編国歌大観』(角川書店、一九八七)を使用した。

(11)二番―紅葉賀巻「てうはいにまいり給」、十五番―帚木巻「五月のせちにいそきまいる……」、三十四番―幻巻「たうしのまかつるを御まへにめして……」、四十番―桐壺巻「ふちつほ」。

(12)異同の確認に用いた『河海抄』伝本は、以下の45本。『河海抄』の伝本は零本も合わせ現在約100本程度が伝わっているが、検討の対象として扱え、かつ調査が行えたもののみを示した。

国立国会図書館蔵十冊本・国立国会図書館蔵十六冊本・内閣文庫蔵他阿奥書本・国文学研究資料館初雁文庫蔵本・秋田県立図書館蔵本・石巻市図書館蔵本・今治市河野美術館蔵十冊本・今治市河野美術館蔵二十冊本・刈谷市中央図書館村上文庫蔵本・島根県立図書館蔵本・島原図書館松平文庫蔵本・名古屋市鶴舞中央図書館蔵本・名古屋市蓬左文庫蔵十冊本・学習院大学蔵下田義照旧蔵本・学習院大学蔵二十冊本・関西大学図書館岩崎文庫蔵本・九州大学附属図書館蔵本・京都大学附属図書館蔵本・熊本大学附属図書館北岡文庫蔵本・國學院大學図書館蔵温故堂文庫旧蔵本・佐賀大学附属図書館小城鍋島文庫蔵本・中央大学図書館蔵本・天理大学附属天理図書館蔵真如蔵旧蔵本(角川版より)・天理大学附属天理図書館蔵伝一条兼良筆本・天理大学附属天理図書館蔵文禄五年奥書本(角川版より)・東海大学付属図書館桃園文庫蔵十冊本・東海大学付属図書館桃園文庫蔵十二冊本・東海大学付属図書館桃園文庫蔵二十冊本・東京大学国文学研究室本居文庫蔵本・東北大学附属図書館狩野文庫蔵本・東北大学附属図書館蔵旧制第二高等学校旧蔵本・早稲田大学図書館九曜文庫蔵本・早稲田大学図書館蔵天正三年奥書本・彰考館蔵二十冊本・神宮文庫蔵寛永十八年奥書本・神宮文庫蔵無奥書一面十二行本・静嘉堂文庫蔵十冊本・静嘉堂文庫蔵二十冊本・尊経閣文庫蔵十一冊本・尊経閣文庫蔵二十冊一面十二行本・尊経閣文庫蔵二十冊一面十三行本・永井義憲氏蔵本・正宗文庫蔵本・三手文庫蔵本・龍門文庫蔵伝正徹筆本

(13) ここで示される『国史』の記事は、『続日本紀』には同文が確認出来るものの、『類聚国史』には見られない。この『国史』をはじめとして、『河海抄』が用例を求めた典籍については、今後も検証すべき課題である。
(14) 『源氏物語』は、新編日本古典文学全集（小学館、一九九四～一九九八）により、括弧内に巻名と所在を示した。
(15) 『紫明抄』は、内閣文庫蔵十冊本（請求番号：特010・0004。以下、内甲本）によった。内甲本『紫明抄』は、『河海抄』編集の基盤となった注釈書である。詳しくは、第二部第一章「『紫明抄』引用の実態――引用本文の系統特定と注記の受容方法について――」を参照のこと。
(16) この『国史』の引用は、「濫觴」とあるように、事物を説明する際にその起源を示す方法かとも考えられるが、その場合『本朝月令』を用いて二月の例を示した意図が不分明である。当該注記にも、先行諸注にも散見される濫觴を示す要素は含まれてはいようが、ここでは二月の例と並列して示されている点を重視したい。
(17) この例からも分かるように、『河海抄』に見られる「私云」は、すべてが善成の説とは言えない。「私云」の部分まででも他書に依拠し、さも自説のように提示する場合があることに留意すべきである。
(18) 「今案」についても、全てが善成のものとは限らない。伊井春樹氏は「兼良の源氏学の形成」（伊井春樹『源氏物語注釈史の研究　室町前期』、桜楓社、一九八〇）の中で、『花鳥余情』に見える「今案」が、「今案」の部分までも含めて他書からの引用である可能性を指摘している。『河海抄』の「今案」についても、同様の方法を採っていると類推される。
(19) 椎本・⑤一八二。
(20) 「内取」は、相撲節会の前に左右衛府の相撲所で行われる稽古、予行演習のこと。
(21) 『禁秘抄』は、『群書類従　第二十六輯』（續群書類従完成会、一九二九）によった。
(22) 前掲（2）の小川氏の指摘にもあるように、貞治年間の源氏学において、善成が良基を凌ぐ権威であったとは考えにくい。だからこそ、この逸話が権威性を保証するのである。
(23) 『衣かつぎの記』及び『遊庭秘抄』は、ともに『群書類従　第十九輯』（續群書類従完成会、一九三三）によった。
(24) 小川剛生「北朝蹴鞠御会について」（（2）前掲書、初出「二条良基と蹴鞠――『衣かつぎの日記』を中心に」『室町時代研究』第1号、二〇〇二・一二)。

(25) この箇所には諸本異同が存在する。國學院大學図書館蔵温故堂文庫旧蔵本・東北大学附属図書館狩野文庫蔵本・龍門文庫蔵伝正徹筆本等では、まず延喜五年の『御記』引用があり、次いで「元興寺……」の注記が示されるのみである。注記編集の過程が窺える可能性もある箇所ではあるが、今回は指摘に留める。

(26) 一条兼良が『河海抄』を強く意識しながら『花鳥余情』を編んだことについても、これまでは善成への対抗意識ばかりが注目されてきたが、対良基という意識をも読み取るべきではなかろうか。

付章　『うつほ物語』引用をめぐって

『源氏物語』の注釈史において、『うつほ物語』が本格的に取り挙げられ始めたのは、南北朝期成立の四辻善成『河海抄』からである。それ以前の注釈書には、『うつほ物語』の名はほとんど確認出来ない[1]。『河海抄』に先行するものとしては、『弘安源氏論義』『光源氏物語抄』『紫明抄』等に僅かに確認出来るが、その注釈内容は、並びの巻の諸相や一巻を上下分割した具体例として示されるに過ぎない[2]。つまり、これらは専ら形態に関しての例示であり、物語内容に関する注記ではない。

このような先行諸注に対して、『河海抄』における引用数は52例と急激に数を増す[3]。これらには、いずれも出典注記として、「うつほ」もしくは「うつほの物語」という文言が伴う。また、巻によって引用の多寡があり、正編に集中している。引用数の飛躍的な増加は、『源氏物語』を解釈する際、参照すべきものとして、『うつほ物語』への関心が増大した結果として捉えられよう。

注釈の内容は、その性格により、「単に物語名のみを示すもの[4]」「語彙の使用例を示すもの[5]」「引歌や用例歌として示すもの[6]」「物語に関わる典拠として引用されるもの[7]」と四つに大分類出来る。紙幅の都合上細かくは述べないが、『うつほ物語』の書名のみを挙げる注記から、『源氏物語』の内容理解に深く関わる注記まで、多様な引用が行われている。

こうした『うつほ物語』の引用記事は、『河海抄』の諸本系統とも関わる場合がある。一例として、真木柱巻「かりのこのいとおほかるを御らんして」の注記を示す[8]。

かりのこのいとおほかるを御らんして

鴨子西宮記

献鴨子事多在之かるのこともいへり

うつほの物語云あて宮をさねたゝの宰相思かけて

かひのうちにいのちこめたるかりのこは君か宿にてかへらさらなむ

傍線部は『うつほ物語』藤原の君巻からの引歌指摘である。伝本によっては、この部分が存在しないものや、漢字片仮名交じりで表記されているものが見受けられる(9)。例えば、漢字平仮名交じり表記を基本とする島原図書館松平文庫蔵本では、傍線部が漢字片仮名交じりになっており、明らかに他の本との校合、もしくは後補の跡が見える。この現象は、『うつほ物語』を用いた注記の作成が一回的でなかったこと、つまり引用が複数の段階で行われたことを示唆している。なお、当該箇所は諸本比較によって後補の可能性が浮上するが、どの段階で引用が施されたか不明な注記も多く、注記ごとの検証が不可欠である。

これらの注記の中には、『うつほ物語』の特徴である音楽記事を利用したものが存在する。例えば、以下のようなものである。

としかけははけしきなみ風におほゝれしらぬくに波斯国事也ゝはなたれしかと

うつほの物語第一の巻にとしかけかしこき物にてもろこしへわたさるゝに悪風にあひて波斯国へ行ぬ梅檀木のしたに琴をひきてあそふ所にいたりて琴をならひきはめてけり時ならぬ霜雪をふらせ天地をうこかす日本にかへりて名をあけたる事也

絵合巻に見えるこの注記は、絵合に出された『うつほ物語』に関して、右方が評価を加える場面に対して付されたものである。俊蔭巻の梗概を示し、俊蔭と彼が得た琴について説明を加えている。注目すべきは波線部である。

当該の『源氏物語』本文には、俊蔭の楽才を述べる箇所はあるものの、琴に関しての叙述は見られない[10]。『河海抄』が『源氏物語』本文で語られていない琴にまで言及するのは、『うつほ物語』の主題が音楽（特に琴）を巡る物語であることを深く理解していたからであろう。『河海抄』は『うつほ物語』を、単なる俊陰の流離譚としてではなく、物語展開に音楽が密接に関わる作品と理解していたのである。

もう一例、少女巻の注記を示す。

ひわこそ女のしたるにくきやうなれと
　うつほの物語云ひわなりさるは女のせんにうたてにくけなるすかたしたるものなり

当該注記は、大宮のもとを訪れた内大臣が琵琶の演奏法について述べる場面に注されたものである。引用された箇所は内侍のかみ巻に見える、あて宮の琵琶を賞賛した仲忠に対する正頼の発話である。『河海抄』は、当該場面で語られた女性の琵琶演奏に関して、『うつほ物語』の類似した場面を提示したのである。引用箇所が「ひわなり」と不自然な形で始まる点[11]は、引用した場面が琵琶の奏法に関わる場面であり、考証に値することを端的に示すためと考えられる。

この注記は、単なる語彙使用の例とも考えられるが、音楽記事として引用を行っている側面を踏まえると、『うつほ物語』の記事を当該場面における出典として示したものと理解すべきであろう。『うつほ物語』を出典足り得る先行物語作品として認識し、その内容に信頼を置いていたことが窺える。当該注記に関してさらに深読みするならば、この琵琶の記述によって、雲井雁があて宮に重ねられながら語られる点を指摘しているとも捉えられる。

最後にもう一点、触れておくべき例を若菜下巻より挙げる。

　このことをまことにあとのまゝにたつねとりたるむかしの人は天地をなひかしおに神の心をやはらけよろつの物のねのうちにしたかひて（以下略）

（注記前半略）

うつほの一としかけ琴をつかまつるにおと〻のうへのかはらくたけて花のことくにちるいま一つかうまつるに六月の中の十日のほとに雪ふすまのことくこりてふるみかとおほきにおとろきてのたまふけにこのしらへはめつらしき手なりけりこれは**ゑいらく**といふてなりもろこしの御かとのひき給にかはらくたけて雪ふるとなむいひたるこの国にはいまたみぬ事をあやしくめつらしき人のさえかな云々

当該注記は、女楽の後に源氏が夕霧とともに音楽について論じる場面に付されたものである。見出し本文の後半と注記の前半は省略したが、内容としては、『紫明抄』の指摘する『礼記』『漢書』等の漢籍引用をまとめつつ、注記末尾に『うつほ物語』を加えたものとなっている。[12]

問題の箇所は二重傍線部である。ここには『河海抄』と『うつほ物語』諸本で異同が存在する。現存する『うつほ物語』諸本が「これはゆいこくといふ手なり。くせこゆくはらといふ曲なり。」であるのに対し、『河海抄』では「これはゑいらくといふてなり」となっている。この注記は、『河海抄』が現存しない『うつほ物語』本文を伝えるという点で重要であり、『河海抄』が依拠していた、さらには室町期に享受されていた『うつほ物語』が現在とは異なるものであったことを示唆するものである。[13]

『河海抄』の『うつほ物語』引用は室町期の受容の一例であるが、それが当時の一般的なものであったかどうかは疑問が残る。この点は、他の文献に見られる様々な『うつほ物語』引用を幅広く収集し把握することでしか解消されない。今後の課題としたい。

注

（1）　大まかには学習院大学平安文学研究会編『うつほ物語大辞典』（勉誠出版、二〇一三）にて指摘されているものの、各注釈書の引用実態については細かくは検証されていない。

（2）この他に、七海兵吉氏旧蔵無外題源氏物語古注一巻（以下、『葵巻古注』）にも6例確認出来る。本書は先行研究において『水原抄』の断簡であると指摘されてきたが、『うつほ物語』引用の注記内容には不審が残る。『葵巻古注』が『水原抄』であるかという点も含めて、検討の余地があろう。

（3）内訳は、料簡・桐壺×2・空蟬×4・夕顔×3・末摘花・花宴×2・絵合×2・松風・朝顔・少女×6・玉鬘×2・初音・蛍・行幸×2・真木柱×2・梅枝×3・藤裏葉×3・若菜上×5・若菜下×3・柏木・横笛×2・夕霧×2・幻・夢浮橋。

（4）蛍巻「この物語のゐにてあるを」の注記等。

（5）梅枝巻「女てを心にいれて」の注記等。

（6）幻巻「しての山こえにし人を……」の注記等。

（7）少女巻「六条京極のわたりに中宮の御ふるき宮のほとりに……」の注記等。

（8）『河海抄』の本文は、玉上琢彌編、山本利達・石田穣二校訂『紫明抄　河海抄』（角川書店、一九六八）を便宜的に使用した。今回は『河海抄』の諸本系統について細かくは触れないが、別系統の伝本においては今回の指摘以外の箇所でも増補されている可能性が残る。

（9）なお当該注記においては、『うつほ物語』引用の直前の注記にも異同が確認出来る。

（10）「俊蔭は、はげしき浪風におぼほれ、知らぬ国に放たれしかど、なほさして行きける方の心ざしもかなひて、つひに他の朝廷にもわが国にもありがたき才のほどを弘め、名を残しける古き心をいふに、絵のさまも唐土と日本とをとり並べて、おもしろきことどもなほ並びなし」と言ふ。（『源氏物語②』新編日本古典文学全集、小学館、一九九五、381頁）

（11）あるじのおとど、「まことに、戯れにても、そこに遊ばす箏の琴、あやしく、いささかにても掻き合はせ違ひなどもせずと聞き給へし琵琶なり。さるは、女のせむに、うたて憎げなる姿したるものなり。殊に、習ふなども見えざりきや。いかですならむ。（室城秀之編『うつほ物語　全』（おうふう、一九九五）、390頁）

（12）『礼記』『漢書』等の漢籍と並べて『うつほ物語』を挙げている点からは、『河海抄』が、『うつほ物語』を典拠、もしくは『源氏物語』の構想に関わる先行物語として位置付けていたことが見て取れる。『河海抄』における『うつほ物語』の引用数の増加は、『うつほ物語』を新たな典拠として扱った結果であろう。

（13）この他にも『河海抄』の独自異文は散見される。先に示した藤原の君巻の引歌においても、5句目が、『うつほ物語』諸本「かへさざるらむ」であるのに対し、『河海抄』「かへらざらなむ」となっている。

第三部　『河海抄』以後の諸注釈書

第一章 『原中最秘抄』の性格
――行阿説への再検討を基点として――

一 問題の所在

『原中最秘抄』[1]は、河内方四代（源光行・親行・義行（聖覚）・知行（行阿））にわたる源氏学の秘説集成である。書名の「原」とは、光行の死後、親行によって編纂された注釈書『水原抄』を指し、『水原抄』の最も秘すべき箇所をまとめた書という意味となる。[2]ただし、『水原抄』の秘説部分を頑なに固持するものではなく、不足部分には適宜訂正や加筆を施していったことが認められる。注釈の骨子となる部分は親行によって編まれ、その後聖覚や行阿の加筆が加わったものとされる。加筆に関しては、聖覚の関与を認めるか否かの見解の相違はあるものの、[3]現存する『原中最秘抄』の成立に親行の孫にあたる行阿が深く関与していることは、現在では自明のこととされている。[4]行阿の識語に貞治三年と見えることから、およその頃の成立と推測される。

この行阿の加筆に関して、河内方宗家の権威復興を企図した所作であったとする岩坪健氏の指摘がある。岩坪氏は

河内方宗家は聖覚のとき、他流に対抗するため権門を始め多くの門人を抱え、家学の権威を保持するのと引き替えに伝授が盛んに行われた結果、秘事を収めたはずの『原中最秘抄』の勘物が行阿の頃には他家にも知られるようになり、善成に至っては河内方の説は『河海抄』に収め『珊瑚秘抄』には載せていない。そこで行阿は

『原中最秘抄』を再び秘伝書とするため新しい項目を設けたり、重代の説でも既に世に知られたのには異見を唱えたりしている。従って秘密を保つには、累代相承の奥義を墨守するのみならず、絶えず改変しなければならないのである。

と述べ(5)、自家の秘注が世間に流布してしまった状況を打破すべく、河内方の宗家として、行阿が新たに注釈書を創出させていく営為を紐解かれた。また、同時期に成立した『河海抄』への対抗意識を読み取る指摘も存在する(6)。これらの点を鑑みると、現存する『原中最秘抄』は行阿の源氏学が表出した注釈書として位置付けられよう。『原中最秘抄』に見られる行阿説、とりわけ「行阿云」として示された注釈は、この行阿の意識を強く反映した部分と捉えられる。これまでの先行研究においても、「行阿云」と提示された注釈内容は、すべて行阿が独自に生み出した新説、という解釈で定着しているようである。

ただし、行阿の独自説であることを疑問視せざるをえない箇所も存在する。以下に一例を示す。

『原中最秘抄』梅枝巻

女のことにてなむかしこき人むかしもみたるゝためしありけるさるましき事に心をつけて人の名をもたて身つからも罪おふなんつゐのほたしとなりける

唐玄宗楊貴妃漢武帝李夫人等事歟

行阿云 文選曰丞相欲以贖子罪盗跖汚而公孫誅丞相公孫賀之子敬声帝につみせられたてまつる時丞相大に歎く于時陽渓の朱安世と云者あり京師の大使也御門大におとろきてめすに安世にけて帰る世の人挙て求時公孫賀安世をとらへてたてまつる良ありて賞をゝこなはるゝ時敬声をゆるして安世を禁らる夜安世獄の中にありて哈云南山竹斜谷木直と公孫賀か枷にはたらしすなはち敬声か驕りのあまり陽石公聖式帝汚之書を作て奉る御女大にいかりて父子公孫敬声ともに誅せられぬつゐのほたしなりけりとは又行阿云獄中の囚人の事

に付てほたしと云詞くひかせによせある歟　無同文字哥
古今集
世のうきめ見えぬ山路へいらむにはおもふ人こそほたし也けれ
後撰集興風哥
山風の花のかさそふたもとには春の霞そほたしなりける

右は梅枝巻の注記である。傍線部の直前に「行阿云」とあるように、「文選曰」以下が行阿説ということになる。しかし、この傍線部と同様の注記が、実は『光源氏物語抄』(7)『紫明抄』(8)『河海抄』(9)にも確認出来る。

『光源氏物語抄』梅枝巻

女の事にてなむかしこき人昔もみたるゝためしありけるさるましきことに心をつけて人の名をもたてみつからも恨おふなむつゐのほたしとなりけるといふ事

丞相欲以贖子罪陽石汚而公誅

丞相公孫賀子敬声御門につみせられたてまつる時父丞相大に歎く其時陽陵の朱安世京師の大■(俠カ)也御門大ニおとろきてめす安世にけてかくるよの人こそりて求る時公孫賀　安世をとらへてたてまつるすなはち賓(ママ)ををこなはるゝ時敬声をゆるして安世を禁せらる安世獄の中にありてあさはら(ママ)ひて云南山の竹斜谷の木なを公孫賀かくひかせにはたらしすなはち敬声はおこりのあまり陽石公主武帝母(ママ)を■(本マヽ、)(汚カ)よし書を作て奉る御門大にいかりて父子公孫敬声ともに誅せらる　素寂

『紫明抄』梅枝巻

女の事にてなんかしこき人むかしもみたるゝためしありけるさるましき事に心をつけて人の名をもたてみつからもうらみおふなんつゐのほたしとなりける

文選云、丞相欲以贖子罪、陽石汚而公孫誅

丞相公孫賀子敬声、みかとにつみせられたてまつる時、丞相おほきになけく、于時陽陵の朱安世といふも

のあり、京師の大使なり、みかとおほきにおとろきてめす、安世にけてかくる、世の人こそりてもとむる時、公孫賀安世をとらへて奉る、すなはち賞を、こなはる、時、敬声をゆるして安世を禁せらる、安世獄の中にありてあさわらひていはく、南山の竹斜谷の木、なを公孫賀かくひかせにはたゝし、すなはち敬声をこりのあまり陽石公主武帝女を汚よし書をつくりて奉る、みかとおほきにいかりて、父子公孫、敬声ともに誅せらる漢書

『河海抄』梅枝巻

女のことにてなむかしこき人むかしもみたるゝためしありけるさるましき事に心をつけて人の御名をもたて身つからうらみをおふなむつゐのほたしとなりけるとりあやまりつゝみん人のわか心にかなはす見しのはん事かたきふしありとも

丞相欲三以贖二子罪一陽石汚而公孫誅文選

丞相公孫賀か子敬声御門につみせらる父丞相おほきになけくその時陽陵の朱安世京師の大使也御門めすに安世にけてかくる世挙てもとむるに公孫賀安世をとらへてたてまつるすなはち賞をおこなはるゝ時に敬声をゆるして安世を禁せらる安世獄の中にてあさわらひていはく南山の竹斜谷の木なを公孫賀かくひかせにはたらしと敬声おこりのあまりに陽石公主武帝女を汚よし書をつくりてたてまつる武帝怒て父子公孫敬声ともに誅せらる漢書にみえたり

寛平遺誡云左大将時平先年於女事有所失とあり前に注了（後略）

右に示した各注釈書の傍線部が該当箇所である。注記の文言に若干差異はあるものの、同文関係と認定出来る。『光源氏物語抄』は傍線部を「素寂」説として提示している点、および、『紫明抄』『河海抄』の注記が『文選』『漢書』の2書を出典として示すのに対して『原中最秘抄』では『文選』としか示されていない点、この2点を鑑みる

と、傍線部を行阿説と認めることは難しい。この部分は、『紫明抄』で示された素寂説の引用と捉えるべきであろう。[10]「行阿云」としながらも、明らかに自説ではない箇所が存在しているのである。

そこで本章では、『原中最秘抄』の「行阿云」と提示される注釈箇所について、今一度悉皆的な調査を加え、行阿の注釈姿勢・注釈方法を再検討したい。さらに、『原中最秘抄』とほぼ同時期に成立した『河海抄』との関係についても考察を加えたい。

二　『原中最秘抄』の「行阿云」「行阿」

『原中最秘抄』には、管見の限り88箇所の「行阿云」「行阿」が存在する。これらの箇所について、先と同様に『光源氏物語抄』『紫明抄』『河海抄』の3書との比較を行った。すると、どの注釈書にも見られない内容を持つ部分、つまりは行阿によって作成されたと判断出来る注記も存在する一方、行阿自説とは考えにくいものも認められた。以下では、それらの中から特徴的な数例を取り上げながら、行阿説とされる注釈の性格を考えていきたい。

まずは、幻巻「そこにこそ此門はひろけ給はめとなとの給ふ」の注記である。

『原中最秘抄』幻巻

一そこにこそ此門はひろけ給はめとなとの給ふ

行阿云 蒙求注光行作云于公高門とは于公人之子于定国か家門の破たるを父子共につくろひけり于公云此門をたかく大にして駟馬の高蓋をいか程に建へしわれ獄の司として事を行に陰徳大なるか故にわか子孫かならす家をおこすへしといへりさて大に高く立けり其後定国大臣になる其子御史大夫に成てけり又行阿云駟馬宝車事或一乗四馬あり或梁王四馬あり是は馬四疋にてひく高広なる車也又御史大夫とは和国の大納言也

そこにこそとは行阿云此詞は源氏のいへるなりそことは夕霧の事也

右に示した注記は、三つの行阿説が提示されている。傍線部は、『蒙求』を出典とする説話を『蒙求和歌』によって示したものである。この部分に対応する箇所を、他の注釈書で確認すると、以下の通りとなる。

『光源氏物語抄』幻巻

そこにこそこのかとはひろけ給はめト云事

于公高門　素寂

『紫明抄』幻巻

そこにこそこのかとはひろけ給はめ

于公高門

『河海抄』幻巻

そこにこそこのかとはひろけ給はめなとの給

于公高門の心歟夕霧大臣子息おほけれは也

「于公高門」という指摘自体は、『光源氏物語抄』に「素寂」とあるように、『紫明抄』から存在していたものである。これらの注記と比較するならば、行阿は説話そのものを提示したことになり、この点が新たな注釈部分ということになる。当該注記の傍線部は、原典である『蒙求』を直接引用するのではなく、和訳された『蒙求和歌』を用いるという特徴を持つ。原典の漢籍が直接参照されたのではなく、その和訳が享受を担っていたという点は、当時の学問のあり方を示す興味深い事例であるが、当該注記においては別の要因をも考慮すべきである。

すなわち、『蒙求和歌』が光行の著作であるという点である。自家の学問を用いた点は、まさしく河内方の学問を継承するという姿勢が見出せる。稲賀氏は、同様の傾向が『百詠和歌』についても確認出来ることを指摘した上で、「光行に始まる河内源氏学の周辺では絶対視されていた」と述べる。[11] 行阿が曾祖父にあたる光行の著作を用いたこと、そしてそれが「光行作」であることをわざわざ示したことは、河内方の宗家として、自身こそが河内方の学問の正統なる継承者であることを、高らかに宣言したものと捉えられよう。この幻巻の注記のみを比較するならば、そのような結論でも問題ない。

しかし、『光源氏物語抄』『紫明抄』『河海抄』には、『原中最秘抄』該当注記と全く同じ注記が、全く別の薄雲巻に施されているのである。

『光源氏物語抄』薄雲巻

なを此かとひろけさせ給て侍らすなりなんのちもかすまへさせ給ト云事(けり)

于公東海人之子于定国字曼青家の門の破たるを父子共につくろひ○于公云此門をたかくおほきにして駟馬高蓋いかほと〳〵(ママ)ニたつへしわれ獄の御つかさとしてことをこなふに隠徳おほきかゆへにわか子孫必家おこすへしといへりさて大に高く立てけり其後定国大臣ニ成其子永ハ御史大夫ニなりにけり　素寂

『紫明抄』薄雲巻

このかとひろけさせ給て侍らすなりなん後もかすまへさせ給へ

于公高門

于公東海人之子、于定国、字曼青、家の門の破たるを父子ともにつくろひけり、于公云、この門をたかくおほきにして駟馬高蓋いるほとにたつへし、われ獄のつかさとしてことをゝこなふに隠徳おほきか故に、わか子孫かならす家をおこすへし、といへり、さておほきにたかくたてゝけり、其後定国大臣になる、其子永は御史大夫に成にけり

『河海抄』薄雲巻

このかとひろけさせ給て

于公高門事歟蒙求在之

于公東海人之子于定国字曼倩家の門の破たるを父子ともにつくろひけり于公かいはくこの門を高くおほきに駟馬高蓋いるほとにたつへしわれは獄の司としてことをおこなふに隠徳おほきかゆへに我子孫かならす家をおこすへしといひけりさて門を大にたかく立はたして定国大臣になり其子永は御史大夫に成にけり御史大夫は大納言ニあたる也弾正を御史といへ共いまの心にはすこしかはるへき歟

『光源氏物語抄』に「素寂」とあることから、薄雲巻の注記は素寂によって付せられたものと考えられる。右の傍線部は『原中最秘抄』幻巻の注釈と同一の内容であり、出典こそ示されていないが『蒙求和歌』からの引用と認められる。『紫明抄』幻巻の注釈が「于公高門」としか記さなかったことは、既出の注記内容の重複を避けるための省略と捉えるべきである。素寂の段階においても『蒙求和歌』は使用されているのであり、素寂がそれを光行の著作として尊重していたかどうかは不明ではあるものの、『原中最秘抄』幻巻の『蒙求和歌』提示が行阿のオリジナルであるとは認められまい。別の箇所に施されていた注記を転用したものと捉えるべきである。

また、波線部の「行阿云此詞は源氏のいへるなりそことは夕霧の事也」についても、再考の余地がある。「そこ」が夕霧を指すことについては、既に『河海抄』が「夕霧大臣子息おほけれは也」という注釈を施している。『河海抄』が『原中最秘抄』に先行するのであれば、多少の文言は異なれど、『河海抄』で既に指摘された内容を受け継ぐものとなってしまう。この点は、行阿の注釈方法の実態が、従来指摘されてきた、新たな注釈の創出によって河内方の権威復興を目指す姿勢のみではなかったことを示唆しよう。両者が似通う注記を持つ点については、その成立の問題も含めて後述する。ともあれ、行阿が注釈を施す際に、先行する注釈書を利用したであろうことは十分に窺える。

他の箇所についても、この傾向は確認出来る。

『原中最秘抄』明石巻

一かのそちのむすめの五節あいなく人しれぬ物思さめぬる心ちしてまくなきつくりてさしをかせたり

行阿云　太宰帥事或親王任之或大中納言為帥大弐之時者宰相弁也（都督九州管領之職也）

聖武天皇御宇神亀年中被如置之

行阿云　五節事天武天皇十年（辛未）為大友皇子入吉野山或時日暮弾琴夜閑風冷之時霊気忽起如高康神女髣髴応曲而舞他人無見挙袖五変故謂之五節五節は丑日より始て舞妃参入帳台試童御覧所々推参殿上淵酔同肩脱露台乱舞はての日は豊明節会毎日次第年中行事於可見なり年中行事と云は五節次第十月中の辰日より始まる当日の夜舞姫参入同巳日帳台之儀童御覧午日所々之推参未日殿上淵酔露台乱舞申日豊明節会まくなきつくりてとは定家説云また丶き歟可尋勘と云々基長卿説云瞬目ましろかす心なり経範卿説云爾雅嚎者小虫の乱飛也但つくると云詞不審也云々

（後略）

これは、明石巻における五節舞姫をめぐる注記である。注記後半部は省略したが、その部分は『光源氏物語抄』に見える西円説を用いたものであるとの指摘がなされている(12)。

ここでは、注記の前半部分に見られる、五節の濫觴について言及した傍線部の行阿説にも注目したい。

明石巻の該当箇所を諸注釈書で確認すると、行阿が指摘するような五節舞姫の濫觴を扱った注釈は見出せない。しかしながら、『光源氏物語抄』の少女巻の注釈には、傍線部との類似が認められる(13)。

『光源氏物語抄』少女巻

すきにし年五せちなと丶まりにしかさう〱しかりしと云事

五節停止事諒闇年儀也去年薄雲女院崩仍停止也　教隆

村上天皇康保二年十月廿三日行幸朱雀院御題於蔵人所被行之飛葉共舟軽勒澄氷魚膺(ママ)七言四韻及第又(ママ)■(橘カ)倚平字宣
日向守式部丞飛駄守従五位下是輔　位(ママ)従下子登省記　素寂
うへの五節事
五節ハ恒年ハ公卿二人殿上受領二人四所也代の始ニハ公卿二人殿上受領三人五所也其ヲ受領ノ分ハ殿上人に
てまいらすれはうへの五節ト云　教隆
五節　天武天皇御吉野宮日暮弾琴有興儀(ママ)(シハラク)尓之間前岫之下雲気忽赴(ママ)凝如高康(ママ)神女髣髴(鬅カ)應曲而舞獨入天瞻(矚イ)他
人無見挙袖五変故謂之五節　西円

『光源氏物語抄』は、傍線部を西円説とする。『原中最秘抄』の傍線部と比較すると、「十年辛未為二大友皇子一」の有無や、「夜閑風冷之時」と「有興儀尓之間前岫之下」といった文言の差異も存在はするが、内容の根幹をなすであろう神女が袖を五度翻したという部分は一致する。これほどまでの文言の一致を鑑みると、行阿が『光源氏物語抄』を見ずに、しかし『光源氏物語抄』と全く同様の注記を作り出した、とは考えにくい。『原中最秘抄』の成立よりも明らかに先行する『光源氏物語抄』にも同文らしき注記が存在することを踏まえると、やはり『光源氏物語抄』に見られるような西円説を用いたと判断すべきであり、行阿の独自説とは認定しがたい。『原中最秘抄』の当該注記は、注記の後半部だけではなく、前半部、その中でもとりわけ重要な「行阿云」すらも、西円説の流用であったということになる。

もう一例を示したい。

『原中最秘抄』玉鬘巻

一仏の御中にはつせなん日の本にあらたなるしるしあらはし給もろこしにも聞えあなり
長谷寺大和国高市群に建立元正天皇御時養老七年道明法師造之同供養之事聖武天皇御時天平八年導師行

基菩薩（水鏡見之）長谷寺流記云唐信（ママ）宗皇帝之時千人の后をもち給へり第四の后を馬頭夫人といへり（文宗皇帝孫玄成太子娘）顔長して面馬に似たり仍馬頭と名つくしかあれとも心に情ふかくして帝の寵愛二心なしそれを猜て自余の后妃評定して云馬頭夫人は夜なよな御門にまいり給へるはかりにて面貌をあさやかに見給はさるによりて御景色無双なり白昼に彼顔を叡覧あらは定て疎む御心いてきなむといひ合て陽州の錦羅園と云所に花の盛を得ていま十五日ありて彼所へ花見の行幸行啓あるへしと定まる然間后達面々にいてたちけはひ給けり此夫人は吾面人に似さる事を歎医師をめしての給様我顔陋事療なをしてえさせたらは千両の金をあたへんといへり医師申て云御顔は生得なり治するに不可叶と申其時国の中に穀城山と云所に千歳を経たる仙人あり行果薫修して通力自在なり此仙人をめして綺由をの給に我むかし宝志和尚といひし時他心智を得飛行自在なりき其時世界をかけり見しに大日本国長谷寺観音は極位の大薩埵也次を凡衆に同して利生をほとこし給彼国は是より東方也たとひ行程を隔つといふとも彼仏を向奉㆓祈請㆒ましまさは定感応たち所に侍なむと申仍骨髄をくたき礼拝をいたし数反名を唱ていのり給に七日をふる暁夢うつゝともなく東方よりあやしき老僧香の袈裟を着たるか紫雲に乗て手に水瓶を持来り近付て顔にそゝくと思ふに心歓喜して已に利生に預ぬとおもふ則鏡をとりて形をみれは本の容顔にあらす瑞厳美麗になれりしかも匂かうはしく相近く者奇異のおもひをなす其後三日を経て后妃侍女の中に交に上下挙目を嚬め随喜せすと云者なし公弥寵愛日来にこえ芳絢異㆑于㆑他是偏泊瀬観音の利生なりと悦給て大唐国乾符三年（丙申）七月十八日諸侍女眷属を率して日域ちかき所なりとて明州の津に出て十種之宝物を被㆑送本朝に　仏具　錫杖　如意
鐃鉢　金剛鈴　玉幡　牛王　法螺　唐皮　孔雀尾
已上行阿勘文

右の玉鬘巻の注記は、これまで確認してきた「行阿云」という文言ではなく、注記末尾に二重傍線部「已上行阿勘文」とあることによって、行阿説を窺い知ることが出来る。当該注記のように注記末尾に行阿説であることを示す注記は、当該箇所も含めて3箇所見られる。「行阿云」と「行阿勘文」とを同一視して良いかという問題は残るが、ここでは両者とも行阿説として存在していることを重く捉え、ひとまず同一の行阿説とする。行阿説であることを示す方法が異なる点については、その流入経路・時期・誰の手によるのか等、『原中最秘抄』の成立事情とも関わる問題を孕む可能性があるが、これについては後考を俟ちたい。

当該注記の内容は、長谷寺の建立時期と、馬頭夫人の説話によって成り立っている。「已上」がどの範囲を指すのか、注記全体なのか、直前の馬頭夫人の説話のみなのか、判断に迷うが、少なくとも直前の馬頭夫人の説話は行阿説の範囲に含めてよかろう。当該箇所の注釈に馬頭夫人の説話を用いるものは、『原中最秘抄』の他に、『紫明抄』と『河海抄』が挙げられる[14]。

『紫明抄』玉鬘巻

うちつきてはほとけの御なかにははつせなん日のもとのうちにあらたなるしるしあらはし給ともろこしにもきこえあなり

大唐僖宗皇帝、千人の后あり、そのなかに馬頭夫人と申は文宗皇帝の孫、玄成大子（ママ）の御娘なり、面なかくして馬にに給へり、しかれとも心になさけふかくして帝の寵愛すくれて夜な〳〵御心さしをこたらす、これによりて傍輩の后そねむ心ありて、相儀していはく、われら花のもとに衆会して彼夫人を王にみせたてまつりなは、さためて愛心うとからん歟とて、花見会あるへきよし奏聞せしかは、いま十五ヶ日をへはさためて花のさかりならん歟、陽州錦羅園の花のそのに会合すへきになりぬ、これによりて女御きさきたまのかさりをとゝのへて、われおとらしといてたち給に、馬頭夫人かたちの見にくき事をなけきて、行業としふりて千歳をへたる仙人あり、これを請して面顔のたゝしからん事をいのらしむるに仙人のいはく、日本国長谷寺の観音こそ利生広大におはしませ、東方にむかひて御祈請あらは定感応あらん歟、と申す、すなはち骨髄をくたきて祈請し給に七ヶ日をへて夢の中に、一人の貴僧紫雲にのりて東方よりきたれり、手をのへて瓶水をおもてにそゝくと見てさめぬ、すなはち鏡をとりて面をみるにもとのかたちにあらす、異香たくひなし、三ヶ日をへて衆会にましはる時、上下こそりて馬頭夫人をうしなへり、こゝにみかと、かの夫人これなりとていたさしめ給時、天人影降のかたちといふへし、薫香人にすくれたりしかは、みかといよ〳〵鍾愛たくひなかりき、夫人長谷寺の観音をあふきたてまつりて、乾符三年丙申七月十八日侍女眷属をひきゐて明州の津にいてむかひて、十種の物ならひにさま〳〵のたから物をたてまつる　仏具、錫杖、如意、鐃鉢、金剛鈴、玉帳、牛玉、法螺、虎皮、孔雀尾

『河海抄』玉鬘巻

はつせなむ日のもとにあらたなるしるしあらはし給ふともろこしにもきこえあなり

長谷寺観音十一面二丈六尺

文武天皇御宇徳道上人造立之記也法道仙人是也

縁起云長谷神河浦北豊山峯徳導聖人建立十一面観世音菩薩之利生道場也

神亀元年公家被建立堂宇同四年三月廿日供養　講師　行基菩薩

大唐僖宗皇帝后馬頭夫人文宗孫玄成太子娘形のみにくき事を歎給けるに仙人のをしへによりて東に向て日本国長谷寺観音に祈請し給けるに夢中に一人の貴僧紫雲に乗て東方より来て手をのへて瓶水を面に灑と見て忽に容顔端正になりにけり因茲乾符三年丙申七月十八日侍女を引率して明州の津にいてむかひて十種の宝物をたてまつらると云々

又吉備大臣入唐時長谷寺観音住吉明神に祈請して野馬台を読けるに霊瑞あるよし江談にみえたり

『紫明抄』の注記は、内甲本系統の諸本にしか存在しないものであるが、『紫明抄』を基盤として作成された『河海抄』にその部分を縮小した注記が見えることから、『紫明抄』に確かに存在していたことが窺える。『原中最秘抄』と『紫明抄』とを比較すると、末尾に十種の宝物を示す点などの特徴的な共通点があること等から同一の説話と認められるが、『原中最秘抄』に見られる説話の方がより詳細であり、『紫明抄』は必要な部分のみを述べた感を受ける。同一の説話を、異なる出典によって記した可能性も考えられる。

しかし、ここで重要な点は、文言の一致や出典の在処ではなく、行阿の指摘する注釈内容が行阿以前に既に提示されているという点である。『紫明抄』や『河海抄』の注記と文言は違えど、指し示す内容はほぼ変化していない。むしろ、『河海抄』の注釈の方が列挙する事例は多く、行阿説の優位性はそれほど認められない。この部分が先行する注釈に対する訂正であったとしても、結果的にその行為は自らの注釈が『紫明抄』や『河海抄』に追随したものであることを意味してしまう。この意味で、河内方の宗家の権威補強という役割は見込めなかろう。

ここまで四例を取り上げ、行阿説が独自注記ではないことを指摘してきた。この他にも疑義は残るものの、これらと同様に一概に行阿独自説とは認めがたい注記も複数存在する。[15]これらの注記について、筆者は、たまたま一部の注記が何らかの要因で後に紛れ込んだものではなく、行阿の手によって施されたものと今のところ考えている。

『原中最秘抄』の施注方法として、他の学問分野の成果・注釈書等を源氏学に援用する場合がまま見える。たとえば楽書や有職故実書の引用、当時の有識者からの聞書等、その範囲は多岐に及ぶ。援用する対象は源氏学すら例外ではない。現に、『原中最秘抄』に「私」として示される部分には、親行・素寂・西円の説が利用されていることが指摘されている。[16]また、「私」と示された説以外であっても、たとえば夕顔巻「一しひらひたつものかことはかりひきかけて」の注記は、注記全体が『光源氏物語抄』か『河海抄』（もしくは両書に先行する注釈書）からの引用と考えられ、明らかに他書の利用が認められる。

このような点から『原中最秘抄』の性格を鑑みると、他書を存分に利用しながら注釈を編纂していく注釈方針が存在していたことが見えてくる。先に述べたように、これは源氏学においても適用されたようである。ここでの大きな問題は、源氏学において『紫明抄』（素寂説）への依拠が確認出来る点である。書名は明示されていなくとも、明らかに踏まえられ、ある時はそのまま引用されている。河内方の宗家として傍流にあたる素寂を排斥しようとした、という意識は少なくとも注記内容からは窺えない。独自説ではないことも押さえるべき要点ではあるが、河内方宗家の権威化のためならば行われないであろう行為が確認出来ることこそ、重く捉えるべきであろう。

『原中最秘抄』の行阿による奥書には、「光源氏物語相伝事、自二曾祖光行一至二行阿一四代所レ令二相続一也、随而此物語五十四帖同水原抄五十四巻幷原中最秘鈔上下二巻其外口伝故実当道之庭訓悉令二伝授一者也……」とある。この奥書からは、確かに河内方宗家の継承者が自身であることを示し、その権威を保たんとする行阿の意気込みが読み取れる。しかし、注釈内容は必ずしも河内方宗家代々の説や自説のみで構築されているわけではない。ここまで見てきたように、行阿による他書の転用は確かに存在する。ただし、行阿は他説を隠蔽しながら自説をあざとく創出した、と規定することには、なお慎重でありたい。むしろ、当時の学問のあり方を考えるならば、諸注集成にならざるをえなかったのではないか。現存の『原中最秘抄』には、素寂も含めた、河内方源氏学の集成という側面が認められ、これこそが源氏注釈史上で大きな意味を持つものと思われる。行阿の意図がどの程度であったかは不明であるものの、結果的に河内方の源氏学が結晶化した注釈書と位置付けるべきであろう。

三　『河海抄』との関係

ここまで、行阿の源氏学を『原中最秘抄』から探ってきた。行阿による『原中最秘抄』への加筆を考える際、

『河海抄』との関係を考慮せずに論ずることは出来ない。

行阿加筆後の『原中最秘抄』は、その奥書により、貞治三年の九月には成立を認めることが出来、また同年十二月には二条良基にも献上されている。(17)『原中最秘抄』の成立時期は明確に特定可能である一方、『河海抄』の成立時期に関しては問題が残る。『河海抄』の秘説集成である『珊瑚秘抄』には貞治年間初期に作成されたことが示されているものの、(18)現存諸本の注記内容には明らかに貞治五年以降の記事も確認出来る。(19)そのため、現在我々が見ている『河海抄』が、行阿加筆の『原中最秘抄』よりも先行しているとは、一概には言い切れない。

これまでの先行研究においては、『河海抄』が先行し、ほぼ同時期ではあるものの、やや遅れて行阿加筆の『原中最秘抄』が編まれたと捉えられてきた。しかし、先にも少し触れたように、行阿加筆後の『原中最秘抄』を『河海抄』より後の成立とするならば、すべての注記ではないものの、明らかに『河海抄』よりも内容が減少した注釈内容をわざわざ自説として提示したことになる。何より、自説の正当性や権威性を主張するのであれば、『河海抄』に引用されているような注記を用いることが、あるのであろうか。これらの点を考えるべく、以下では『河海抄』との関係について僅かではあるが検討を加えたい。

注記内容から両者の関係を窺うことの出来る例として、まずは以下の例を挙げたい。

『原中最秘抄』幻巻

一さもこそはよるへの水にみくさゐめけふのかさしよ名さへわする、

　続日本紀に
　よるへなみ身をこそ遠くへたてつれ心は君かかけと成にき（古今）
私云俊成卿申されしはよるへの水の事社頭の水なるへき歟此物語に賀茂の祭の比に引よせてよるへの水もみくさゐめとあり此外は古哥の中に読たる不覚云々今の證哥に引載古今の哥もよるへなみとそへよめ

る也猶可勘之也

行阿云顕昭説云さもこそはよるへの水にかけたえめかけしあふひを忘へしやはといへる哥をは社頭に瓶を、きたるにたまりたる水なり神にはよるへといふ事おほし託宣とは神人の口によりての給事也よりきよりましとは巫女を申也と云々又万葉には神依板にするといふ哥あり又古哥に

神さひのよるへにたまるあま水のみくさゐるまていもをみぬ哉

とよめり又奥儀抄云如以前之儀社頭に瓶を置たる神水なりた、すの社なとにいまもありと云々然間賀茂社にことよせてあふひをした賦物に詠するか又八雲御抄云是は社頭に水あるか源氏によめる心は必不然そのたより也と云々心に引よせてよるへの水もみくさゐめとはそのよるへの事にたとへたるよしかとおもふに嘉応に住吉歌合とて人々おほくよめるに社頭月の心を清輔

月影はさえにけらしな神かきやよるへの水につら、ゐるまて

とよめるを俊成卿判云よるへの水と云事源氏物語にこそ賀茂祭の日の哥にさもこそはよるへの水にみくさゐめとよめると見たまひしさらてはふるき哥にも見及侍らすこの水おろ〱承るにたとへはいつれの社にも侍らめと先当社御前の月には海の面凍をみかき浜の沙地をしけらむをはをきてよるへの水はかりにむかひて月はさえにけらしなとおもはん事はいか、といへり作者と云判者と云子細難レ定之　又云古哥

月清み梢をめくるかさ、きのよるへもしらぬ身をいかにせん

我身のよるへもしらぬによせたるこのかさ、き非無由緒　武帝　月明星稀烏鵲南飛繞レ樹三匝何枝可レ依云心也（此両説八雲御抄在之）此段はよるへはかり也水そはすた、色はかりに行阿所書二戴之一也

『河海抄』幻巻

さもこそはよるへの水にみくさゐめけふのかさしよ名さへわする、

さもこそはよるへの水にかけたえめかけしあふひをわするへしやは古哥袖中抄

此よるへの水の事先達色々に申めり或は賀茂一社にかきると云々　或又余社にもありと云々　八雲御抄にも社頭にある水かと云々

嘉応住吉社哥合に社頭月を清輔朝臣詠云

月影はさえにけらしな神垣やよるへの水につらゝゐるまて

判者俊成卿云よるへの水といふ事は源氏物語には賀茂の祭の日の哥に　さもこそはよるへの水にみくさゐめとよめると見給也さらてはふるき哥にも見及侍らす此水をろ〳〵承にたとへはいつれの社にも侍らめと当社御前の月には海の面凍をみかき浜の沙玉をしけらんをゝきてよるへの水はかりにむかひて月をさえにけりと思はん事いかゝと云々　清輔朝臣陳云よるへの水なとはいつれの社にも侍にこそ又哥によめる事源氏のみにあらす和泉式部か集なとは御らむせさりけるにや云々

和泉式部集云稲荷祭見しにかたはらなる車のちまきなととりいれて見くるしきをくるまにとりいれしときんのふの少将蔵人少将いひけるときゝしを一日まつりみるとてくるまのまへをすくるほとゆふかけてとりいれさせし

いなりにもいはるときゝしなき事をけふはたゝすの神にまかする

　返し

なに事としらぬ人にはゆふたすきなにゝたゝすの神にかくらん

といひたれはみてくらのやうにかみをしてかきてやる

神かけて君はあらかふたれかさはよるへにたまる水といひけん

此哥を袖中抄に顕昭源氏哥といへり俊成卿の申されたるは源氏見さらん哥読にやといへり袖中抄にはより

への水といへり顕輔卿説云々　顕昭云よりへの水とは神社にかめをきたるにたまれる水也そのかめをよりへといふ歟神にはよるといふ事おほかり詫宣には神人の口によりてつき給事也よりきとみこを申すも神のつきて物をおほせらるゝ物也されはよりへの水といふもこのかめの水に神のたより給て神水とてのみつれはなき事の慥にあらはるゝ心也又物つきをよりましといふも同心也又寄占とかきてはよへらとよめり神のより給占にこそ万葉に神依板するすきといふ哥あり
古哥云
神さひのふるえにたまるあま水のみくさゐるまていもをみぬかも
雨なとのふり入てたまる水の事也天水の心歟
奥義抄云神社に瓶をゝきてそれなる水をなき事おひたる物は神水とてこれをのむ也たゝすの社なとにはいまもありと云々

右は幻巻に見られる「よるべの水」に関する注釈であり、傍線部と波線部において歌学書引用が認められる。傍線部は、「顕昭」や「袖中抄」といった文言が見えるように、『袖中抄』を用いた箇所である。『原中最秘抄』では「行阿云」としているが、『河海抄』にも同様の引用が認められる。ここで『袖中抄』の該当箇所を確認しておく。(20)

『袖中抄』巻四

○ヨリベノミヅ　付カミヨリイタ

サモコソハヨリベノミヅニカゲタエメカケシアフヒヲワスルベシヤハ

顕昭云　ヨリベノミヅトハ神社ニカメヲオキタルニタマレルミヅナリ　ソノカメヲヨリベトイフハ　神ニハヨルトイフコトオホカリ　託宣トハ神人ノクチニヨリテツキノタマフコトナリ　ヨリキトミコヲマウスモカミノツキテモノヲホセラル、モノナリ　サレバヨリベノミヅトイフモ　コノカメノ水ニカミノタヨリタマヒテ神水トテ　ノミツレバアルコトナキコトノタシカニアラハル、コ、ロナリ　又モノツキヲヨリマシトイフ

モオナジコ、ロナリ
又寄占トカキテハヨツラトヨメリ　神ノヨリタマフウラニコソ
又万葉ニ神依板(カミヨリイタ)ニスルスキトイフ哥アリ　サヤウノ心ニコソ
カミナビノカミヨリイタニスルスギノオモヒモスギズコヒノシゲキニ
又源氏哥云　神カケテキミハアラガフタレカサハヨルベニタマル水トイヒケム
此哥ニツキテヨルベノミヅト申人モアリ
又古哥云　神サヒノフルベニタマルアマミヅノミクサヰルマデイモヲミヌカモ
此哥ニツキテフルベノ水ト申人モアリ　フルベニタマルアマ水トイヘバ雨ナドノフリイリテタマレル水ニコ
ソ　アマ水ハ天水ノコ、ロニテモアリヌベシ
故左京兆ハヨリベノ水トゾ侍シ　コノ水ノコトヲクハシクシリテ　ヨリベトイフコトノ義ヲタ、ウガミニカ
キテ　顕昭ニアヅケテ　隆縁チト申僧ニイカニトイフコトゾトタヅネラレシカバ　ソノ申シ義　京兆ノ義ニ
アヒテ侍シカバ感テ絹トリイデ、纏頭ニセラレシカバ　名利キハマリヌトコソヨロコビタヘリシカ
奥義抄云　コレハ神社ニカメヲ、キテ　ソレナル水ヲ　ナキコトナドオヒタルモノハ神水トテコレヲノム
ナリ　タヾスノカミナドニイマモアリ
今云コレモヨリベト云名ヲバ釈セネド　ウケタマハリシコトニテ注申也

傍線部が『原中最秘抄』『河海抄』の両者に引用されている箇所、点線部は『河海抄』のみに引用されている箇所となる。原典と思われる『袖中抄』の記事と比較すると、『原中最秘抄』では点線部が省略されていることからも分かるように、もとの注釈を抜粋する形態が採られている。『河海抄』では、文言の提示順が一部変更されているものの、『袖中抄』の注記前半部分をほぼそのまま引用している。『原中最秘抄』は要点のみを、『河海抄』は全文

を、という両者の注釈姿勢の差が窺える。
しかし、この姿勢が別の歌学書引用においても共通するわけではない。波線部の引用では、全く正反対の結果になる。『原中最秘抄』の波線部は、直前に「八雲御抄云」とあるように、『八雲御抄』からの引用である。該当部分の『八雲御抄』を以下に示す(21)。

『八雲御抄』巻第四

よるべの水

これは社頭にある水歟。源氏によめる心は不二必然一。其たよりなどいふ心にひきよせて、よるべの水もみくさゐめとは、其よるべの事たとへたるよしかと思ふに、嘉応住吉歌合とて、人々多くよめるに、社頭月の心を、清輔、月かげはさえにけらしな神がきやよるべの水につらゝゐるまでとよめるを、俊成判云、「よるべの水と云事は、源氏物語にぞ賀茂祭の日の歌に、さもこそはよるべの水にみくさゐめとよめる見給し。さらではふるき歌にもえ見およびはべらず。この水おろ〳〵承に、たとへばいづれの社にも侍らめども、まづ当社御前の月には、海の面こほりみがき、浜のいさご玉をしけらんをばおきて、よるべの水ばかりにむかひて、月はさえにけらしなとおもはん事いかゞ」といへり。作者云、判者子細難レ定。

ここに示したように、『原中最秘抄』の『八雲御抄』引用は全文引用であったことが分かる。これに対して『河海抄』では、「八雲御抄にも社頭にある水かと云々」と一応の言及はあるものの、その後の波線部は『八雲御抄』からの直接的な引用とは考えにくい。『河海抄』が何によったかは明確には分からないが、『和泉式部集』への言及やその該当本文の提示を考慮すると、『夫木和歌抄』などを用いたかと思われる(22)。
当該箇所における『袖中抄』と『八雲御抄』の引用・利用に関しては、『河海抄』と『原中最秘抄』とで相反的な注釈方法であったことが浮かび上がって来る。どちらかの注釈書がすべて引用、もう一方が簡略化、といったような、注釈書内で一貫した注釈姿勢・施注方法が採られていない点には注意を要しよう。見方を変えるならば、歌学書引用という注釈方法は同一であり、また内容に関しての大まかな方向性も似通い、時には文言の一致も含みながら、細かな点において差異が見られるということである。

しかし、ここでは、細かな差異よりも、施注方法や注釈の方向性が同一であることを重視したい。注釈方法や施注意識が似通う点は、注釈が発生していく過程を考える上で見逃せない要素である。これは成立時期が近いというだけで片付ける問題ではない。両者の前後関係についてはなお慎重に考えるべきではあるが、当該注記の比較からは、両者の関係が相互補完的なものであった可能性すら窺え、一方通行的ではない関係性も示唆されよう(23)。つまり、両者は互いに意識しながら、一方が言及していない点をもう一方が増補していった、という関係である。これは、両者がともに、二条良基の周辺で成立したことと大きく関わろう。

両者の関係を窺い知る注釈を、最後にもう一つだけ示したい。

『原中最秘抄』若紫巻

一あつまをすかゝきてひたちには田をこそつくれといふ哥を

和琴伊弉諾伊弉冉尊御代に令二作出給一云々凡菅の根をあつめてその音をかき出してすかゝきの秘曲とす和琴のその形弓を六張たてならへてその姿をもて作れり本はせはく末はひろくして末に総角をむすひ付たるは末代繁昌たるへき瑞相なりひたちには田をこそつくれとは

常陸哥

常陸には田をこそつくれあたこゝろかぬとや君は山をこえ野をこえあまよきませる

あつまと申名は和琴をはたゝ申せとも是東調と申て道の秘事也ひたちには田をこそ作れは風俗の秘事四首内第一なりあつまのしらへにてすかゝきて此風俗をはうたふ事にて候を今は委しりたる人も稀なるにや

『原中最秘抄』常夏巻

ことつひいとになくいまめかしうおかし

（中略）

行阿云是は非レ箏和琴をいへるなり和琴は伊弉諾伊弉冉御代に令レ作出一給と云々菅根をあつめて物にかけて其音をかき出して造出云々仍此秘曲にすかゝきといふことあり弓を六張もとはせはくすゑひろくして末に総角をむすひ付たるは末代繁昌たるへき心也と云々（後略）

『河海抄』帚木巻

よくなるわこんを

和琴に能鳴調ありそれによそへていへる也

和琴は伊弉諾伊弉冉尊御時令ニ作出一給云々仍諸楽器の最上に置之也あつまことゝもあつまとも云也

鴨長明記云和琴元弓六張を引並て用けるを後に琴に作たる也件弓は上総国の古済物也彼国古注文云弓六張神楽料矣

『河海抄』若紫巻

あつまをすかゝきてひたちには田をこそつくれといふ哥を

ひたちには田をこそつくれたれをかね山をこえ野をこえ君かあまたきませる風俗常陸哥

あつまは和琴の惣名なれとも又東調トテ秘曲あるなり常陸哥風俗の秘事四首の其一也東調にてすかゝきて此哥をうたふ也今世ニ知人稀也云々

『河海抄』常夏巻

ひとのくにはしらすこゝにてはこれをものゝおやとしたるにこそあめれ

和琴は伊弉諾伊弉冉尊御代に令作出給云々仍諸楽器の最上にをかるゝ也

『河海抄』若菜上巻

心にまかせてたゝかきあはせたるすかゝきに

和琴和名曰日本琴万葉集俗用和琴二字也末止古止

（中略）

或説云和琴の濫觴は弓六張ヲもちてひきならしてこれを神楽にもちゐるを後人琴につくりうつせりと申つたへたるを上総国の済物のふるきしるし文に弓六張とかきて注に御神楽料とかけりとそいみしき事也鴨長明抄

『原中最秘抄』からは若紫巻と常夏巻、『河海抄』からは帚木巻・若紫巻・常夏巻・若菜上巻の各注記を取り上げた。これらの注釈は、和琴に関わる注釈である。これらを比較すると、たとえば傍線を付した箇所、『河海抄』若紫巻の注記が『原中最秘抄』の該当注記後半とほぼ同一と認められるように、複数の類似注記が存在していることが分かる。

最も顕著な例は、二重傍線部「和琴は伊弉諾伊弉冉尊御代に令作出給」の注記である。この文言は『紫明抄』や『光源氏物語抄』では見られないことから、『紫明抄』以降に施された注記ということになる。『水原抄』等の河内方の注釈書からの引用の可能性も捨てきれないが、現段階では出典は不明である。『原中最秘抄』『河海抄』ともに複数箇所で扱っており、一種の常套句としての使用が認められる。和琴の濫觴を示す目的で施されたものと考えられるが、施注する巻が両者で重ならない点は留意すべきである。常夏巻では両者ともにこの文言を用いているが、帚木巻においては『河海抄』のみが言及し、『原中最秘抄』ではこの注記自体が存在していない。若紫巻においては『原中最秘抄』のみが言及するばかりで、『河海抄』には全く見られない[24]。常夏巻の注釈をもとに、両者がそれぞれ異なる箇所（和琴への注釈を最初に施す箇所）に転用していったとも考えられようが、はっきりとした編集過程は窺えない。やはり、当該注記群に関しても、先と同様に、注記の編集過程や流入経路よりも、両者が共通する文言を利用している点に注目すべきではなかろうか。

これまで、『河海抄』と『原中最秘抄』の関係については、さほど重要視されてこなかった。しかし、注記内容からは両者の近似が指摘出来る。すべての箇所で近接するわけではないが、一部の注記においては流入や利用が考えられる。それは、『河海抄』が先行し、『河海抄』から『原中最秘抄』に流入した、とするのでは捉えきれない様態である。一部の注記においては、『原中最秘抄』から『河海抄』という流れも十分想定すべきであろう。一方通行的な影響関係や書承関係では捉えられない関係こそ、両者のあり方なのではなかろうか。両書ともに成立や増補の過程についての問題はなお残るが、現存本が示す内容の限りでは、両者は競い合うかのような存在であったと見て取れよう。

『河海抄』に関して補足するならば、『原中最秘抄』からの説の流入は一回的でなかった可能性が指摘出来る。『原中最秘抄』の国立歴史民俗博物館蔵本・前田家本・金子氏本には図を提示する注記が存在し、末摘花巻「一きやうたいからくしけか、けのはこ」に唐櫛笥と掻上箱、絵合巻「一えならぬ御よそひにも御くしのはこうちみたりかうこなとやうの箱とも」に香壺箱が描かれている。これと同じ図が『河海抄』絵合巻「御くしのはこうちみたりのはこかうこのはことも」の注釈に見え、『河海抄』では3図を一箇所にまとめて示している。実は、『河海抄』における この図の提示は、一部の伝本にしか見られない特徴的な増補箇所と認められる。当該注記を持つ伝本は、龍門文庫蔵伝正徹筆本・東北大学附属図書館狩野文庫蔵本・学習院大学蔵二十冊本・國學院大學図書館蔵温故堂文庫旧蔵本・島根県立図書館蔵本である。これらの伝本は、本書において指摘したC類第二種におおよそ該当する。[25]これらの伝本群の特徴として、明らかに後人の増補が含まれているという点が挙げられる。ごく限られた伝本のみにしか見られない注記である点と、その伝本群が後人の増補を経ている点を考え合わせると、当該注記に見られる図は後人による補入と判断すべきであろう。『河海抄』が『原中最秘抄』を利用している形跡は複数箇所で確認出来るが、この例は善成の編集以後にも両者が接触していたことを証明する点で、極めて大きな意味を持つ。『河海抄』と『原中最秘抄』の接触は、善成や行阿の手を離れた後にも行われていたのである。耕雲が『原中最秘抄』を増補する際に『河海抄』を用いたという事象も、この経緯とは無関係ではあるまい。

両書の関係については、成立時の編集段階だけでなく、成立後の享受も含めて、これまで以上に慎重に考慮すべきである。

四　まとめ

以上、本章では、『原中最秘抄』を対象として、行阿の源氏学や『河海抄』との関係について、従来の見解に再検討を促した。本章の骨子は、行阿説が行阿独自説のみで成り立っているわけではないこと、『河海抄』との密接な影響関係を想定すべきこと、以上2点である。ここまでに導いた結論は、『原中最秘抄』がどのように受容されてきたか、という問題と強く結び付く。この点は『原中最秘抄』に限ったことではないが、注釈書の性格を把握するためには、成立当時の姿だけでなく、成立後の姿にまで目を向けるべきである。本章の諸例はあくまで現存諸本の注記に依拠したものであり、『原中最秘抄』や『河海抄』の成立当時の姿とはかけ離れた部分も含まれていようが、その姿で現存していることの意味こそ重く捉えるべきと考える。

繰り返し述べてきた通り、『原中最秘抄』は『源氏物語』注釈史上、再定義されるべき存在となった。今後更なる検討が施されることを期待したい。

注

（1）『原中最秘抄』の本文は、池田亀鑑編『源氏物語大成　資料篇』（中央公論社、一九五六）によった。なお、『源氏物語大成』は底本に広本系統の平仮名本である阿波国文庫本を用いているため、本章では適宜、同じく広本系統の片仮名本である国立歴史民俗博物館蔵本（『国立歴史民俗博物館貴重典籍叢書　文学篇第十九巻〈物語4〉』、臨川書店、二〇〇〇）をも参照し、一部私に改めた。『原中最秘抄』の本文系統については、田坂憲二「『原中最秘抄』の完本と略本」（『源氏物語享受史論考』、風間書房、二〇〇九。初出同題（『文藝と思想』第51号、一九八七・二））、岩坪健「家伝書の享受――『原中最秘抄』の系統――」（『源氏物語古注釈の研究』、和泉書院、一九九九。初出「『原中最秘抄』の系統――中世における秘書の享受――」（『国語国文』第57巻第3号、一九八八・三））に詳しい。

（2）源氏注釈史における『原中最秘抄』の特徴・意義については、田坂憲二「『原中最秘抄』の基礎的考察」（前掲（1）書。初出同題（『中古文学』第37号、一九八六・六）、同「中世源氏物語享受の一面――『原中最秘抄』を中心に――」（前掲（1）書。初出同題（『語文研究』第64号、一九八七・一二））を参照のこと。

（3）池田亀鑑「珊瑚秘抄とその学術的価値」（『物語文学Ⅱ』、至文堂、一九六九。初出同題（『国語と国文学』第9巻第5号、一九三二・五））や曽沢太吉「原中最秘鈔聖覚の奥書について」（『国語と国文学』第45巻第3号、一九六八・三）等は、聖覚の加筆がほとんど無かったとする立場をとる。これに対して、稲賀敬二「中世源氏物語注釈の一問題――『正和集』から『原中最秘抄』へ」（秋山虔編『中世文学の研究』、東京大学出版会、一九七二・七）では、現在では散逸してしまった聖覚の『正和集』という注釈書を基盤として、それに行阿が加筆を加えていったものが現行の『原中最秘抄』であると説く。

（4）ただし、現存する広本系統の『原中最秘抄』にあっても、行阿以後の加筆訂正が見られ、行阿所持本とは様相を異にするとの指摘もある。詳しくは、落合博志「『原中最秘抄』小見――一、二の人物と逸文資料など」（『法政大学教養部紀要』第93号、一九九五・二）を参照のこと。どこまでが行阿の手による注釈で、どこからが後人の増補なのか、一瞥して判定することは不可能である。同様に、「行阿云」「行阿」とする部分に関しても、誰が施したものかはっきりと断定は出来ない。本章では、誰の手によるものかという点よりも、行阿説として示されるという点を重視し、ひとまずすべて行阿による注釈と規定し、論を進めていく。

（5）前掲（1）の岩坪氏論考。

（6）早いものでは、前掲（3）の池田氏論考に、以下のような言及がある。

行阿が、かく全巻にわたって大増補をなし、奥書に堂々たる家学の一大宣伝を試みた理由は、自らの門地を高くし、伝統に権威あらしめる事によって、忠守・善成等の新興第三勢力に対し、防備挑戦する意思であったかも知れない。善成が「河海抄」において行阿説にふれず、行阿が「原中最秘抄」において善成の説にふれていないのは、新学派としての善成と、旧学派としての行阿とが、互いに門戸を張って対立した結果と見ることはできないであろうか。

（7）『光源氏物語抄』の本文は、中野幸一・栗山元子編『源氏釈　奥入　光源氏物語抄』（源氏物語古註釈叢刊第一巻、武蔵野書院、二〇〇九）によった。

（8）『紫明抄』の本文は、『河海抄』成立に深く関わった考えられる内閣文庫蔵十冊本（内甲本）系統の本文を示す田坂憲二編『紫明抄』（源氏物語古注釈集成第18巻、おうふう、二〇一四）によった。なお、同系統の島原図書館松平文庫蔵本を参照し、一部私に改めた。『河海抄』との関係については、第二部第一章「『紫明抄』引用の実態――引用本文の系統特定と注記の受容方法について――」を参照のこと。

（9）『河海抄』の本文は、大きな異同が無い限り、玉上琢彌編、山本利達・石田穣二校訂『紫明抄　河海抄』（角川書店、一九六八。以下、角川版とする）を便宜的に使用した。なお、諸本校合の上、一部私に改めた。

（10）当該部分の注記は、現存する『紫明抄』の中では内甲本系統の諸本にのみ見られ、京大本や内閣文庫蔵三冊本（内丙本）には存在しない。ただし、公孫賀の説話を用いる注記は、当該注記の他に少女巻「みかとの御いつきむすめもをのつからあやまつためしむかし物語にもあり」の注記にも存在し、こちらは京大本にも確認出来る。そのため、『紫明抄』の注釈として確立していたであろうという判断を下した。

（11）前掲（3）の稲賀氏論考。この他にも、池田利夫『河内本源氏物語成立年譜攷――源光行一統年譜を中心に――』（貴重本刊行会、一九七七）や同『日中比較文学の基礎研究　翻訳説話とその典拠』（笠間書院、一九七四）等に言及がある。また、近年では、田坂憲二「『蒙求和歌』と『源氏物語』」（小山利彦・河添房江・陣野英則編『王朝文学と東ユーラシア文化』武蔵野書院、二〇一五・一〇）、小山順子「『蒙求和歌』『百詠和歌』の表現——歌人としての源光行——」（『京都大学国文学論叢』第35号、二〇一六・三）等により、光行の学問における『蒙求和歌』の位置付けが明らかにされている。

(12) 前掲（3）の稲賀氏論考。氏は「「私云」という、いかにも親行あたりが述べた説のようによそおって、『最秘抄』に書き入れられたもの」と述べる。

(13) なお、『河海抄』にも『光源氏物語抄』とほぼ同様の注記が存在するが、今回は紙幅の都合で省略した。

(14) 『光源氏物語抄』には、「はつせなむ日のもとのうちにあらたなるしるしあらはし給ともろこしにも聞えあなりと云事」の見出し本文があるものの、注記部分は「今案」としか記されておらず、具体的な注記は見えない。

(15) 絵合巻「一さしくしのはこのこゝろはに」、真木柱巻「一この世になれぬまめ人せしもこれそなくとてめてゝさめきさはくこゑいとしるし」等。

(16) 前掲（3）の稲賀氏論考。

(17) なお、行阿による加筆は、この献上以降も行われていったようである。詳しくは、小川剛生「「揚名介」——除目の秘事、および『源氏物語』の難儀として」（『二条良基研究』、笠間書院、二〇〇五。初出「二条良基と「揚名介」——除目の秘事、および『源氏物語』の難儀として」（『三田國文』第22号、一九九五・六））を参照のこと。

(18) 『珊瑚秘抄』跋文には「往日貞治初、依故寶篋院贈左大臣家貴命、令撰献河海抄廿巻」とある。

(19) 第二部第四章「注記形成と二条良基——『年中行事歌合』との接点から——」。

(20) 『袖中抄』の本文は、橋本不美男・後藤祥子『袖中抄の校本と研究』（笠間書院、一九八五）によった。なお、声点等は省略した。

(21) 『八雲御抄』の本文は、片桐洋一編『八雲御抄の研究　枝葉部・言語部　本文編・索引編』（和泉書院、一九九二）によった。

(22) 参考として『夫木和歌抄』の該当箇所（巻第二十六雑部八・12557番歌）を示す。

嘉応二年十月住吉社歌合、社頭月　　清輔朝臣

月かげはさえにけらしな神がきやよるべの水につららゐるまで

此歌判者俊成卿云、左歌、よるべの水につららゐるまでなどいへる、文字つゞきよろしくはみゆるを、おぼつかなき事どもぞ侍るめる、まづよるべの水といふことは、源氏の物がたりにも、かものまつりの日の歌に、さもこそはよるべの水もみくさゐめとよめる、みたまへし、さらではふるき歌にもえ見および侍らず、この水をおろおろうけ給はるに、たとへばいづれの社にも侍らめど、まづ当社のおまへの月には、うみのおもて氷をみがき浜のまさご玉をしけらんをばおきて、よるべの水にむかひて月はさえにけらしなど思はん事やいかがと云云作者清輔朝臣云、よるべの水はいづれの社にも侍るにこそ、又歌によめる事源氏のみにあらず、和泉式部が集などは御覧ぜざりけるにや、又月よむべき所はおほかれど風情に随ひてこそよめるかし、をばすて山などをとりあつめてつくすべしと不存事なり、をばすて山たかき名なりとて、月の歌ごとにそれをよみて余の山をよむまじきにやと云云

『夫木和歌抄』の本文は、『新編国歌大観　第二巻』（角川書店、一九八四）によった。

（23）『河海抄』については、第二部第三章「歌学書引用の実態と方法――顕昭の歌学を中心に――」にて検討したが、源氏学における歌学書引用については、『河海抄』だけの問題ではなく、『原中最秘抄』も含めた当時の学問体系との接触として再検討すべきであろう。

（24）なお、同じく和琴の濫觴を提示する『河海抄』若菜上巻において、この文言が見られないことへの疑問は残る。この現象は、単に依拠した先行諸注釈書の影響というだけではなく、同一の文言を繰り返し提示する注釈方法とも関わる問題であろうと考えている。これについては今後の課題としたい。

（25）第一部第二章「巻十論――後人増補混入の可能性を中心に――」。なお、島根県立図書館蔵本は巻八と巻十で別の本文系統ということになる。

第二章　『花鳥余情』『伊勢物語愚見抄』の後人詠注記

――歌学から物語注釈への一考察――

一　はじめに

『源氏物語』の注釈書である一条兼良『花鳥余情』(1)には、次のような注記が存在する。

『花鳥余情』若菜下巻

うきにまきれぬ恋しさの

恋しさのうきにまきるゝ物ならは又二たひと君をみましや 大弐三位

物かたりより後の歌也　不可為証歌也

右は若菜下巻において、女三宮への対応に思い悩む光源氏の心内を述べた箇所に付された注記である。ここで『花鳥余情』は、『後拾遺集』792番歌である大弐三位の和歌を引歌として提示している。しかし注目すべきは、傍線部において、この引歌が詠歌時期の観点から不適当であることを指摘している点である。大弐三位の和歌は物語成立後に詠まれた和歌であるので物語を解釈する際の証歌にはならない、と述べていることからは、引歌として提示する和歌に対しての明確な使用基準、つまり提示する和歌は『源氏物語』成立以前、もしくは成立とほぼ同時期の和歌のみを対象とする、という規定が設定されていたことが窺える。内容的に引歌として踏まえるに値する和歌であったとしても、詠歌時期の点から不適当とされるのである。

注釈において作品の成立時期を考慮することは当然のことであり、『花鳥余情』においても注釈に使用される他の文学作品は『源氏物語』以前に成立したものである。しかし、和歌を提示する注記の中には、『源氏物語』成立以後に詠まれた和歌を提示しているものがある。以下に、一例を示す。

『花鳥余情』椎本巻

うらめしといふ人もありけるさとの名の

うらめしといふさとの名は古今の歌に世をうち山身を宇治はしなとよめる心をとりていへる也　この源氏の詞をとりてよめる歌　元久元年七月宇治御幸の時夜恋の題にて［定家卿］

まろ人の山ちの月もとをけれは里の名つらきかたしきの床

又名所の歌に［家隆卿］

初霜のなれもおきゐてさゆる夜に里のなうらみうつ衣かな

この注記には、傍線囲いで示したように定家と家隆の詠作が示されており、これらは、傍線部「この源氏の詞をとりてよめる歌」とあるように、『源氏物語』を踏まえた和歌である。引歌を提示する注記が、『源氏物語』が踏まえた和歌を示すのに対し、ここでは『源氏物語』を踏まえた和歌を示しているのである。同じく和歌を提示するという方法でありながら、注釈の対象が正反対であり、これらは物語を読み解くための引歌を示す注記ではないと言えよう。

後人詠を示すことと関わり、『花鳥余情』の特徴の一つとして、注釈に歌道・歌学の影響が見られる点が挙げられる。この点は先行研究によって指摘されており、例えば次のようなものである。

『源氏物語』は早くから歌道の面で重んじられて来たが、その趣意はこの書にもよく生かされている。すなわち奥書に「源氏物語之詞、篇々通示教之命脈、句々貫和歌之骨髄」とあって、教訓的な効用とともに歌道上の価値を認めており、注釈の中でも歌道に結び付けて言及しているところが少なくない。(2)『花鳥余情』が歌道・歌学を用いて注釈を施すことを踏まえると、後人詠を示すことも歌道・歌学の面からの注釈であることが窺える。後人の和歌を示すことは、簡単に述べるならば、『源氏物語』の語彙を実際の和歌に組み込む際の、その一例を示したものと考えられる。「定家卿」「家隆卿」として人名を示すのは、示された和歌に権威や信頼性を持たせるためであろう。ただし、具体的な歌道・歌学の影響関係や、これらの後人詠がどのような過程によって注釈に取り入れられたかは不明である。

また、後人詠を示す注記は、『花鳥余情』だけでなく、『伊勢物語』の注釈書である『伊勢物語愚見抄』にも確認出来る。(3)

そこで本章では、兼良の物語への注釈態度を踏まえながら、歌学・歌道がどのように物語注釈に流入していったのか、その一端を明らかにする。

二　『花鳥余情』『伊勢物語愚見抄』の後人詠注記

後人詠が示される注記について、該当するものを【資料編】として論考の後に示した。これをもとに、まずはそれぞれの用例の傾向を確認する。

『花鳥余情』では、17注記19首の後人詠が確認出来る。『花鳥余情』には240注記282首の和歌提示注記が存在するので、17注記19首という数量は全体の約7％でしかない。『花鳥余情』に示される和歌のほとんどは、物語を解釈するためのいわゆる引歌を示すものであり、後人詠が示される場合は希有な例であると言える。(4)

後人詠の詠者とその歌数は、定家8首、俊頼3首、俊成2首、家隆2首、慈円2首、安芸1首となっており、定家詠が用例の半数を占めている。また、【2】【4】【5】【7】【8】【10】【11】の7注記には、「この源氏の詞をとりてよめる歌」「こ、の詞をとりてよめるにや」といった注釈が付されており、後人が当該の場面や詞を踏まえたことを示している。これは、和歌における《源氏物語取り》の手法を指摘しているものである。残りの注記についても、直接『源氏物語』を踏まえている訳ではないが、詠歌の実作例として後人詠を提示しており、実際に和歌を詠むことに重点が置かれた注記であることが窺える。また、これら後人詠の詠者が俊頼・俊成・定家・家隆・慈円と限定的であることも、詠歌の規範とするに足ることを示す意図が読み取れる。ただし、俊頼詠の2首には、「こ、の詞をとりてよめるにや」といった注釈は付されていない。用例数が少ないため推測となるが、同じ後人詠であっても定家詠を示す意図と俊頼詠を示す意図は別のものであった可能性がある。

次に『伊勢物語愚見抄』(5)であるが、後人詠は5注記7首が確認出来る。『伊勢物語愚見抄』で示される詠者とその歌数は、俊成2首、定家2首、慈円1首、永実1首、崇徳院1首となっている。そして【19】で示した69段の注記を除き、残りすべてに傍線部で示したように物語の詞を和歌に取ったという注釈が付される。『花鳥余情』が《源氏物語取り》を示したのと同様に、《伊勢物語取り》を指摘しているのである。『伊勢物語愚見抄』の後人詠注記は、数こそ5例と少ないものの、『花鳥余情』とほぼ同様の傾向が見られる。

これら『伊勢物語愚見抄』の例で注目すべきは、3注記4首（【18】【20】【22】）が再稿本の段階で増補されたものであるという点である。一例として、【18】の場合を示す。

『伊勢物語愚見抄』（初稿本）59段

住侘ぬ今は限と山里に身をかくすべき宿もとめてむ。

後撰集の第十五にあり。

住みわびぬ今はかぎりと山里に爪木こるべききき宿もとめてん

とあり。業平の詠也。

『伊勢物語愚見抄』（再稿本）59段

六十、すみわひぬいまはかきりと山さとに身をかくすへきやともとめてん

『後撰集』の第十五に、世の中を思うして業平のよめる歌、

すみわひぬいまはかきりの山さとにつま木こるへきやともとめてん

同歌の第四句、両説ある也。いつれも和歌にはとりてよむへき也。**俊成卿**歌、

すみわひて身をかくすへき山さとにあまりくまなき夜はの月哉

いまはとてつま木こるへきやとの松千代をは君と猶いのるかな

両者を比較すると、初稿本の段階では単に『後撰集』業平の異伝歌を挙げていたのに対し、再稿本では『後撰集』の詞書も示され、さらに業平の異伝歌の後に俊成歌の2首が付け加えられている。再稿本は、第四句が「身をかくすべき」と「つま木こるべき」とで揺れていることに関して、傍線部でどちらの歌句も詠歌に用いると述べた上で、それを俊成の和歌2首によって証明しているのである。ここで増補された2首は、実際に詠まれたことを示す用例歌であり、物語の内容を解釈するには直接的には必要ないものである。再稿本での増補は、初稿本の注記をさらに深めたものではあるが、物語の内容に直接関わる注釈ではない。

この増補が行われた時期は、初稿本成立から再稿本成立の間、つまり長禄四年（一四六〇）から文明六年（一四七四）の間である。初稿本の段階でも後人詠を示す注記が見られるため増補に限られた特徴とは言えないが、晩年の兼良の注釈態度を窺い知ることが出来よう。

以上、『花鳥余情』と『伊勢物語愚見抄』に見える後人詠注の特徴を確認した。これら後人詠注記には、兼良の歌学書である『歌林良材集』との接点が窺える注記が含まれている。詳しくは後述するが、『花鳥余情』には15首

中8首、『伊勢物語愚見抄』には7首中6首が、『歌林良材集』にも存在しているのである。これは後人詠注記の大きな特徴の一つである。以下では、この『歌林良材集』との関係について詳しく検証を加える。

問題を『花鳥余情』の後人詠に戻すが、『花鳥余情』の後人詠を捉える前に、『源氏物語』注釈史における後人詠の扱いを押さえておく必要があろう。『花鳥余情』の注釈姿勢を考える際、『河海抄』との関係を念頭に置く必要があるが(6)、その『河海抄』の料簡には、和歌における《源氏取り》の手法について触れている箇所が見られる(7)。

『河海抄』料簡

一中古の先達の中に此物語の心をは哥には詠むへからす詞をとるはくるしからすといふ一義あれとも心をとりたる哥撰集の中にあまたみゆ続拾遺集権中納言俊忠

なかめつる心のやみもはるはかりかつらのさとにすめる月影

とよめるは彼松風巻におもひむせひつる心のやみもはるゝやうなりといへる心ときこえたり同集に典侍親子朝臣

あかさりし袖かとまかふ梅かゝに思なくさむあか月の空　前太政大臣

浮舟の君小野にてこと花よりもこれに心よせのあるはあかさりしにほひのしみにけるにやといへる心也

新古今集
しら露のなさけをきけることのはやほの〴〵みえしゆふかほの花　太上天皇後嵯峨院

続古今集
袖のかや猶のこるらんたち花のこしまによせしよはの浮舟　小侍従

うちわたすをちかた人にこと〳〵ひて名をしりそめし夕顔の花

この比はゆくせの水をせきいれて木かけす丶しき中河のやと
光俊朝臣
鷹司院帥
あかしかた浪のをとにやかよふらん浦よりをちのをかの松風
是等はみな心をとれる哥也詞をとる哥新古今にむしのねもなかき夜あかぬふるさとに見し夢にやかてまきれぬわか身こそありあけの月のゆくゐをなかめてそ続古今になれよなにとてなくこゑのなといへるたくひ勝計すへからすおほかた狭衣物語のたつぬへき草の原の哥をも猶本哥に用たる哥近代集にあまたあるにやひとへに心をとるへからすとさためかたくや且は俊成卿六百番判詞にも源氏みさる哥よみは遺恨の事也云々又正治奏聞状にものりなかもきよすけも源氏をみ候はすともにうたてき事に候也と載られたり尤和語の奥逸なるものなり

傍線部に示したように、ここには「詞をとる」「心をとる」といった語が見られ、『花鳥余情』の後人詠注記に見られた「この源氏の詞をとりてよめる歌」「こ丶の詞をとりてよめるにや」といった注釈と似通うものである。しかし『河海抄』は『源氏物語』を踏まえた和歌を詠む際に、「詞」を取ることは当然ながら、「心をとる」ことも問題にはならない、ということを示しているだけである。

『河海抄』ではこの他に、例外的に源親行の和歌を示す箇所がある程度で、注記の中に後人詠を示すことはない。『河海抄』は、『源氏物語』を解釈する際に必要なもののみを示したのであり、後人詠は物語注釈に必要ないと考えたことが窺える。そのため、『源氏物語』の外的事象（例えば作者紫式部の生い立ち・准拠の手法・諸本等）を扱った料簡において、後人詠に関わる問題を軽く触れるに留まったのではなかろうか。『河海抄』は歌学書を引用するという手法を取っているものの[8]、後人詠まで注記に取り入れることはなかったのである。

これに対して『花鳥余情』における歌学の利用はどうであったか。『花鳥余情』の歌学の利用については、武井和人氏が、

晩年の兼良は、定家の詠歌方法に強くひかれる所があつたと覚しい。例へば、『花鳥余情』の中で定家の名をあげるのは、管見による限り八例あるが、内七例が、定家の《源氏取り》の和歌を指摘するものである。（中略）『歌林良材集』に採られた和歌の内、『拾遺愚草』からの抄出歌が、他の私撰集を圧倒してゐたことも、兼良の定家歌崇拝を如実に物語つてゐよう。(9)

と、兼良の定家歌崇拝を指摘しておられる。武井氏は『花鳥余情』と『歌林良材集』との具体的な接点を示されていないが、正鵠を射た指摘である。『河海抄』が歌語の解釈を歌学書によったのに対し、『花鳥余情』は具体的な詠歌方法を記したのであり、両者の歌学書の使用方法及び施注の対象は異なる。また武井氏は、有職故実の側面から、「『花鳥余情』は、少なくとも40年間にわたる《兼良学》——例へば、『令』『江家次第』研究、装束学——の集成であつた(10)」と述べているが、歌学の摂取という面においても同様であったと考えられよう。この他にも、『花鳥余情』の成立背景に関連する歌学の存在として、伊井春樹氏は刈谷図書館村上文庫蔵『和歌秘書集』の存在を指摘されている。(11)

今回指摘する『歌林良材集』との接点は、こうした先行研究の後塵を拝すものである。

三　『歌林良材集』との関係

『花鳥余情』『伊勢物語愚見抄』に見られる後人詠の半数以上が、同じく兼良の歌学書である『歌林良材集』に見え、両者の強い結びつきが想定出来る。ここからは、『歌林良材集』を物語注釈にどの様に反映させていったのか

を、具体的に検証していく。(12)

『歌林良材集』「第二　取二本歌本説一體」

取二用本歌物語意詞一事

（萬三）くるしくもふりくる雨か三輪が崎さのゝ渡にいへもあらなくに　奥麿

新古　駒とめて袖うちはらふかげもなし（家もなき心也）さのゝわたりの雪の夕暮　定家

伊勢物語、海士のさかてをうつ事

おのれのみ海士のさかてをうつたへに木葉ふりしく跡だにもなし　定家

源氏若紫巻云、くらぶの山にやどりもとらまほしくおぼえ給へど、あやにくなるみじか夜にて

兼厭暁恋　**こよひだにくらぶの山に宿もがな暁しらぬ夢や覚ぬと　定家**

やどりせぬくらぶの山を恨つゝはかなの春の夢の枕や　同

同しゐがもとの巻云、うらめしといふ（世をうぢやまといふ心也）人もありける里の名の、なべてむつまじうおぼさるゝゆゑも

待人の山路の月もとほければ里の名つらきかたしきの袖　同

はつ霜のなれもおきゐてさゆる夜に里の名うらみうつ衣哉　家隆

萬　君があたり見つゝををらむ伊駒山雲なかくしそ雨はふるとも

いこま山いさむる嶺にゐる雲のうきて思のはるゝまもなし　定家

萬葉集第五、梧桐日本琴一面對馬結石山孫枝　此琴夢化二娘子一云々

いかにあらむ日の時にかもこゑしらん人のひざのうへわが枕せん

六百番寄琴恋　むかしきく君が手なれの琴ならば夢にしられで音をもたてまし　定家

まず『歌林良材集』の「第二　取二本歌本説一體」から「取二用本歌物語意詞一事」の項目を取り挙げる。ここでは

本歌・本説の後にそれを受けた後人詠を示す形で、順に万葉歌、『伊勢物語』96段、『源氏物語』若紫巻、同じく椎本巻、再び万葉歌2首を示す。ゴシックで示した後人詠は、以下のそれぞれの注記にも見える。

『伊勢物語愚見抄』（再稿本）96段（資料【20】）

かのおとこ、あまのさかてをうちてなん、のろひをるなる。

あまのさかてうつとは、人を呪詛する事をいふ。地神第四代彦火火出見尊と申神のこのかみ、火闌降命と申おはしましけり。この二の神、さちかへをし給ひし時、このかみのつりはりをうしなひ給ひしを、それ返したへとなをさりならすせめたまひしかは、もしやとうみのほとりをたつねありき給ひし時、しほつゝの翁といふ神のはかり事により、海の宮へ入給て、やう〳〵とつりはりをたつねいたして、あにのみことに返し給ふ時、うみの神のおしへによりて、さま〳〵のろ〳〵しき事ともをいひつゝけて、うしろてにてはりをなけあたへ給ひし事あり。くはしく『日本紀』の第二の巻にみえたり。かゝる事のをこりよりはしまりて、人をのろふとては、手をうしろへやりてたゝく事ありとかや。それを、あまのさかてうつ、とはいふなり。**定家卿**、こゝのこと葉をとりてよめるうた、

をのれのみあまのさかてをうつたへにふりしく木の葉あとたにもなし

『花鳥余情』若紫巻（資料【2】）

くらふ山にやとりもとらましくおほえ給へとあやにくなるみしか夜にて

六帖二くらふ山くらしと名にはたてれともいもかりといはゝよるもこえなん

今案此歌いたくかなはねともくらふ山をくらきかたによめる歌なれはこゝの詞にすこしき便あるにや　心は夜かはやくあくれはしはらくくらき所にやとりはとらまほしきと也　**京極中納言**こゝの詞をとりてよめる歌

兼厭暁恋**今夜たにくらふの山に宿もかな暁しらぬ夢やさめぬと**
やとりせぬくらふの山を恨つゝはかなの春の夢の枕や

『花鳥余情』椎本巻（資料【15】）

うらめしといふ人もありけるさとの名の
うらめしといふさとの名は古今の歌に世をうち山身を宇治はしなとよめる心をとりていへる也　この源氏の詞をとりてよめる歌　元久元年七月宇治御幸の時夜恋の題にて**定家卿**
まろ人の山ちの月もとをけれは里の名つらきかたしきの床
又名所の歌に家隆卿
初霜のなれもおきゐてさゆる夜に里のなうらみうつ衣かな

『伊勢物語愚見抄』96段の注記では、注記の末尾に引用が認められる。「定家卿、こゝのこと葉をとりてよめるうた」の注記と、「をのれのみあまのさかてを……」の和歌は、再稿本の段階での増補である。先にも触れたが、傍線部「こゝのこと葉をとりてよめるうた」の注記は、この定家詠が当該箇所に基づいて詠まれたことを指摘するもので、物語を解釈する上では増補の必要性が低い注記である。

『花鳥余情』若紫巻、椎本巻の注記も、傍線部「詞をとりてよめる歌」という注釈を伴いながら、定家・家隆の詠を示している。『歌林良材集』の指摘を受け継ぐように、『歌林良材集』において「源氏若紫巻云」「同しゐがもとの巻云」と示された通り、『花鳥余情』も若紫巻と椎本巻において後人詠が存在する。またそれらの詠者、提示順、歌題も『歌林良材集』とほぼ同様に示され、例えば、若紫巻の「今夜だに……」の定家詠には、「兼厭暁恋」の歌題が『歌林良材集』『花鳥余情』の両者に共通して見えるといった具合である。さらに『歌林良材集』が示す『源氏物語』本文も、ほぼ同様に『花鳥余情』において見出し本文として採用されている。これらの点を踏まえると、『歌林良材集』の注記が、そのまま『花鳥余情』の注記に反映されたと考えられよう。もちろん『花鳥余情』がさらに注記に情報を加えたことは言うまでもない。

『歌林良材集』の当該箇所で注目すべき箇所は、もう一点ある。それは『万葉集』3032番歌「君があたり見つゝををらむ伊駒山雲なかくしそ雨はふるとも」を本歌とする定家詠が、『花鳥余情』に確認出来る点である。

『花鳥余情』花宴巻（資料【5】）

ほかのちりなんとやをしへられたりけん

古今歌にほかのちりなん後そさかましとよめるは花にいひをしへたる心なれは歌のこと葉になき事をも心をとりてかくかける也　**定家卿**の歌はおほくはこの物語よりいてたりとみえ侍り

いこまやまいさむるみねにゐる雲のうきて思ひのきゆる日もなし

とよめるは本歌の雲なかくしそといへるは雲をいさめたる心なれはやかていさむるみねと心をとりてよみ侍る也　こゝの詞に相にたるやうなれはよりもつかぬ事なれと筆の次に申侍る也　大方源氏なとを一見するは歌なとによまむ為也　読んにとりては本歌本説を用へきほとをしらすしてはいかゝと思ひ給へ侍れはいときなき人のためしるし付侍る也

この『花鳥余情』花宴巻に引用された「いこまやま……」の定家詠が万葉歌3032番歌を本歌としていることは、波線部の「本歌の雲なかくしそといへるは」の部分から推定出来、やはり『歌林良材集』から引用したものと考えられる。当該箇所では万葉歌を本歌取りする例として、『歌林良材集』から引用が行われ、歌学の成果を物語注記に再利用・転用したことが窺える。

しかしこの和歌は、物語の解釈に直接結びつかないものであるのは勿論のこと、傍線部「おほくはこの物語よりいでたりとみえ侍り」の部分とも関わりがない。むしろ傍線部の直前「歌のこと葉になき事をも心をとりてかくかける也」の実作例として定家詠を示したと考えるべきであろう。この理由について兼良は、二重傍線部「ここの詞に相似たるやうなれば、よりもつかぬ事なれど筆のついで申し侍る也。大方源氏などを一見するは、歌などによまむ為也。読まんにとりては、本歌本説を用ふべきほどを知らずしては、いかがと思ひ給へ侍れば、いときなき人のため、しるし付け侍る也」と、説明している。つまり、『源氏物語』とは関係なく、詠歌の際に本歌を押さえることの重要性を説いているのである。「いときなき人のため」とあるように初学者向けの注釈と述べていることから、和歌詠作の作法を物語の注釈を通して学ばせることが『花鳥余情』の一つの目的であったと考えられる。

『歌林良材集』と物語注釈との関係は、他の箇所からも見える。次に示すものは、引用の態度が窺える例である。『歌林良材集』の「第二　取㆓本歌本説㆒體」の中から、物語を本歌として示すものを抜き出した。

『歌林良材集』「第二　取㆓本歌本説㆒體」

取㆓本歌二句或三句㆒引㆓違意㆒體

伊勢物語　思あらば葎のやどにねもしなむひしき物には袖をしつゝも

（新古）　たえてやは思ひありともいかゞせむ葎の宿の秋の夕暮　雅経

本歌第三四句を第一二句になして讀る體

源氏　世にしらぬ心ちこそすれ在明の月の行方を空にまがへて

（新古）　**あり明の月の行方をながめてぞ野守の鐘は聞べかりける　慈鎮**

本歌第一二の句を第三四の句になして讀る體

伊勢物語　かち人のわたれどぬれぬえにしあれば又あふさかの関はこえなん

新古　逢坂の関ふみならすかち人のわたれどぬれぬ花の白波　後京

取㆓本歌一句㆒體

源氏　鈴蟲のこゑのかぎりをつくしても長夜あかずふる涙かな

　　　蟲の音も長夜あかぬふる郷に猶思ひそふ松風ぞ吹　　家隆

源氏　見ても又あふ夜まれなる夢の中にやがてまぎるゝ我身とも哉

　　　みし夢にやがてまぎれぬ我身こそとはるゝけふは先かなしけれ　　後京

本歌二句三句不レ替レ置取體

源氏　うつせみの羽におく露の木がくれて忍び〳〵にぬるゝ袖哉

新古　鳴蟬の羽におく露に秋かけて木陰すゞしき夕暮のこゑ　　後京

本歌の意に贈答する體

源氏　あげ巻にながき契りを結びこめおなじ所によりもあはなん

　　　ながくしもむすばざりける契りゆゑ何あげ巻のよりあひにけん　　**定家**

この中で、物語注記に転用したと考えられるものをゴシックで示した。二つ目の慈円の和歌と、最後の定家の和歌が該当する。それぞれに対応する注記を以下に示す。

『花鳥余情』花宴巻（資料【4】）

　よにしらぬ心ちこそすれ在明の月の行ゑを空にまかへて

　吉水僧正歌

　あり明の月のゆくゑをなかめてそ野寺のかねはきくへかりける

　此歌をとりてよみ給へる也　源氏をは詞をも歌をもとりてよむへき也　俊成卿も源氏みさらん歌よみは無念の事といへり　又花のえんの巻はことにすくれて艶なる巻とも申給へり

『花鳥余情』総角巻（資料【16】）

あけまきになかき契をむすひこめおなし心によりもあはなん
　催馬楽呂歌
あけまきやひろはかりやさかりてねたれともまろひあひにけりかよりあひにけり
今案ひろはかりは八尺はかり也　さかりてはいとのさかりたるを人さかりてねたるにそへたる也　**定家卿**
歌にも
なかくしもむすはさりける契ゆへなにあけまきのよりあひにけん

当該箇所からは、『歌林良材集』に存在する後人詠が、必ずしもすべて物語注記に使用された訳ではないことが窺える。『歌林良材集』には、雅経、良経、家隆の詠も見られるが、これらは『花鳥余情』には引用されていない。特に、良経の物語取りの詠は『歌林良材集』には3首も挙げられているものの、『花鳥余情』では一切使用されていない。逆に、定家の詠は、『歌林良材集』が指摘する物語取りの和歌に関しては、すべてを引用している。家隆に関しては、先に示した椎本巻の注記では引用していたが、ここで示した『歌林良材集』が指摘する鈴虫巻に基づく詠については引用していない(13)。

これらの現象は、単に物語取りの手法を示したのでなく、その詠者が誰であるかも重要な要素であったことを示唆する。先の武井氏の指摘にあったように、定家詠を最も重要視し、家隆、俊成、慈円らの詠は定家詠に準ずる存在であったことが窺える。この点から、物語注記の中で後人詠をその詠者名とともに示した意図が読み取れよう。物語取りを行った後人詠ならば誰の和歌でも良いという訳ではなく、権威ある定家やそれに準ずる人物らの物語取りを明示することで、注釈の信頼性を高めようとしたのではないだろうか。また、物語取りの指摘が和歌詠作における作法の一端を教示するためであったことを含めると、和歌の実作として目指すべき対象をはっきりと指し示す意図も見えてこよう。

また、物語取り以外の箇所からも、一致する例が見られる。

『歌林良材集』「第二　取二本歌本説一體」

　取二用詩意一事

　　（中略）

　文集、酔悲涙灑二春坏中一、白樂天於二船中一逢二元微之一時口號也。

　　　もろともにめぐりあひぬる旅衣涙ぞそゝぐ春の盃　　同（**定家**）

『花鳥余情』須磨巻（資料【9】）

えいのかなしみなみたそゝく春のさかつきのうちと

白楽天か江州へ左遷せられし時三月卅日に夷陵といふ所にとまりて元微之にわかれし時つくれる詩の句也

　それをいま三位の中将に源氏のわかれ給ふ時に思なすらへてもろ声にうちすし給ふなり　此詩のこゝろ

を**定家卿**韻の歌によみ給へり

　　もろ共にめくりあひける旅枕涙そそゝく春のさか月

この例は、『源氏物語』を本説とする指摘ではないが、『花鳥余情』が指摘する白楽天の逸話、及び定家詠の一致から、『歌林良材集』との関係が想定されるものである。『源氏物語』が本説とした詩については、直接その詩句を示すわけではなく、状況を説明するに留まっている点は注目される。『源氏物語』と、定家とが、同じ白楽天の詩を本説として、その心を詠んだということである。ここからは、出典となる詩句そのものよりも、本説を踏まえた和歌がどう詠まれているのかという実例が重視されたことが読み取れ、物語読解のための注記ではなく、実際の詠作のために施された注記であることが指摘出来る。

以上確認した後人詠注記の7例は、『歌林良材集』「第二　取二本歌本説一體」からの引用であった。具体的な本歌・本説の箇所を示す当該箇所は、物語注釈にも反映し易い部分であったかと思われる。ただし、『歌林良材集』からの引用と思われる箇所は、他にも存在する。以下ではそれらの例を確認する。

まずは、「第一　出レ詠歌諸體」より「有二一説一歌共為二本歌一用之事」の項目を取り挙げる。

『歌林良材集』「第一　出レ詠歌諸體」

有二一説一歌共為二本歌一用之事

古　暁の鴫のはねがき百はがき君が来ぬ夜は我ぞかずかく　（讀人不知）

あかつきのしぢのはしがき百夜かき君がこぬよはわれぞ数かく

千載　思ひきやしぢのはしがきかきつめて百夜もおなじまろねせんとは　俊成

千五百番　とにかくにうき数かくや我なれや鴫の羽がきしぢのはしがき（はイ）　慈鎮

すみわびぬいまはかぎりと山里に妻木こるべき宿もとめてん　（業平）

住侘ぬ今はかぎりと山ざとに身をかくすべきやどもとめてん　（同）

千載　**住侘て身をかくすべき山里にあまりくまなき夜はの月かな　俊成**

今はとて妻木こるべき宿の松千代をば君と猶祈る哉　同

後　あふ事はとほ山鳥のかり衣きてはかひなき音のみぞなく　元良御子

定家卿僻案抄云、きぬなどのすりには遠山をする物なればよめるにこそ。一本には、とほ山鳥と有。

音をのみなくといふにことよれるにや。すりのとほ山いはれあるうへに、（行成卿）大納言の本に、

とほ山ずりとあり。

萬十一　波間よりみゆる小嶋の浜ひさし久しく成ぬ君にあはずて

熊野御幸 庭上冬菊　**霜おかぬ南の海のはまひさし久しく残る秋のしら菊　定家**

右、浜ひさしにて、庭上のこゝろはあるなり。

ここに示した例は「有二一説一歌共為二本歌一用之事」とあるように、本歌に異伝歌あるいは異本歌が存在し、その両説がそれぞれ後世の和歌に詠まれたものを示したものである。二つ目の「すみわびぬ」の和歌、四つ目の「はまひさし」に関するものが、『伊勢物語愚見抄』においても確認出来る。

『伊勢物語愚見抄』（再稿本）59段（資料【18】）

六十、すみわひぬいまはかきりと山さとに身をかくすへきやともとめてん

『後撰集』の第十五に、世の中を思うして業平のよめる歌、

すみわひぬいまはかきりの山さとにつま木こるへきやともとめてん

同歌の第四句、両説ある也。いつれも和歌にはとりてよむへき也。**俊成卿**歌、

すみわひて身をかくすへき山さとにあまりくまなき夜はの月哉

いまはとてつま木こるへきやとの松千代をは君と猶いのるかな

『伊勢物語愚見抄』（再稿本）116段（資料【21】）

百十七、浪間よりみゆるこしまのはまひさし久しくなりぬ君にあひみて

はまひさしの事、『知顕集』なとにさま〳〵申侍れと、みないたつら事とそ覚え侍る。はまひさしは、たゝ浜にある家をいふへし。とまひさし、いたひさしなといふかことし。**定家卿**、熊野御幸の御ともにまいりて、新宮三首の中、庭上冬菊といへる題にてよめる歌、此物かたりを本歌にとれり。

霜をかぬ南の海のはまひさし久しくのこる秋のしらきく

此歌、はまの家の心ならねは、題の庭の文字落題になる也。又、物語のはまひさしを、浜ひさきとかきたる本あり。よりきたれるによりて、ともに本歌にはとるへき也。君にあひみては、あひみぬといふ詞也。

この2注記は、傍線部「いつれも和歌にはとりてよむへき也」「此物かたりを本歌にとれり」といった文言を伴い、実作例を示す形で後人詠を示す典型的な引用形態である。先に触れたように【18】の後人詠注記は再稿本段階での増補が確認出来るが、【21】に関しては増補は確認出来ない。つまり初稿本編集時に、既に『歌林良材集』のような歌学の成果が物語注釈に反映されていたことが推察されるのである[14]。そして増補の際の歌学の流入とを重ね合わせると、兼良の物語注釈における歌学の反映は、度重なるものであったと考えられる。つまり、歌学やその他の学問の成果は、複数の段階で物語注釈に転用され、流入したことが見て取れよう[15]。

　この他にも、第三「虚字言葉」より、2例の影響関係が確認出来た。

『歌林良材集』「第三　虚字言葉」

　やよ、やゝと呼たる心也。

古　やよやまて山郭公ことづてむわれ世中にすみ侘ぬとよ　（三國町）
源氏　思ふらむ心の程ややよいかにまだみぬ人のきゝかなやまむ
同　いぶせくも心に物を思ふかなやよやいかにととふ人もなみ
新古　**やよ時雨物思ふ袖のなかりせば木の葉の後に何を染まし　（慈鎮）**

『花鳥余情』明石巻（資料【10】）

いふせくも心に物をなやむ哉やよやいかにととふ人もなみ
　やよやは人をよふにやゝといふかやうなる心也　**慈鎮和尚**
やよ時雨物おもふ袖のなかりせは木の葉のゝちになにをそめまし
　も時雨をよひてとふ心也

右の注記は、「やよ」という語が呼びかける際に使われるという例として示された箇所である。『歌林良材集』に示された末尾の2首が、『花鳥余情』と対応する。『花鳥余情』では「いぶせくも……」の和歌が見出し本文となっているが、慈円の「やよ時雨……」の和歌の一致や、「やよ」が「やや」と呼ぶのと同じ心であるとする指摘から、両者の関係性が見て取れる。ここでは、用例歌を提示する際に、『歌林良材集』を用いたものと捉えられる。

これと同様の事象が、『伊勢物語愚見抄』にも存在する。

『歌林良材集』「第三　虚字言葉」

われて、わりなくての心也。一は別て也。

古　よひの間に出て入ぬるみか月のわれて物思ふ比にも有哉　（讀人不知）

たかねより出くる水の岩だゝみわれてぞ思ふ妹にあはぬよは

詞花　**瀬をはやみ岩にせかるゝ瀧川のわれても末にあはんとぞ思ふ**　**新院**

金　**三か月のおぼろけならぬ恋しさにわれてぞ出る雲のうへより**　**永實**

『伊勢物語愚見抄』（再稿本）69段（資料【20】）

われてあはんといふ。

われては、わりなくしてあはんといふ詞也。『**金葉集**』、**永実**歌、

三日月のおほろけならぬ恋しさにわれてそいつる雲のうへより

この歌のわれては、わりなき心にかなへり。又『**詞花集**』、**新院**御製、

瀬をはやみ岩にせかるゝ谷水のわれても末にあはんとそ思ふ

これは、わかれてもの心也。

当該の注記は、「われて」の意味を実作例をともに示しながら説明する。【20】の後人詠注記は、初稿本の段階から確認出来、早い段階で『伊勢物語愚見抄』に流入したものと考えられる。「われて」の用法に二通りあることを

示している点や、提示する歌集名や詠者が一致している点を考えると、『歌林良材集』からの引用として問題ないであろう。『伊勢物語愚見抄』において、永実詠が崇徳院詠よりも前に示すのは、勅撰集を成立順に提示する意図であろうか。

これらの注記は、「詞をとりてよめる歌」といった文言を伴っておらず、内容についても歌語を具体的な用例歌を示しながら説明するものであり、これまで確認してきたような後人詠注記とは異なる。また『伊勢物語愚見抄』に見られた、詠者の崇徳院と永実とは、当該箇所にしか見られない。後人詠を示す場合でも、注釈の初期から存在したものと、増補の際に加えられたものでは、その注釈の特徴が異なるのである。物語注釈における歌学の引用は、用例歌から物語取りの実例へ、意味説明から実践の手解きへ、その意図が変化していったと考えられる。

最後に、第五「有二由緒一歌」より、もう一例を示す。

『歌林良材集』「第五　有二由緒一歌」

かさゝぎの行あひの間事、　一説、かたそぎの行あひの間

夜やさむき衣やうすきかたそぎ（かさゝぎ）の行あひの間より霜やおくらん

右、歌論義といふ書には、かたそぎとあり。奥義抄にはかさゝぎとあり。かたそぎといふは、神のほくらのつまに、刀のやうにてたてる木也。又は千木とも云也。この歌は、住吉の社の年月おほくつもりてあれたる所おほくありければ、そのゆゑをおほやけにしらせたてまつらんとて、みかどの御夢に見たる歌といへり。かさゝぎといふ説は、天河に鵲といふ鳥の羽をならべて橋になして、織女をわたすといふ事也。そのかさゝぎの行あひを、あやまりてかたそぎと書るといへり。但、七月七日こそ七夕の渡らむためにわたすべきに、冬など霜の事によまむ事は、いかゞと聞ゆれど、歌はさのみある事なり。たゞ空より霜のふるといはむとて、かさゝぎの行あひの間とはよめる也。かさゝぎの橋に霜をむすびてよめる歌どももあまた有。

かさゝぎのわたせる橋の霜のうへを夜半にふみ分ことさらにこそ　忠岑
六帖
かさゝぎのちがふる橋の間どほにてへだつる中に霜やおくらん　曽丹
橋夕霜
かさゝぎのわたすやいづこ夕霜の雲ゐにしろきみねの梯　家隆

『花鳥余情』浮舟巻（資料【17】）

さむきすさきにたてるかさゝきのすかたも
　かさゝきといふはまつは鵲のからす也　しかれともこの物語には鷺をかさゝきといへり　かさゝきのはしを絵なとにかくにはからすをもかき又しらさきをもかく也　**家隆卿**歌
かさゝきのわたすやいつこゆふしもの雲井に白き嶺のかけはし
この歌はかさゝきの色を白物にたとへられたり　所詮かよはして用へき事にこそ　わすれ草を萱草ともいひ又忍草の異名ともいふかことし

これは「かささぎ」の歌語について述べたもので、家隆の詠が一致する。この例も【20】同様、物語取りの例という面だけでなく、「所詮かよはして用へき事」という歌語使用の用例歌としての要素が強く出ている。また『歌林良材集』で用いられている歌語説明の注釈がほとんど『花鳥余情』には反映されず、他の注釈等の成果が流入した注記であるとも考えられる。(16)

この「有由緒歌」の項目には、後人詠注記ではないものの、影響関係が確認出来る例が存在する。

『歌林良材集』「第五　有由緒歌」

宇治橋姫事、一、宇治玉姫
古
さ筵に衣かたしきこよひもや我をまつらむ宇治の橋姫（又宇治玉姫）

右、宇治橋姫とは、姫大明神とて、宇治の橋の下におはする神也。其御所へ宇治橋の北におはする離宮と申神の、夜毎にかよひ給ふとて、暁ごとにおびたゞしく波のたつ音するとなむ、彼辺の土民は申ならはせり。此歌は離宮の御歌と申。又隆源阿闍梨と申者は、住吉大明神の宇治橋守の神に通給ふと申ゆゑに、此歌は住吉明神の御歌といへり。

古
千はやぶる宇治の橋守なれをしぞ哀とは思ふ年の経ぬれば　（讀人不知）

右、此歌を古今集の一本に、宇治のはし姫と書る事あり、又橋姫の物語といふ物あり。それにこの二首の歌を書り。但、定家卿は彼の物語不レ可レ用之由、しるされ侍り。

六帖 烏羽玉の夕はかへる今夜さへわれをかへすな宇治の玉姫　家持

『花鳥余情』橋姫巻

はし姫の心をくみてたかせさすさほのしつくに袖そぬれける

宇治はしひめは橋下の姫大明神と申神也　離宮の神この姫神にかよひ給ふといふ説あり　又一説住吉大明神の宇治の橋下にかよひ給ふといふ　さむしろに衣かたしきの歌は住吉明神の御歌といひつたへたり

六帖 むは玉のよむへもかへる今夜さへ我をかへすなうちのはし姫　家持

『河海抄』橋姫巻

はしひめの心をくみてたかせさすさほのしつくに袖そぬれける

橋姫は宇治橋の神也此故に万葉にもちはやふるうちと云り

さむしろに衣かたしきこよひもや我をまつらんうちのはしひめ　古今

宇治の橋姫といふ古物語にあり

宇治橋　孝徳天皇大化二年沙門道登始造之

これらは宇治の橋姫についての注記である。参考として『河海抄』も示したが、武井氏が「河海抄の反措定として[17]」と述べるように、『河海抄』の注記を補塡するかのように、『花鳥余情』は注記を施す。語彙の一致を傍線で示したが、この『花鳥余情』の注記は『歌林良材集』をもとに作成したかと思われる。『花鳥余情』に示された「一説」は、『歌林良材集』によると「隆源阿闍梨」の説であると分かるように、『歌林良材集』から『花鳥余情』へと説が再利用・転用されていることが分かる。ただ『歌林良材集』の注釈をそのまま引用しているのではなく、再構築された注記である。その際、用例歌もしくは関連歌として家持の古今六帖歌を引用したのであろう。

以上が『歌林良材集』との関係が窺えるものであったが、最後に『歌林良材集』との関係が想定されないものに関して、言及しておく。

物語注記に見える後人詠が、『歌林良材集』には見えなかったものとして、【1】【3】【6】【7】【8】【11】【12】【13】【14】【22】がある。これらは、用例歌・証歌として提示した可能性がある。また俊頼の詠は、後人詠の注記に良く見える「詞をとりてよめる歌」という文言がありながらも、『歌林良材集』とは全く関係性が認められないものである[18]。俊頼の歌学に関しては、流入の経路を別途考える必要があるだろう。『歌林良材集』以外の歌学書、注釈書からの流入過程については、今後さらなる考証を重ねていきたい。

四　まとめ

以上甚だ煩雑であったが、兼良の物語注釈と『歌林良材集』との関連性を指摘した。『花鳥余情』『伊勢物語愚見抄』の後人詠は、その大半が『歌林良材集』と一致し、兼良の歌学の成果が物語注釈に流入した形跡であると判断出来よう。

『歌林良材集』は、兼良の早い段階での著作である。一方、物語の注釈の場合、『伊勢物語愚見抄』初稿本は長禄四年（一四六〇）、再稿本が文明六年（一四七四）に成立しており、その間の文明四年（一四七二）に『花鳥余情』初稿本が成立している。

『伊勢物語愚見抄』の後人詠注記は、再稿本の段階で加わったものである。また源氏注においても、後人詠注記は、兼良壮年期の注釈である『源氏和秘抄』には存在せず、『花鳥余情』から登場する。ちなみに『花鳥余情』においては、再稿本以降に後人詠注記が増補された形跡はないため、すべてが初稿本の段階で注釈に取り入れられたものと考えられる。これらを考え合わせると、後人詠注記が物語注釈に流入した時期は、文明年間初期と想定出来るのではないだろうか。兼良壮年期の著作である『歌林良材集』が、晩年期に『花鳥余情』や『伊勢物語愚見抄』再稿本に再利用・転用されたと言えよう。

これら後人詠は、兼良の歌学や物語注釈の形成や展開に関わるだけでなく、兼良自身の和歌や連歌の実作状況とも結びつく問題を持つ。理論と実践の連動性について検証すべき点が残っているが、この点については別の機会に検討を加えたい。

注

（1）今回使用する『花鳥余情』の本文は、再稿本系統にあたる中野幸一編『花鳥余情　源氏和秘抄　源氏物語不審条々　源語秘訣　口伝抄』（源氏物語古註釈叢刊第2巻、武蔵野書院、一九七八）により、尊経閣文庫蔵本で確認した。初稿本系統の松永本及び、献上本系統の龍門文庫蔵本とも比校したが、管見の限り大きな異同なかった。また論考内に引用する注記において、後人詠の指摘部分をゴシックで示した。

（2）中野幸一「解題」（中野幸一編『花鳥余情　源氏和秘抄　源氏物語不審条々　源語秘訣　口伝抄』前掲（1））。

（3）『花鳥余情』と『伊勢物語愚見抄』との関係については、堀内秀晃「『伊勢物語愚見抄』と兼良の源氏学」（寺本直彦編『『源氏物語』とその受容』、右文書院、一九八二）に詳しい。氏は、「『愚見抄』は、兼良の源氏学の応用として、また『花鳥余情』をまとめる道程の一つとして、一定の役割を果たしてきた」と述べる。

（4）第30回中古文学会関西部会例会（於神戸女学院大学、二〇一一・一一・二六）において、「『花鳥余情』の引歌注記――兼良の文脈理解と施注方法――」と題する口頭発表を行った。『花鳥余情』における和歌提示注記の特徴は、大凡以下の6点が挙げられる。

（ｉ）先行諸注と比較して、極端に引歌の指摘が少ない。また巻によって指摘される引歌の分量にかなりの偏りがある。

（ii）先行諸注で指摘されていた引歌に関しては、基本的に提示しない。

（iii）先行諸注で指摘されていない引歌（『花鳥余情』によって初めて注釈に登場する引歌）を提示する。

（iv）用例歌としての側面を保持するものもある。

（ｖ）引歌提示の後に「今案」を付す場合がある。これは和歌提示注記の約28％である。『花鳥余情』全体の「今案」は181項であるから、約37％が和歌提示の注記に付されたことになる。

（vi）『源氏物語』を本説・本歌とする後人の和歌を示す場合があり、これらは物語の解釈には直接反映されない。

（5）『伊勢物語愚見抄』は、初稿本が長禄四年（一四六〇）の成立、再稿本が文明六年（一四七四）の成立である。なお本文は、初稿本は田中宗作『伊勢物語研究史の研究』（桜楓社、一九六五）により、再稿本は片桐洋一・鈴木隆司編『伊勢物語愚見抄』（片桐洋一・山本登朗編『伊勢物語古注釈大成　第三巻』、笠間書院、二〇〇八）によった。

（6）武井和人「花鳥余情」（『一条兼良の書誌的研究　増補版』、おうふう、二〇〇〇）。氏は、『花鳥余情』と『河海抄』の関係について

もはや常識に属することゆゑ改めてことあげされてゐないだけなのかもしれないが、『花鳥余情』は『河海抄』の反措定として著されたフシが読み取れる。換言するなら、『河海抄』を横に置き、逐一比較しながら読み進めなければ、注の真意（深意）が解読できないカラクリになつてゐると思はれるのだ。

と述べられている。

（7）『河海抄』の本文は、玉上琢彌編、山本利達・石田穣二校訂『紫明抄　河海抄』（角川書店、一九六八）によった。

（8）第二部第三章「歌学書引用の実態と方法――顕昭の歌学を中心に――」。
（9）武井和人「柿本傭材集」（前掲（6））。
（10）前掲（6）に同じ。
（11）伊井春樹「兼良の源氏学の形成――一条家の秘説から『花鳥余情』へ――」（『源氏物語注釈史の研究　室町前期』、桜楓社、一九八〇）。
（12）『歌林良材集』の本文は、久曽神昇編『日本歌学大系　別巻七』（風間書房、一九八六）によった。
（13）『歌林良材集』に見られる伊勢物語取りを指摘する後人詠についても、すべてが『伊勢物語愚見抄』に反映されている訳ではない。
（14）この『歌林良材集』「有㆓二説㆒歌共為㆓本歌㆒用之事」の注記は、『柿本傭材集』にも同様の注記が確認出来る。参考として『柿本傭材集』の該当箇所以下に示した。

『柿本傭材集』「有二説哥事」

暁のしきのはねかき百羽かき君かこぬ夜は我そ数かく
暁のしちのはしかき百夜かき君かこぬよはわれそ数かく
思ひきやしちのはしかきかきつめて百夜も同し丸ねせんとは
とにかくにうき数かくや我ならん鴫の羽かき榻のはしかき
　右しちのはしかき鴫のはねかきいつれも本歌に用へし
住わひぬ今はかきりの山里に身をかくすへき（爪木こるへき）宿求めてん
今はとて妻木こるへき宿の松千世をは君と猶祈る哉
住侘て身をかくすへき山里にあまりくまなきよはの月哉
　右身隠すへき爪木こるへき共に用へし
逢事は遠山鳥のかり（すり）衣きてはかひなきねをのみそ鳴
　右遠山すり遠山鳥いつれも用へし定家卿はすりを猶可用之云々とを山とりはねをのみそなくに事よれるにや

波間よりみゆるこしまの浜庇久しく成ぬ君に逢見て
　右ひさしひさきよりきたるにしたかひ皆本哥に用へし此はまひさしの事さま〳〵に申侍りみな徒事とそ覚え侍るはまひさしはたゝ浜にあるをいふへしとまひさし板ひさしなといふかことし定家卿熊野御幸の御供にまいりて新宮三首の中に庭上冬菊といへる題にて　霜をかぬ南のうみの浜ひさし久しくのこる秋の白菊　此哥はまの家の心ならねは題の庭の文字落題になる也所詮定家卿哥をもてひさしに治定し侍るへき者也哥道には定家家隆の説を聞侍らは（京大本・久松本「用侍らすは」）傍若無人といつへしとなん

『歌林良材集』『柿本傭材集』ともほぼ同様の注記であるが、『柿本傭材集』の「波間より…」の和歌に示された注記に示された「定家卿熊野御幸の御供にまいりて新宮三首の中に庭上冬菊といへる題にて」「此哥はまの家の心ならねは題の庭の文字落題になる也」といった部分は、『歌林良材集』には見えず『伊勢物語愚見抄』とのみ一致する。この点から、『柿本傭材集』も物語注記に影響を与えたことが窺え、兼良自身の歌学が『歌林良材集』以外からも流入していたことが分かる。また、『柿本傭材集』で注目すべきは、最後の部分、傍線と二重傍線を付した部分である。傍線部では、定家の歌をもって歌意を治定したことを述べており、二重傍線部「哥道には定家家隆の説を聞侍らは傍若無人といつへしとなん」という点からは、定家と家隆の名を出し、歌道における彼らの説の重要性を説いている。この部分に見える、歌道として定家や家隆を重要視している兼良の態度は、そのまま物語注釈の根底にも流れていると判断出来よう。

(15)　稲賀敬二「源氏物語提要と諸注釈書」（『源氏物語の研究――成立と伝流――増補版』、笠間書院、一九八三）。

(16)　一例として『連珠合璧集』を示す。

『連珠合璧集』

かさゝきとアラハ。

まつはからす也。鷺をもかさゝきといふ。かよはし用る也。

嶺飛越る。橋。木をめくる。寒きすさき。

ゴシックで示した部分が『花鳥余情』の注記と一致する。後人詠は示されていないもの、語彙は一致する。後人詠は

『歌林良材集』、語彙説明は『連珠合璧集』、といって取り合わせのような形態となっている。これは兼良の複合的な知識によって注釈が施されたと見るべきであろう。

(17) 前掲（6）に同じ。

(18) この他にも、『愚問賢注』との関係が指摘出来る。

『愚問賢注』

一、本歌をとる事、詩の心をもよめり。又漢家の本文勿論歟。源氏狭衣の詞、又子細なきをや。六百番判詞に、俊成卿の、源氏見ざらむ歌よみは口惜事と申されき。しからば源氏の詞など幽玄ならんをば、本歌にはとるべきをや。続古今に光俊朝臣、中河の心をよめるうた入りたり。今も本歌にはとるべきにや。

本説、本文、詩の心、物語の心、さのみ不レ可レ詠之由申して侍れども、つねに見え侍るにや。よもぎふの本のこころ、さごろもの草の原、目なれて侍る歟。源氏は歌よりは詞をとるなど申して侍る。須磨にあかつきかけて月いづる比なればといへるを取りて、**春の色はかすむばかりの山のはにあかつきかけて月いづるころ**、宇治に御馬にめすほど、ひきかへす心ちしてあさましといへるを、面影のひかふるかたにかへり見る都の山は月ほそくしてと侍る、艶におもしろく侍るにや。ともに京極入道中納言歌也。

『花鳥余情』須磨巻（資料【8】）

あかつきかけて月いつる比なれは

定家卿の此詞をとりてよみ侍る歌　内大臣家の百首

春はたゝ霞ばかりの山のはに暁かけて月いつるころ

ここでは須磨巻を踏まえた定家の物語取りの例が示されている。1句目に「春の色は」「春はたゝ」の異同はあるものの、傍線部での一致が確認出来る。複数の歌学書、もしくは兼良の頭の中で統合されていった記憶の集合体から、物語注釈へと転用されていったと考えられよう。

【資料編】（※後人詠をゴシック、詠者を傍線囲い、物語の詞を採ったという指摘部分を傍線で示した。）

（Ⅰ）『花鳥余情』の後人詠注記

【1】『花鳥余情』帚木巻

うへはつれなくみさほつくりて

拾遺あしねはふうきはうへこそつれなけれしたはえならす思ふ心を俊頼

堀百**あはれにもみさほにもゆる蛍かなこゑたてつへき此世と思に**

今案みさほつくるとはしらすかほなる心也　松のみさほといふも霜雪をもしらすときはにつねある事をいふ　下の詞にみさほにもてつけてといふもつねにかはらぬ心也

【2】『花鳥余情』若紫巻

くらふ山にやとりもとらましくおほえ給へとあやにくなるみしか夜にて

六帖二くらふ山くらしと名にはたてれともいもかりといはゝよるもこえなん

今案此歌いたくかなはねともくらふ山をくらきかたによめる歌なれはこゝの詞にすこし便あるにや　心は夜かはやくあくれはしはらくくらき所にやとりはとらまほしきと也　京極中納言こゝの詞をとりてよめる歌

兼厭暁恋**今夜たにくらふの山に宿もかな暁しらぬ夢やさめぬと**

やとりせぬくらふの山を恨つゝはかなの春の夢の枕や

【3】『花鳥余情』紅葉賀巻

いりあやのほと

俊頼歌云
郭公二村山をたつねみん入あやのこゑやけふはまきると
顕昭注云舞にはいりあやとてさらにとて返しておもしろくまふ事によせて郭公のいりあやのこゑやまきるとよめる也云々　若菜巻上云かしは木の右衛門督落そんのいりあやをまふと　六条院の御賀の事なり

【4】『花鳥余情』花宴巻
よにしらぬ心ちこそすれ在明の月の行ゑを空にまかへて
吉水僧正歌
あり明の月のゆくゑをなかめてそ野寺のかねはきくへかりける
此歌をとりてよみ給へる也　源氏をは詞をも歌をもとりてよむへき也　俊成卿も源氏みさらん歌よみは無念の事といへり　又花のえんの巻はことにすくれて艶なる巻とも申給へり

【5】『花鳥余情』花宴巻
ほかのちりなんとやをしへられたりけん
古今歌にほかのちりなん後そさかましとよめるは花にいひをしへたる心なれは歌のこと葉になき事をも心をとりてかくかける也　定家卿の歌はおほくはこの物語よりいてたりとみえ侍り
いこまやまいさむるみねにゐる雲のうきて思ひのきゆる日もなし
とよめるは本歌の雲なかくしそといへるは雲をいさめたる心なれはやかていさむるみねと心をとりてよみ侍る也　こゝの詞に相にたるやうなれはよりもつかぬ事なれと筆の次に申侍る也　大方源氏なとを一見するは歌なとによまむ為也　読んにとりては本歌本説を用へきほとをしらすしてはいかゝと思ひ給へ侍れはいときなき人のためしるし付侍る也

【6】『花鳥余情』葵巻

目もあやなる御さまかたち

めもあやはうつくしきものゝ文をみるやうなる心也　後拾遺 俊頼歌

もみちはゝにしきとみゆときゝしかとめもあやにこそけさはなりぬれ

このめもあやはめもあやなき心也　もみちのちる事をいへり　その心かはるへし

【7】『花鳥余情』葵巻

木の葉よりもろき御涙

俊成卿歌こゝの詞をとりてよめるにや

嵐吹峯の木のはの日にそへてもろく成ゆくわか涙かな

【8】『花鳥余情』須磨巻

あかつきかけて月いつる比なれは

定家卿の此詞をとりてよみ侍る歌　内大臣家の百首

春はたゝ霞ばかりの山のはに暁かけて月いつるころ

【9】『花鳥余情』須磨巻

えいのかなしみなみたそゝく春のさかつきのうちと

白楽天か江州へ左遷せられし時三月卅日に夷陵といふ所にとまりて元微之にわかれし時つくれる詩の句也

それをいま三位の中将に源氏のわかれ給ふ時に思なすらへてもろ声にうちすし給ふなり　此詩のこゝろを定家卿韻の歌によみ給へり

もろ共にめくりあひける旅枕涙そそゝく春のさか月

【10】『花鳥余情』明石巻

いふせくも心に物をなやむ哉やよやいかにとゝふ人もなみ

やよやは人をよふにやゝといふかやうなる心也　慈鎮和尚

やよ時雨物おもふ袖のなかりせは木の葉のゝちになにをそめまし

も時雨をよひてとふ心也

【11】『花鳥余情』松風巻

みなれそなれて

みなれ木は水になれたる木をいふ　そなれ木ともいへり　安芸歌

そなれ木のそなれ〳〵てむすこけのまほならすともあひみてしかな

そなれは礒なれたる心なるへし

【12】『花鳥余情』初音巻

はかためのいはゐしてもちゐかゝみさへとりよせて

歯固は元三の日の事也　歯はよはひ也　すなはちよはひともよめり　歯固はよはひをかたむる心也　たかつき六本におしきをすゆ　一のたいにもちゐ大根たち花をもる也　このもちゐは近江の火きりのもちゐをもはらもちふへし　これによりてやかてその国のかゝみの山の歌をなかむる也　俊頼歌

我をのみ世にももちゐのかゝみくさささきさかへたる影そうかへる

【13】『花鳥余情』藤裏葉巻

あさ緑わか葉の菊を露にてもこき紫の色とかけきや

袍色は衣服令一位深紫二三位浅紫四位深緋五位浅緋六位深緑七位浅緑八位深縹初位浅縹也　（中略）　京極

中納言も参議従三位の時　**紫の色こきまてはしらさりき御代のはしめの天の羽衣**　とよめり　後撰の歌にもとつきていへる也

【14】『花鳥余情』橋姫巻

山おろしにたへぬ木の葉の露よりもあやなくもろき我涙かな

俊成卿歌

あらしふくみねの木のはの日にそへてもろく成行わか涙哉

この源氏の歌をとりて読侍り

【15】『花鳥余情』椎本巻

うらめしといふ人もありけるさとの名の

うらめしといふさとの名は古今の歌に世をうち山身を宇治はしなとよめる心をとりていへる也　この源氏の詞をとりてよめる歌　元久元年七月宇治御幸の時夜恋の題にて定家卿

まろ人の山ちの月もとをけれは里の名つらきかたしきの床

又名所の歌に家隆卿

初霜のなれもおきゐてさゆる夜に里のなうらみうつ衣かな

【16】『花鳥余情』総角巻

あけまきになかき契をむすひこめおなし心によりもあはなん

催馬楽呂歌

あけまきやひろはかりやさかりてねたれともまろひあひにけりかよりあひにけり

今案ひろはかりは八尺はかり也　さかりてはいとのさかりたるを人さかりてねたるにそへたる也　定家卿

歌にも
なかくしもむすはさりける契ゆへなにあけまきのよりあひにけん

【17】『花鳥余情』浮舟巻
さむきすさきにたてるかさゝきのすかたも
かさゝきといふはまつは鵲のからす也　しかれともこの物語には鷺をかさゝきといへり　かさゝきのはしを絵なとにかくにはからすをもかき又しらさきをもかく也　家隆卿歌
かさゝきのわたすやいつこゆふしもの雲井に白き嶺のかけはし
この歌はかさゝきの色を白物にたとへられたり　所詮かよはして用へき事にこそ　わすれ草を萱草ともいひ又忍草の異名ともいふかことし

※この他に、『狭衣物語』所収の和歌を示す注記（玉鬘巻「れいのふなこかからとまりより……」）もあるが、歌語の用例提示に留まるため省略した。

（Ⅱ）『伊勢物語愚見抄』の後人詠注記

【18】『伊勢物語愚見抄』（再稿本）59段
六十、すみわひぬいまはかきりと山さとに身をかくすへきやともとめてん
『後撰集』の第十五に、世の中を思うして業平のよめる歌、
すみわひぬいまはかきりの山さとにつま木こるへきやともとめてん
同歌の第四句、両説ある也。いつれも和歌にはとりてよむへき也。俊成卿歌、

すみわひて身をかくすへき山さとにあまりくまなき夜はの月哉

いまはとてつま木こるへきやとの松千代をは君と猶いのるかな

【19】『伊勢物語愚見抄』（再稿本）69段

われてあはんといふ。

われては、わりなくしてあはんといふ詞也。『金葉集』、永実歌、

三日月のおほろけならぬ恋しさにわれてそいつる雲のうへより

この歌のわれては、わりなき心にかなへり。又『詞花集』、新院御製

瀬をはやみ岩にせかるゝ谷水のわれても末にあはんとそ思ふ

これは、わかれてもの心也。

【20】『伊勢物語愚見抄』（再稿本）96段

かのおとこ、あまのさかてをうちてなん、のろひをるなる。

あまのさかてうつとは、人を呪詛する事をいふ。地神第四代彦火火出見尊と中神のこのかみ、火闌降命と申おはしましけり。この二の神、さちかへをし給ひし時、このかみのつりはりをうしなひ給ひしを、それ返したへとなをさりならすせめたまひしかは、もしやとうみのほとりをたつねありき給ひし時、しほつゝの翁といふ神のはかり事により、海の宮へ入給て、やう〳〵とつりはりをたつねいたして、あにのみことに返し給ふ時、うみの神のおしへによりて、さま〳〵のろ〳〵しき事ともをいひつゝけて、うしろてにてはりをなけあたへ給ひし事あり。くはしく『日本紀』の第二の巻にみえたり。かゝる事のをこりよりはしまりて、人をのろふとては、手をうしろへやりてたゝく事ありとかや。それを、あまのさかてうつ、とはいふなり。定家卿、こゝのこと葉をとりてよめるうた、

をのれのみあまのさかてをうつたへにふりしく木の葉あとたにもなし

【21】『伊勢物語愚見抄』（再稿本）116段

百十七、浪間よりみゆるこしまのはまひさし久しくなりぬ君にあひみて

はまひさしの事、『知顕集』なとにさま〳〵申侍れと、みないたつら事とそ覚え侍る。はまひさしは、たゝ浜にある家をいふへし。とまひさし、いたひさしなといふかことし。定家卿、熊野御幸の御ともにまいりて、新宮三首の中、庭上冬菊といへる題にてよめる歌、此物かたりを本歌にとれり。

霜をかぬ南の海のはまひさし久しくのこる秋のしらきく

此歌、はまの家の心ならねは、題の庭の文字落題になる也。又、物語のはまひさしを、浜ひさきとかきたる本あり。よりきたれるによりて、ともに本歌にはとるへき也。君にあひみては、あひみぬといふ詞也。

【22】『伊勢物語愚見抄』（再稿本）124段

百廿五、おもふ事いはてそたゝにやみぬへき我とひとしき人しなけれは

心の中におもふ事も、きゝしるへき人なけれは、いはぬならひ也。これは、あさゆふのことくさ、又、教内教外の道にいたるまても、知音にあはねはいはれぬ物也。中将の心、何事としりかたし。それを房内秘密の術なと釈せる説あり。大なるあやまり也。なに事と条目をいふ程ならは、はや人にもいひきかせたるになりぬ。さるにとりては、物かたりにもしか〳〵のいはれをかくへきか。かきあらはさぬにてしりぬ、えもいはぬ事なるへし。慈鎮和尚歌、

おもふ事なと問ふ人のなかるらんあふけは空に月そさやけき

とよみ給へるも、此物かたりの歌をおもへるにや。

第三章　富小路俊通『三源一覧』の源氏学

――「愚存」注記から見る中世源氏学の一様相――

一　富小路俊通と『三源一覧』について

『三源一覧』は、富小路俊通による『源氏物語』の注釈書である。
俊通の来歴については、井上宗雄氏の論考に詳しい。[1]それによると、俊通は、生年未詳ではあるが、永正十年（一五一三）に70歳前後で没したようである。はじめ九条家の諸大夫であったが、のちに一条家諸大夫源康俊の猶子となり、その後さらに藤原姓に改め、系図を新作して富小路家を興したとされる。
文化的事蹟としては、文明五年『親長卿家歌合』、明応元年『竹内僧正歌合』などに出詠したことが分かっている。また、連歌・蹴鞠・医学などにも通じていたらしく、出自は低いながらも貴族文化圏のなかで立身出世していったようである。井上氏は、これらの文化的事蹟について、俊通が一条兼良や冷泉為煕、三条西実隆らの社交圏・文化圏に属していたことによる所産であると指摘する。俊通に関する文化的な人物交流に関しては、現存する古典籍の奥書からも窺える。池田亀鑑氏は、高松宮家旧蔵耕雲本『源氏物語』の成立に関して、これが「一条兼良の知遇を得た富小路俊通の懇望」によることを指摘している。[2]
このような文化圏との交流のなかで成立したものが、本章の対象とする『三源一覧』である。本書について、伊井春樹氏は、「著者自らが述べるように、『紫明抄』『河海抄』『花鳥余情』の3書をまとめて一覧できるようにとの意図で編纂したもので、『花鳥余情』を基本にしながら、たんなる集成ではなく一部手を加えたともする」、「当時としてはもっとも中心的な注釈書だっただけに、一書にするのは便利な内容だったと思われるが、書写本はそれほど多くはない」とする。(3) また、早くに山脇毅氏の言及もある。(4) 山脇氏は、本書の成立に関して、『実隆公記』の記述を用いて、作者の富小路俊通が実隆の助言を受けながら本書を編んだことを明らかにしている。これを引き継ぐものとして、宮川葉子氏の論考が挙げられる。(5) 宮川氏は、実隆の関与を重く受け止め、『三源一覧』を「実隆が手掛けた初期の源氏注釈書に加えてもよいのかもしれない」と踏み込んだ発言をしている。確かに、『源氏物語』注釈書史を俯瞰すると、『三源一覧』成立前後には、宗祇や実隆を初めとする多くの人物によって、様々な注釈書が作成されており、(6)『弄花抄』や『細流抄』に先立って成立している点を踏まえると、実隆の初期の源氏学として本書を位置付けたくもなる。

しかし、いずれの先行研究も、本書成立の外部状況について述べるばかりであり、内容についてはほとんど触れていない。そのため、注釈書として性格、実隆の影響の様相、『源氏物語』注釈史上での位置付け、といった種々の基本的な事柄については、不分明・未検証のままである。従来の研究史においては、『三源一覧』はほぼ顧みられることのなかった注釈書と言える。

本章では、この『三源一覧』を対象として、基礎的な調査報告を行った上で、注釈書としての性格や特徴、著者富小路俊通の源氏学について、注記内容の面から詳らかにする。

二　『三源一覧』の成立事情

まず、『三源一覧』の成立を確認する。本書の成立に関しては、山脇氏、宮川氏が指摘するように、(7)『実隆公記』

明応五年の記事より窺うことが出来る(8)。

『実隆公記』明応五年（一四九六）

（十月）

三日丙子晴、俊通朝臣来、河海、花鳥両部一具可抄出之支度也、其事相談之、愚存分粗示之了、（以下略）

（十一月）

廿日癸亥天晴、梳髪、俊通朝臣来、勧一盞雑談、河海、花鳥等一奥書加之、少々猶注等加之草本持来、一覧了、

（以下略）

廿六日己巳晴、（中略）

抑俊通朝臣花鳥余情與河海抄一具書之、企抄出、銘幷序事先日所望之、今日閑暇之間草遺之、注左、

（『三源一覧』序・略）

三源字事

韻府、中秋三源夫人會于桃源、桃源玉—霊源也云々、

今此名之意花鳥余情ハ桃花坊ノ作、桃源ニアタル、玉源ハ四辻宮ニアツ、霊源ハ紫明抄ニアツヘシ、

傍線部は本書に関わる俊通の動向である。傍線部からは、俊通は実隆のもとに通いつつ、時には実隆からの助言を受けながら、本書を編んだことが見て取れる(9)。十一月二十六日条には、『三源一覧』が完成し、実隆によってその銘と序が施されたことが記されている。書名については、「韻府」とあるように、『韻府群玉』に見える「三源」に因んだものであり、「三源」にあたる「桃源」「玉源」「霊源」は、それぞれ先行する源氏注釈書、すなわち一条兼良『花鳥余情』、四辻善成『河海抄』、素寂『紫明抄』に当たる、と解説している。

ここで注目すべきは、本書編集の際に行われた抄出が、「河海、花鳥両部一具可抄出之支度也」や「花鳥余情與

河海抄一具書之、企抄出」とあるように、もともとは『河海抄』と『花鳥余情』の2書を対象としたものであったという点である。つまり、『三源一覧』という名称でありながら、3書の扱いは同等ではなく、『河海抄』と『花鳥余情』に重点が置かれていたことが推察されるのである。この『実隆公記』の記事は、注記内容からも裏付けられる。『三源一覧』の注釈内容は、ほぼ『河海抄』と『花鳥余情』に依拠しており、『紫明抄』を使用する例はごく稀にしか見られない。これらのことから、『紫明抄』に関しては、当初は組み込まれる予定になかったものと考えられる。

俊通が『花鳥余情』を重視した要因の一つに、兼良との繋がりを想定することが出来る。先に示した高松宮家旧蔵耕雲本『源氏物語』の成立事情からもそれは確認出来たが、『三源一覧』内部にも兼良との直接的なやりとりが残されている。

『三源一覧』野分巻

これはたさはいへとけたかくすみたるけはひともさま物思ひ出らる

けたかくすみたるけはひは中宮の御事也物おもひ出らるは紫上をかひま見し事也

愚存禅定殿下御存白のときこれはたさはいへと、いふに中宮のうつくしさをは悉こめてけたかくより下を紫上の事にみなし侍らんはいたくちかひ侍ましきにやと申たりしにもともさもありぬへしとおほせられき

右は野分巻に見える注記であり、傍線部が該当箇所にあたる。傍線部に「禅定殿下御存白のとき」とあるように、兼良存命中のやりとりが示されている。当該注記が施された箇所は、野分巻において、夕霧が秋好中宮のもとを訪れた際、紫の上や雲居雁を思い出す場面である。この場面の読解をめぐり、俊通の説が兼良に認められたことを記している。俊通にとっては、当時の源氏学の権威に認められた証しであり、自説の妥当性を補強するものであったと捉えられる(10)。

また、宗祇との交流についても留意すべきである。宗祇の著作である『源氏物語不審抄出』には、俊通による以下の奥書が残されている。

此一冊、宗祇法師抄出之所也。命可一覧由、其後下向関東於相模国卒去。尤可嘆而已。
かたみともその世にいはぬ心までふかくかなしき筆のあとかな
富小路 俊通　在判

この奥書からも分かるように、宗祇とも密接な関係があったことが窺える。(11) 宗祇の没年は文亀二年（一五〇二）であるため、この記事をもって『三源一覧』における影響関係を論じることは出来ない。しかし、『実隆公記』を見ると、本書成立直前の明応五年前後には、実隆・宗祇・肖柏周辺で『源氏物語』を介した活動が活発化していたことが認められる。右の『源氏物語不審抄出』と関わるところでは、明応五年十一月十日条に、宗祇が『源氏物語不審抄出』を持って来訪し、そのことで談義を交わしたという記事が見える。こうした文化的動向と、本書の成立は無関係ではない。俊通に関しては、兼良・宗祇・実隆と、歌学・連歌・源氏学等を介した密接な関係が窺え、こうした人的交流の中で『三源一覧』は成り立っていったと考えられる。

もっとも、実隆の『源氏物語』をめぐる動向は、『実隆公記』を通して散見される。実隆は、明応五年以前から、先行諸注や系図に対して、不審な箇所を改めようとしていたことが窺える。以下に、明応五年以前に見られる、実隆の先行諸注に対する所作を抜粋して示す。

『実隆公記』

（文明十八年（一四八六）八月）

廿七日己亥晴、（中略）
花鳥異説聊抄始之、（以下略）

（文明十九年（一四八七）正月）

十七日戊午晴、（中略）

源氏物語自桐壺至空蟬覧之、巻々人名不入□人々抄出之、入夜甚雨降、

（長享二年（一四八八）二月）

廿日乙卯右大弁宰相来、宗祇法師、玄清法師来、源氏系図事談合、大略治定了、（以下略）

（長享二年二月二十五日紙背）

□□（中務カ）卿宮

民部大輔

明石尼

自行幸至若菜上左大臣同人歟、右大臣（槇柱ニ左）ノ女御トアリ右ニテ鬚黒ノ父ノ女一宮ナラハ・（明石より）若菜上ニ―右大臣此人タル歟、

行幸巻　蔵人の頭五位の蔵人□□□歟□□　これは惣をくるめて云詞也

（明応三年（一四九四）二月）

十三日癸酉自晩雨降、（中略）

玄清来、源氏物語内不審事少々問之、愚存趣答了、宗祇法師書状持来之、来月可上洛云々、返事可遣之由報之了、（以下略）

これらの記事は、実隆の源氏学の初期活動として認められ、明応五年以前から、先行諸注や系図に対して、不審な箇所を改めようとしていたことが窺える。また、文明十八年の例では、兼良死後から5年という短い期間で、すでに『花鳥余情』への不審箇所、兼良説への検証を行っていたことが分かる。俊通と交わした相談や、そこで示され

た実隆の見解は、『三源一覧』作成のためだけを目的として作成されたのではなく、以前からの不審事項やそれまでの実隆説の集成であったと捉えるべきであり、こうした姿勢は『三源一覧』の編集とも関わるものと推測される。[12]

三　『三源一覧』の現存伝本

次に、伝本について、基礎的な報告を行う。本書の現存伝本は、以下通りである。[13]

・三十冊本

学習院大学日本語日本文学科研究室蔵本（平瀬家旧蔵本）

・十冊本系統

宮内庁書陵部図書寮文庫蔵御所本

宮内庁書陵部図書寮文庫蔵伝飛鳥井雅敦等筆本

佐賀大学附属図書館小城鍋島文庫蔵本

天理大学附属天理図書館蔵十冊本▲

龍谷大学図書館写字台文庫蔵本（現存九冊・第六冊（常夏巻～真木柱巻）を欠く）

神宮文庫蔵本（現存九冊・第四冊（絵合巻～少女巻）を欠く）

・零本

宮内庁書陵部図書寮文庫蔵巻子零本（一帖（賢木巻～関屋巻）・伝山科言国筆）

天理大学附属天理図書館蔵紅梅文庫旧蔵本（桐壺巻～夕顔巻までの一冊）▲

東海大学付属図書館桃園文庫蔵零本（現写・常夏巻～真木柱巻までの一冊）

鶴見大学図書館蔵本（若紫巻～葵巻前半（末尾部分欠落）の一冊）▲

・新写本

国文学研究資料館初雁文庫蔵本（國友喜一郎氏による御所本の謄写本）

東海大学付属図書館桃園文庫蔵十冊本（國友喜一郎氏による御所本の謄写本）

管見の限りではあるが、零本・新写本を含め、現在は右に示した13本が確認出来る。これらの諸本は、冊数の形態で2分類出来る。

一つ目は、三十冊の形態で残存している、学習院大学日本語日本文学科研究室蔵本（以下、学習院大学蔵本）が挙げられる。当該本は平瀬家旧蔵本であり、先行研究では見落とされてきた伝本である。今のところ、他に三十冊の形態の伝本はない。

二つ目は、十冊の形態を持つ諸本である。これには、宮内庁書陵部図書寮文庫蔵御所本（以下、書陵部御所本）を初めとする7本が該当する。また零本に示した4本は、十冊本のうちの一冊が残存したものである。これらのことから、十冊本系統は流布本的性格を持ったものと位置付けられる。[14] なお、これらの他に、新写本として、國友喜一郎氏による御所本の謄写本が2本存在する。

これらの諸本間には、大きな異同は見当たらない。僅かに見える異同の例として、以下に須磨巻の注記を示す。

宮内庁書陵部図書寮文庫蔵御所本

冬に成て雪降あれたる比空のけしきもことにすこくなかめわひ給て

　悃黙不能眠紛々専夜雪近看白屋埋遙知碧鮮折、、

家僕早迯散凌寒誰掃撤　千万言無効連濡亦鳴咽

涙也　嗚咽嘆キムセフ　碧鮮ハ竹ノ名也　私

宮内庁書陵部図書寮文庫蔵巻子零本

冬になりて雪ふりあれたる比空のけしきもことにすこくなかめわひ給て

悃黙不能眠紛々専夜雪近看白屋埋遙知碧　鮮折、、

家僕早迯散唛寒誰掃撒　千万言無効連濡亦鳴咽

学習院大学日本語日本文学科研究室蔵本

冬になりて雪ふりあれたる比空のけしきもことにすこくなかめわひ給て

悃黙不能眠紛々専夜雪近看白屋遙知碧鮮折

書陵部御所本・書陵部巻子零本・学習院大学蔵本の3本を比較した。傍線部と波線部の有無、及び傍線囲みで示した「埋」の有無について、差異が認められる。この比較からは、学習院大学蔵本こそが初期の形態を留めると判断したくなるが、学習院大学蔵本には、誤脱や書き落としが複数箇所で見られる。そのため、本文としては、学習院大学蔵本を基盤に、書陵部御所本等と校合しながら決定すべきと考える(15)。

伝本系統について、もう一つ考慮すべき点は、一巻が担当する施注範囲である。各注釈書における、一巻（もしくは一冊）ごとの施注範囲を【表1】に示した。横の句切りは各注釈書の一巻を表す。網掛けは、学習院大学蔵本の巻分担と同様の巻々の括りを行っている部分、横太線は、十冊本諸本の括りを当てはめたものである。

それぞれの施注範囲を確認すると、『花鳥余情』と『三源一覧』との近似が指摘出来る。特に、学習院大学蔵本との関係については、両者とも三十冊という形態を持つことから、より緊密な一致が認められる。学習院大学蔵本には初期の形態を留める注記も見られ、また、『三源一覧』の注釈内容が『花鳥余情』を基盤にしていることを踏まえると、『三源一覧』本来の姿は三十冊であったことが推察される。つまり、本書は形態面においても、『花鳥余情』を踏襲した可能性が高いのである。

【表1】各注釈書の施注範囲

十冊本諸本	学習院大学蔵本	『花鳥余情』	『河海抄』
桐壺	桐壺	桐壺	桐壺
帚木	帚木	帚木	帚木 空蝉 夕顔
空蝉 夕顔	空蝉 夕顔	空蝉 夕顔	
若紫	若紫	若紫 末摘花	若紫 末摘花
末摘花	末摘花	紅葉賀 花宴	紅葉賀 花宴
紅葉賀 花宴 葵	紅葉賀 花宴	葵	葵 賢木 花散里
	葵 賢木	賢木 花散里	
賢木 花散里	花散里 須磨	須磨 明石	須磨 明石
須磨 明石	明石	澪標 蓬生 関屋	澪標 蓬生 関屋
澪標 蓬生 関屋	澪標 蓬生 関屋	絵合 松風	絵合 松風 薄雲
絵合 松風	絵合 松風	薄雲 朝顔 少女	朝顔 少女
薄雲 朝顔	薄雲 朝顔	玉鬘	玉鬘 初音 胡蝶 蛍
少女	少女	初子 胡蝶	
玉鬘	玉鬘	蛍	
初子	初子	常夏 篝火 野分	常夏 篝火 野分
胡蝶 蛍	胡蝶 蛍	行幸	行幸 藤袴 真木柱
常夏 篝火 野分	常夏 篝火 野分	藤袴 真木柱	
行幸	行幸	梅枝 藤裏葉	梅枝 藤裏葉
藤袴 真木柱	藤袴 真木柱	若菜上	若菜上 若菜下
梅枝 藤裏葉	梅枝 藤裏葉	若菜下	
若菜上	若菜上	柏木 横笛 鈴虫	柏木 横笛 鈴虫
若菜下	若菜下	夕霧 御法	夕霧 御法 幻 雲隠
柏木 横笛	柏木 横笛	幻 雲隠	
鈴虫 夕霧 御法	鈴虫 夕霧 御法	匂兵部卿 紅梅 竹河	匂兵部卿 紅梅 竹河
幻 雲隠 匂兵部卿	幻 雲隠 匂兵部卿	橋姫 椎本	橋姫 椎本
紅梅 竹河	紅梅 竹河	総角	総角 早蕨 宿木
橋姫 椎本 総角	橋姫 椎本 総角	早蕨 宿木	
早蕨 宿木	早蕨 宿木	東屋	東屋 浮舟
東屋 浮舟	東屋 浮舟	浮舟 蜻蛉	
蜻蛉 手習 夢浮橋	蜻蛉 手習 夢浮橋	手習 夢浮橋	蜻蛉 手習 夢浮橋

ただし、判断の迷う箇所が一点ある。賢木巻の扱いである。学習院大学蔵本では、賢木巻は葵巻と合わせられているのに対し、『花鳥余情』及び十冊本諸本では葵巻と賢木巻は別々となっている。また、これに続く「花散里　須磨」という学習院大学蔵本の括りは、他の古注釈書を通観しても見当たらない稀有なものである。この点についてはさらなる検討を要するが、冊数の問題としては、その分量から三十冊を十冊にまとめることはあったとしても、もともと十冊であったものを三十冊に分割することは考えにくい。そのため、まずは三十冊本として成立し、その後三十冊という大部さから、ある段階で十冊にまとめられ流布していった、と捉えるべきではなかろうか。冊数形態の変化について、それが俊通の手によるか後世の手によるかの判断は現状では下せないが、ここでは三十冊という形態の伝本が存在することの意味を重く捉えたい。いずれの先行研究も、本書の形態を十冊として紹介しているが、著者は三十冊本が先行する可能性を指摘し、なお後考を俟ちたい。

以上、『三源一覧』に関わる基礎的報告を行った。これを踏まえた上で、次からは注釈の内容・性格について検証を加えることとする。

四　『三源一覧』の性格と「愚存」

『三源一覧』の注釈書としての性格は、序によって端的に摑むことが出来る。

『三源一覧』序

源氏の物語はその詞あやしくたへにしてそのむねひろくおほひなり万事に散し六合にわたるあちはひまことにきわまりなくして身をゝふるまてにもちふるともつくることなきもてあそひなるへししかあれは家々の釈義かすありといへともちかくは四辻入道左府の河海抄一条禅定殿下の花鳥余情は蘊奥のさかひに入て前修の海をこ

えたるにやよむ毎にともにひらき見すはあるへからすそのひとつもかけなは大車の輗なく小車の軏なからんかことしよりて此ふたつの抄をならへうつしてまなふもの、たやすからんことをおもふ抑四辻のおと、の御抄はおほくは素寂か紫明をひきうつされ素寂か抄は又そのかみのもろ〳〵の説をあはせのせたりしかれはいま別に諸家の注解を勘るにをよはすといへとも紫明抄のうち河海にもれぬるところもうつしとりもちひて詮要たらんことをはさらにこれをくはへ又河海にのせたりといへとも枝葉にをきてはこれをはふくいはゆるこの抄出のおもむきもはら禅定殿下の御抄をもと、す猶すこしきいふかしきところあるにいたりては樵談俚語といへとも心さしの贔屓にまかせてのせて潤色とす名つけて三源一覧といふた、わたくしの廃志にそなへんかためにしてふかく他の高覧をいましむへしといふ事しかなり

傍線部で示したように、本書は『河海抄』と『花鳥余情』の二書を強く意識したものであり、注記編集に関しては「この抄出のおもむきもはら禅定殿下の御抄をもと、す」と『花鳥余情』を手本としたことを述べている。この序からも分かるように、「三源」を「一覧」出来るようにした本書ではあるものの、その「一覧」の仕方や、三注釈書の扱いは本来的に異なっていたことが読み取れる。

先行研究において、この序は注目され、その編集方法についても様々に言及されてきた。宮川氏は、「この編纂方法は俊通のオリジナルというより、実隆の助言に負うところが大なのではあるまいか」と指摘するもの[16]の、具体的な検証が示されず、推論の域を出ない。また、伊井氏は、若紫巻の注記を取り挙げ、「集成というよりも、三つの注釈書を要領よくまとめたといったほうが適切であろう」と指摘する。[17]伊井氏の指摘は、例えば以下のような場合に当てはまる。

『三源一覧』桐壺巻

この御にほひ

人に賞翫せらるゝ心也

『花鳥余情』桐壺巻

この御にほひには

梅桜はにほひあるゆへに人にもてなさるゝ物也　さる程に人に賞翫せらるゝ事を匂ひとはいふなり

伊井氏の指摘の通り、右のような注記比較からは、もとになった注釈の根幹部分（傍線部）のみを抽出する姿が確認出来る。しかし、『三源一覧』の全体像を把握するには至っていない。

このような先行研究の問題点を踏まえ、著者は『三源一覧』のすべての注記について、内容面からの検討を加えた。注記集成の傾向は、以下の5点にまとめられる。

（ⅰ）①『三源一覧』の注記の文言は、省略や短縮、言い換え等が適宜施したものである。ここから、引用元の注記の根幹部分のみを抽出する態度が認められる。原典を正確に引用しようとする意識は窺えない。これは注記分量の縮小化のためと考えられる。

（ⅱ）『花鳥余情』が立項した注記については、ほぼ全てを引用する。ただし、省略は見られる。なお、編集の際に使用した『花鳥余情』は、再稿本系統もしくは献上本系統の本であった可能性が高い。

（ⅲ）『河海抄』の注記は、およそ半数が引用されている。引用される注記は、漢字による語彙説明や准拠・漢詩・引歌の指摘が大半を占める。また、濫觴に関わる准拠指摘が多く引用される。これに対して、用例として提示された和歌等の注記は省略される傾向にある。なお、編集の際に使用した『河海抄』は、実隆の奥書を持つ伝本[18]と必ずしも一致する訳ではなく、巻ごとに系統が異なる。

（ⅳ）『紫明抄』の注記引用は、極端に少ない。これは『河海抄』が『紫明抄』を基盤にして作成されたこととも関わろう。『紫明抄』と『河海抄』とに共通する注記が引用されている場合、どちらを用いたのかは判別不可能だが、『実隆公記』の記述を考慮すると、おそらく『河海抄』によったものと思われる。しかし、『紫明抄』のみに見られる独自注記も僅かながら確認出来るため、『紫明抄』を用いたことは明らかである。

（v）引用された注記は、『花鳥余情』から『河海抄』の順に示される傾向が強い。ただし、内容に関しては、『花鳥余情』を盲信的に受け継いでいる訳ではない。

（vi）先行注釈書引用の後に、「愚存」が示される場合がある。これは俊通によって施された注釈と捉えられる。また2例のみではあるものの、「拾遺亜相実隆」として示される実隆説も確認出来る。(19)

末尾で指摘した「愚存」に関しては、これまでの先行研究では全く言及されてこなかった。しかし、本書の注釈書としての性格・意味付け、さらには俊通の源氏学を考える上で見過ごすことの出来ない点であり、本書の大きな特

【表2】『三源一覧』の「愚存」数

巻名	数	巻名	数	巻名	数	巻名	数	巻名	数	巻名	数	巻名	数
桐壺	5	葵	1	絵合	1	蛍	2	藤裏葉	8	幻	3	早蕨	0
帚木	9	賢木	1	松風	1	常夏	1	若菜上	14	雲隠	0	宿木	7
空蝉	2	花散里	0	薄雲	2	篝火	1	若菜下	19	匂宮	1	東屋	4
夕顔	3	須磨	4	朝顔	0	野分	9	柏木	13	紅梅	3	浮舟	3
若紫	1	明石	3	少女	6	行幸	11	横笛	1	竹河	2	蜻蛉	0
末摘花	1	澪標	8	玉鬘	8	藤袴	0	鈴虫	1	橋姫	5	手習	0
紅葉賀	2	蓬生	1	初音	3	真木柱	11	夕霧	2	椎本	1	夢浮橋	1
花宴	0	関屋	0	胡蝶	3	梅枝	3	御法	1	総角	5	総計	197

徴でもある。そのため、さらに詳しく検討を加えることとする。

右に示す【表2】は、本書の「愚存」の数を巻ごとに計測したものである。

総数は197例で、巻による多寡はあるものの、全体を通して散見される。なお、これはあくまで「愚存」と付されたものの数量であり、「愚存」が施されていなくとも、俊通による補注の可能性が窺える箇所も存在する。

この「愚存」の内容・傾向については、大凡6種に分類することが出来る。以下に代表的な例を示しながら、指摘していく。傍線部が「愚存」部分にあたる。

まず、一種目は、引歌を指摘するものである。

『三源一覧』絵合巻

ありしよりけに

愚存（伊勢物語）わするらんと思ふ心のうたかひにありしよりけに先そかなしき

二種目は、仏典や漢詩・漢籍の引用を行うものである。出典の提示もここに含まれる。

『三源一覧』薄雲巻

てんけんおそろしく

天眼は五眼の一也帝釈梵王等の照覧也

愚存　経云問曰世孰有真天眼維摩詰言有佛世尊得真天眼

三種目は、制度や有職故実に対する説明を施す注記である。

『三源一覧』帚木巻

文章生

愚存　式部省　儒官也　文章　生儒業也

四種目は、漢字による語義説明を行うものである。

『三源一覧』帚木巻

　りうじ

　　臨時　臨事愚存

五種目は、本文異同を指摘する注記である。

『三源一覧』帚木巻

　そゝきあけて

　　楚ゝ起　そゝめきあけて也　愚存いそきあけてといふ本あり

六種目は、登場人物に対する説明を加えるものである。人物の特定や系図の指摘等も、これに該当する。

『三源一覧』桐壺巻

　故大納言

　　愚存更衣の父事也

なお、これら六種の他に、先行注釈に対する要約や不審を記す箇所も存在する。

これら「愚存」の中には、後の実隆の注釈書である『細流抄』と一致するものも存在する。澪標巻の一例を以下に示す。

『三源一覧』澪標巻

　おとゝの御とのゐ所は昔なからのしけいさ

　　愚存昔の御曹子桐壺今も源氏の直盧也

『細流抄』澪標巻

御とのゐ所は
源の直盧也

『細流抄』に見られる「源の直盧也」は、『三源一覧』の傍線部「源氏の直盧也」と同内容と認められる。両者を比較すると、「愚存」注記が『細流抄』に引き継がれているようにも見えるが、実隆が俊通説を引用したとは考えにくい。この注記は、実隆による講釈等を受けた上で施されたものと捉えるべきであろう。当該注記の他にも、注記比較によって実隆の影響が想定される箇所が複数確認出来る。そのため、「愚存」注記のすべてを、俊通が独自に編み出した説であると規定することは出来ない。

ここで留意すべきは、「愚存」注記がどのような注釈姿勢で施されているのか、という点である。「愚存」注記と、実隆の手による『弄花抄』『細流抄』を比較すると、両者の内容が共通する部分は、人物に関わる指摘のみであり、引歌や漢籍出典に関わる指摘に関しては、全く趣を異にすることが分かる。その顕著な一例が、以下に示す蓬生巻の注記である。

『三源一覧』蓬生巻

やま人のあかきこのみひとつかほにはなたぬと見え給

愚存仙人の菓を翫事不可勝斗たゝし王母庭前親見哉といへる王元之か詩は石榴を題し侍り俗にさくろ鼻といふ事侍れは西王母か事を思ひてかけるなるへし

『細流抄』蓬生巻

但山人のあかきこのみ

せつ〳〵あれともたゝはなを云なるへしはいかいにことよりていへり

右の例では、「愚存」注記が漢籍出典を検証していることに対して、『細流抄』では「説々あれとも……」と考証部分を省略した形をとる。『細流抄』においては、細かな出典を提示することは避け、鼻が赤いことを端的に述べるに留めている。当該注記からも窺えるように、『三源一覧』の「愚存」注記は、実隆の施した後の諸注釈書とは異なる様相を示す。『弄花抄』『細流抄』が、文脈の読解に重点を置き、登場人物の心情や言動に注目するのに対し、『三源一覧』の「愚存」注記は、『河海抄』の出典考証に代表される、先行諸注釈書の所謂王道とでも言うべき注釈方法を受け継ぐものと位置付けられる。実隆の影響を受けながらも、注釈書としての性格は実隆のそれとは異なっていた、と指摘出来よう。

ただし、物語の文脈理解に対して、全く注意を払っていなかった訳ではない。以下に示す例では、その一端が窺える。

『三源一覧』帚木巻

うちはらふ袖も露けき床夏にあらし吹そふ秋もきにけり

ひこほしのまれにあふよのとこなつはうちはらふとも露けかりけり

愚存　嵐吹そふ秋もにきけりといふわたりすこし心をつけて見るへし

注目すべきは、二重傍線部「すこし心をつけて見るへし」という文言である。この部分は物語に対する直接的な注釈ではなく、文脈上留意すべき点を指摘するものである。(20) この「心をつけて見るへし」は、『花鳥余情』にも確認出来る。

『花鳥余情』玉鬘巻

かへさむといふにつけてもかたしきのよるのころもを思ひこそやれ

末つむの返しやりてんは源氏の給はりたる御きぬを中〳〵なれはかへしまいらせんとよみ給へる　そのかへすといふ詞をうしなはすしてあらぬかたにとりなしてたとへは古今の哥に

いとせめて恋しき時はむは玉のよるの衣をかへしてそぬる
とあれは末つむのあまり夜かれのみなるをほいなく思ひ給てせめて夢にたに見まほしくて衣をかへさんとはの給ふにこそあらめ　我身のなさけなさおもひしられ侍れはけにことはりにてあると女に道理をつけて返事し給へる也　心こと葉たくみにかきなせり　よく〳〵心をつけてみるへき物也

この『花鳥余情』の注釈は、末摘花の心情を忖度するものであり、波線部で「心こと葉たくみにかきなせり」と述べるように、読解の要となる表現に注目している。また、『実隆公記』においても「心をつけて見るへし」と同様の表現が存在する。

『実隆公記』明応五年十月十一日条

十一日甲申霽、（中略）
午後宗祇法師来、源氏物語内不審抄出持来之、聊有相談之事等、（藤裏葉巻、心あさき人のためそ寺のけんもと云事、あけまきの巻、うつろふかたやふかきなるらんの哥心事）不能録之、言談之内、
一常縁云、古今哥口伝の説にあらすとも、猶優美に哥の心得ある方へは、心を付て可採用云々、是誠一切にわたりて殊勝之事也
（以下略）

傍線部「心を付て可採用云々」は、宗祇との談義のなかで用いられている。これらの使用例を踏まえると、「愚存」注記において見られた「すこし心をつけて見るへし」は、当時の注釈における、風情や優美に注意を促す文言であったと認められる。『三源一覧』を編集するにあたり、俊通は、場面・文脈理解の方法を十分認識し、一部については「愚存」として提示していたことが見えてくる。

以上が、『三源一覧』の注釈書としての性格である。実隆の影響が考えられる箇所はあるもの、『三源一覧』全体

としては俊通の源氏学と規定すべきである。実隆周辺にあった『源氏物語』の一享受として、その具体的な有様を注記内容から窺い知ることが可能な点で、本書の持つ意味は少なくない。

五　2例の「拾遺亜相」説をめぐって

前節末尾に示した『実隆公記』については、もう一点注目すべき点がある。明応五年十月十一日は、先述したように、俊通が『三源一覧』を編集していた時期と重なり、宗祇との談義の内容も「源氏物語内不審抄出持来之、聊有相談之事等」とあるように、『源氏物語』に関わるものである。細字部分には、その内容として、藤裏葉巻と総角巻の該当箇所が示されている。藤裏葉巻としているが、真木柱巻の誤りと思われる。注目すべきは、二重傍線部の真木柱巻の談義である。『三源一覧』には、この談義が問題とした箇所に、興味深い注記が存在する。

『三源一覧』真木柱巻

心あさき人のためにそ寺のけんともあらはれけむかし

心あさき人とは鬚黒大将の事也ひたおもむきにきすくなるまめ人と見えたり仍心あさきと云々かやうなる人をは正直とて仏神のうけ給ふへきにや兵部卿の宮は心ふかしといへりなさけふかき色このみ也此一段心あさき人とは玉鬘の君の事なるへしたとへは鬚黒大将本妻の違例本復の事をも祈給しかともそれはしうねきねひ人にてありしゆへにやそのかたへは観音の灵威もなくて玉かつらの事を祈申されしに寺の験徳もあらはれたるなるへしと此比拾遺亜相実隆物語し給しを玉ひろいたる心ちしてかき付侍也

右の注記の傍線部は、俊通によって施された注記箇所である。波線部から分かるように、この傍線部は「拾遺亜相」こと実隆が語ったことを書き留めたものである。この「此比」とは、先に示した『実隆公記』の記事と対応するのではなかろうか。宗祇と談義を行った時期が『三源一覧』の編集時期と重なり、なおかつ、その談義の対象となる場面解釈について実隆が語った、となると、宗祇との談義がきっかけとなり、実隆が俊通にその内容を語ったとも捉えられようか。『実隆公記』の記事が『三源一覧』の成立を知る上で極めて重要な情報源であることは先述したが、注記内容の面からも両者の対応は見て取れるのである。

この注記は、物語本文に見られる「心あさき人」が、鬚黒を指すか、玉鬘を指すか、という問題について言及したものである。『三源一覧』前後の注釈書における当該箇所の解釈を確認すると、藤原正存の『一葉抄』は鬚黒説を採り[21]、宗祇の『源氏物語不審抄出』及び実隆の『弄花抄』『細流抄』では玉鬘説を採ることが分かる[22]。「心あさき人」を玉鬘とするのは、宗祇によって示された解釈である。『三源一覧』の該当注記は、「心あさき人」を玉鬘として取っており、宗祇や実隆説と同様である。

この結果と先に指摘した宗祇・実隆のやりとりを重ね合わせると、『三源一覧』は、実隆の源氏学だけではなく、宗祇の源氏学までも含めていることが指摘出来る。同時期に、同内容の談義が行われたことは、決して偶然ではなかろう。『三源一覧』は、宗祇や実隆を中心とするコミュニティの、明応五年末時点での成果を示す面をも持ち合わせているのではないか。これと同様のことが、次に示す夢浮橋巻の例でも指摘出来る。

『三源一覧』夢浮橋巻

むかしものかたりにたまとのにをきたりけん人のたとひをおもひいて、

（『河海抄』注記、及び『花鳥余情』注記、略）

愚存玉棺飛出王喬墓坡句此外達磨和尚は入棺してうつみ侍りてはるかに後に人のあひたてまつりしかはあやしみ棺をほりおこしてみるに御くつをかた〳〵をのこしをき給へるのみ棺中にありき勧善書なとにも此例になるへき事はおほかれと拾遺亜相実隆今案に菟道稚子の棺中よりいて給て大さゝきのみこに二たひ対

面ありて物なときこえをき給し事こゝにやかなふへからむとのたまへるに同心して例をかさねて外にもとめさる也

右の注記では、まず『河海抄』注記と『花鳥余情』注記が示され、その後に「愚存」注記が付されている。傍線部の漢詩「玉棺飛出王喬墓」は、「坡句」と提示されているように、蘇軾「和蔡景繁海州石室」からの引用である。この漢詩引用の後に、達磨和尚の例や、勧善書への言及があり、波線部「拾遺亜相実隆今案に……」と続く。そして、二重波線部にあるように、「菟道稚子」の例が適当であることを、実隆より聞き納得したことが述べられている。

この箇所の注記内容は、死者が復活したことに対する考証である。当該箇所において、注釈史上、菟道稚子への言及が登場するのは、『源氏物語不審抄出』の宗祇説以降となる。それまでの注釈においても、魂殿の説明や死者が蘇る典拠が示されることはあったものの、菟道稚子を典拠として提示するには至っていない(23)。『三源一覧』の当該注記は、実隆の説として「菟道稚子」を挙げているが、実際は宗祇説であったと考えられ、先程と同じように宗祇・実隆周辺で理解されていた解釈と認められる。もっとも、俊通の注釈は、実隆説や宗祇説を引き受ける箇所がありつつも、両者の源氏学をそのまま受け継ぐものではなく、実隆説に納得しつつも「愚存」の蘇軾詩を提示している点からは、施注に対する意識の異なりも読み取れる。この点において、『三源一覧』に見える「愚存」を初めとする俊通の注釈は、宗祇・実隆の源氏学や諸注釈書を相対化させる可能性を持つのではないか。

また、当該注記で見逃せない点として、『源氏物語』への理解に、宋代の詩人である蘇軾の詩を用いているという問題がある。蘇軾の生没年は一〇三六年〜一一〇一年であり、明らかに『源氏物語』成立以後の人物である。この点と関わるものとして、「愚存」中に引用される典籍の利用が挙げられる。「愚存」に見られる典籍名を以下に示す。

天宝遺事（桐壺）　伊勢物語（帚木・絵合）　文選（夕顔）　太平御覧（夕顔）　事林広記（葵）　斎民要術（葵）
全芳備祖（薄雲）　維摩経（薄雲・蛍）　日本書紀（少女・玉鬘）　礼記（少女）　十節記（少女）　風土記（蛍）
韻会（初音）　春秋左氏伝（行幸）　聖降記（行幸・総角）　催馬楽（真木柱）　醍醐天皇御記（若菜上）
江談抄（若菜下）　古今集（柏木）　後撰集（柏木）　金谷園記（幻）　酉陽雑俎（橋姫）

※人名、もしくは詩句として

王元之（蓬生）　白居易（幻）　謝暁仁（幻）　蘇軾（夢浮橋）

この中には『伊勢物語』や『古今集』『日本書紀』『文選』『礼記』といった、注釈上ごく一般的な引用もある一方で、傍線部を付した『事林広記』『全芳備祖』『聖降記』『韻会』といった、宋代以降の典籍からの引用も認められる。また、漢詩句の引用についても、蘇軾や謝暁仁の詩句を用いている。『源氏物語』以降の典籍を源氏学に利用する注釈方法については、これまでの『源氏物語』注釈史では見落とされてきた点であり、中世源氏学における、注釈の有り方・全体像を捉え直す基点になる可能性がある。[24] また、このような典籍の利用は、当時の公家の学問体系を示すものとして、学問史の観点からも留意されるべき事象である。

以上のように、『三源一覧』は、源氏学のみではなく、当時の公家の学問のあり方を浮かび上がらせる資料としても、大きな価値を持つものと位置付けられる。

六　まとめ

本章で明らかにしたことをまとめると、次の3点になる。

（ⅰ）『三源一覧』は、もともとは三十冊本であった可能性がある。本文としては、学習院大学日本語日本文学科研究室蔵本を基盤に、宮内庁書陵部図書寮文庫蔵御所本をはじめとする他の伝本と校合しながら決定すべきである。

（ⅱ）注釈の性格としては、『花鳥余情』を尊重しつつも、そこに検証を加えて行く姿勢が見える。また、「愚存」として示される増補部分は、先行注釈書の方法を引き継ぐ箇所（語義説明・出典提示等）と、その後の『弄花抄』や『細流抄』にも見られるような登場人物に対する説明・言及（人物特定・系図指摘等）とが混在する。

（ⅲ）『三源一覧』の「愚存」は、俊通の注釈として認められ、当時の源氏学の有様・実態を示すものである。これは、必ずしも、宗祇・実隆の源氏学と一致するものではない。宗祇・実隆の諸注釈書を相対化させる可能性を持つものとして、また当時の公家の学問の実態を探るものとして、『源氏物語』注釈史及び中世学問史において再評価されるべき対象である。

なお、「愚存」に関しては、その生成過程について、さらなる検討を要するものである。また、今回は紙幅の都合で取り挙げることが出来なかったが、『三源一覧』の後世における影響についても、先行研究の再検討が求められる。[25]これらの点は、今後の課題としたい。

注

（1）井上宗雄「『三源一覧』の著者富小路俊通とその子資直と」（『立教大学日本文学』第17号、一九六六・一一）。
（2）池田亀鑑「耕雲本の成立とその特質」（『源氏物語大成　研究篇』、中央公論社、一九五六）。
（3）伊井春樹編『源氏物語注釈書・享受史事典』（東京堂出版、二〇〇一）。
（4）山脇毅「源氏物語聞書と弄花抄」（『源氏物語の文献学的研究』、創元社、一九四四）。
（5）宮川葉子「三条西実隆と三源一覧――「実隆公記」明応五年十月三日・十一月二十六日の条をめぐって――」（『三条西実隆と古典学』、風間書房、一九九五。初出「三条西実隆と三源一覧　実隆公記の二つの条をめぐる考察」（『解釈』第40巻第8号、一九九四・八)。

(6)『花鳥余情』以降の『源氏物語』古注釈書成立略史は以下の通り。

文明四年(一四七二)　一条兼良『花鳥余情』
文明五年(一四七三)頃　飯尾宗祇『河海抄抄出』『花鳥余情抄出』
文明七年(一四七五)　飯尾宗祇『種玉編次抄』
文明八年(一四七六)　牡丹花肖柏『源氏聞書』(第一次)
文明九年(一四七七)　飯尾宗祇『源氏物語不審条々』
文明十年(一四七八)頃　飯尾宗祇『紫塵残幽』
文明十二年(一四八〇)　牡丹花肖柏『肖柏問答抄』
文明十七年(一四八五)　飯尾宗祇『雨夜談抄』(『帚木別注』)
?～長享二年(一四八八)以前　飯尾宗祇『紫塵愚抄』
文明十七年～明応九年(一五〇〇)　飯尾宗祇『源氏物語不審抄出』
長享二年(一四八八)二月頃　三条西実隆『源氏物語系図』
長享二年(一四八八)　紫屋軒宗長『紫塵残抄』
長享三年(一四八九)三月　牡丹花肖柏『源氏聞書』(第二次)
明応三年(一四九四)頃　藤原正存『一葉抄』
明応五年(一四九六)一一月　富小路俊通『三源一覧』
永正元年(一五〇四)頃　三条西実隆『弄花抄』(第一次・『源氏抄物』)
永正七年(一五一〇)　三条西実隆『弄花抄』(第二次)
永正七年(一五一〇)～同十年　三条西実隆『細流抄』

(7)前掲(4)及び前掲(5)の両氏の論考。

(8)『実隆公記』は、高橋隆三編『実隆公記巻三之上』(続群書類従完成会、一九三三)によった。

(9)　また、同じく十一月十五日条には、以下の記事も見える。
　　十五日戊午霽、（中略）
　　　抑俊通朝臣問云、現存正一位忠仁公有其例之由不審云々、予勘云、諸兄公現存正一位初例歟、其以来事当座
　　　不覚悟、忠仁公者贈位也由答之、（以下略）
　この記事は、『源氏物語』そのものに対する問答ではないが、忠仁公（藤原良房）に関しては『河海抄』や『花鳥余情』においても触れられることの多い人物であり、『源氏物語』注釈編纂の際に生じた疑問を実隆に問うた、とも推測される。
(10)　同様のことは、『河海抄』編者である四辻善成と、彼の猶父であった二条良基との関係でも見られる。『河海抄』の秘説を集成した『珊瑚秘抄』には、「とのゐもの、ふくろ」の解釈について、善成の説が良基に認められたという逸話が示されている。
(11)　なお、宗祇の手による注釈活動は『源氏物語』に限ったことではない。歌学や連歌を含めた宗祇の学問全体との影響関係については、問題が多岐に亘るため別の機会に論じることとする。
(12)　この時期における実隆の源氏学の動向については、伊井春樹『源氏物語注釈史の研究　室町前期』（桜楓社、一九八〇）にて詳細な検討が加えられている。
(13)　伝本名の末尾に「▲」を付した伝本は、未見である。
(14)　現存伝本の幾つかには、朱による合点によって、各注記の引用元が示される本も見える。ただし、この朱の合点はおそらく後人の手によるもので、引用元の間違いや、用いられる合点の形態が異なる場合もある。
(15)　本章においては、調査の都合上、書陵部御所本を底本とし、適宜、学習院大学蔵本と見合わせながら本文を定めた。
(16)　前掲（5）の論考。
(17)　前掲（3）の論考。
(18)　第一部第一章「巻九論――諸本系統の検討と注記増補の特徴――」及び第一部第二章「巻十論――後人増補混入の可能性を中心に――」における、C類に該当する諸本。

(19) 真木柱巻「心あさき人のためにぞ寺のけんともあらはれけむかし」、及び夢浮橋巻「むかしものかたりにたまとのにをきたりけん人のたとひを思ひいて、」の二注記。詳しくは後述する。
(20) 当該注記の他に、桐壺巻「くにのおやとなり……」の注記等においても確認出来る。
(21) 『一葉抄』真木柱巻「けにそこら心くるしけなること、もをとり〳〵に見しかと」の注記。
(22) 『源氏物語不審抄出』真木柱巻「けにそこら心くるしけなる事ともをとり〳〵にみしかと心あさき人のためにそてらのけんもあらはれたる」、『弄花抄』真木柱巻「そこら心くるしけなる――心あさき人のため――」、『細流抄』真木柱巻「心あさき人」の各注記。
(23) ただし、宇治という地と菟道稚子との関連については、『花鳥余情』にも確認出来る。『花鳥余情』の場合は、巻二十五の冒頭に「宇治巻」として宇治十帖に対する料簡が加えられており、菟道稚子の説話を踏まえたとする指摘がなされている。
(24) 室町期の源氏注釈には、『源氏物語』成立以後の作品を示す注記が特徴的に見られ、特に蘇東坡や黄山谷の詩句は物語の所謂典拠として提示される場合が確認出来る。詳細は次章「典拠を逸脱する注釈――中世源氏学における典拠のあり方――」を参照のこと。
(25) 特に、花屋玉栄『花屋抄』との関係については、『花屋抄』跋文で『三源一覧』を取り挙げていることからも分かるように、本書が『花屋抄』の編集に際して大きな役割を担っていたことが推察される。玉栄が『三源一覧』の名を挙げたことには、俊通が九条家の諸大夫であったという点とも関わろうが、本章では指摘に留める。

第四章　典拠から逸脱する注釈

――中世源氏学における典拠のあり方――

一　はじめに

中世源氏学の注釈は、必ずしも『源氏物語』読解のみに利用されていたわけではない。また、注釈には歌学や有職学といった他の学問領域の成果が反映されており、その成立に関しては当時の学問体系との接触を考慮すべきである。この問題意識のもと、本章では、室町期の『源氏物語』注釈書の指摘する典拠の捉え直しを試みる。

今回対象とするものは、『源氏物語』成立以後の作品を示す注釈である。古注釈書が『源氏物語』成立以後の作品を取り扱う事象については、例えば柏木巻の物の怪出現の場面への注釈として『河海抄』が『栄華物語』みねの月巻の場面との類似を指摘する箇所[1]等、これまでの研究史上全く言及が無かったわけではないが、例外的な個別事象として処理されてきた。本章では、これらの事象の総体を捉える一端として、特に、蘇軾や黄庭堅の詩句を用いる注記を取り挙げる。

蘇軾（一〇三六～一一〇一）、黄庭堅（一〇四五～一一〇五）、王安石（一〇二一～八六）は、北宋の文人である。生没年を示したように、いずれも『源氏物語』成立とされる寛弘五年（一〇〇八）以降の生誕である。生誕直後に漢詩を作ることは不可能であるため、実際に活躍した時期はさらに下ることとなる。

中世源氏学において、『源氏物語』の成立は、『河海抄』序に

光源氏物語は寛弘のはしめにいてきて康和のすゑにひろまりにけるより世々のもてあそひものとして所々の枕
ことゝなれり（後略）

とあるように、寛弘の初めことと理解されていたことが確認出来る。つまり、蘇軾らの漢詩句は、明らかに作品成立後のものであるという理解のもと、利用されていたことが窺えるのである。これらのことを踏まえると、そもそも室町期源氏学の意味する典拠が、現在の我々が考えている典拠とは異なっていたことを示唆するものと推察されよう。

二　各注釈書の諸相

『源氏物語』の古注釈書において、蘇軾らの詩句が注記に登場するのは、『河海抄』以降となる。それ以前の『源氏釈』『奥入』『紫明抄』には、確認出来なかった(2)。そのため、南北朝期以降の注釈書に特徴的な傾向と認められる。以下、時代順に用例を挙げ、大凡の傾向を摑むこととする。

まずは、『河海抄』である。『河海抄』内には、蘇軾に関わる注記が5例存在し、黄庭堅や王安石の漢詩句を用いる注記は見られない。以下がその全例である。

『河海抄』末摘花巻

御かゆこはいひめして

粖粥同カユ鬻之六反糜也　周書曰黄帝始烹穀為粥

東坡詩注曰粥則宮中道士之食粥於早時也

『河海抄』蓬生巻

はなちかふあけまきのこゝろさへそ

総角丱兮毛詩　憶汝総角時東坡詩　髫アケマキ

総角は童名也みつらゆひたるおさなき程也牧童のよし也

能因哥枕云冠者或は小童名也云々

『河海抄』蘭巻

たえぬたとへも侍なるはこたいの事なれとたのもしくそ思給へけるとて

與君世々為兄弟又結来生未了因東坡寄子由

『河海抄』若菜下巻

ふしまちの月わつかにさしいてたる心もとなしやはるのおほろ月よゝ

春宵一尅直千金花有清香月有陰歌管楼台声細々鞦千院落夜沈々蘇東坡

『河海抄』幻巻

わか宮のなやらはんにをとたかゝるへきことなにわさをせむと

爆竹驚鄰鬼駆儺聚少児東坡

追儺儀禁中

亥一刻左右近立陣即開承明門不開長楽永安門　儺人等参陰陽師奠祭読呪文畢方相先作儺声以戈撃楯如此三反群臣相承

和呼追之或放矢於南殿御覧時此間還御候御後人於長橋下忌行逢方相云々仍逐電入殿内甚狼籍可有用心　侍臣相分殿内幷四方駆逐尤盛方相入自仙花門経御殿前出自北廊

畢羽林風

内匠寮儺木振鼓をたてまつる尅限に殿上の男女房にわかち給いさゝか動揺あり

委見紅葉賀巻注

栄花云うへわらはにおはしませはつこもりのついなにふりつゝみしてまいらせたれはふりけうし給ふ云々

『河海抄』蜻蛉巻

人のいみしくおしむ人をはたいさくも返し給なり

宋玉為屈原作招魂詞曰帝告巫陽曰有人在下我欲輔之魂魄離散汝巫与之

王逸楚詞章句曰帝謂天帝也巫陽神医也

余生欲老海南村帝遣巫陽招我魂東坡

末摘花巻の用例は東坡詩注ではあるが、関連するものとして用例に含めた。傍線部が該当箇所に当たる。

『河海抄』の注記を確認すると、末摘花巻や蓬生巻のように、物語中の和語を漢語によって説明する方法も見られる一方で、藤袴巻・若菜下巻・蜻蛉巻のように、漢詩の一節を示すものが存在する。これらの漢詩句は、現代の我々が見ると、蘇軾の詩であることが明示されているため、物語成立後の作品を典拠として扱うことの不適切さから、典拠指摘と認めることはない。しかし、仮に、この出典が明記されていなければ、もしくは白居易等の名が誤って挙げられていれば、我々は典拠指摘として受け取ってしまうのではなかろうか。つまり、形態の面からは、典拠指摘であるのか、そうでないのか、の判断は付かないことになる。右に挙げた中では、若菜下巻の例などは、物語の場面解釈として典拠たり得る要素を持つものと解釈出来よう。

次に、『花鳥余情』を取り挙げる。(3)『河海抄』に引き続き、『花鳥余情』にも蘇軾等の指摘が見える。

『花鳥余情』花宴巻

あふきはかりをしるしとにやとりかへていて給ふ

和泉式部仮名記かへる人のあふきをとりかへてとかけり　又東坡詩云換扇惟逢春夢婆とつくれり　春夢婆は女の異名也　唐土には夫婦の約をなすしるしには扇をとりかふる事ある也

『花鳥余情』蓬生巻

つや〳〵かにかひはいて

貧家浄掃地といふ心なり　東坡詩にあり

『花鳥余情』絵合巻

火ねすみ

東坡詩云氷蚕不知寒火鼠不知暑

『花鳥余情』橋姫巻

そくひしりとかこのわかき人々つけたなる

東坡山谷なともみつから有髪僧在家僧なと詩にもつくれり

『花鳥余情』竹河巻

さくらをかけ物にて三はんにかすひとつかち給はんかたに

宋朝に王荊公といふ人鍾山にありて蘗秀才と碁をかこむ　梅詩一首をもて賭とす　秀才まけて不能作詩

王荊公代てつくれる事あり　後代の事なれと花を賭にする事あひにたるにや

『花鳥余情』葵巻

てをつくりてひたひにあてつゝ

宋朝に司馬相如といひし君子の洛中に入し時はこれをみるもの手を額にくはふといふ事通監といふ書に見えけり

『花鳥余情』絵合巻

うへはよろつの事にすくれてゐをけうある事に

　宋の徽宗皇帝好画此時画及第といふ事あり　これによりて画の上手ともおほかりけり　それははるかにのちの事なれと事の次にかきのせ侍る也

花宴巻・蓬生巻・絵合巻の用例が蘇軾、橋姫巻の用例が蘇軾及び黄庭堅の漢詩句を用いたものであり、竹河巻の用例は漢詩引用ではないが王安石の逸話を提示している。また、続いて取り挙げた葵巻・絵合巻の二注記には、宋代の資料や事蹟を指摘する注釈が施されている。内容としては、『河海抄』と同様に、例えば絵合巻「火ねすみ」のように語彙説明の注釈も見える一方で、花宴巻や蓬生巻のように物語の読解に関わるような注釈も見える。

『花鳥余情』は『河海抄』に比べ、幾分饒舌に注釈を行うため、波線部「後代の事なれと」「それははるかにのちの事なれと事の次にかきのせ侍る也」と、『源氏物語』成立以後の文学作品であることを十分理解した上で、注釈に利用していたことが把握出来る。また、「事の次」とする箇所からは、物語を読解することを目的とするのではなく、知識の列挙・提示こそが目的であるかのごとき姿勢が窺える。

『源氏物語』の注釈でありながら、物語読解に直接関わらない知識をも付け加える点は、当時の注釈行為が総体的な知に基づいて施されたことを示唆するものである。著者はかつて、『花鳥余情』が注釈に取り挙げる『源氏物語』成立以後の詠歌について検討を加え、定家や家隆、慈円などの詠歌が、歌学の観点から提示されたことを明らかにした(5)。本章で扱っている物語成立以後の事蹟を注釈として提示する方法と、和歌における後人詠が詠歌作法として提示されるという方法とは、その注釈の意図するところが異なるものではあるものの、当時の注釈の実態を端的に示すものである。

　続いて、『花鳥余情』以後の諸注釈書を確認していく。『花鳥余情』以後の諸注釈書は、先行する注釈書を集成する傾向にあり、先に示した『河海抄』『花鳥余情』の注記を受け継ぐ形で注釈を施す。ここでは、先行諸注を引き継ぐ注記は省略し、各注釈書が新たに付した注記のみを扱うこととする。

まずは、富小路俊通『三源一覧』の注記を示す。(6)

『三源一覧』宿木巻

むかしものかたりにたまとのにをきたりけん人のたとひを思ひいて、

（『河海抄』注記、及び『花鳥余情』注記、略）

愚存玉棺飛出王喬墓坡句此外達磨和尚は入棺してうつみ侍りてはるかに後に人のあひたてまつりしかはあやしみ棺をほりおこしてみるに御くつをかた〳〵をのこしをき給へるのみ棺中にありき勧善書なとにも此例になるへき事はおほかれと拾遺亜相実隆今案に菟道稚子の棺中よりいて給て大さゝきのみこに二たひ対面ありて物なときこえをき給し事こゝにやかなふへからむとのたまへるに同心して例をかさねて外にもとめさる也

『三源一覧』は、富小路俊通が三条西実隆・宗祇の指導のもと、先行する『紫明抄』『河海抄』『花鳥余情』をまとめ、そこに「愚存」として自説を付した注釈書である。傍線部はその「愚存」に当たる注記であり、ここから俊通が探し出した用例と認められる。当該箇所では夢浮橋巻における死者の蘇生に関わる注記として、蘇軾の漢詩句が示されている。

『細流抄』からは2注記を示す。(7)

『細流抄』宿木巻

やとり木と

昔の名残をおもはすはさひしかるへしと也そうして薫は一生をより所なく思ひ給へり東坡詩吾生如寄耳といへることゝくいつくをもさためさると也

『細流抄』桐壺巻

いつれの御時にか

題号年説々多ししかれとも唯源氏の事をしるせる故也又は古今序に山した水のたえすといへるかことく水の源をいへる也山谷か詩に岷江初レ濫觴入レ楚無レ底と云かことく是は女のはかなく書たれと其心あさからさる也凡諸抄にくはしくしるせり仍而略之巻名は花鳥に見えたり（以下略）

それぞれ、蘇軾、黄庭堅の引用である。桐壺巻の例は、『源氏物語』という作品名について、黄庭堅の漢詩の一節を引用しながら解説を加えたものである。『岷江入楚』の銘もこの一節による。もともとは『荀子』「子道」等に見える孔子の言が原典となるが、享受としては黄庭堅の漢詩によっていたことが窺える。

続いては『孟津抄』の例である。[8]

『孟津抄』初音巻

こゑ〳〵のゑにもかきとゝめかたからん

東坡詩云々　声は絵にかゝれぬ物也　画花不画匂画鳥不画声

『孟津抄』常夏巻

おひひもとかぬほとに

あつき時は帯をもときなとする也源詞也　東坡詩可載之

弄花なをしひもとかぬ一本云々（以下略）

『孟津抄』においては、蘇軾の名は明示されるものの、詩の文言は提示されない。この理由についてはなお慎重に検討せねばならないが、漢詩句そのものについては、『岷江入楚』より知ることが出来る。[9]

『岷江入楚』初音巻

こゑ〳〵のゑにもかきとゝめかたからんこそ

声はゐにかきかたきと也　東坡十一李伯時陽関図　龍眠独識慇懃処尽出陽関意外声

『岷江入楚』常夏巻

たへかたからんなをしひもとかぬ程に

素然云箋如此　三本如此　箋帯紐也　なの字ハ詞也　一説ニしノ字ヲ入テ直衣紐云々　弄なをしひもとかぬ一本聞解
レ衣檻袙亦朝恩東坡

右の傍線部が、『孟津抄』では示されていなかった蘇軾の漢詩句である。『岷江入楚』にはこれらの他に、以下のような例も確認出来る。

『岷江入楚』浮舟巻

ひあやうしなといふも

花誰何火行とかきて火あやうしとよむ也　夜行する声也　秘夜行のいふ也　箋巴陵酔尉謬誰何東坡

『岷江入楚』序

（前略）山谷先生か詩にいへらく岷江初濫レ觴入レ楚乃無レ底と　彼奥入はまことに岷江の初といふへきにや　いま此抄出の楚に入て底なきかことくなるは世くたり人の心をろかにしてはかなきふしまてをもらさす註釈せんとするかゆへ也（後略）

『岷江入楚』に示される漢詩句は、必ずしも通勝が独自に付したものではない。常夏巻の注記には「聞」の肩付が、浮舟巻の注記には「箋」の肩付があるように、これらの注記がもとは三条西家の源氏学であったことが把握出来る。

以上、簡略にその様相を見渡してきた。確認したように、蘇軾や黄庭堅等の引用は、ある一つに注釈書に偏って特徴的に表われるものではなく、中世の源氏学を通して行われていた。各注釈書の総注記数を踏まえると、今回扱った注記の割合は必ずしも大きくはないが、各時代の各注釈書に共通して見られる点には、源氏学の動向として検討する余地を残すものと思われる。

源氏注についてこれまでの諸例を踏まえると、今回指摘した物語成立以後の事例を提示する現象は、注釈としては成立しているものの、現代の我々が用いる典拠という用語では括りきれないものである。現代では、物語成立以前という枠組みで典拠を捉えており、『源氏物語』以前に用例が見つからない場合は、あくまで参考として後代の例を示すに留めている。鎌倉期までの源氏学でも、これと同様に、物語成立以前の和歌・漢詩・史実を典拠として提示し、成立以後の例は扱わない。

これに対して中世源氏学においては、源氏以後の例まで積極的に視野を広げていき、物語の世界に近いものを探ろうとする意識が読み取れる。類似の事例を以て、事物の説明を試み、物語の文意を類推によって理解させる方法と位置付けられる。鎌倉期まで注釈書と南北朝期以降の注釈書との内容を比較すると、その典拠を知らなければ物語を適切に読み解けないという典拠指摘（物語が踏まえている、物語よりも先行する文学作品の提示）から、（当該場面と類似する）用例によって物語の文意・文脈を理解する注釈へと、時代とともに注釈方法が変容していったことが推測される。この意味において、中世源氏学の注釈書は、典拠指摘から積極的に逸脱していくのである。

そして、この現象は、知識の列挙や披瀝を以て注釈や理解を行うという、中世における学問のあり方・知のあり様と、深く結びついて行われたものではなかったか。

蘇軾や黄庭堅といった宋代の漢詩受容に関しては、五山禅林との関係が指摘されている。堀川貴司氏は、南北朝における初学期の漢籍受容が、それまでの唐代文化中心のものから、宋元代の典籍へと移り変わっていったことを指摘する。(10) 今回扱った各例も、宋元代の漢籍受容が、南北朝期以降、源氏学へも派生していったものと捉えられよう。

しかし、他の文学作品の注釈においても、宋代の漢詩句が使用されていたかというと、そうではない。実は、蘇軾や黄庭堅の漢詩を注釈に用いるのは、源氏注が圧倒的に早く、古今集注や伊勢注には、室町末期にならねば確認出来ない。参考として『伊勢物語惟清抄』を示す。(11)

『伊勢物語惟清抄』81段

塩カマニイツカキニケムアサナキニ釣スル舟ハコ、ニヨラナン

コ、ヲ端的ノシホカマニシナシテ我ハイツ此塩カマノ浦ニハキヌランツリスル舟モコ、ニヨラントヨメリ塩カマニ似タルナトヨマサル処尤面白シ山谷カ画夾ニ題スル詩ニ恵崇烟雨蘆鴈坐我瀟湘洞庭欲喚扁舟帰去故人道是丹青ト作レルニ同ニヤ（以下略）

室町期の伊勢注は厖大に存在しているため、『伊勢物語惟清抄』以前にも宋代の漢詩を用いた注釈が存在していた可能性は十分に考えられるものの、一方で、『伊勢物語愚見抄』や『伊勢物語肖聞抄』等には蘇軾等の漢詩句は見当たらない。(12)この要因としては、連歌師による注釈か、五山僧との交流が多かった公家衆による注釈か、という編者の差によるものと考えられる。ただし、源氏注が伊勢注よりもかなり早い段階で宋代の漢詩利用を行っていることを踏まえるならば、別の要因も考慮すべきであろう。なお慎重に検討せねばならないが、源氏注が先駆的に宋代の漢詩利用を行ったという特徴に関しては、当時の学問体系を考える上で大きな指標に成り得る可能性がある。この点については、問題が多岐に及ぶため、今後の課題としたい。

三　准拠指摘とも関わって

最後に、物語成立以後の作品にまで用例や類例の対象範囲を拡張させていった注釈方法が、准拠指摘にも用いられていた可能性を指摘する。

『河海抄』絵合巻

御前にてかちまけさためむと

古来物合勝負常例也

朱雀院寛平菊合　永承六年内裏根合　郁芳門院前栽合　寛子皇后宮扇合　上東門院菊合　正子内親王絵合

等也

後拾遺集正子内親王絵合し侍けるにかねの草子にかきて侍ける　さかみ

みわたせは浪のしからみかけてけり卯花さける玉川のさと但同時しける歟如何

右は『河海抄』絵合巻の注記である。合わせものの例として、傍線部の諸例が示されており、これらはすべて『源氏物語』成立以後の史実である。当該注記に関しては、吉森佳奈子氏が、『源氏物語』を「歴史的先例空間に位置付け」んとする『河海抄』の意識が見える、と指摘する。(13)

しかし、この例は、本当に「歴史的先例空間に位置付ける」注釈なのであろうか。今回扱ってきた諸例を踏まえると、当該注記は、知識の列挙・提示を以て、単に物事の説明を行っているに過ぎないことが浮かび上がってくる。傍線部の用例は、その一端として『源氏物語』成立以降の作品が扱われたものと捉えるべきである。つまり、当該注記に対して、『河海抄』（もしくは作者善成）のイデオロギーを読み取ることは不可能なのである。

同様の例が、『花鳥余情』にも見える。以下に示す2注記のうち、傍線部が後代の例に当たる。

『花鳥余情』蛍巻

たきうらくなそりなとあそひてかちまけのらんさうともしの丶しる

六日武徳殿の騎射はて丶打毬の事あり　唐人の装束にて馬にのりて毬子をはしらしむるを打毬といふ　その時奏する楽を打毬楽とはいへる也　納蘇利も六日の競馬の日雅楽寮これを奏す　かちまけの乱声は必競

馬にある事也　上東門院賀陽院の競馬にも毎度この乱声はありし也　又競馬の行幸には蘇芳菲左狛形右この舞をもて御輿を迎たてまつる事あり　装束のやうは保延四年四月宇治左府の記に見えたり　蘇芳菲は其体師子のことし　有子二人面形如犬也　狛竜は馬形二疋乗尻舞人也　こゝにはいらぬ事なれとつゐてをもてしるす也

『花鳥余情』宿木巻

大将にゆつりきこえ給をはゝかり申給へと御けしきもいかゝありけん御さかつきさゝけておしとの給へるこはつかひもてなしさへ

賜天盃例

天暦七年十月廿八日菊合式部卿親王重明賜天盃

寛和四年四月廿七日蜜宴中務卿具平親王賜天盃以上賜親王例

永延二年三月廿五日摂政六十賀摂政御堂殿給天盃

永祚元年二月十六日朝覲行幸御堂殿給天盃

寛弘三年三月四日行幸御堂殿于時左大臣給天盃

同五年十二月廿日後一条院御百日御堂殿給天盃以上給執政臣例也

今案此後万寿元年宇治殿嘉保三年京極殿賜上皇御盃　寛喜三年光明峰寺摂政永徳元年室町第行幸鹿苑院大相国等給之也為後学以次書之　（以下略）

注目すべきは、これら後代の例について、波線部「こゝにはいらぬ事なれとつゐてをもてしるす也」「為後学以次書之」とあるように、明らかに『源氏物語』読解のみを対象とした注記ではないことが読み取れる点である。

事物への説明が知識の列挙によって行われていたことを窺わせる事例であるとともに、源氏学を通して、他の分野・領域の知識までも習得する、もしくは知を集積させる、といった実用的な面があったことを指し示す例である。[14]決して物語読解のみを対象としていたわけではないことを物語っており、この知の集結・集積を求める姿勢こそが、中世源氏学の根幹にあったと考えられる。

この現象は、先に示したような、典拠指摘から用例指摘へと注釈内容が変化していったこととも関わろう。[15]先も触れたように、変革は南北朝期以降に一気に広がりを見せる。これまで准拠の側面に偏って読まれてきた注記の中にも、過剰な深読みが施されたものが存在しているのではなかろうか。

四　まとめ

本章では、中世源氏学の注釈方法の一端として、『源氏物語』成立以後の作品を注釈に用いる点を指摘し、その特徴を浮かび上がらせた。典拠指摘から用例指摘への変化は、注釈史において大きな変革と位置付けられる。

繰り返し述べたように、古注釈書が示す典拠や准拠の指摘は、現代の我々の枠組みとは異なる意識で施された箇所が多分に含まれている。それぞれの注釈書における意図については、各注釈書ごとに考慮すべきであるが、どこまでが典拠指摘の要素で、どこまでが用例による文意説明であるのか、その判断は慎重を期すべきである。当然のことながら、両者が混じり合った注釈も多数存在するため、一見して判断を下せない場合もある。

また、南北朝期以降の注釈書においては、注記内に『源氏物語』成立よりも先行する文学作品を提示されていた場合にあっても、その指摘を以て無条件に典拠指摘として認識すべきではない。知識の列挙の一環として、『源氏物語』の文意と似通う用例が『源氏物語』よりも先行して存在していたことを単に示しただけの可能性が、十二分に想定されるのである。

古注釈を用いた、典拠・准拠の指摘を考える際には、当時の学問体系や注釈方法を正確に押さえた上で行われなければならない。

注

（1）『河海抄』柏木巻「いまはかへりなむとてうちわらふ」の注記。なお、『河海抄』の本文は、便宜的に玉上琢彌編、山本利達・石田穣二校訂『紫明抄　河海抄』（角川書店、一九六八）によった。ただし、諸本校合の上、一部私に改めた箇所がある。

（2）『河海抄』以前の注釈書として、栗山元子氏より、『光源氏物語抄』にも僅かではあるものの引用注記が確認出来るとのご指摘をいただいた。『光源氏物語抄』の注記に関する細かな検証については、別の機会に論じたい。

（3）『花鳥余情』の本文は、中野幸一編『花鳥余情　源氏和秘抄　源氏物語不審条々　源語秘訣　口伝抄』（源氏物語古註釈叢刊第2巻、武蔵野書院、一九七八）によった。なお、『花鳥余情』における蘇軾詩の利用については、河野貴美子「『花鳥余情』が説く『源氏物語』のことばと心――「漢」との関わりにおいて――」（『国文学研究』第175集、二〇一五・三）において詳細な検討が加えられている。河野氏は、兼良の漢籍・漢詩利用の実態を明らかにした上で、「当時日本では、蘇東坡の詩に関連して、宋の地方志や礼記類等、日本に新たに伝来していたさまざまな資料を用いて詳細な注釈や重ねられていたのであり、『花鳥余情』の当該注の記述も、そうした環境の中から生み出されたものと考えられる」と結論付けておられる。拙稿に先立つ極めて重要な論考である。

（4）蘇軾の名を示したものでは、他に絵合巻「筆とるみちと碁うつ事こそ」の注記がある。また、蘇軾作の漢詩題を示すものとしては胡蝶巻「はるの光をこめ給へる大とのなれと」の注記がある。なお、この胡蝶巻の用例に関して、前掲（3）の河野氏は、兼良当時の宋詩・宋詞受容を知る上での重要な指標であることを指摘する。

（5）第三部第三章「『花鳥余情』『伊勢物語愚見抄』の後人詠注記――歌学から物語注釈への一考察――」。

（6）『三源一覧』の本文は、宮内庁書陵部図書寮文庫蔵御所本（502―34）によった。

(7)『細流抄』の本文は、伊井春樹編『内閣文庫本細流抄』（源氏物語古注集成第7巻、桜楓社、一九八〇）によった。

(8)『孟津抄』の本文は、野村精一編『孟津抄』（源氏物語古注集成第4巻〜第6巻、桜楓社、一九八〇〜八二）によった。

(9)中野幸一編『岷江入楚』（源氏物語古註釈叢刊第6巻〜第9巻、武蔵野書院、一九八六〜二〇〇〇）によった。

(10)堀川貴司「五山における漢籍受容――注釈を中心として――」（『五山文学研究資料と論考』、笠間書院、二〇一一。初出『中国――社会と文化』第24号、二〇〇九・七）。なお五山文学における宋・元代文化の吸収が、南北朝期から室町前期に顕著に見られることに関しては、朝倉尚『禅林の文学――中国文学受容の様相――』（清文堂、一九八五）等に詳しい。

(11)『伊勢物語惟清抄』の本文は、『和歌物語古註集』（天理図書館善本叢書和書之部第四十三巻、八木書店、一九七九）の影印により、朱点等は省略した。なお、当該注記への言及は山本登朗氏からのご教示による。

(12)当然のことながら、唐代詩人の漢詩句引用に関しては、認められる。なお、宋・元代の詩人ではないが、『冷泉家流伊勢物語抄』には、以下のような注記が確認出来る。

27段

（前略）○こざりける男とは、業平なり。○水口にの哥の心は、我恋奉るをき丶てこそもろともに恋給へとよめるなり。水の下にてもろ声に鳴とは、かわづは、男かへるに水口にてなけば、婦かへる下(シモ)にて共に鳴也。公任の家集云、非人倫知其道礼者水住蛙、水口挙声何婦蝌之鳴続。有情哉大和詞之媒、誰有心者不嗜以道といへり。文意は、かへるはかならずおかへるの水口にて鳴を聞て、めかへる諸共になく。されば業平我夫かわづの水口になけばこそ、后のめかへるももろともになけとよめり。

108段

（前略）○男とは、業平也。○哥に、よひごとにかはづのあまた鳴田にはとは、男あまた有てなく人なれば誰ゆへには袖ぬるらんとよめるなり。蛙(カハヅ)のあまた水の下にてなけば、田の水は多く成也。是はいき(け)にながれて多く成也。順が西行くの賦云、花依風散、水増蛙気、人依友知情、雨依雲（知）降云々。依縁物の成する事をいふ也。

されば蛙のあまた鳴田には水のまさるといふなり。

傍線部に示したように、公任や順の漢詩句が提示されている。注記内には、男が業平である旨が示されているにも拘わらず、注釈としては業平没後の漢詩句を使用している。これは典拠というよりも、当該場面の理解を助けるものとして引き合いに出されたものであろう。この点は、源氏注に見られた用例提示と同様であり、後代の例を使用しながら解釈を行うという注釈方法の萌芽的事象と考えられる。

(13) 吉森佳奈子「『河海抄』の『源氏物語』」(『『河海抄』の『源氏物語』』、和泉書院、二〇〇三。初出『国語と国文学』第72巻第6号、一九九五・六)。

(14) この他にも、『花鳥余情』には後代の例を示す注記が散見される。例えば、行幸巻では、白河院の承保の大井川行幸に関する記述が複数箇所で認められる。また、伝浄弁筆『源氏物語古注』には「後白河法皇御倉納物目六」が用いられている。

(15) 『河海抄』において、用例歌として提示される和歌が格段に増えることも、これに連動するものと考えられる。和歌を提示する注釈においても、文意・分脈読解に不可欠な引歌の指摘だけではなく、語彙理解を導く用例としての和歌が含まれてくる。今回指摘した注釈姿勢の変化は、和歌を用いた注釈からも裏付けられるのである。

第五章　『湖月抄』の注記編集方法
——『岷江入楚』利用と『河海抄』引用について——

一　先行研究と問題の所在

『湖月抄』(1)は、北村季吟による『源氏物語』の注釈書で、延宝元年（一六七三）に刊行された。物語本文を全文掲載し、そこに傍注・頭注を付す形態をとる。近世期に刊行された版本としては、大まかに八尾版と吉田版とに二分類出来る。八尾版は初印本にあたり、吉田版は八尾版の漏脱箇所を訂正した後印本にあたる。

『湖月抄』は、他の源氏注釈書と同様に、先行する諸注集成の性格を強く持つ。注記作成に使用した先行注釈書、及びその編集方法については、凡例で詳しく述べられている。

『湖月抄』凡例

（前略）

一　予先年箕形如庵（ミカタジヨアン）八条宮に奉仕に此物語の講談を聞．十五ケの秘訣三ケの口傳等を請得たり．又先師逍遊軒貞徳に桐壺一巻の講尺を聞て．此物語の口傳等再聞し侍し．此如庵老人はもと称名院殿三光院殿より相つたへて．八条の宮の御前にても講ぜち申され侍しとかや．其故に此講尺には細流を以てもと、せられ侍し．又逍遊軒は九条の東光院のきみにしたがひたてまつりて此物語の奥義を極めて後．九条ノ太閤幸家（ユキイヘ）公の御前にて折々御とひに應せしよし侍し．されば是は常に孟津抄を尊み申されし．よりて此抄にも細流孟津の両抄をもと〻して河海花鳥の要をとり．弄花明星をひろひきける處の師説を交へ．かつをろかなる辟案をくはへて初心の人のたすけとするもの也

一　此抄に河海．花鳥．弄花．細流．明星．孟津等の諸抄を用所は．肩付に河花弄細明孟としるせり

一　累年(ルイネン)諸抄を勘へ合せて予が聞書に加るの説はなべて誰の説．又或抄或は抄とばかりしるし侍し

一　師説としるすものは皆如庵老人の説也．明心居士の説は千が一のみ又三と書るは三光院の御説のよし師説侍し

一　諸抄註解の下に愚意の了簡の説をなすところは．愚案と書レ之．又諸抄の不レ註セ之ところに肩付なくて註をなすものは皆愚意の辟案也

一　河海花鳥弄花の説といへども細孟の中に書加へらるゝの説は多くは本書を不レ載．細孟と書之．細の説河花弄孟の説に趣同しき時は．河同花同弄同孟同などしるす他准レ之

（後略）

傍線部で示したように、『細流抄』と『孟津抄』を基盤として、そこに『河海抄』『花鳥余情』『弄花抄』『明星抄』の諸注釈書、及び、師である箕形如庵の説と、季吟自身の愚案を加えた、としている。また、注記引用の際に肩付によって出典を示すことや、『細流抄』と『孟津抄』が先行諸注を引用する場合には原典の注釈書そのものは提示しないことも断っている。

このような『湖月抄』の注記編集の姿勢について、先行研究では、早くから低い評価が与えられて来た。例えば、池田亀鑑氏は、先行諸注をそのまま孫引きし原典を確認しない姿勢や、引用の際の不手際を指摘し(2)、小高敏郎氏は、季吟が行った諸注を集成する態度に関して、啓蒙的な面では評価出来るものの、内容面に関しては評価出来ない、という否定的な評価を下している(3)。現在の評価も大凡これらを引き継ぐものであり、『湖月抄』の注釈に対する学

術的評価は高くない。

このような評価のためか、現在までの『湖月抄』をめぐる研究は、掲載された物語本文を対象にしたものが多く、注記部分に検討を加えたものは僅かしかない。引用される各注釈書について論じたものは、筑和正蔵氏[4]、井爪康之氏[5]、三浦尚子氏[6]の論考があるばかりである。

これらの先行研究の持つ問題点のうち、最も大きなものは注釈書の孫引きの可能性を考慮していないことである。いずれの先行研究においても、序文や肩付を信用し、季吟は各注釈書を適宜参照していた、と判断しているようである。『湖月抄』に示された注釈書のすべてを、季吟が直接参照していたとは考えにくく、さらには、序文や凡例等に示されていない注釈書の利用も大いに考慮すべきである。

また、『河海抄』『花鳥余情』『弄花抄』『孟津抄』の各引用に対しては、これまで全く検証が加えられていない。これらの代表的な先行注釈書は、注釈書を構成する際の基礎的な注釈書として、後世の注釈書に大きな影響を与えている。これらの注釈書の利用方法を押さえずして、『湖月抄』の注釈方法を捉えることは不可能であろう。ただし、これら先行諸注の引用態度は同一で無いことが予想されるため、注釈書引用は個別に検討すべきである。

以上のように、『湖月抄』の先行諸注摂取の様相は未だに詳らかではなく、『湖月抄』の注釈方法、ひいては季吟の古典注釈を考える上では不十分である。本稿では、これらの問題点を踏まえ、まず『湖月抄』における『岷江入楚』利用を指摘する。その上で、『湖月抄』に引用される『河海抄』の記事に注目し、その注釈方法と特徴を明らかにする。

二―一　『湖月抄』の『岷江入楚』利用

中院通勝『岷江入楚』は、慶長三年（一五九八）に成立した室町期最大の『源氏物語』の注釈書である。成立には、細川幽斎の手助けのもと、三条西家が蔵していた『源氏物語』の諸注釈書が借り出されたことが明らかになっており(7)、三条西家の説を中心に数多くの先行諸注が集成されている。

この『岷江入楚』については、『湖月抄』の凡例では一切触れられていない。しかし、注記では明らかにその利用が認められる。例えば次のような例である。

『湖月抄』桐壺巻

ゆけいの命婦

花靫負と書てゆけいとよめり．靫(ユキ)は矢を入るしこをいふ．左右衛門は弓箭を帯するつかさなるによりてゆけいといへり　河命婦は今の世に内侍の外織物を着せぬ中﨟を昔は命婦と号せり．殿上人以下の女(ムスメ)なり

細ゆけいの命婦は衛門の命婦也拾遺の詞書にもあり命婦は惣しては禁中にあるを内命婦といふ私の妻をも命婦といふそれを外命婦と云也當時も禁中に侍ふ女房の中に内侍より次に御下(ヲシモ)とてさふらふ其中に命婦女蔵人とてある也

当該注記では、前半に「花」（波線部）と「河」（傍線部）の引用があり、その後に「細」の注記が加えられている。問題となるのは前半部である。この前半部は、以下に示す『孟津抄』と『岷江入楚』を基盤に編集されたものと判断出来る。

『孟津抄』桐壺巻(8)

ゆけいの命婦といふをつかはす

花靫負（ユキヲフ）とかきてゆけいとよめり靫は矢を入るしことい ふ左衛門は箭を帯するつかさなるによりてゆけいといへり命婦は今の世に内侍のほか織物を着せぬ中らうを昔は命婦と号せり侍臣以下の女也蔵人といふは下﨟のしなをいふ賀茂の祭に命婦つかひ蔵人使とてある也河海にくはし

『岷江入楚』(9)　桐壺巻

ゆけいの命婦といふをつかはす

靫負（ユケイ）（ユケヒ　ミカイモリ）　惣別左右衛門をゆげいといふ　此官弓箭を帯す　仍ゆけいと云　靫は矢を入るしこを云　河衛門府

花命婦は今の世に内侍の外織物を着せぬ中﨟を昔は命婦と号せり殿上人以下の女也　蔵人といふは下﨟のしなをいふ　賀茂祭に命婦使蔵人使とてある也　河ゆげいの命婦は左右衛門佐也　婦人の五位を帯するを命婦といふ也是内命婦也　五位以上の者の妻を外命婦と云　令の文也　漢家又大概これにおなし　但内命婦は九嬪世婦をいふとあれは本朝にはかはるへし　内裏女房簡幷女叙位の尻付には中﨟を命婦下﨟を蔵人と書也　女蔵人は六位也　奥入令曰婦人帯五位以上為内命婦五位以上妻為外命婦　又後宮職員令曰其外婦准夫位故周礼曰内命婦謂九嬪世婦也　外命婦謂卿大夫之妻也　帝の命をかうふるゆへに命婦と云　或抄云雪月抄云内侍司の中に内侍従四位下掌侍従五位下此内に命婦をは定をかる　或は女房の五位に叙したるを命婦と云　私此義猶不審アリ　私云もろこしには九嬪世婦以下天子つかふるほとの女の惣名を内命婦と云卿大夫の妻を外命婦といふ　日本には中﨟の品の人を命婦といふとみえたり　これも五位以上の者の妻を外女房といふとはみえたり

『孟津抄』の波線部と傍線部とは、『湖月抄』とほぼ一致を見せる。『岷江入楚』は、傍線部においては『孟津抄』よりも近い注記を持つが、波線部に対応する箇所が存在しない。内容的には点線部と一致するが、波線部はやはり

『孟津抄』からの引用であろう。

当該注記において注目すべきは二点ある。それは『岷江入楚』利用と結び付くものである。

1点目は、傍線囲いで示した「侍臣以下」と「殿上人以下」との異同である。「殿上人以下」は、『岷江入楚』と『湖月抄』にのみ見られる共通異文であり、両書以外では確認出来ない。詳細な経緯は2点目で述べるが、傍線部は『花鳥余情』の注記であり、『花鳥余情』『孟津抄』『萬水一露』等は「侍臣以下」となっている。傍線部は『孟津抄』にも存在するが、傍線囲いの異同を鑑みると、傍線部の注記は『岷江入楚』経由で流入したものと認められる。

2点目は、傍線部に対する肩付である。『湖月抄』においては、波線部が『花鳥余情』、傍線部が『河海抄』の注記と肩付されているのに対し、ほぼ同文の注記を持つ『孟津抄』においては、波線部と傍線部はともに『花鳥余情』からの引用注記とされる。この傍線部は、『花鳥余情』が施した注記であり、『河海抄』の諸本を見比べても存在しない注記なのである。正しくは「花」の肩付を施すべきところを、誤って「河」と肩付してしまったのである。

では、何故傍線部を『河海抄』の注記であると誤認したのであろうか。この過誤が起こった原因は、参照した『岷江入楚』の影響であると考えられる。先に述べたように、当該注記においては、『岷江入楚』の利用が認められる。その『岷江入楚』の一本には、以下のような注記形態を持つものがある。

『岷江入楚』桐壺巻（国立歴史民俗博物館高松宮家旧蔵本）

ゆけいの命婦といふ

靫負　惣別左衛門をゆけいと云　此官弓箭を帯す仍ゆけいと云靫は矢を入るしこを云　河衛門府ユケヒ ミカイモリ
命婦は今の世に内侍の外織物を着せぬ中﨟を昔は命婦と号せり殿上人以下の女也蔵人と云は下﨟の品を
云賀茂祭に命婦と使蔵人とてある也　猶河に委（以下略）

これは国立歴史民俗博物館蔵高松宮家旧蔵本(10)の該当部分であるが、傍線部に対する肩付が欠落しており、そのため直前の「河衛門府(ユケヒミカイモリ)」に連続した注記であるかのように見える。『湖月抄』は右のような形態を持つ『岷江入楚』を参照し、傍線部が『河海抄』の注記であると誤認したまま、注記を編集したのであろう。

また、この現象は、季吟が『河海抄』『花鳥余情』の両書を直接参照しなかった可能性をも示唆する。少なくとも『河海抄』に関しては、傍線部の注記を持つ伝本が一切存在しない訳であるから、注記編集に際して引照されなかったことは明らかである。この点については後述する。

『湖月抄』の『岷江入楚』利用が確認される例を、もう一例示す。

『湖月抄』朝顔巻

なか月になりても、その、宮

細重服になり給ふ故に、斎院をおり給ふて、先他所にまし〳〵て後に桃園宮にうつり給ふとみえたり、桃園は今の仏心寺その跡也弄同　河桃園在所一条北大宮西、一条面中許、世尊寺南、師氏大納言宅也、保光中納言代明親王男伝領、仍号桃園中納言　今案敦固親王事歟延喜帝御連枝并九月薨逝事等相似　抄二品兵部卿敦固寛平第四御子母延喜同延長五年九月七日薨　河大和物語に云桃園兵部卿宮うせ給て、御はて九月晦日にし侍るに、としこかの北方に奉りけり　〽おほかたの秋のはてだにかなしきにけふはいかでか君くらすらん　拾遺集に桃園に侍ける前斎院屏風に貫之〽白妙のいもが衣に桜花色をもかをもわきそかねぬる

『岷江入楚』朝顔巻

長月になりて桃園(モヽゾノヽミヤ)宮に

秘重服になり給故に斎院をおり給て先他所にまし〳〵て後に桃園宮にうつり給ふとみえたり　桃園宮は今の仏心寺其跡也弄同　河大和物語云桃園兵部卿宮(二品兵部卿敦固寛平第四御子母同延喜延長五年九月七日薨)うせ給て御はてなか月晦日にし侍るにとしこかの宮の北

方にたてまつりける　大かたの秋のはてたにかなしきにけふはいかてか君くらすらむ　拾遺集に桃園に住侍ける前斎院屛風に　貫之　白妙のいもか衣にさくらはな色をも香をもわきそかねぬる　桃園在所一条北大宮西一条面中許世尊寺南当時号枸杞町歟　師氏大納言宅也　保光中納言代明親王男伝領　仍号桃園中納言今案敦固親王事延喜帝御連枝幷九月薨逝事相似り　御記云延喜二十年六月八日斎院宣子内親王自夜中所病困篤及暁出院至太宰帥親王桃園家　九条右丞相記天徳三年三月十三日桃園家に寝殿立坊城家　此家本為寝殿去冬立北対本之北対卑陋尤甚仍所改作也

当該注記においては、傍線部が一致する。『湖月抄』は「細」と肩付しているが、傍線部末尾の「弄同」の部分までもが『岷江入楚』の注記と一致している点からは、やはり『岷江入楚』の利用が想定されるべきである。

また、傍線部には『細流抄』と『明星抄』とで異同が存在する。この注記の基盤になった『弄花抄』の該当注記も含め、以下にこの3書を示す。

『弄花抄』朝顔巻(11)

長月になりて

斎院おりゐ給て先別所に居住て今桃園宮にうつり給と見えたり桃園宮は今の仏心寺其跡也

『細流抄』朝顔巻(12)

なか月になりて

重服になり給ふゆへに斎院をおり給ふてまつ他所にまし〳〵てのちに桃園宮にうつり給ふと見えたり桃園宮はいまの仏心寺そのあと也

『明星抄』朝顔巻(13)

なか月になりて

重服に成給ふ故に．斎院をおり給て先別所に居住して．後に桃園宮にうつり給ふとみえたり．桃園宮は今の仏心寺其跡なり

『弄花抄』の注記の冒頭に「重服になり給ふゆへに」を付け加えたものが、『細流抄』『明星抄』である。注記内容を3書で比較すると、最も大きな差異として、『弄花抄』と『明星抄』が「先別所に居住て」であるのに対し、『細流抄』は「まつ他所にまし〳〵て」とする点が挙げられる。三浦氏は「『湖月抄』所引「細流抄」の実に約九十七％までが『明星抄』に一致する」と指摘しているが、(14)当該注記はその僅か3％の例外に当たる。そして、『岷江入楚』も、「まつ他所にまし〳〵て」を採るのである。(15)つまり、この例外は、注記の流入経路の差異によって生じたものと考えられるのである。『岷江入楚』をそのまま利用したからこそ、『明星抄』の注記が想定されるべき「細」の肩付箇所においても、『細流抄』の注記が示されているのではなかろうか。このように考えると、先程の例と同様に、季吟は『明星抄』は参照していたものの、『細流抄』は参照していなかった可能性も浮上する。この点は後考を俟ちたい。

さらに当該注記で見落としてはならない点として、波線部が挙げられる。波線部は「抄」として引用されるが、この注記は『河海抄』注記に傍注として施されたものである。先程示した『岷江入楚』所引の『河海抄』にも、傍注として提示されている。『湖月抄』の「抄」の肩付は、凡例に「累年諸抄を勘へ合せて予が聞書に加るの説はなべて誰の説．又或抄或は抄とばかりしるし侍し」とあるように、季吟が長年諸説を集成したものとされる。しかし、当該注記は『河海抄』の注記であり、この点からも季吟が『河海抄』を直接参照したとは言いがたい。

二―二　『湖月抄』の「抄」に関して

「抄」の肩付に関して、さらに考察を加える。『湖月抄』が「抄」と示す注記の中には、『岷江入楚』が提示する自他の説をそのまま引用したものが確認出来る。一例として、桐壺巻の注記を以下に示す。

『湖月抄』桐壺巻

物思ひ給しらぬ心ち
　孟命婦の我分別もなきといふ事也　抄命婦の卑下の詞也
やゝためらひて
　狡行（タメラフ）白氏文集十三　泪をしはしをさへたる也　抄此御使の命婦の躰心あるさまに云なせるよし思へし
しはしはゆめかと
　細是より勅言を命婦の傳ふる也　抄帝の御口うつしなるへし
さむへきかたなく
　思ひさまさんかたなくと也夢かとのみとありし首尾也
とひあはすへき
　抄自余の女御更衣達は桐更衣をそねみ給し人たちなれは語合給はん人なき也
はか〳〵しうも
　孟しか〳〵ともいふ義也　抄是より命婦の詞也
むせかへらせ給つゝ

泪にいたくむせひ給ふ也
かつは人も心よはく
帝の御心を命婦の推はかりて云詞也
うけ給りもはてぬ
抄少々うけ給り残すやうにて参りたりと語る也
御文たてまつる
抄更衣の母への勅書を命婦のつたふるなり
ひかりにてなん
勅定を光にて見るとのこゝろなり
ほとへはすこし
抄月日のうつらはせめて思ひの薄（ウスク）やならんと月日の過るをまてばいよ〳〵忍びかたくなると也
もろともにはく〻まぬ
抄桐更衣と御もろ心にはく〻まぬと也　師更衣かくれ給へは帝ひとり若宮をおほつかなくおほしめすと也

当該注記は、靫負命婦が桐壺更衣の母を訪れる場面に付されたものであるが、「抄」からの引用が集中して示されている。傍線部が「抄」の注記内容である。これに対して、『岷江入楚』の該当部分は以下の通り。

『岷江入楚』桐壺巻

物思ふたまへしらぬ心ちにもけにこそ
命婦卑下の詞也
やゝためらひて

河良久此心歟　八雲抄云漸也　較　踉蹡　扶行白氏文集十三　聞健同廿一
箋聞此御使の命婦の躰心ありてかきなせり　よく思へし
しはしは夢かとのみたとられしを
花是よりは勅定の御詞なるへし
箋命婦の仰をつたふる詞也　みかとの御口うつしなるへし
さむへきかたなくたへかたきは
夢かとのみとあるをうけたる詞也　更衣逝去の時分は只真実の夢のことく惘然とのみ有しをやう〳〵すこしつゝ覚しめししつまるから夢にてはなし　されともその人の名残はさなから夢幻のことくにて其歎さむるかたなしといふ歟
とひあはすへき人たになきを
或抄思ふ事いはてたゝにやゝみぬへき我とひとしき人しなけれは　此哥を引　自余の女御更衣たちは桐壺更衣をそねみ給し人〳〵なれはかたりあはせ給はん人もなきと也
（中略）
はか〳〵しうもの給はせやらすむせかへらせ給つゝ、かつは人も心よはく
これより命婦の詞也　勅定の趣をさへ涙のせきあへすして仰かねらるゝを人の心よはく見たてまつらんと覚しめす御気色をみまいらせて少々うけたまはり残すやうにて参りたるとかたる也　心つかひおもしろし
御ふみたてまつる
更衣の母への勅書を命婦のつたふる也
めもみえ侍らぬにかしこきおほせことをひかりにて

更衣の母の詞　或抄思ひにくれたるよし也　面白しと御説也　又天子のみことのりをは明詔なともいふ也
光にてと云尤面白し
ほとへはすこしうちまきる丶こともやと
花これよりは勅書の御詞也弄
月日のうつらはせめて思ひのうすくやならんと月日の過るをまてはいよ〳〵しのひかたくなると也
（中略）
もろともにはく丶まぬ
桐壺更衣と御もろ心に養育なきことを仰せらる丶也

『湖月抄』の「抄」に対応する箇所に傍線を付した。点線部に細かな異同が見られるものの、同文関係にあると捉えて良いだろう。両者を比較すると、『湖月抄』が「抄」として示した注記は、『岷江入楚』において、大半が肩付の施されていない注記であることが分かる。中には「箋」「箋聞」等の肩付を持つ注記の引用も見える[16]が、肩付のない注記に較べると僅かである。ここで取り挙げたものはごく一部分であるが、『湖月抄』は全体に亘って相当数の『岷江入楚』注記を取り込んでいることが指摘出来る。そして、それらの注記は、「諸抄を勘へ合せて予が聞書に加るの説」である「抄」として提示はするものの、『岷江入楚』の名は一切示されない。『岷江入楚』の説を摂取しつつも、その出典を伏せたままに注記編集を行っているのである。先程示した朝顔巻の波線部についても、『岷江入楚』が『河海抄』の傍注として示した部分を、傍注であったが故に誤って『岷江入楚』が独自に施した注記（肩付が施されていない注記）と判断してしまい、「抄」として採録した可能性が高い。ただし、すべての「抄」が『岷江入楚』と完全に対応する訳ではないため、今後さらなる検討が求められる。

以上、簡略ではあるが、『湖月抄』における『岷江入楚』利用を指摘した。『岷江入楚』が、『湖月抄』のすべての注記において基盤になった、とは言えない。しかし、ある箇所においては編集の際に大いに参照され、またある箇所では注記そのものが孫引きも含め引用されていることを考え合わせると、『岷江入楚』に度々依拠していたことが認められる。しかも、それが隠匿されながら用いられていることには留意すべきであろう。[17]『湖月抄』の注記編集を考える上で『岷江入楚』は欠かせない存在であることは明白である。

三―一　『湖月抄』が引用する『河海抄』

前節までで『岷江入楚』の利用を指摘したが、これと関連する注記編集方法の一つに先行諸注釈書の孫引きが挙げられる。本節では、注記の孫引きという問題について、『湖月抄』に見られる『河海抄』注記を対象として検討を加える。

まずは、『湖月抄』内に引用される『河海抄』の全体像を確認したい。

『湖月抄』内に見られる「河」「河海」と示された注記を集計しまとめたものが、以下の【表1】である。いくつかの見落とし等もあるかとは思うが、全体の傾向は変わらないであろう。

計測に際して、対象となる注記を頭注・傍注・他注と分類した。頭注・傍注は、肩付によって示されたもののみを数えた。他注は、肩付以外に示されたもの、例えば「河海に委」「河海に見えたり」といった文言に当たるが、これを私なりに仮に名付けたものである。

また、内容的には明らかに『河海抄』であっても、他の注釈書の肩付が付された注記や、肩付や出典が付されていない注記に関しては、これを除外した。このような注記は広く複数の箇所で存在するため、正確な引用数を規定することは困難である。従って、表はあくまで大まかな傾向を捉えるためのものである。なお、計測の対象には、

【表1】『湖月抄』内に見られる「河」「河海」の総数

巻名	頭注	傍注	他注	総数
桐壺	50	15	12	77
帚木	36	17	4	57
空蟬	4	0	4	8
夕顔	28	4	15	47
若紫	55	8	9	72
末摘花	37	9	5	51
紅葉	36	7	8	51
花宴	15	4	7	26
葵	46	7	10	63
賢木	29	11	10	50
花散里	3	3	0	6
須磨	41	8	18	67
明石	29	5	7	41
澪標	18	1	7	26
蓬生	21	5	4	30
関屋	3	2	0	5
松風	21	6	5	32
絵合	19	2	14	35
薄雲	23	4	7	34
朝顔	13	5	10	28
少女	50	9	11	70
玉鬘	39	5	14	58
初音	37	5	9	51
胡蝶	27	3	1	31
蛍	15	5	0	20
常夏	36	7	5	48
篝火	3	0	1	4
野分	23	9	5	37
行幸	20	9	3	32
藤袴	21	6	2	29
真木柱	21	12	10	43
梅枝	28	19	6	53
藤裏葉	25	4	8	37
若菜上	62	22	10	94
若菜下	62	31	6	99
柏木	19	2	5	26
横笛	14	4	3	21
鈴虫	9	4	1	14
夕霧	41	10	7	58
御法	10	2	5	17
幻	24	8	3	35
匂宮	12	7	3	22
紅梅	6	4	2	12
竹河	13	8	3	24
橋姫	13	3	4	20
椎本	13	3	10	26
総角	17	3	3	23
早蕨	7	3	1	11
宿木	26	1	7	34
東屋	19	10	3	32
浮舟	28	1	4	33
蜻蛉	15	2	6	23
手習	26	1	6	33
夢浮橋	19	6	4	29
合計	1327	351	327	2005

※巻頭の巻名注記も含む。発端、系図等は含まない。

巻頭の巻名注記は含めたが、発端・系図等の注記は除外した。
『湖月抄』内に見られる「河」「河海」の総数は、2005例であり、頭注が1327例と圧倒的に多く、傍注は351例、他注は327例である。巻によって多寡が見られるが、大凡巻の分量に比例するものと捉えて良い。例外的に多く引用が行われる巻は、『河海抄』の特徴の一つである准拠や有職故実書等の指摘が、ある場面に集中して利用された結果である。これは『湖月抄』の注記編集の性格によるものではなく、『源氏物語』が扱った場面の特殊性によるものであろう。

頭注・傍注・他注の各傾向は次の通りである。

頭注は、漢字注記、典拠・准拠の指摘、引歌等、基本的に『河海抄』に見られる様々な注記を幅広く扱う。割合としては、典拠・准拠の出典指摘が多く、次いで引歌の指摘と続く。典拠・准拠の出典指摘を多く取り挙げたことは、『河海抄』の注釈書としての性格・特徴をよく捉えていた結果と判断される。また一つの注記の中に、複数の「河」が提示される場合がある。これは、元来は『河海抄』で一注記であったものを、『湖月抄』が分割して提示したために発生した現象である。意図的なものか、結果としてそうなったものかは、検証が必要であるものの、注記の提示順の変更は、注記編纂の姿勢と関わるものであると考える。

傍注は、漢字注記がほとんどであり、そこに簡単な語意説明が加わることもある。准拠や引歌の指摘は、全く存在しない。この要因としては、本文の横に付される注記の性質上、その箇所の意味を取ることがまず重視され、細かな出典等は必要とされなかったことが考えられる。また、行間には長々と注記を示す余白が存在しない、という形式上の要因もあろう。傍注の『河海抄』注記は、本文理解のため、あくまで補助的な役割しか担わされていなかったと想定される。

他注は、「河海に委」「河海に見えたり」「河海説如何」等で示されたもので、肩付が付されるものではない。したがって、注記そのものを引用するのではなく、注記内容を簡略にまとめた上での言及や、注記が存在することを指摘するものが大部分を占める。説が割れている等、解釈に問題がある箇所によく見られる。「河海に委」と示した後に、『河海抄』の注記が提示される場合もあるが、必ずしもすべてが提示される訳ではなく、単なる指摘で終わるものが大半である。

三―二　『河海抄』に見えない『湖月抄』所引の注記

さて、これら『湖月抄』所引の『河海抄』注記を、原典である『河海抄』に戻って確認すると、『河海抄』諸本には存在しない注記が紛れ込んでいる場合がある。先に取り挙げた桐壺巻「ゆけいの命婦」の注記もこれに該当する。以下では、肩付に「河」「河海」と示されながらも、該当する注記が『河海抄』に見えないという矛盾について、いくつかの例を取り扱いながらその要因を分析する。

まず胡蝶巻「龍頭鷁首」の注記を示す。

『湖月抄』胡蝶巻

> 龍頭鷁首
> 河鷁又作レ艗二　淮南子二龍頭鷁首註高誘云鷁水鳥也画其象著舩首以禦水患云々
> 細前にからめいたると云も此事也龍はもと水を心に任する物なり鷁は風を受てよく行物なれは也　花おろしはしめの日は雅楽つかさの人めして舩の楽せらる末に龍頭鷁首に女ともをのすと見ゆ楽以後の事にや
> 抄舟に乗事二度なり是はおろしはしめの日也後の度は中宮の季の御読経に紫の上より供花ありしなり

当該注記は、「河」「細」「花」「抄」の四つの注釈書の引用から成る。問題がある箇所は、傍線部の『河海抄』、波線部の『花鳥余情』、点線部の「抄」引用である。これらの肩付に従って『河海抄』と『花鳥余情』を確認すると、両書がともに傍線部・波線部の注記を持たない(18)ことに気付く。つまり肩付が示す注釈書と、その注記内容とが一致しないのである。この疑問は、『岷江入楚』との対照によって解決する。以下が『岷江入楚』の該当部分である。

『岷江入楚』胡蝶巻

からめいたる舟つくらせ給

河龍頭鷁首事也　又摸唐船歟　鷁与艗同　箋一本うらめいたるトアリ　如浦也ト也

（中略）

龍頭鷁首を

秘まへにからめいたるといふも此事也　龍はもとより水を心にまかするもの也　鷁は風を受けてよく行くものなれは也　弄おろしはしめさせ給日はうたつかさの人めして船の楽せらる　末に龍頭鷁首に女ともをのすとみゆ　同舟なるへし　楽以後の事にや　素然私云舟にのりたる事二度なり　是はおろしはしめの日也　此段なか〱とあり　後の度は中宮の季の御読経に紫上より供花ありし事也　箋龍頭鷁首 鷁五暦切又鶂又乍艗　淮南子龍頭鷁首浮吹以虞　高誘註曰鷁大鳥也　画其象著船首以禦水患　西都賦登龍舟張鳳蓋　註曰画龍於舟也　文選浮鷁舟　晋王濬為益州刺吏謀伐呉造戦舟艦画鷁快獣於船首懼江神　鷁鳥雄鳴上風雌鳴下風則孕　鷁江東人船前画青鷁因各

『岷江入楚』では、「からめいたる舟つくらせ給」と「龍頭鷁首を」の2注記が該当部分にあたる。『岷江入楚』にも傍線部、波線部、点線部がそれぞれ示されるが、肩付が『湖月抄』の指摘とは異なる。『岷江入楚』は、傍線部を「箋」こと『山下水』、波線部を『弄花抄』、そして点線部を「素然私云」（傍線囲い部分）とする。『岷江入楚』の肩付通り、『山下水』と『弄花抄』には該当注記が存在する(19)。さらに、『湖月抄』が指摘する「抄」が『岷江入楚』

に示された通勝自説である点を含めると、当該注記の編集に『岷江入楚』が利用されたことは明らかである。[20]つまり、『湖月抄』の肩付の不備と判断される訳であるが、これらを単なる見間違いとして処理すべきではない。問題を『河海抄』に絞ると、当該注記が傍線部を「河」と肩付する理由は、傍線部の内容が漢籍引用である点に求められるのではないか。つまり、『河海抄』がさも掲げそうな漢籍注記であったために、肩付けを「河」として提示したのではないか、ということである。先に示した通り、『湖月抄』が頭注で『河海抄』を示す際、その内容は典拠・准拠の出典指摘が最も多い。当該箇所では、『河海抄』は二重傍線部「龍頭鷁首事也　又摸唐船歟　鷁与艗同」の注記を持ち、これは『山下水』の「龍頭鷁首鷁五暦切又鶂又乍艗」と似通う。准拠指摘や漢籍引用をしばしば行う『河海抄』の特徴を知悉していたからこそ、両者の混同を許してしまったと考えられる。当該注記は、『河海抄』を確認せず『岷江入楚』のみを参照していたために生じた誤記であるが、同時に季吟の『河海抄』に対する認識をも浮かび上がらせてくれる。

次の例も、『岷江入楚』に示された注記を、『岷江入楚』ではなく『河海抄』注記と誤解したものである。

『湖月抄』幻巻

御仏名もことし

河光仁天皇宝亀五年始之云々見官東事類

佛名經記並礼一切十方三世諸佛三塗苦息国豊民安云々

『河海抄』（角川版）幻巻

御仏名もことしはかりにこそと

宝亀五年始之云々見官東事類

或天長七年十二月始有仏名

又或説承和五年十二月十九日始之云々

貞観格云太政官符応行仏名懺悔事

『山下水』幻巻

御仏名も

光仁―宝亀五始修之自十九日至廿一日或撰吉日　仁明―承和二於清涼殿修之

仏名経説普礼一切十方三世諸佛三塗苦息国豊民安

『岷江入楚』幻巻

御仏名もことしはかりにこそは

河光仁天皇宝亀五年始之云々　見官束事韻(ママ)自十九日至廿一日或撰吉日　或天長七年十二月始有二仏名一或仁明――承和二
於二清涼殿一修レ之　貞観格云太政官府応二行レ仏名懺悔事一　仏名經説普礼一切十方三世諸佛三塗苦息国豊
民安云々　以上箋秘

『湖月抄』では、当該注記をすべて『河海抄』注記としているが、傍線部は『河海抄』に存在しない。この傍線部の注記は、もとは『山下水』に施されたものである。ただし、波線部「見官束事類」の有無から、当該注記は『岷江入楚』経由で『湖月抄』に流入したと考えるのが妥当である。(21)『湖月抄』が肩付を付け間違えたことについても、『岷江入楚』が冒頭に「河」の肩付を示していることから、説明が付く。『岷江入楚』が注記末尾に「以上箋秘」と示すように、「仏名経……」からの注記は『山下水』注記であるが、『湖月抄』はすべての注記が『河海抄』注記と誤認したのである。この誤認も、注記内容が『河海抄』の特徴である准拠・出典指摘であったために起こったものであろう。

当該注記では、注記自体にも誤りが見られる。太線部分に関して、正しくは『山下水』『岷江入楚』が示すように、「仏名経説普礼」とあるべきだが、『湖月抄』では「佛名經ノ記並ニヘ二礼ス一」と意味の通じにくい訓読になっている。

これは「説」を「記」と、「普」を「並」と誤った結果であり、この部分の注記を適切に把握していなかったことを如実に物語っている。

漢字を用いた注記に関して、的確な理解が行われなかった例をもう一例示す。

『湖月抄』花散里巻

あづまにしらへて

細和琴（ワゴン）也　河和琴に能鳴（ヨクナル）調ありよそへていへる也　抄よくなる琴を和琴にしらへてかきあはせたるといふにや

『河海抄』（角川版）花散里巻

よくなることをあつまにしらへて

和琴　有能鳴調よそへていへる也

『岷江入楚』花散里巻

よくなることをあつまにしらへて

河和琴　能鳴調あり　よそへていへる也　秘和琴　和琴はあつま也　よくなることをあつまにといへる不審の事也　ことは絃の惣名なれはよくなることゝは器といふ心也　よくなる和琴の器をしらへてといふ心歟　諸抄にもしゐて沙汰に及はぬ事なれと不審なきにあらさる歟　又よくなることゝは琴歟　真名にてかきたるをことゝ仮名にかきなして不審出来たる歟　しからはよくなる琴（キン）を和琴にしらへてかきあはせたるといふにや　両義今案の僻説也　尋決すへし

当該注記においても、波線部の一致から『岷江入楚』からの注記流入が想定される。[22] 傍線部が問題になる箇所であるが、『湖月抄』は「河和琴に能鳴（ヨクナル）調あり」としているが、『河海抄』『岷江入楚』ともに「和琴」と「能鳴調あり」

は切り離されて示されている。『河海抄』の注記を鑑みると、「和琴」という漢字提示は和語を漢字によって注釈したものであり、「有能鳴調よそへていへる也」はその補足として加えられたものであるから、両者は別個の注記と捉えるべきである。当該箇所で『湖月抄』は、訓読（注記の切り方）を間違え、「和琴能鳴調あり」と続けて読み下したのである。「に」の有無という細かな差異ではあるが、厳密な意味では『河海抄』には見られない注記となろう。当該注記は、引用の際に適切な注記理解が行われなかったために、このような他に見られない注記になったと考えられる。

ここまでの注記比較では、いずれかの注釈書に注記が存在していた。最後に、どの注釈書にも見当たらない、『湖月抄』独自の「河」注記について触れる。

『湖月抄』宿木巻

こかねもとむる

細昭君がごとくにあしく書なしてはと也孟まへのゐにも書とめてとあるをうけ王昭君が事をいふ也．絵師も書かへたる事あれはなり古事前注河昭君若贈黄金賄定是終身仕帝王江相公詩

『河海抄』（角川版）宿木巻

こかねもとむるゑしもこそなとうしろめたく

蒼舒云漢元帝宮人頗多嘗令画工図之有欲呼者被図以召故宮人多行賂於画工王昭君姿容甚麗無所苟求工遂毀其状後匈奴求美女帝以昭君宛行既召見帝悦之而名字已去遂不復留帝怒殺画工毛延寿杜詩注毛鏡子といふ人王昭君のかたちをゑに書し事也金をえてかたちのわろき后をめてたくかき昭君をは金をとらさりしかはわろく書たりし也今のあね君の形をも金をえさせすはわろくやかゝんすらんと也

傍線部は大江音人の漢詩であり、『和漢朗詠集』「王昭君」等に採録されている。これを『河海抄』注記として肩付

しているが、『河海抄』の諸本、及び各注釈書には全く見えない。各注釈書とも、王昭君の故事を踏まえている表現であることは指摘しているが、音人の漢詩が提示されることはない(23)。

　該当注記は、肩付が示された場所によって誤解を生む例である。「河」の内容は、「昭君若贈黄金賄……」の詩句を示すのではなく、「古事前注」を指すと思われる。『河海抄』に見られる「蒼舒云……」や「毛鏡子といふ人……」という注記は、この『湖月抄』の「河」の肩付の直前の「古事前注」に対応する。注記内容自体は『孟津抄』『岷江入楚』等を見ていたことが想定され、凡例に「河海花鳥弄花の説といへども細孟の中に書加へらるゝの説は多くは本書を不レ載。細孟と書之。細の説河花弄孟の説に趣同しき時は。河同花同弄同孟同などしるす」とあるように、注記の末尾に「河」と付したものと思われる。

　以上のように、『湖月抄』が引用する『河海抄』注記を確認していくと、そのすべてが、いずれかの先行諸注釈書で既に採録されている『河海抄』注記か、もしくは肩付が誤って施された別の注釈書の注記であり、『湖月抄』独自の『河海抄』引用は全く見られない。『湖月抄』が直接『河海抄』を参照したと断定出来る確例は、『湖月抄』の注記内容からは見出せないのである。その上、『河海抄』を参照しなかったために生じた間違いが何箇所にも見られる。『湖月抄』所引の『河海抄』の本文系統が、注記によって全く異なり、複数の系統が混在した状態であることも、複数の注釈書から孫引きが行われたことの傍証である(24)。

　これらのことから、『湖月抄』の『河海抄』注記は、そのすべてが孫引きであると判断され、季吟自身は『河海抄』を直接確認していなかったと結論付けられる(25)。『河海抄』注記の特性については良く理解していたと思われるが、原典の『河海抄』そのものには当たっていなかったのである。

四　まとめ

本章では、先行研究研究で今まで指摘されていなかった『湖月抄』の注釈方法として、『岷江入楚』利用と『河海抄』引用の実態を明らかにした。『岷江入楚』は凡例に取り挙げられてはいないものの、確実に利用が認められる。また『河海抄』は注記編集の際に参照された諸抄の一つとして名は挙がっているものの、実際に原典の『河海抄』を直接確認していた形跡はない。

これらの事象は、凡例が述べる注記編集の方法と、注記内容から窺える注記編集の方法とが、必ずしも一致しないことを意味する。『湖月抄』の凡例は非常に恣意的なものであり、鵜呑みにすべきではない。凡例が示す「河海花鳥弄花の説といへども細孟の中に書き加へらる、の説は多くは本書を不レ載」という文言は、『河海抄』『花鳥余情』『弄花抄』に直接当たれなかったことを隠蔽するための文言である可能性も指摘出来よう。「載せない（不載）」ではなく、「載せられない（不可載）」だったのではないか。

また、凡例に示されない注釈書の利用は、『湖月抄』の編集方法を解明する上で欠かせない要素である。『湖月抄』編集に際して季吟がどのような注釈書を利用していたのか、未だ十分に詳らかにされていないが、これまで対象に挙がることのなかった諸注釈書までも、今一度検討の俎上に載せるべきであろう。

『湖月抄』の注記を扱う際には、示された注釈書すらも孫引きされたものであり、しかもその孫引きが序や凡例に示されていない典籍によって行われた可能性を持つ、ということを十分念頭に置くべきである。

注

（1）『湖月抄』の使用テキストは、『源氏物語湖月抄　一〜十二』（北村季吟古註釈集成7〜17、新典社、一九七七）によった。底本は大和屋文庫蔵本（野村貴次氏旧蔵）であり、これは、八尾版『湖月抄』の中でも最初期に位置する本である。

（2）藤村作編『日本文學大辭典』（新潮社、一九三六）の「湖月抄」の項目より。

本居宣長が『玉の小櫛』に「今の世の中にあまねく用ふるは湖月抄なり。げにこの抄はさきざきのもろもろの抄どもをあまねくよきほどに頭と傍とに引出で師説今案をまじへ、すべてよるにたよりよきさまにぞ書なしたる」と云つてゐるが適評である。註釈もまた親切穏当であるが、新説は比較的少い。併し本書は未だ古典研究の初期の時代になつたもので、句点の誤り、清濁の不当、仮名遣ひの不当等があり、本文の吟味不足で校訂もたしかでなく、且つ『河海』『花鳥』等より孫引して原典はきはめないやうな不用意も少くない。『河海』『花鳥』に出た説は、これ等の肩付をなすべきであるのに、却つて後の抄の『哢』『細』等を標記したものも少なくない。これらの欠点は『玉の小櫛』が已にこれを指摘し、石川雅望が『源註餘滴』に云つたところである。

（3）小高敏郎『松永貞徳の研究　續篇』（至文堂、一九五六）。

諸抄を集成し、實用的便宜な形で「萬葉集拾穗抄」（元禄三年刊）「源氏物語湖月抄」（延寶元年成）「枕草子春曙抄」（延寶二年成）「八代集抄」（天和二年成）「徒然草文段抄」（寛文七年刊）「大和物語抄」（承應元年成）など厖大なる著述を撰述し、學問を一般に普及した功績は、たしかにわが國文學研究上特筆すべきものがある。しかし、その學問内容は語釋や出典の解明を主とし、その面で博引旁證を誇り、諸説を並記するのみである。彼自身の判斷を明瞭にしないばかりか、取捨選擇さへ十分には行はれてゐない。その精力的な仕事ぶりと上述の學問普及の點では敬服するが、そのもの自體の獨自な學問的價値、及び學問的方法論より見れば、安易な集成に止まつてゐて甚だ物足りない。

（4）筑和正蔵「『湖月抄』の註釈態度――源氏物語研究史（四）――」（『秋田大学学芸学部研究紀要』第12号、一九六二・三。執筆時期は一九六一・七）。氏の論考は、引用注記の総数を示し、諸注の引用の傾向を示した点で大きな意義がある。ただし、計測に用いた『湖月抄』が文献書院刊行版（一九二六年刊行）である点、肩付のない注記をすべて季吟の自説と捉えている点、引用される各注釈書が孫引きである可能性を考慮していない点等の問題もある。

（5）井爪康之「湖月抄の資料と方法」（『源氏物語注釈史の研究』新典社、一九九三）。『湖月抄』における、『一葉抄』及び三条西家の諸注釈書との影響関係・引用方法を検証しているものの、論拠とすべき資料が偏っており客観的な判断が下せない箇所や、注記流入の過程が必ずしも明確でない箇所がある。

（6）三浦尚子「『源氏物語湖月抄』所引「細流抄」に関する一考察」（『語文研究』第92号、二〇〇一・一二）。三浦氏は、『湖月抄』内に示された「細流抄」について網羅的かつ詳細な検討を加え、「所引「細流抄」が現在我々が目にする『細流抄』よりは『明星抄』に近かったのではないかということは、『湖月抄』に引用されている条々を多少なりとも吟味すれば、容易に察せられる。」とした上で、

『明星抄』の中でも最も増補された系統である版本『明星抄』と『湖月抄』所引「細流抄」との比較を全体にわたって試みたところ、果たして所引「細流抄」全一万二千百七十四箇所中、一万一千八百三十五箇所、つまり『湖月抄』所引「細流抄」の実に約九十七％までが『明星抄』に一致するという結果を得た。

と述べる。注記成立の一過程を明らかにした非常に重要な指摘である。

（7）伊井春樹「『山下水』から『岷江入楚』へ――実枝の源氏学とその継承――」（『源氏物語注釈史の研究　室町前期』、桜楓社、一九七八）。

（8）以下、『孟津抄』は、野村精一編『孟津抄』（源氏物語古注集成第6巻、桜楓社、一九八二）による。

（9）以下、『岷江入楚』は、中野幸一編『岷江入楚』（源氏物語古註釈叢刊第6巻～第9巻、武蔵野書院、二〇〇〇）による。

（10）『高松宮家伝来禁裏本目録　分類目録編』（国立歴史民俗博物館、一九九九）請求番号：H-600-0034。中田武司編『岷江入楚』（源氏物語古注集成第11巻～第15巻、桜楓社、一九七九～一九八四）において、校合本として用いられた伝本である。

（11）『弄花抄』は、伊井春樹編『弄花抄付源氏物語聞書』（源氏物語古注集成第8巻、桜楓社、一九八三）による。

（12）以下、『細流抄』は、伊井春樹編『内閣文庫本細流抄』（源氏物語古注集成第7巻、桜楓社、一九八〇）による。
（13）以下、『明星抄』は、中野幸一編『明星抄　種玉編次抄　雨夜談抄』（源氏物語古註釈叢刊第四巻、武蔵野書院、一九八〇）による。
（14）前掲（6）参照。
（15）なお、『一葉抄』は「先別所に住給て」、『孟津抄』は『弄花抄』から引用を行い「先別所に居住て」とする。
（16）この他にも「三」「私」「抄」と肩付された注記を、「抄」として引用する場合がある。
（17）『岷江入楚』を利用しながらも、その書名を記さない理由としては、①引用したものが『岷江入楚』だとは分からなかった、②『岷江入楚』とは分かっていたが、その著者を知らなかった、③『岷江入楚』を通勝の著作と認知して、隠匿していた、の3点が考えられるが、当代一流の学者である季吟が『岷江入楚』の存在を知らなかったとは考えにくい。
（18）『花鳥余情』は、該当箇所に対応する注記自体が存在しない。『河海抄』の注記は、以下の通り。

『河海抄』（角川版）胡蝶巻

からめいたるふねつくらせ給

竜頭鷁首事歟　又摸唐船躰歟

『河海抄』（熊本大学附属図書館北岡文庫蔵本）胡蝶巻

からめいたる舟つくらせ給

龍頭鷁首事也　又摸唐船歟鷁与艋同

なお『河海抄』の本文は、大きな異同が無い限り、玉上琢彌編、山本利達・石田穣二校訂『紫明抄　河海抄』（角川書店、一九六八。以下、角川版とする）を便宜的に使用した。
（19）『弄花抄』と『山下水』の該当注記は以下の通り。『山下水』の引用は、榎本正純『源氏物語山下水の研究』（和泉書院、一九九六）を使用した。

『弄花抄』胡蝶巻

龍頭鷁首
おろしはしめさせ給日はうたつかさの人めして船の楽せらる末に龍頭鷁首に女ともをのすとみゆ同舟成へし
楽以後の事にや

（中略）

『山下水』胡蝶巻

からめいたる舟つくらせ
一本うらめいたるトアリ如浦也ト也
可龍頭鷁首事也又摸唐船歟　鷁与艗同

龍頭鷁首
鷁五暦切又鶂又乍艗
玉おろしハしめさせ給日ハうたつかさの人めして船の楽せらる末ニ龍頭鷁首に女ともをのすとみゆ同舟ナル
ヘシ楽以後ノ事ニヤ
抄云マヘニカラメイタルト云モ此事也龍ハモトヨリ水ヲ心ニマカスル物也鷁ハ風ヲ受ケテヨク行物ナレハ也
龍頭鷁首淮南子龍舟鷁首浮吹以虞高誘注曰鷁大鳥也画其象著船首以禦水患
西都賦登龍舟張鳳蓋註曰画龍於舟也
文選浮鷁舟
晋王濬為益州刺吏謀代呉造戦舟艦画鷁快獣於船首懼江神
鷁鳥雄鳴上風鷁鳴下風則孕艗江東人船前画青鷁固名

当該注記からは、『河海抄』『花鳥余情』『弄花抄』の3書について、直接参照していなかった可能性が指摘出来る。なお、太線部「水鳥」「大鳥」の異同の他に、「夭鳥」とするものもある。いずれも書写の際に発生した細かな異同であるため、ここでは問題にしない。

（20）『孟津抄』にも『岷江入楚』と同内容の注記が確認出来るが、文言の一致は少なく、やはり『岷江入楚』に依拠したと判断すべきである。

『孟津抄』胡蝶巻

からめいたる舟つくらせ給

龍頭鷁首事也

（中略）

龍頭鷁首

竜は水を得たり鷁は風を得也

雌雄ありておとりをみてやかてはらむ鳥なり風に向て前へ飛なりさる程に舟の首にこれを作て置なり鷁鵰同

艗字の字を惣別書也

テウケイメイ鷁と云は雀ほとなる鳥なりこれを木に作て舟首に置は向風に自由に飛也航する義也

弄おろしはしめさせ給日はうたつかさの人めして船の楽せらるゝ末に竜頭鷁首に女ともをのすとみゆ同舩なるへし楽以後の事にや

（21）『細流抄』『明星抄』には、該当注記なし。『孟津抄』は以下の通りであるが、『湖月抄』に参照された可能性は低い。

『孟津抄』幻巻

御仏名

十二月になる也　宝亀五年始之云々見官束事類　或天長七年十二月始有仏名取要

（22）当該部分の『孟津抄』は「和琴　能鳴調よそへていへる也」である。『岷江入楚』とは細かな異同が見えるが、論旨に関わらないため問題にしない。

（23）『孟津抄』と『岷江入楚』の該当注記は以下の通り。

『孟津抄』宿木巻

こかねもとむるゑしもこそなと

まへの絵にもかきとりてとあるをうけて王昭君か事を書也絵師もかきかへたる事あれはと也

毛鋭子が王昭君の形を絵にかきかへたることく大君の形も金をえさせすはわろくかゝんすらんと也

『岷江入楚』宿木巻

こかねもとむるゑしもこそなとうしろめたくそ

秘昭君かことくにあしく書なしてはと也　弄昭君かことくかきかへたる事あれは也　箋是は薫の給ほとに画工何ほとも形をよくかくへし　され共似すは曲もなし又散々にかきなさんもいかゝなれはうしろめたしといふ也　河蒼舒云漢元帝宮人頗多　嘗令画工図之有欲呼者被図以召　故宮人多行賂於画工　王昭君姿容甚麗　無所苟求工遂毀其状　後匈奴求美女　帝以昭君宛行　既召見帝悦之而名字已去遂不復留　帝怒殺画工毛延寿杜詩注

『河海抄』は『杜詩注』を典拠として示すが、これと混同したものかとも考えられる。

(24)　『湖月抄』の『河海抄』引用は、大半が『孟津抄』もしくは『岷江入楚』経由による。『河海抄』の系統については、第一部第一章「巻九論――諸本系統の検討と注記増補の特徴――」、及び第一部第二章「巻十論――後人増補混入の可能性を中心に――」を参照されたい。なお、『孟津抄』が使用する『河海抄』は近衛家を経由した系統（A類）であり、『岷江入楚』が使用する『河海抄』は三条西家を経由した系統（C類）である。

(25)　同様のことが『花鳥余情』に関しても指摘出来、直接確認していたかどうか甚だ疑問が残る。

付章　伝昌叱筆源氏物語古注切と『山下水』

一　はじめに

『山下水』は、三条西実枝による『源氏物語』の注釈書である。本書は、実隆より続く三条西家源氏学の集大成と位置付けられる書であるが、現在は零本のみが数冊伝わるに過ぎない。

『山下水』に関する先行研究としては、早くに伊井春樹氏が、三条西家における源氏学の展開を明らかにしつつ、『源氏物語』注釈史における位置付けを行っている。[1]また、体系的な研究を行った榎本正純氏の『源氏物語山下水の研究』[2]によって、一部ではあるものの、その様相を具体的に把握出来るようになった。しかし、先述のように、現存する『山下水』は25の巻しか残されておらず、[3]その実態は不分明のままにある。

本章では、その『山下水』の断簡の可能性を持つ伝昌叱筆源氏物語古注切（架蔵）を紹介し、失われてしまった三条西家源氏注釈書の全容解明の一助としたい。

二　伝昌叱筆源氏物語古注切について

まず、伝昌叱筆源氏物語古注切（以下、古注切）の書誌を示す。

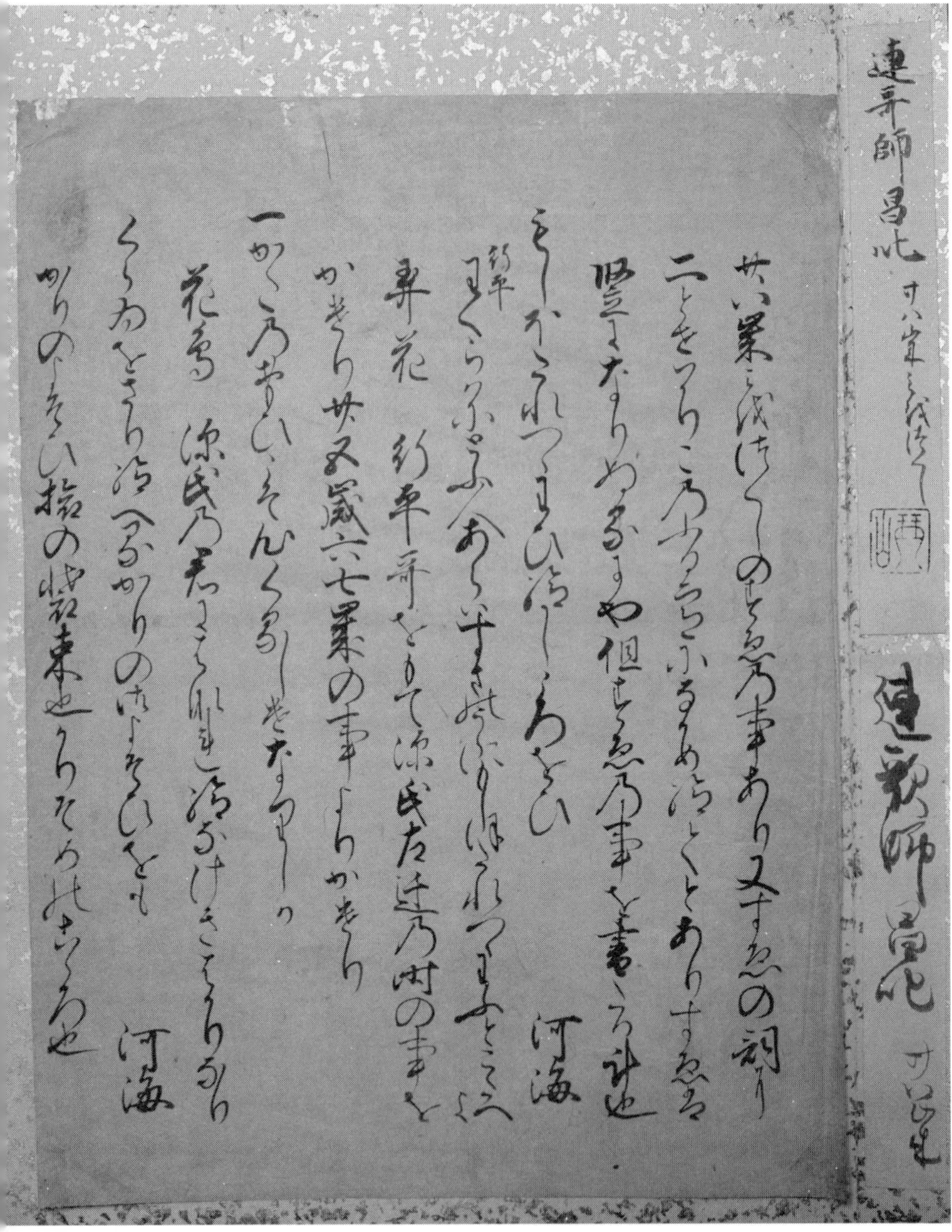

【写真1】伝昌叱筆源氏物語古注切

縦25・1㎝・横19・2㎝。楮紙。一面11行書き。字高は、縦約21㎝・横約17・5㎝。室町時代末期から江戸時代初期の写か。古筆宗家三代の古筆了祐の極札があり（鑑定日時は天和二年（一六八二）十一月）、伝称筆者を里村昌叱とするが、昌叱の手とは認められない。『源氏物語』注釈書の切であり、蓬生巻の冒頭近くの注記を記す。[4]

翻刻は、以下の通りである。

廿八歳みをつくしのすゑの事あり又すゑの詞に
二とせはかりこのふる宮になかめ給てとありすゑは
竪になりぬるにや但すゑの事を書たる斗也
もしほたれつゝわひ給しころをひ　　河海
行平
わくらはにとふ人あらはすまのうらにもしほたれつゝわふとこたへよ
弄花　行平哥をもて源氏左遷の時の事を
かけり廿五歳六七歳の事よりかけり
一かたのおもひこそ心くるしけなりしか
花鳥　源氏の君にはなれ給なけきはかりなり
くらゐをさり給へるかりの御よそひをも　　河海
かりのよそひ旅の装束也かりそめのこゝろ也

注記中に「河海」「花鳥」「弄花」とあるのは、『河海抄』『花鳥余情』『弄花抄』を指す。確認のため、この三書における該当部分を以下に示す。

『河海抄』(5)

澪標並一　蓬生

此巻中無蓬生之詞惣常陸宮旧跡蓬競簷而生昇ト見タリ哥にしけきよもきの露のかことをと詠之蓬生同事也

蓬生事　杜詩曰蓬生非無根漂蕩随高風天寒万里不復帰本叢客子念故宅三年門巷空

此詩心詞自相通乎

いかてかく尋きぬらんよもきふの人もかよはぬわか宿のみち拾遺

もしほたれつゝわひ給しこゝろを

わくらはにとふ人あらはすまの浦にもしほたれつゝわふとこたへよ古今

くらゐをさり給へるかりの御よそひをも竹のこのよのうきふしをも

かりのよそひ旅の装束也かりそめの心也

今さらになにおひいつらん竹のこのうきふししけき世とはしらすや後撰

『花鳥余情』(6)

並一　蓬生

以詞並歌為巻名　詞云えわけさせ給ふましきよもきふの露けさになん侍るとあり　歌にはしけきよもきのとあり　これは横の並也　源氏の廿七八歳の事見えたり　さりなから蓬生の君の始終をかきあらはすによりてはしめは源氏の須磨へうつり給て帰京の事をかきおはりには又二とせはかりふる宮になかめ給て二条のひんかしの院につゐにうつり給ふ事をのせたり　これは物かたりの家にかきそへたる事也　本意はまさしくよもきふのやとをたつね給て露わけ給ひし事源氏の廿八の四月の事也　これをもて横の並にはとれる

也

一かたの思こそ心くるしけなりしか

源氏の君にはなれ給ふなけきはかり也

たけのこのよのうきふし

薄雲女院は東宮をもち給てなくさみ給ふをいふにや

『弄花抄』(7)

蓬生

巻名　以詞哥号之

此巻は横の並也源氏廿七歳事八講みをつくしなとの事より廿八歳みをつくしの末の事有又末の詞にふたとせはかり此ふる宮になかめ給てと有末は竪に成ぬるにや但末の事を書たる計也

もしほたれつゝ

行平哥をもて源氏左遷の時の事を書り廿五六七のより書り

竹のこのよのうきふしを

この世のうきふしといはんとて竹のと置たる事也　面白〳〵

傍線部が古注切と対応する箇所である。点線部に若干の差異があるものの(8)、各書からの引用と断定出来る。また、見出し本文が引用元の注釈書と同一であることから、見出し本文までも引用元の注釈書に拠っていたことが窺える。

そして、古注切の注釈が『河海抄』『花鳥余情』『弄花抄』の3書を中心に成立していることも見て取れる。あくまで当該部分のみの事象かもしれないが、この3書に重点をおいて注記編集が行われている点は、古注切の特徴の一つと位置付けられる。

『弄花抄』を用いていることから、古注切が『弄花抄』以後の源氏注であることは明らかではあるものの、具体的な書名は不明である。そこで次節では、『弄花抄』以後の各注釈書の注記内容を比較することで、古注切の実態に迫ることとする。

三　注記比較

今回比較に用いた注釈書は、『細流抄』『浮木』『明星抄』『休聞抄』『林逸抄』『紹巴抄』『孟津抄』『花屋抄』『岷江入楚』の9書である。これらと古注切を比較したところ、完全な一致を見せるものは存在しなかった(9)。ここから、古注切には、現在では失われてしまった注釈書である可能性が浮上する。

ここで、注釈内容を検討してみたい。先に示したように、古注切には、巻名と物語の時間軸に関する注記、「もしほたれつゝわひ給しころをひ」の注記、「一かたのおもひこそ心くるしけなりしか」の注記、「くらゐをさり給へるかりの御よそひをも」の注記、以上の4注記が存在する。これらの注記について、各注釈書を踏まえた細かな検証を加える。

まず、古注切の冒頭部分は、文言の一致により、『弄花抄』の注記を引用したものと判断出来る。巻名や物語内の時間軸に関する巻冒頭の注釈は、各注釈書で様々に行われるが、この中で『弄花抄』を引用するものは『休聞抄』『岷江入楚』のみである。

「もしほたれつゝ……」に注記を施す注釈書は、先に挙げた諸注釈書のうち、『浮木』を除くすべてである。この中で『休聞抄』『林逸抄』『紹巴抄』『孟津抄』『岷江入楚』が、『河海抄』指摘の引歌と『弄花抄』の注釈の両者を併記する。ただし、冒頭に『河海抄』を挙げ、次に『弄花抄』を示すものは、『孟津抄』『岷江入楚』のみである。

さらに、『孟津抄』には出典肩付が付されていないのに対し、『岷江入楚』の肩付は古注切と同様に注記冒頭に施されている。

「ひとかたの思ひ……」に注釈を施したものは、『休聞抄』『孟津抄』『岷江入楚』である。見出し本文は、『休聞抄』が「一かたの思ひにこそ」と短縮しているのに対し、『孟津抄』『岷江入楚』では「さてもわか御身のより所あるは」が上接している。『花鳥余情』や古注切が持つ見出し本文と一致する注釈書は無いものの、唯一『岷江入楚』だけがこの箇所に『花鳥余情』注記の引用を行うのである。(10)

「くらゐをさり給へる……」の項は、『孟津抄』『岷江入楚』のみが注記を持つ。この注記は『河海抄』注記の前半部分による。『河海抄』では、見出し語本文が「くらゐをさり給へるかりの御よそひをも竹のこのよのうきふしをも」となっており、注記には「竹のこのよのうきふしをも」に対応する引歌注記も存在する。しかし、『花鳥余情』以降の注釈書では、「竹のこのよのうきふしをも」に対する注釈のみが取り挙げられる傾向にあり、先に指摘した『孟津抄』『岷江入楚』に至るまで、「くらゐをさり給へるかりの御よそひをも」の注釈はほとんど顧みられて来なかった。『河海抄』の注記と、『孟津抄』『岷江入楚』の注記を比較すると、『孟津抄』は『河海抄』をそのまま引用するに留まるのに対し、『岷江入楚』では引用後に「源の除名の事なるへし　官位をとられたる人の装束也」の注釈が入る。これは『河海抄』諸本においても見られないことから、『岷江入楚』が私説として付したものと考えられる。

以上のように、古注切が示す4注記をすべて内包する注釈書は『岷江入楚』のみであり、注釈の範囲や方法においても類似点が見られる。古注切の注記は、『休聞抄』や『孟津抄』とも類似する点を有するが、それぞれに存在しない注記を古注切が持つことから、これらとの直接的な影響関係は想定出来ない。今、『岷江入楚』より「もしほたれつゝ……」から「くらゐをさり給へる……」までの注記を挙げると、以下の通りである。

『岷江入楚』

もしほたれつゝわひ給し比ほひ

河　わくら（行平）**はにとふ人あらはすまの浦にもしほたれつゝわふとこたへよ**

弄　源氏左遷の時の事をかけり　廿五六七才よりの事をかけり

私これはひたちの宮（末摘也）の事をかきいたさむとて源のすまのうつろひの事をかきいたせり　是は大方の事をかくいひ出したる也

さてもわか御身のより所あるは**ひとかたの思ひこそ**

われ〳〵とより所ある人は源にわかれ給なけきはかり也　それを一かたのおもひといふ也　**花　源氏君には**

なれ給ふなけき也

二条のうへなとも

紫上也

たひの御すみかをも

紫は本さいのやうなれは別（ベツ）してのなけき也　されともそれは又旅居のさまをも折〳〵聞かよひてもなくさむる也

くらゐをさり給へるかりの御よそひ

河　かりのよそひ旅のさうそく也　かりそめの心也　源の除名の事なるへし　官位をとられたる人の装束也

ゴシックで示した部分が、古注切と一致する部分である。

注目すべきは、『岷江入楚』が独自に付したと考えられる注釈部分である。先に指摘した「くらゐをさり給へる……」の注記以外に、「もしほたれつゝ……」の注記においても、「私」と私説であることを示した上で注釈を行っている。また、「さてもわか御身のより所あるはひとかたの思ひこそ」の注記においても、『花鳥余情』引用の前に示された「われ〳〵とより所ある人は……」の部分は、肩付等は存在しないものの、『岷江入楚』によって施された注記である。

このように古注切と『岷江入楚』を比較すると、『岷江入楚』の注釈が、ゴシック部分の古注切を基盤に、そこに私説を加える形で編纂されていったことが窺えるのである。当然のことながら、古注切に見られない注記が『岷江入楚』に存在するように、『岷江入楚』の編集には複数の注釈書が用いられたのではあるが、当該箇所の注記に関しては、他の注釈書以上に古注切との強い関係性が指摘出来よう。

現在では散逸してしまいながら、『岷江入楚』との強い関連が存在する注釈書と言えば、まっさきに思い出されるのは『山下水』である。『岷江入楚』の編纂については、三条西公条の『秘抄』とその子実枝の『山下水』を基盤として成ったことが、伊井春樹氏によって明らかにされている。特に、『山下水』との関係については、『岷江入楚』が料簡で言及した巻以外にも『山下水』を利用していることを確認した上で、『山下水』と通勝の注釈との影響関係は、これまで引いてきた資料に限るのではなく、全体について指摘することができる。それは個々の注記内容が重なるといったレベルの問題ではなく、『岷江入楚』のあり方そのものが、『山下水』を根底的に継承しているということである。右にいくつか示したように、通勝は明らかに『山下水』に依拠しながら、「箋」の肩付けをしないで、過去の注釈書の配列や引用部分は変らなくても、あくまで『河海抄』や『花鳥余情』『弄花抄』などを独自で引用したスタイルにしている。事実彼は出典の注釈書を再度見直して書き込んだはずで、結果は一致していても、その過程はたんなる書写とは異なる手続きの迂回があった。

と、『岷江入楚』の注釈姿勢にまで影響を与えたことを指摘する。(11) 伊井氏は、さらに「『山下水』は、さながら『岷江入楚』の一次本的、あるいは原形的な性格すら持っていたと言えてくる」と述べたが、今回取り扱った古注切は、まさに『岷江入楚』の原形的な側面を持つ注釈書である(12)。この点を重く見るならば、古注切を『山下水』断簡と認定しても差し支えないのではないか(13)。

残念ながら、現存する『山下水』には、当該の蓬生巻は存在しない。そのため、古注切との注記比較は行えず、古注切が『山下水』の断簡であるかどうかの確証は得られない。しかし、『岷江入楚』との近似が、他の古注釈書から群を抜いて多い点からは、古注切が『山下水』断簡である可能性は捨て難い(14)。少なくとも、『岷江入楚』編纂に関わった注釈書、もしくは影響を与えた先行注釈書と位置付けることは出来る。『岷江入楚』編纂の初期段階を窺うに際して、古注切が『山下水』の断簡であろうとなかろうと、その資料的価値は少なからざるものと言えよう。

四　まとめ

以上、本章では古注切の紹介を兼ねて、『岷江入楚』の編集に関わる『山下水』の問題に触れた。古注切は、今日では知ることの出来ない注釈書の様相を持つ。その点と『岷江入楚』との共通点を以て、古注切を『山下水』と認定することが、あくまで希望的観測でしかないことは十分承知の上である。しかし、『岷江入楚』編纂に、現在では見ることのかなわぬ注釈書が介在したであろうことは否めない。この点を詳らかにするためにも、まだ見ぬ『山下水』の捜索が求められる。

なお、古注切についてはツレの存在が期待されるが、管見の限りでは探し出すことが出来なかった。ツレとおぼしき古筆切をご覧になった方は、是非ご連絡いただきたい。諸賢のご指導ご教導を賜りたい。

注

（1）伊井春樹「『山下水』から『岷江入楚』へ」（『源氏物語注釈史の研究　室町前期』、桜楓社、一九八〇。初出「『山下水』から『岷江入楚』へ――実枝の源氏物語研究とその継承――」（『国語国文』第46巻第8号、一九七七・八））。

（2）榎本正純『源氏物語山下水の研究』（和泉書院、一九九六）。

（3）前掲（2）の榎本氏によると、各伝本で残巻する巻は、以下の通り。

宮内庁書陵部蔵本……桐壺・帚木・空蟬・夕顔・若紫・末摘花・紅葉賀・花宴・初音・胡蝶・蛍・常夏・篝火・野分・行幸・若菜上・若菜下・夕霧・御法・幻・匂兵部卿・紅梅・竹河

天理大学附属天理図書館蔵甲本……桐壺・帚木・空蟬・夕顔・若紫・末摘花・紅葉賀・花宴・若菜上・若菜下・夕霧・御法・幻・匂兵部卿・紅梅・竹河

天理大学附属天理図書館蔵乙本……空蟬・夕顔・若紫・末摘花・紅葉賀・花宴・葵・賢木・初音

また現存本には通村等の説が入り込んでおり、純粋な『山下水』かどうか疑問が残る。

（4）『源氏物語』蓬生巻の冒頭は、以下の通り。本文は、新編日本古典文学全集（小学館、一九九五）に拠る。傍線部は、古注切の見出し本文と対応する箇所である。

藻塩たれつつわびたまひしころほひ、都にも、さまざまに思し嘆く人多かりしを、さてもわが御身の拠りどころあるは、一方の思ひこそ苦しげなりしか、二条の上などものどやかにて、旅の御住み処をもおぼつかなからず聞こえ通ひたまひつつ、位を去りたまへる仮の御よそひをも、竹の子の世のうき節を、時々につけてあつかひきこえたまふに、慰めたまひけむ、なかなか、その数と人にも知られず、立ち別れたまひしほどの御ありさまをもよそのことに思ひやりたまふ人々の、下の心くだきたまふたぐひ多かり。

（5）『河海抄』の本文は、便宜的に玉上琢彌編、山本利達・石田穣校二校訂『紫明抄　河海抄』（角川書店、一九六八）に拠った。

（6）『花鳥余情』の本文は、中野幸一編『花鳥余情　源氏和秘抄　源氏物語不審条々　源語秘訣　口伝抄』（源氏物語古註釈叢刊第2巻、武蔵野書院、一九七八）に拠った。

(7)『弄花抄』の本文は、伊井春樹編『弄花抄付源氏物語聞書』（源氏物語古注集成第8巻、桜楓社、一九八三）に拠った。

(8)「こゝろを」の部分は、A・C類諸本では「ころほひ」となっており、また物語本文についても「ころほひ」で異同はない。ここは『河海抄』B類系統に見られる異文と考えるべきであろう。

(9)以下、『弄花抄』以降の代表的な注釈書を示す。ゴシックで示した部分は、古注切と一致する部分である。

『細流抄』

巻名よもきふとつゝきたる語はなきなりよもきと云事詞にも哥にも見えたり花鳥にはえわけさせ給ましきよもきふの露けさになむとありふつうの本にはたゝよもきの露けさとある也横の並也みをつくしの巻の事もあり源氏廿七歳の事八講なとの事より廿八歳の四月此宮をとひ給事あり又末は絵合の末までの事あり末は竪になる也悉皆ひたちの宮の始終をかける也

もしほたれつゝ

行平朝臣哥をもちて須磨のさせんの事をかける也廿五六歳の事をかけり

我か御身の

先人〳〵の御うへを云也

たけのこのよ

只此世のうきふしといはんため也此物語のにほひおもしろし古今序むもれ木の人しれぬことゝなりなるといへる文体花説いかゝ此段は悉皆紫上をいへる也

『浮木』

わか御ありさまのより所あるは

是は常陸のひめ宮のおほえぬさいわひとりはつし給て後よりより所なき事いはん為也

『明星抄』

巻ノ名詞幷歌よもぎふとつゞきたる語はなき也．よもぎと云事詞にも歌にもみえたり．花鳥にはえわけさせ給まじきよもぎふのつゆけきになんとあり．普通（フツウ）の本には唯（タヾ）よもぎの露けさとある也．横（ヨコ）の並（ナラビ）也　みをづくしのさきの事もあり．源氏廿七歳の事八講（ハツカウ）などの事より廿八歳の四月此宮を問（トヒ）給事有．末（スヱ）は絵合（エアハセ）の末迄の事あり　末は竪（タテ）になる也．悉皆常陸宮（シツカイヒタチノミヤ）の始終（シジウ）をかける也　（ナシ）（細字書入）朱**又末の詞に二とせばかり此ふる宮になかめ給ふと有．末は竪に成ぬるにや．但末の事を書たる計也**

もしほたれつゝ

行平（ユキヒラ）の歌を以て源氏の須磨の左遷（サセン）の時の事を書る也　廿六七（廿五六七）歳の事よりかけり

我御身の

先人〳〵の御うへどもを云也

たけのこのよ

只此世のうきふしといはんとて竹のとをきたる計也　面白し（物語のにほひ面白し）．古今序（コキンノジョ）むもれ木の人しれぬ事となりてなどいへる文体（ブンテイ）也．花鳥説如何　此段は悉皆紫上をいへる也

『休聞抄』

以詞并哥為巻名詞にはえわけさせ給ふましき蓬生の露のしけきになむ侍るとあり哥にはしけきよもきのとあり是は横の並也源氏の廿七八才の事みえたりさりなから蓬生の君の始終を書あらはすによりてはしめは源氏のす磨へうつり給て帰京の事を書終には又二とせはかり古宮になかめ給て二条のひんかしの院につゐにうつり給事をのせたり是は物語に書そへたる事也本意はまさしくよもきふの宿を尋給て露分給し事源氏の廿八才の卯月の事也是を以て横の並にはとれる也花此巻は横並也源氏廿七才事八講澪標巻に有なとの事より**廿八才みをつくしの末の事有又末の詞に二とせ斗此宮に詠給てとあり末は竪に成ぬるにや但末の事書たる斗**弄

もしほたれつゝ

行平哥を以て源氏左遷の時の事をかけり廿五六才の事よりかけり弄

引わくらはにとふ人

一かたの思ひこそ

身のたのみ所有は源氏の須磨への別斗嘆給と也

二条のうえ
　紫上也
竹のこの
薄雲女院は春宮をもち給てなくさみ給をいふにや花このよのうきふしとはいはむとて竹のと置たる斗也面白〳〵弄
引〽今更に何おひ出らん竹の子のうきふししけき世とはしらすや河

『林逸抄』

巻の名ハ詞と哥とをもつて号す詞にハえわけさせ給ふましきよもきふの露のしけきになん侍るとあり哥にハ尋ても我こそとはめ道もなくしけきよもきのもとの心をとあり是ハ横の並也源氏の君廿七八才の事見えたりミをつくしの巻の末ハ廿八歳の十一月はかりまでの事あり此巻に御八講なとの事あり是ハみをつくしの同時廿七才の十月ハかりの事也よもきふの宿を尋給て露わけ給ふ事ハ源氏廿八才の卯月の事也是をもつて横の並とはとれる也花鳥にも横の並とめされたり**又末の詞に二とせより此古宮になかめ給て**東の院といふところになん後にハわたし奉り給けるなとあり然間**末にてハ竪になりぬるにや**さりなからよもきふの君の始終を書あらハすによりてはしめハ源氏のすまへうつり給て帰京の事を書終には又二とせはかり古宮になかめ給て二条のひんかし院につゐにうつり給事をのせたり是ハ物語の家に書そへたる事也末の事を書たるハかり也

もしほたれつゝ

行平の哥を以て源氏左遷の時の事をかけり廿五六才の事より書り源氏のすまにての事也引**わくらはにとふ人あらハすまの浦にもしほたれつゝわふとこたへよ**

さても我身のより
源しの詞也身のたのミところあるハ源しの須磨への別はかり一かたに嘆給ふと也
二条のうへ
紫上の事也源しのすまへの御出の事をもよく〳〵御存知ありたるほとにたひのかりの御よそひとてかりきぬなとして奉りなとしてのとかに別給ひしを嬉しく源しの思召心也

竹のこのよの
このよのうきふしと云ンとて竹のと置たるはかり也面白し〳〵引今更に何生出らん竹の子のうきふししけき世とはしらすや後撰河海　花鳥にハ竹の子―薄雲の女院ハ春宮をもち給てなくさミ給をいふにやとあり如何

『紹巴抄』
哥も詞にもよもきふとはなし　夢とはかりはいひかたさに夢の浮橋といふかことし　漢語にも逍遙とあるへきをせうよう遊と篇号云々
此巻横の並也　澪標のまへのことあり　源氏廿五六七才の事あり　**末の詞に二とせはかり此古宮になかめ給てとあり　末は竪に成にや**　ひたちの宮の始終を此巻にかけり　物語の一の文体也　面白〳〵　蓬莱生古宮**もしほたれつゝ**
廿五歳**左遷の時の事をかけり　行平の哥**に　**わくらはにとふ人あらは須磨の浦にもしほたれつゝわふとこたへよ**
さてもわか御身の
一かたの思ひは須磨への別の歌はかり也　諸事たよりとたのみ給ひしことをかけり
竹のこのよの
この世のうきふしといはん用はかりに竹といへり　面白云々　今更に何生出んたけの子のうきふししけき世とはしらすや　古今序に埋木の人しれぬなとゝかける文体歟

『孟津抄』
以詞并歌為巻名よもきとつゝけたる詞はなしえわけさせ玉ふましき蓬生の露けさになん侍るとありよもきとはいはれぬによりて蓬生となり哥には
たつねても我こそとはめ道もなきふかきよもきのもとのこゝろを
とありこれは横の並也源氏廿八歳の事みえたりさりなから蓬生君の始終をかきあらはすによりてはしめは源のすまへうつり玉て帰京のことを書てをはりには又蓬生の君二とせはかりふる宮になかめ玉ふて二条の東院

につゐにうつり玉ふ事をのせたりこれは紫式部かきそへたること也本意はまさしくよもきふの宿を尋て露わけ給しこと源廿八の四月のこと也これをもて横の並にはとれり其人のことをいふにつきて横の並に別書也

蓬生事　杜詩曰

蓬生非無根　漂蕩随高風　天寒落万里

不復帰本叢　客子念故宅　三年門巷空

いかてかくたつねきつらむよもきふの人もかよはぬ我やとのみち

もしほたれつゝわひ給しころほひ

わくらはにとふ人あらはすまのうらにもしほたれつゝわふとこたへよ

此哥にて**源左遷の時のことを書り廿五六才のことより書り**

さてもわか御身のより所あるは**ひとかたの思ひこそくるしけなりしか**

たゝ好色のうへはかりにてたのみ所ある人とはすまへ御うつりの事はかりを一すちにわひ給也源はかりを頼たる人たちはさま〳〵おほしなけく也

二条のうへなとも

これも源はかりをたのみたる人なれと内証自由なれは細々すまへ音信あり別段の事也

くらゐをさり給へるかりの御よそひ

かりのよそひ旅の装束也かりそめの心也

竹のこのよのうきふしを

いまさらになにおひ出らむ竹の子のうきふししけき世とはしらすや

世のうきとはいはんとてはかりに竹のこのよとの事をかけり

紫上の心は此分まて也花説大に誤也

花鳥薄雲女院は東宮をもち給てなくさみ玉ふをいふにや

誠心其誤いかゝみ給しにや

『花屋抄』

此まきの名の哥

たつねても我こそとはめみちもなくふかきよもきのもとの心を

源氏廿九歳四月の比の事也されともすゑつむ花の始終をかゝんとて源氏うつり給しよりの事をこゝにかきたればよこたてをかねたるならひ也すまのまきにつゝけんためにもしほたれつゝとかきはしめたり哥数六首

もしほたれつゝわひ給し

わくらはにとふ人あらはすまの浦にもしほたれつゝわふとこたへよ

竹のこのよのうきふしを

此ことはを花鳥には女院の御ことにやとありさやうにはきこえ侍らすたゝむらさきのうへの御事までにこゝのことはゝきこえたりこの世といはんとて竹をいひてうきふしとつゝけたり哥のよみやうみなかくのことしみなことはの花なり古今の哥に世の中はことのはしけきくれ竹のうきふしことにうくひすそなく

『岷江入楚』

蓬生　幷一　以哥幷詞為巻名　但蓬トハカリ有テ蓬生トツヽキタル詞はなし

花詞云えわけさせ給ふましき蓬のつゆけきになん侍とあり　哥にはしけきよもきのとあり　河此巻中無蓬生之詞　惣常陸宮旧跡蓬競簷而生昇とみえたり　哥にしけきよもきのもとの心をと詠せり　蓬生同事也

蓬生事　杜詩曰　蓬生非無根　漂蕩随高風　天寒落万里　不復帰本叢　客子念故宅　三年門巷空　此詩の心自相通乎　拾いかてかく尋きつらん蓬生の人もかよはぬわかやとのみち　聞此物語の巻名になき事をそへていへるおほし　是毛詩の名篇例にもあり　此物語には夢のうきはし夢とはかりありてうき橋はなし　荘子の逍遥遊も遊の字はそへたる也

並事　花横の並也　源氏廿七八才の事みえたり　さりなから蓬生の君の始終をかきあらはすによりてはしめは源氏のすまへうつり給て帰京の事をかき終には又二とせはかりふる宮になかめ給て二条の東の院にうつり給ふ事をのせたり　これは物語の家にかきそへたる事也　本意はまさしくよもきふの宿をたつね給てつゆ分

給し事源氏廿八才の四月の事也　是をもて横の並にはとれる也　弄此巻は横の並也　源氏廿七才の事八講（みをつくしにあり）事なとより**廿八才の末の事あり　又末の詞に二とせはかり此ふる宮になかめ給てとあり　末は竪に成ぬるにや　但末の事を書たる斗也**　聞書横竪の並也　或御説によもきふの巻とはいはれぬほとに蓬生といふ　並といふはその人ひとりの事をいふ　あまたの説不用之　私並の事当流一人〳〵の伝記の義を用ふこれにて心得やすき也　此巻は末摘花の君の伝也　しかれは源すまの御うつろひの事から二条のひんかしの院へ末摘のうつり住給ふ事まてをかける也　そのうちにふかき蓬のつゆを分て源の間より給へるは源廿八才の時の四月也　此事此巻の詮たるゆへに名とすると心得へし

もしほたれつゝわひ給し比ほひ

河（行平）**わくらはにとふ人あらはすまの浦にもしほたれつゝわふとこたへよ**

弄**源氏左遷の時の事をかけり　廿五六七才よりの事をかけり**

私これはひたちの宮（末摘也）の事をかきいたさむとて源のすまのうつろひの事をかきいたせり　是は大方の事をかくいひ出したる也

さてもわか御身のより所あるは**ひとかたの思ひこそ**

われ〳〵とより所ある人は源にわかれ給なけきはかり也　それを一かたのおもひといふ也　花**源氏君にはなれ給ふなけき也**

二条のうへなとも

紫上也

たひの御すみかをも

紫は本さいのやうなれは別（ベツ）してのなけき也　されともそれは又旅居のさまをも折〳〵聞かよひてもなくさむる也

くらゐをさり給へるかりの御よそひ

河**かりのよそひ旅のさうそく也　かりそめの心也**　源の除名の事なるへし　官位をとられたる人の装束也

竹のこのよのうきふし
弄此世のうきふしといはんとて竹とをきたる斗也　面白〱
花薄雲女院は東宮をもち給てなくさみ給をいふにや
私花鳥の義あやまれり　弄ノ義よし　聞書　今更に何おひいつらん竹のこのうきふししけきよとはしらすや
拾遺　なよ竹のわか此よをはしらすしておほしたてつとおもひつるかな　或御説に竹のこのよとは古今の序
にむもれ木の人しれぬなと、いふかことし　只うきふしといはん為也　花鳥の説わろし

この他にも、『源氏物語古註（山口県文書館蔵右田毛利家伝来本）』『源義弁引抄』『萬水一露』とも比較したが、一致するものは存在しない。なお、各注釈書の本文は以下に拠った。


『細流抄』……伊井春樹編『内閣文庫本細流抄』、源氏物語古注集成第7巻、桜楓社、一九八〇。

『浮木』……中野幸一編『源氏秘義抄　源氏最要抄　浮木　源氏抄　紫塵愚抄』、源氏物語古註釈叢刊第5巻、武蔵野書院、一九八二。

『明星抄』……中野幸一編『明星抄　種玉編次抄　雨夜談抄』、源氏物語古註釈叢刊第4巻、武蔵野書院、一九八〇。

『休聞抄』……井爪康之編『休聞抄』、源氏物語古注集成第22巻、おうふう、一九九五。

『林逸抄』……岡嶌偉久子編『林逸抄』、源氏物語古注集成第23巻、おうふう、二〇一二。

『紹巴抄』……中野幸一編『紹巴抄』、源氏物語古註釈叢刊第3巻、武蔵野書院、二〇〇五。

『孟津抄』……野村精一編『孟津抄』、源氏物語古注集成第4巻～第6巻、桜楓社、一九八〇～八二。

『花屋抄』……祐徳稲荷神社中川文庫蔵本
『岷江入楚』……中野幸一編『岷江入楚』、源氏物語古註釈叢刊第6巻～第9巻、武蔵野書院、一九八六～二〇〇〇。

(10) なお、『岷江入楚』の「花」注記は注記末尾を「なけき也」とするが、本来『花鳥余情』の注記は「なけきはかり也」である。古注切も「なけきはかり也」を取る。この箇所は『岷江入楚』における誤脱を考えるべきであろう。

(11) 前掲（1）。

(12) 『岷江入楚』から、先行注釈書の部分のみを抜き書きした可能性も捨てきれないが、例えば、『岷江入楚』「くらゐ

をさり給へる……」では、「河」の肩付がどこまでの範囲を示すかは一見して分かりにくく、『河海抄』注記のみを抽出することは困難である。「一かたのおもひ……」の注記における見出し本文の差異についても、『岷江入楚』を基盤にしたとは考えにくい。また、先行注釈書の部分のみを『岷江入楚』より切り出す意図が見えないことから、現段階では、古注切が『岷江入楚』よりも先行する、としておく。

(13) 榎本氏は、前掲（2）の論考で、初音巻の注記を比較検討し、通勝が注記編集の初期から『山下水』を最大限利用していた可能性を指摘している。これによるならば、蓬生巻の状況を見るに、古注切が『山下水』であることを補強するものである。

(14) 現存『山下水』を確認すると、『河海抄』『花鳥余情』『弄花抄』の肩付は、「可」「屮」「玉」と略号を用いている。これに対し、古注切は「河海」「花鳥」「弄花」と書名を略さずに本文と同じ大きさで示している。現存『山下水』においても、ごくまれに

そこはかとなき虫の声〳〵

花鳥此時節ヲ六月云々只五末也そこはかの詞文明ニ虫ノ鳴ニ非ス也　（帚木巻）

と、注釈書名を略号ではなく、注記冒頭に本文と同じように記す場合もある。もし、古注切が『山下水』の断簡であるならば、古注切の本文は現存本とは異なる系統のもの、もっと踏み込んで言うならば、丁寧に清書された本であった可能性も指摘出来る。なお、伊井氏は、「通勝の所持していた『山下水』は、整理される以前の草稿本であった」（前掲（1））とする。

おわりに

以上、15本の論考により、中世源氏学の諸相を探ってきた。本書で示した研究成果は、諸本調査と注記内容の検討という地道な基礎研究を土台として、先行研究が見落としがちだった学際的視点を取り入れたものである。本論文が、『源氏物語』注釈書の研究における、一つの指標となれば幸いである。

ここまで度々指摘したように、『源氏物語』古注釈書には、『源氏物語』の解釈に直接関係しない事柄も散見され、これは源氏学が実学に資する面を持ち合わせていたことを意味する。中世源氏学は、中世の学問体系の中に据え直す必要がある。諸学問との関わり合いを明らかにすることにより、はじめて注釈の意図を捉えることが可能となり、適切な理解に結び付くのである。本書では、その一端を、ごく僅かながらではあるものの、示すことが出来た。

しかし、中世の学問体系における源氏学の位置付けは、まだまだ不分明と言わざるを得ない。現段階では問題解決の糸口を摑んだに過ぎず、今回扱わなかった他の学問領域との具体的な交叉を含めて、検討の余地が多分に残るものである。

本研究では『河海抄』を中心的に扱った。『河海抄』の現存伝本は、断簡や零本も含めると、100本ほどが存在する。この量は、他の源氏注釈書に比べても多い部類に入り、それぞれの時代で、『河海抄』がよく読まれ、用いられていたことを示すものである。これに加えて、『河海抄』を用いた後世の人々が、自分の説を書き加え、増補していった、と考えられる箇所も存在する。この点を踏まえると、『河海抄』そのものの研究だけではなく、それを受け継いできた後世の多くの享受者にも目を向けるべきことに気付く。このような享受の問題は、『源氏物語』に限ったことではない。様々な作品において注釈書が作成されたことを考慮すると、注釈活動全体を視野に入れた研究が求められよう。

本書で得られた成果及び手法は、将来的に他の注釈書研究にも応用することが可能であり、今後の注釈書研究をめぐる基幹となりうる重要な役割を果たすものと考える。将来的には、現代まで脈々と続く『源氏物語』享受を紐解いていくとともに、各時代の特徴を『源氏物語』享受から逆照射することを目指す。調査、考証、考察が及んでいない点も多々あり、限られた範囲のみを扱ったものも少なくなかったが、この点を含めて今後の課題としたい。

なお、本書執筆及び研究遂行にあたり、各地の所蔵機関に伺い、貴重な資料を調査させていただく機会を得た。資料の調査、閲覧、撮影等にご配慮いただいた各所蔵機関に、深く御礼申し上げる。

また、本書第一部第一章「巻九論──諸本系統の検討と注記増補の特徴──」に収めた論考（初出「『河海抄』巻九論──諸本系統の検討と注記増補の特徴──」、『中古文学』第91号、二〇一三・五）にて、第7回中古文学会賞の栄誉に浴することが出来た。この受賞は、多くの先生方や研究室の先輩、後輩に支えられてのものである。心より感謝申し上げる。

最後に、指導教員であった加藤洋介先生には、日頃より多大なるご指導ご教示を賜った。篤く御礼申し上げる。

本刊行物は、独立行政法人日本学術振興会平成二十九年度科学研究費助成事業（科学研究費補助金）（研究成果公開促進費）ＪＰ１７ＨＰ５０４２の助成を受けた。

初出一覧（論文タイトルは初出時のもの）

第一部

第一章……「『河海抄』巻九論――諸本系統の検討と注記増補の特徴――」（『中古文学』第91号、二〇一三・五）

第二章……「『河海抄』巻十論――後人増補混入の可能性を中心に――」（『語文（大阪大学）』第103輯、二〇一四・一二）

第三章……書きおろし。

第四章……「東北大学附属図書館蔵旧制第二高等学校旧蔵『河海抄』をめぐって」（河添房江編『古代文学の時空』、翰林書房、二〇一三・一〇）

第二部

第一章……「『河海抄』における『紫明抄』引用の実態――引用本文の系統特定と注記の受容方法について――」（『語文（大阪大学）』第96輯、二〇一一・六）

第二章……「河内方の源氏学と『河海抄』――内閣文庫蔵十冊本『紫明抄』巻六巻末の『水原抄』抜き書き群をめぐって――」（前田雅之編『中世の学芸と古典注釈　中世文学と隣接諸学5』、竹林舎、二〇一一・九）

第三章……「『河海抄』における歌学書引用の実態と方法――顕昭の歌学を中心に――」（『詞林』第50号、二〇一一・一〇）

第四章……「『河海抄』の注記形成と二条良基――『年中行事歌合』との接点から――」（『国語と国文学』第91巻第8号、二〇一四・八）

付章………「『河海抄』の『うつほ物語』引用——音楽関係記事を中心に——」
（原豊二・劉暁峰編『東アジアの音楽文化——物語と交流と——』アジア遊学170、勉誠出版、二〇一四・一）

第三部

第一章………「『原中最秘抄』の性格——行阿説への再検討を基点として——」
（福島金治編『学芸と文芸　生活と文化の歴史学9』、竹林舎、二〇一六・八）

第二章………「『花鳥余情』『伊勢物語愚見抄』の後人詠注記——歌学から物語注釈への一考察——」
（『詞林』第52号、二〇一二・一〇）

第三章………「富小路俊通『三源一覧』の源氏学——「愚存」注記から見る中世源氏学の一様相——」
（『日本文学』第64巻第9号、二〇一五・九）

第四章………「典拠から逸脱する注釈——中世源氏学の一様相——」
（『中古文学』第95号、二〇一五・六）

第五章………「『湖月抄』の注記編集方法——『岷江入楚』利用と『河海抄』引用について——」
（『詞林』第54号、二〇一三・一〇）

付章………「伝昌叱筆源氏物語古注切と『山下水』」
（『詞林』第56号、二〇一四・一〇）

※本書収録に際し、いずれの論考にも加筆、修正を施した。

た　行

な　行

は　行

ま　行

や　行

ら　行

さ　行

引用本文索引

・典籍の本文を直接引用した箇所について、その頁数を示した。
・引用本文が一部分であったとしても、これを採録した。
・ある一頁に複数の引用があった場合は、一つの項目にまとめることはせず、すべての引用箇所を示すこととした。

む

め

も

や

ゆ

よ

へ

ほ

ま

み

に

ぬ

ね

の

は

ひ

ふ

ち

つ

て

と

な

す

せ

そ

た

し

く

け

き

う

え

お

か

索　引

人名・典籍名索引

・本書で扱った人名・典籍名について、近世以前のものを対象として可能な限りこれを抽出し、その頁数を示した。また、伝本名の提示がある場合は、典籍名の下位に示した。
・ある一頁に複数の同一項目があった場合は、これを一つにまとめた。
・同一の人名・典籍名を示すものについては、これを一つにまとめ、必要な箇所には空見出しを付した。例えば、本書で「善成」「四辻宮」「儀同三司源」「四辻入道左府」と表記してあった箇所は、すべて「四辻善成」の項目に含め、「善成」「四辻宮」「儀同三司源」「四辻入道左府」から「四辻善成」への空見出しを立てる、といった次第である。
・巻名を提示しただけの箇所については、これを採録していない。また、『湖月抄』や『岷江入楚』に見られるような肩付（注釈書の略号）についても、採録していない。

■著者紹介

松本　大（まつもと　おおき）

一九八三年、埼玉県生まれ。

大阪大学文学研究科博士後期課程修了。博士（文学）・調理師。

現在、奈良大学文学部講師。第七回中古文学会賞受賞。

研究叢書493

源氏物語古注釈書の研究
——『河海抄』を中心とした中世源氏学の諸相——

二〇一八年二月二〇日初版第一刷発行
（検印省略）

著者　松本　大
発行者　廣橋研三
印刷所　亜細亜印刷
製本所　渋谷文泉閣
発行所　有限会社　和泉書院

大阪市天王寺区上之宮町七－六
〒五四三－〇〇三七
電話　〇六－六七七一－一四六七
振替　〇〇九七〇－八－一五〇四三

ISBN978-4-7576-0863-4　C3395